Jürgen Drews, 1933 in Berlin geboren, studierte Medizin, habilitierte sich und wurde Professor für Innere Medizin in Heidelberg und für Molekulare Genetik in New Jersey, USA. Von 1970 bis 1998 leitete er die weltweite Forschung und Entwicklung großer international tätiger Pharma-Firmen, zuletzt als Mitglied der Konzernleitung bei Hoffmann-La Roche. Er ist heute freiberuflich tätig und lebt in der Nähe von München und im Tessin. 2004 erhielt er den Beckmann Preis der American Laboratory Association für bedeutende Beiträge zur Arzneimittelforschung. Drews veröffentlichte zahlreiche wissenschaftliche Artikel und ist Autor und Herausgeber vieler Fachbücher, zum Beispiel »In Quest of Tomorrow's Medicines« (Springer, New York, 2000). Daneben publizierte er mehrere Romane, unter anderem »El Mundo oder die Leugnung der Vergänglichkeit« (2003), »Menschengedenken« (2005), »Der Spiegelmord im Mörderspiel« (2006), »Wie wir den Krieg gewannen« (2007), »Jahresringe« (2008), »Der verschwundene Pianist« (2009) sowie Erzählungen und Gedichtbände.

Jürgen Drews

Unter der Himmelsuhr

Die Geschichte einer grenzenlosen Liebe

Roman

Weitere Informationen über den Verlag und sein Programm unter:
www.buchmedia.de

Bibliografische Information der Deutschen Nationalbibliothek
Die Deutsche Nationalbibliothek verzeichnet diese Publikation in der Deutschen Nationalbibliografie; detaillierte bibliografische Daten sind im Internet
zu finden unter:
http://dnb.d-nb.de

Den Anstoß zu diesem Roman lieferte eine wahre Begebenheit. Dennoch ist die hier erzählte Geschichte frei erfunden. Etwaige Ähnlichkeiten von Romanfiguren mit noch lebenden oder inzwischen verstorbenen Personen sind rein zufällig.

September 2010
© 2010 Buch&media GmbH, München
Umschlaggestaltung: Kay Fretwurst, Freienbrink
Herstellung: Books on Demand GmbH, Norderstedt
Printed in Germany
ISBN 978-3-86520-373-1

Prolog

Sie waren getrennt gefahren. Zusammen in die S-Bahn zu steigen und dabei möglicherweise gesehen zu werden, wäre ihm unter den Umständen als zu riskant erschienen. Der vereinbarte Treffpunkt lag in der Nähe des Hellsees an einer Wegkreuzung im Wald, die sie von gemeinsamen Wanderungen her gut kannten. Der junge Mann stand schon dort, an einen Baum gelehnt, als Inge sich der Kreuzung näherte. Sie ging geradeaus, als hätte sie ihn gar nicht bemerkt. Als Inge an ihm vorübergegangen war, löste er sich aus seiner Wartestellung und kam mit ein paar raschen Schritten an ihre linke Seite. Dann gingen sie nebeneinander her, als befänden sie sich schon seit Stunden auf einem gemeinsamen Ausflug in die Umgebung Berlins.

»Also?«, fragte sie, ohne ihren Begleiter anzusehen. »Was hast du mir zu sagen?«

»Es muss Schluss sein«, sagte der junge Mann, »ich kann mich mit dir nicht mehr sehen lassen.«

Sie reagierte kaum. Nur ihr Gang wurde ein wenig schwerer.

»Jedenfalls vorläufig nicht«, fügte er hinzu.

»Was hat sich denn geändert?«

»Dein Bruder hat Republikflucht begangen, das hat sich geändert.«

»Aber Tinus«, das Mädchen blieb einen Augenblick lang stehen und sah dem jungen Mann ins Gesicht. »Das war allein seine Entscheidung. Ich hatte nichts damit zu tun, meine Eltern nicht, auch meine Geschwister nicht. Niemand von uns wusste etwas. Er hat das alleine ausgeheckt. Glaub mir das doch.«

Sie gingen weiter. Es war noch Spätsommer, aber der Tag war kühl, es hatte geregnet. Außerdem war heute Mittwoch. Sie trafen niemanden.

»Ob ich es glaube oder nicht, ist ziemlich gleichgültig. Die Stasi geht davon aus, dass zumindest deine Eltern etwas gewusst haben.«

Das Mädchen starrte beim Gehen geradeaus. Sie hatte die Hände in die Taschen ihres leichten Mantels gesteckt und den Kragen hochgeschlagen.

»Und das genügt dir, um mir den Laufpass zu geben! Weil die Stasi einen Verdacht hat, den sie nicht begründen können? Sie waren doch in unserer Wohnung, haben alles durchsucht und nichts Belastendes gefunden.« Sie schwieg ein paar Sekunden lang, dann brach es aus ihr heraus. »Nicht das Geringste haben sie gefunden. Als die bei uns auftauchten mit diesem Wisch, diesem Durchsuchungsbefehl, wusste keiner von uns, dass Helmuth abgehauen war. Wir waren völlig perplex.«

»Eben deswegen. Sie werden versuchen, Beweise zu finden. Sie werden euch beobachten, euer Telefon abhören, einige Leute auf euch ansetzen, auf deinen Vater, auf dich möglicherweise, um irgendeinen Hinweis zu bekommen.«

»Aber du?« Wieder blieb sie stehen. Etwas Flehentliches lag in ihrer Frage.

»Ich muss auf Distanz zu euch gehen, bis die Sache geklärt ist.« Er sagte es wie etwas Selbstverständliches.

»Auch zu mir?« Während sie langsam weiterging, hatte sie diese Frage fast geflüstert.

Eine Minute lang gingen sie schweigend nebeneinander her.

»Deswegen haben wir uns ja heute getroffen, hier im Wald, wo uns niemand sieht oder hört, damit ich dir das erkläre.«

Sie blieb stehen. »Und im Institut? In der Stadt?«

Er schüttelte den Kopf: »Wird man uns nicht mehr zusammen sehen.« Er wollte ihren Arm nehmen, um sie an sich zu ziehen, vielleicht, um ihr zu sagen, dass er sie immer noch liebe, dass wohl auch wieder bessere Zeiten kämen. Aber sie entzog sich und die Entschiedenheit, mit der sie das tat, zeigte ihm, dass er mit weiteren Erklärungsversuchen keinen Erfolg haben würde.

Sie setzten den Weg fort, ohne sich zu berühren. »Also hier im Wald, an einem Tag, an dem kein Mensch unterwegs ist, bist du noch mein Freund, willst mich sogar in den Arm nehmen, mich küssen, verstohlen natürlich, man muss ja sicher sein, dass einen wirklich niemand dabei beobachtet, was man mit dieser Bauer anstellt, die ja wohl Dreck am Stecken hat.« Ihre Stimme wurde lauter. »Man würde ja gern, im Bett war sie ja nicht schlecht, vielleicht wäre sie auch hier im Wald und auf der Heide ...«

»Inge, bitte.« Er hatte sie laut unterbrochen.

»Verschone mich mit deinen Erklärungen. Hau ab jetzt. Ich habe genug.«

Aber der junge Mann geriet nicht aus der Fassung. Er hatte Inge

Bauer noch etwas mitzuteilen. »Im Labor wird sich auch einiges ändern. Du kannst nicht mehr mit mir zusammenarbeiten. Ich habe Rehberger vorgeschlagen, dass du in die Gruppe von Elena eintrittst, sie wird dich unter ihre Fittiche nehmen.«

Inge schnaufte verächtlich durch die Nase. Aber ihr Begleiter ließ sich nicht beirren. »Wenn du dich mit Elena gut stellst, kannst du dich im Institut schnell rehabilitieren. Rehberger vertraut ihr.« Seine Stimme nahm einen persönlicheren Ton an: »Und dich mag er. Vermutlich würde er dir sogar glauben, was du mir eben erzählt hast.«

»Es reicht jetzt wirklich, Tinus. Bitte, geh.«

Er hatte gesagt, was er sagen musste. Nein, noch nicht alles. Etwas Versöhnliches zum Abschied. »Es kommen auch wieder bessere Tage.« Er tat einen Schritt auf sie zu, aber sie erstarrte sofort, als sei er ein Aussätziger.

»Na, dann.« Er wandte sich um und ging den Weg zurück, den sie gekommen waren. Zunächst noch langsam, als wartete er darauf, noch einmal gerufen zu werden, dann immer schneller und entschiedener. Inge ging in die entgegengesetzte Richtung. Dann blieb sie stehen und sah ihm nach. Aber da lag nur der leere, von Buschwerk und Kiefern umstandene Weg. Sie setzte sich auf einen Baumstumpf und vergrub den Kopf in ihren Armen. Aus, dachte sie, alles aus. Und selbst das, überlegte sie sich, selbst etwas so Ursprüngliches und Menschliches wie das Ende einer Liebesbeziehung musste in der Einöde vollzogen werden, zwischen Bäumen und Sträuchern, die keine Ohren hatten und die nichts weitersagen würden.

Lange saß sie so. Irgendwann am späten Nachmittag brach die Sonne durch eine Lücke in der Wolkendecke und ließ die Kiefernstämme, die sie umstanden, rot aufglühen. Sie erhob sich, sah auf die Uhr. Eine Stunde Fußmarsch hatte sie bis zur nächsten S-Bahn-Station. Sie musste jetzt gehen, wenn sie noch vor Einbruch der Dunkelheit dort ankommen wollte.

Tinus – sie kannte ihn schon so lange. Sie hatten zusammen studiert, Gefallen aneinander gefunden, er hatte sich ihr und ihrer Familie angeschlossen. Ihre Mutter hatte den dunklen, hoch aufgeschossenen Jungen fast wie ein eigenes Kind in die Familie aufgenommen, was nahe lag, denn Tinus hatte selbst kein richtiges Zuhause. Die Eltern waren geschieden, beide hatten wieder geheiratet, der Vater irgendwo im Westen, die Mutter hier in Berlin.

Während Inge den Weg zurückging, durchlief sie in Gedanken die lange Lebensstrecke, die sie zusammen mit Tinus zurückgelegt hatte. Die ersten verstohlenen Zärtlichkeiten, die sie ausprobiert hatten, nachdem Tinus von einem langen Ferienaufenthalt mit einer FDJ-Gruppe zurückgekehrt war. Sehnig und braun hatte er da auf einmal gewirkt, nicht mehr wie ein großer Junge, sondern fast schon wie ein Mann. Und der wollte natürlich auf die Dauer mehr von ihr als Händchenhalten und ein paar Küsse. Trotzdem hatte es von diesem Zeitpunkt an noch ein Jahr gedauert, bis sie zum ersten Mal miteinander geschlafen hatten, in der Gartenlaube ihrer Eltern, draußen in Mahlsdorf. Danach hatten sie es immer wieder getan, so oft sich ihnen dazu eine Gelegenheit bot, in Mahlsdorf, auf Wanderungen, die sie unternahmen, oder in der Wohnung der Eltern, wenn niemand zu Hause war.

Durch die Kiefernstämme hindurch sah sie jetzt einige Häuser, dahinter lag die S-Bahn-Station. Tinus würde nun nicht mehr kommen. Bei dem Gedanken wurde ihr elend. Tinus hatte ihr gehört, aber auch der Familie. Für Werner und Helmuth war er fast wie ein Bruder, die Schwestern hatten Inge um Tinus beneidet und mit ihm gealbert und geflirtet, bis sie selbst Partner gefunden hatten, die diesen Spielen ein Ende setzten. Die Eltern hatten ihn fast als ihr sechstes Kind betrachtet. Sie selbst erlebte den Verlust doppelt. Sie hatte in Tinus ihren Freund verloren und die Familie einen Menschen, der einfach zu ihnen gehörte.

Wenn da nur nicht dieser Ehrgeiz gewesen wäre, dachte sie später, als sie schon im Zug saß. Der Ehrgeiz und dieser Opportunismus. In der FDJ musste er unbedingt Eindruck schinden, natürlich in die Partei eintreten. Vielleicht hatte er sich inzwischen auch mit der Stasi eingelassen. Lag das daran, dass er nie ein richtiges eigenes Zuhause gehabt hatte? Jetzt wunderte sie sich, dass es nicht schon früher zu Streit zwischen ihnen gekommen war, auch zwischen Tinus und den Eltern. Aber Tinus war immer liebenswürdig geblieben, auch wenn er und die Bauers in ihren Ansichten meilenweit auseinanderlagen.

Irgendetwas würde sie ihren Eltern ja sagen müssen, wenn Tinus plötzlich wegbliebe. Oder sollte er das selbst erledigen? Im Geist hörte sie ihn erklären: »Sie müssen das verstehen, Frau Bauer, Herr Professor. Dass der Helmuth abgehauen ist, das hat alle schockiert. Sie wissen ja, wie das bei uns läuft. Ich darf da nicht mit hineingezogen werden. Das kann ich mir einfach nicht leisten. Wenn sich alles beruhigt hat, komme ich wieder häufiger, wenn ich darf.« So wie sie ihren gutmütigen Vater einschätzte, hätte der sogar Verständnis für diese Einstellung. Und die Mutter? Die wohl nicht, jedenfalls nicht gleich. Allerdings: Auf lange Sicht tat sie ja immer, was ihr Mann wollte. Der Zug näherte sich Berlin-Pankow. Sie musste aussteigen. Mit den Eltern könnte er dieses Spiel wohl treiben, dachte sie auf dem Weg nach Hause, aber mit ihr nicht.

Und dann stellte sie sich vor, wie der Mann sein müsste, dem sie sich ganz anvertrauen könnte. Aussehen dürfte er wie Tinus, ehrgeizig dürfte er auch sein. Aber Mut müsste er haben und einen starken Willen, sodass sie sich neben ihm geborgen fühlen konnte, geborgen und beschützt. So würde Tinus niemals sein.

»Nie«, sagte sie leise vor sich hin, als sie die Treppen zur elterlichen Wohnung emporstieg, »das steckt nicht in ihm drin.«

Nachts wurde sie wach. Ihre Mutter hatte sie so merkwürdig angesehen, als sie nach ihrem Ausflug in die Wohnung getreten war.

»Was ist mit dir?«

»Was soll sein?«

»Ich weiß nicht, du bist so blass.« Frau Bauer nahm ihre Tochter in den Arm. »Du siehst müde aus, Kind. Gehst du gleich ins Bett oder soll ich dir noch was zu Essen machen?«

»Nein, gleich ins Bett. Danke.«

Es war jetzt ganz still im Haus. Inge sah auf die Uhr. Ein Uhr früh. Sie hatte noch Zeit. Um sieben musste sie raus. Aber jetzt hatte sie Mühe mit dem Einschlafen. Ihre Gedanken fingen an zu kreisen. Was würde jetzt aus ihrer Westreise, die sie im Sommer beantragt hatte. Rehberger hatte sie fast dazu gedrängt. »Ich habe mir das Programm angesehen. Das wäre was für Sie. Da treten einige der besten Leukämieforscher auf. Franzosen, Amerikaner. Melden Sie sich, stellen Sie einen Antrag. Ich werde ihn unterstützen.«

Und nun? Nachdem Helmuth abgehauen war? Würde sie immer noch mit Rehbergers Unterstützung rechnen dürfen? Der Waldspaziergang von gestern ging ihr durch den Kopf. Elena Blumentritt sollte sie »unter ihre Fittiche nehmen.« Aber Elena hatte ganz andere Interessen. Musste sie ihr Gebiet jetzt aufgeben? Aber sie war die Einzige im Institut, die sich für chromosomale Abweichungen bei kindlichen Leukämien interessierte. Ich muss mit Rehberger sprechen, sagte sie sich.

Ausgerechnet Rehberger. In der Dunkelheit, die sie umgab, verstand sie sich selbst nicht mehr. Alle wussten, dass Rehberger ein eingefleischter Kommunist war. Nicht nur das: Er war auch ein Anhänger der DDR, und die Regierung benutzte ihn, den berühmten Biochemiker, als Aushängeschild, wo immer sich dazu eine Gelegenheit bot. Aber so war es nun einmal. Er war der einzige Mensch, der ihr helfen konnte. Hilfe, was war das? Etwas Klarheit, Schutz vor ungerechtfertigten Angriffen, die doch von den Organen des Staates kamen, in dem sie lebte und dem Rehberger loyal ergeben war. Ein Widerspruch, den sie sich nicht erklären konnte. Aber sie war ja auch müde und immer noch aufgewühlt von ihrem Gespräch am vergangenen Nachmittag. Helmuth fühlte sich jetzt hoffentlich besser als sie. Er war drüben, er hatte es hinter sich. Für ihn konnte es eigentlich nur noch besser werden. In diesem Augenblick beneidete sie ihn glühend. Gleichzeitig warf sie ihm vor, dass er die Familie weiter belastet hatte und dass er ihre eigenen Chancen, jemals aus diesem Gefängnis DDR herauszukommen, um irgendwo im Westen ganz neu anzufangen, durch seine Aktion fast unmöglich gemacht hatte. Auch so ein Widerspruch, der sie quälte.

Sie schaute wieder auf die Uhr. Fast zwei Uhr. Wenn sie so weitermachte, wäre sie morgen völlig erschöpft und zu nichts zu gebrauchen. Dabei musste sie ruhig wirken. Selbstsicher, wie jemand, der nichts zu verbergen hat. Sie stand auf, schlüpfte in ihre Sandalen und ging in die Küche. Vorhin, als sie nach Hause kam, hatte sie nichts gegessen. Jetzt hatte sie Hunger. Vielleicht würde es helfen, wenn sie etwas äße und dazu auch etwas tränke, ein Bier, das würde sie ein wenig beruhigen. Ihr Zimmer lag der Küche gegenüber. Sie machte Licht und sah auf dem Küchentisch einen Zettel liegen. Ihre Mutter hatte ihn geschrieben.

»Inge, mein Kind, du hast vielleicht doch irgendwann noch Hunger. In der Speisekammer steht ein Teller mit ein paar belegten Broten für Dich.« Sie setzte sich an den Küchentisch, öffnete eine Flasche Bier und aß die belegten Brote, die ihre Mutter für sie bereitgestellt hatte. Das Bier schmeckte gut. Es beruhigte sie, und der Gedanke, dass sie längst nicht so allein und verlassen war, wie sie sich eben noch gefühlt hatte, tat ein Übriges. Der Hunger verschwand, eine angenehme Ruhe durchströmte sie, und der Gedanke an ihre Eltern, die so viel Schlimmeres durchgestanden hatten als sie selbst, spendete ihr Trost. Kurz nachdem sie sich wieder hingelegt hatte, war sie eingeschlafen.

I

Er hatte das Haus der Wielanders an diesem Abend im Januar 1967 in einer Art Entweder-oder-Stimmung betreten. In seiner unterschwelligen Gereiztheit hatte er sich nicht einmal hingesetzt, nachdem Verena ihn begrüßt hatte und sie wie immer in ihr Zimmer gegangen waren.
»Ist was«, fragte sie, »willst du dich nicht setzen?«
Nein, das wollte er nicht. Nicht sesshaft werden in diesem Puppenheim, in dem Verena schlief, arbeitete, las, telefonierte, einfach alles tat, was ihr Leben ausmachte, wenn sie sich nicht im Kreise ihrer Familie aufhielt. Nicht wieder eingefangen werden von dieser biedermeierlichen Behaglichkeit, die Verena mit sündhaft teuren antiken Möbeln um sich errichtet hatte.
»Heute nicht«, sagte Tim Brandis, »heute will ich nur eine Entscheidung von dir.«
Und dann fing er an zu sprechen. Es klang, als habe er die Sätze so oft geprobt, dass er sie auswendig wusste. Unverblümt wie nie zuvor sagte Tim, was er von Verena erwartete, endlich nach so vielen Jahren, in denen er die Rolle des Hausfreundes gespielt hatte, der noch in der Ausbildung steckte, der »noch nicht so weit war«, »erst einmal etwas werden musste«, damit er eine Familie ernähren könne, »ernähren und nicht nur so schlecht und recht durchbringen.«
Da stand er also, hoch aufgeschossen, steif, das schmale Gesicht zu einer abweisenden Miene erstarrt. Nicht einmal seinen Mantel hatte er abgelegt. Kalte Winterluft drang aus seinen Kleidern. Er versuchte ihr klarzumachen, dass es keinen vernünftigen Grund gäbe, noch länger zu zögern. »Ich werde im nächsten Jahr dreißig, und du bist mir dicht auf den Fersen. Wenn wir eine Familie gründen wollen, wird es langsam Zeit.«
Natürlich spürte Verena etwas von der Spannung, unter die er sich selbst gesetzt hatte. Vielleicht wollte sie ihm helfen, sich zu entkrampfen. Jedenfalls fragte sie: »Aber Tim, warum hast du es denn plötzlich so eilig. Wir haben uns doch, oder?« Und dann mit einem Lächeln: »So dringend ist es doch auch wieder nicht.«

Sie trat nahe an ihn heran, strich ihm über die Arme und steckte ihre Hände unter seinen Pullover. »Warum bist du so störrisch? Soll ich morgen Abend zu dir kommen? Heute geht es nicht. Wir sind in der Stadt verabredet, meine Eltern, du weißt schon.«

Ja, das hatte er vergessen. Der alte Wielander, Verenas Vater, der einen schwunghaften und profitablen Handel mit medizinischen Geräten betrieb, feierte in diesen Tagen seinen Geburtstag.

»Du brauchst mal wieder etwas Zuwendung, Tim.« Sie ließ ihre Hände nach unten gleiten und berührte ihn dabei, als wollte sie prüfen, ob er auf ihre Nähe genauso empfindlich reagierte wie sonst.

Aber mit dem Versprechen, dass sie morgen Abend miteinander schlafen könnten, war Tim Brandis heute nicht abzuspeisen. Er hatte in den zurückliegenden Tagen viel nachgedacht. Über sich, seine Zukunft, über seine Beziehung zu Verena und über Verenas enge Verstrickung in ihre Familie. Plötzlich war ihm deutlich geworden, dass er als Anhängsel der Familie Wielander enden würde, wenn er nicht aufpasste. Und dieses eine Mal war Tim ehrlich mit sich selbst gewesen und hatte sich etwas vorgenommen. Er wollte nicht noch weiter in diesen neureichen und reaktionären Klüngel hineingezogen werden, dem die Wielanders angehörten. Der Alte mit seiner corpstudentischen Vergangenheit und seinem Elektrikerverstand, die national-konservative Frau Wielander, die allen Freunden der Familie die Bücher von Mathilde Ludendorff aufdrängte, und die beiden nassforschen jüngeren Brüder Ralph und Arne, die beide einer schlagenden Verbindung angehörten und trotzdem so taten, als gehöre ihnen dieselbe Zukunft, die ihr Vater und seine Freunde bereits verspielt hatten – das erschien ihm plötzlich unerträglich. Gewollt hatte er es nie. Aber er hatte sich selbst jahrelang mit dem Gedanken beschwichtigt, dass diese Dinge sich von selbst erledigen würden, wenn er Verena erst für sich hätte.

Wann aber sollte das sein? Verena schien den Status quo zu genießen, Tim hatte für sich entschieden, dass er nicht länger warten konnte. Er war gekommen, um Verena zu einer Entscheidung zu zwingen und wusste doch insgeheim, dass sie dazu nicht im Stande sein würde.

»Und was ist, wenn ich dir jetzt keine Antwort gebe?«

»Dann komme ich nicht wieder.«

Und das war es wohl, was er eigentlich beabsichtigte. Nicht mehr wiederkommen, mit Verena brechen. Hatte er nicht längst eingesehen, dass er mit Verena nur dann auf einen gemeinsamen Nenner kommen würde, wenn ihre Zweisamkeit in der Familie Wielander eingebettet bliebe? Also forderte er etwas, das Verena ihm nicht geben konnte.

»Ich muss weg«, sagte sie und zog sich draußen in der Garderobe ihre Pelzstiefel und ihren Mantel an.

»Kommst du gleich mit nach unten?«

»Natürlich.«

Unten auf der Straße verabschiedeten sie sich voneinander. Verena tat so, als sei es ein ganz normaler, wenn auch leicht getrübter Abschied. Immerhin winkten sie einander zu, als sie sich trennten. Vielleicht glaubte sie wirklich, Tim würde sich wieder melden. Der aber war entschlossen, diesmal hart zu bleiben und nie mehr wiederzukommen. Sie stieg in ihr Auto, winkte noch einmal und war weg. Verschwunden aus seinem Leben. Wie banal das alles ist, dachte Tim und war doch gleichzeitig aufgewühlt und ergriffen von dem Gedanken, dass sein Leben plötzlich seine Richtung geändert hatte. Er fuhr zurück in seine Wohnung nach Ziegelhausen. Aber dort hielt es ihn nicht an diesem Abend. Er lief hinaus in die Winternacht, wanderte stundenlang am Fluss entlang durch Vorortsiedlungen, vorbei an Fenstern, durch die er hin und wieder noch erleuchtete Tannenbäume sah, und durch schütteren Wald, der von einer dünnen Schneedecke und spärlichem Mondlicht erhellt wurde. Je länger er ging und zwischendurch lief, desto sicherer wurde er, dass dies das Ende sei, dass er es wirklich und wahrhaftig fertig gebracht hatte, sich aus den Fängen von Verenas Familie zu befreien. Er befand sich in einer merkwürdigen Stimmung: Einerseits spürte er so etwas wie Bitterkeit. Er hatte nun den Beweis, dass Verena ihn nicht wirklich liebte, jedenfalls nicht als eigene, von ihrer Familie völlig abgetrennte Person. Andererseits fühlte er sich erleichtert und befreit von den Einengungen, die er jahrelang ertragen und vor sich selbst bagatellisiert hatte. Damit war nun Schluss. Plötzlich stand sein Leben wieder sperrangelweit offen.

Der Zorn über Verenas wirkliche Motive erwies sich als relativ flüchtige Empfindung. Schließlich war er es, der sich Illusionen gemacht hatte.

Anders verhielt es sich mit der Erleichterung über die wiedergewonnene Freiheit und die damit verbundenen Erwartungen. Die hielt so lange an, bis sie von einer anderen, viel stärkeren Empfindung abgelöst wurde.

Noch etwas kam in den folgenden Tagen und Wochen hinzu: Verena fehlte ihm. Er vermisste ihre Hand, die sich in die seine schmiegte, wenn sie nebeneinander hergingen, ihren Atem, ihre Stimme. Vor allem fehlten ihm ihre Berührung und die Wärme ihres Körpers, der so voller Zärtlichkeit sein konnte.

In einer so zwiespältigen, aus Erwartungen einerseits und dem Gefühl von Verlust andererseits zusammengesetzten Gemütslage befand sich Tim Brandis, als er im April Inge Bauer kennenlernte. Wie in fast jedem Jahr besuchte er den Internistenkongress in Wiesbaden und schlenderte – es war schon gegen Ende des Kongresses – etwas ziellos durch das Ausstellungsgelände in der Rhein-Main-Halle. Wie immer gab es auch in diesem Jahr viele Parallelveranstaltungen. Er geriet schließlich in eine Vortragsreihe, die in einem nur mittelgroßen, aber voll besetzten Saal stattfand. Nach seiner Schätzung saßen dort mindestens zweihundert Mediziner, um sich über »Neue Erkenntnisse in der Onkologie« unterrichten zu lassen. Weitere Zuhörer, die wie Tim während eines Vortrages gekommen waren, standen an den Ein- und Ausgängen oder lehnten an den Wänden.

Als er den Saal betrat, stand gerade jemand auf, der am Rand einer der vorderen Reihen gesessen hatte. Tim schnappte sich den frei gewordenen Platz, ohne auf die Leute zu achten, die sich noch am Eingang aufhielten oder an der Wand lehnten und schon länger gewartet hatten als er. Irgendjemand im Publikum sprach in ein Mikrofon, stellte eine Frage zu dem gerade beendeten Vortrag. Der Redner am Vortragspult nickte kurz und antwortete. Dann meldete sich niemand mehr zu Wort. Der Vortragende wurde mit Beifall verabschiedet, und der Vorsitzende der Sitzung, Professor Senckbusch aus München, ein gut aussehender älterer Mann mit frischer Gesichtsfarbe und sorgfältig gescheiteltem weißen Haar, zog sein Tischmikrofon näher zu sich heran.

»Das Wort hat nun Frau Inge Bauer aus dem Biochemischen Institut der Humboldt-Universität in Berlin«, kündigte er an, ganz beiläufig, so, als seien Vorträge aus Kliniken und Instituten der DDR bei Internistenkongressen alltägliche Ereignisse. Als Inge Bauer dann aufstand und energisch, wenn auch ein wenig unbeholfen, ans Podium trat und Zustimmung heischend ins Publikum lächelte, als säßen da überall alte Bekannte, hätte Senckbusch offenbar gern noch etwas hinzugefügt. Jedenfalls erstrahlte sein rosiges Gesicht in väterlich-kollegialer Zuneigung. Wie schön, hätte er gern gesagt, eine junge Kollegin aus dem »anderen Teil« unseres Vaterlandes unter uns zu haben. Inge Bauer aber hatte ihren Vortrag mit dem stereotypen »Herr Präsident, meine Damen und Herren«, bereits begonnen, und so beschränkte sich der alte Senckbusch auf ein wohlwollendes Lächeln, zu dem er »Bitte, Frau Kollegin« murmelte.

Was Inge Bauer damals vortrug, wusste Tim später nicht mehr. Sie hatte schöne Diapositive mitgebracht und sprach mit Verve und ohne Manuskript.

Er hörte ihr gern zu, konzentrierte sich dabei aber mehr auf den Klang und den Tonfall ihrer Stimme, als auf den Inhalt ihres Vortrages. Vor allem aber sah er sie an und verfolgte jede ihrer Bewegungen und Gesten mit einem wachsenden Gefühl von Einverständnis und Anteilnahme. Inge war groß, blond und schlank. Sie sah aus, als käme sie gerade aus den Ferien, so braun und glatt, so frisch. Dabei hatte sie zugleich eine kindliche Ausstrahlung. Sie trug an diesem Tag ein – offenbar selbst geschneidertes – erdbeerfarbenes Kostüm, dazu als einziges Schmuckstück einen mattgrünen Stein in einer schmalen goldenen Fassung an einer ebensolchen Kette. Beide Farbtöne harmonierten mit ihrem blonden Haar und der leicht gebräunten Haut. Was sie sagte, klang druckreif – sie hatte ihren Text auswendig gelernt, vermutete Tim. Viele Anfänger taten das.

Wie alle anderen Beiträge wurde auch der Vortrag von Inge Bauer zur Diskussion gestellt. An dieser Stelle hatte Senckbusch Gelegenheit, den eben gehörten Vortrag als »außerordentlich interessant, ja faszinierend« zu bezeichnen. Mit dieser Meinung stand Senckbusch entweder allein, oder Inge Bauer hatte die Zuhörer durch ihre Erscheinung so vom Inhalt ihrer Mitteilung abgelenkt, dass niemand eine Frage stellen wollte.

Senckbusch tat ungläubig. »Keine Frage zu diesem wichtigen Beitrag?« Das Schweigen bot Tim eine willkommene Gelegenheit, mit dieser Frau ins Gespräch zu kommen. Er meldete sich, wurde aufgerufen und fing an, zu fragen. Aber Herr Senckbusch unterbrach ihn gleich wieder. »Bitte Herr Kollege, nennen Sie uns Ihren Namen und Ihren Arbeitsplatz?«

»Tim Brandis, Medizinische Klinik der Universität Heidelberg.«

»Danke, Herr Kollege«, lächelte Senckbusch, und nun durfte Tim seine Frage zu Ende stellen. Ob man die Veränderungen, die Frau Bauer an den Chromosomen von an Leukämie erkrankten Kindern beobachtet hatte, auch diagnostisch nutzen könne?

Es war, als hätte er Inge Bauer das Stichwort zu einem zweiten

Vortrag gegeben. Offenbar fühlte sie sich nach ihrem erfolgreichen, aber unter Spannung gehaltenen Vortrag erleichtert. Das Adrenalin zirkulierte noch in ihrem Blut, aber die Angst war weg. Also beantwortete Inge nicht nur die von Tim gestellte Frage, sondern holte zu einer eingehenden Beschreibung der Umstände aus, unter denen sie in Berlin tätig sei. Dass es sich bei der hier vorgetragenen Studie um ihre Doktorarbeit gehandelt habe, gab sie zu verstehen, dass allerdings der grundlegende Charakter der Arbeit den Rahmen einer Dissertation eindeutig überstiegen habe und sie auch in Zukunft über dieses wichtige Thema arbeiten wolle. Professor Rehberger, ihr Chef, habe dazu bereits sein Einverständnis gegeben.

An dieser Stelle hatte Senckbusch die Gelegenheit, die Diskussion zu beenden, ohne die Begeisterung der jungen Vortragenden zu beschädigen. »Wir freuen uns darauf, auch in Zukunft von Ihnen zu hören«, sagte er ohne jede Ironie, und der abschließende herzliche und intensive Beifall schien Inge zu überraschen: Sie errötete und huschte zurück auf ihren Platz in der ersten Reihe.

Tim benutzte die erste längere Pause, um auf Inge Bauer zuzugehen, sich vorzustellen und seine Bewunderung für ihre Arbeit zum Ausdruck zu bringen. Er hatte den dringenden Wunsch, diese junge Frau kennenzulernen. Dazu musste er sie allerdings erst aus dem Gedränge des Vortagssaales herausbekommen. Zunächst versuchte er es mit einer Einladung zum Mittagessen, bekam aber gleich einen Korb. Mittags esse sie nie, ließ sie ihn wissen, aber sie könnten ja einen Spaziergang durch den Kurpark machen und ein paar Sonnenstrahlen einfangen. Bei diesen Worten sah sie blinzelnd in das Sonnenlicht, das durch eines der nicht mehr verdunkelten Fenster hereinströmte, und Tim verstand, woher sie ihre gesunde Hautfarbe hatte.

»Und abends?«, fragte er. »Essen Sie abends auch nichts?«

»Doch, abends esse ich.«

»Abends, wenn die Sonne tief steht oder wenn sie schon untergegangen ist?«

Zum ersten Mal musterte sie ihn genauer. Das schmale Gesicht mit den graublauen Augen, den etwas weichen Mund, der zu dem energischen Kinn nicht so recht passte, und das blonde, leicht wellige Haar, das ungekämmt wirkte und die Form des Kopfes dennoch betonte. »Das haben Sie schnell begriffen«, lachte sie dann und zeigte ihre schönen Zähne. »Sonne ist kostbar in unseren Breiten.«

Also gingen sie in der Mittagspause im Park spazieren, fanden auch eine von der Sonne beschienene Bank, auf der Inge »sich ausruhen und ein wenig die Sonne genießen« wollte. Tim erfuhr zu seinem Erschrecken, dass ihre Reiseerlaubnis mit dem Ende des Kongresses ablaufen würde, sie also übermorgen, nein, morgen, schon wieder nach Hause fahren müsste. Eine Verlängerung ihrer Aufenthaltsgenehmigung käme nicht infrage, belehrte sie ihn, es sei schwer genug gewesen, eine Reisegenehmigung für sie zu erwirken, sie müsse also zurück. Schon um Rehberger nicht in Schwierigkeiten zu bringen. Immerhin verdanke sie diese Reise seiner Fürsprache.

Tim hatte Mühe, seine Enttäuschung zu verbergen. Einige Monate nach jenem finsteren Januartag, an dem er schließlich den Mut aufgebracht hatte, sich von Verena zu trennen, war ganz unerwartet diese blonde Fee in sein Leben spaziert. Sie war anziehend, gescheit, sie hatte ihn durch ihre Naivität und ihren kindlichen Charme gerührt, und sie saß nun neben ihm und plauderte munter von ihrer Arbeit im Institut für Biochemie, erzählte von ihrer Familie, ihren vier Geschwistern, von ihrem Vater, der nach einer langjährigen Inhaftierung durch die Russen noch einmal die Kraft gefunden hatte, neu anzufangen und der jetzt als Professor für Slawistik an der Humboldt-Universität Berlin tätig sei.

»Warum haben sie ihn denn eingesperrt?«, fragte Tim, dem die Enttäuschung über Inges bevorstehende Abreise in diesem Augenblick weit stärker zusetzte als das bedauerliche Schicksal des alten Herrn Bauer.

»Er war im Dritten Reich einer der prominentesten Dolmetscher für das deutsche Außenministerium, hat für Ribbentrop übersetzt. Während des Krieges hat er auch bei Verhören politisch wichtiger Kriegsgefangener für die deutsche Abwehr gearbeitet. ›Fremde Heere Ost‹ nannte sich das damals. Die Russen hatten wohl Angst, dass mein Vater über geheime Informationen verfügte, die für viele Offiziere und Politiker in der Sowjetunion belastend sein mussten. Also wurde er ein paar Jahre lang inhaftiert.«

»Wo?«

»Auf einer Halbinsel an der russischen Schwarzmeerküste. Dort hielten sie auch einige deutsche Atomphysiker gefangen. Niemand wusste, wo er war, ob er noch lebte. Erst ein Jahr nach Kriegsende durfte er uns schreiben. Er musste für die Russen arbeiten, und nachdem er das genauso gut und zuverlässig erledigt hatte wie seine Dolmetscherei in der Nazizeit, haben sie ihn dann ›rehabilitiert‹. Er wurde auf einen Lehrstuhl an der Uni berufen, und dort arbeitet er heute noch.«

»Schön für ihn, dass er wieder in seinem Beruf tätig sein kann«, sagte Tim ohne Begeisterung. Im Augenblick empfand er nur Enttäuschung und Hilflosigkeit. Inge Bauer musste etwas von diesem Stimmungsumschwung gemerkt haben, denn sie fragte ihn unvermittelt, ob sie nicht noch ein Stück gehen sollten. Dann schaute sie auf die Uhr und hatte nun plötzlich einen Grund, aufzubrechen. »In einer halben Stunde geht's wieder los«, sagte sie. »Ich muss nachher einen Bericht schreiben, muss also aufpassen, was gesagt wird.«

»Nein, einen Augenblick noch«, bat er. »Es ist so schön hier.« Und wirklich, es war schön: Die alten Platanen im Park leuchteten in jungem Grün, auf den Blumenbeeten prangten Tulpen, Narzissen und Stiefmütterchen, die Luft war lau, die Sonne schien.

»Es war ein guter Vorschlag, hierher zu gehen«, sagte er. Steif und unbeholfen kam er sich dabei vor. Er war im Begriff, sich in diese Inge Bauer zu verlieben und redete daher wie ein älterer Kurgast. »Ich sehe ein, dass Sie zurück müssen«, sagte er. Sie antwortete nicht. »Haben Sie nie daran gedacht, hierher zu kommen – an eine westdeutsche Klinik oder an ein Institut?«

Sie sah ihn kurz an und wollte antworten.

»Ich könnte Ihnen helfen«, sagte Tim rasch, »würde es auch gern tun.« Um sie nicht in Verlegenheit zu bringen, fügte er hinzu: »Sie haben doch gemerkt, wie gut Ihr Vortrag angekommen ist. Es gibt hier sicher viele Leute, die Sie gern bei sich hätten.«

Inge stand auf und zeigte wie zur Erklärung auf ihre Uhr. »Das ist nicht so einfach«, sagte sie. Er meinte, ein gewisses Misstrauen in ihrer Stimme zu hören. »Außerdem bin ich ganz gut aufgehoben bei Rehberger – und in meiner Familie.«

»Auch in der DDR?«

Dann blieb er plötzlich stehen, weil ihm klar wurde, wie zudringlich diese Fragen in ihren Ohren klingen mussten. »Entschuldigen Sie«, bat er. »Aber wir haben so wenig Zeit und ich finde Sie ... Ja, ich mag Sie einfach, und nun tauchen Sie auf und sind auch gleich wieder weg.«

Sie schien jetzt auch etwas verlegen zu sein. Jedenfalls lächelte sie über das abrupte Geständnis, sagte aber nichts. Auf dem Weg zurück zum Kongresshaus sprachen sie nur noch über die Vorträge des Vormittags. Dann fragte sie Tim nach seinem Arbeitsgebiet, und er erklärte ihr in wenigen Worten, dass er während eines Jahres, das er an der Columbia Universität in New York verbracht hatte, eine neue Technik gelernt habe, mit der man das An- und Abschalten von Genen verfolgen könne. »Ich untersuche die Wirkung von Hormonen auf die Gen-Aktivität.« Es tat ihm gut, über etwas zu reden, das ihm am Herzen lag, etwas, das nichts mit Inges plötzlichem Erscheinen, seiner beginnenden Verliebtheit und ihrer bevorstehenden Abreise zu tun hatte. Er beschrieb seine Versuche, erwähnte auch einige Publikationen. Schließlich blieb sie stehen und fragte ihn: »Würden Sie einmal zu uns nach Berlin kommen und dort vortragen? Rehberger interessiert sich brennend für diese neuen Dinge, und«, sie schlenderte weiter, »er hat Einfluss.«

»Ich würde gern kommen.« Die Antwort kam ein wenig zu schnell. Selbst ein so argloses Gemüt wie Inge Bauer musste begreifen, dass er sich von einem solchen Besuch mehr erhoffte als nur wissenschaftliche Meriten.

»Reden wir heute Abend darüber?«, fragte sie.

Ja, darüber und über vieles andere, dachte Tim, nachdem sie sich für den Nachmittag voneinander verabschiedet hatten. Um viel Zeit zu haben, ließ er bereits für sieben Uhr einen Tisch in einem Restaurant im Rheingau reservieren, das er schon von früheren Besuchen her kannte.

Zu seiner Überraschung stand Inge nicht allein am vereinbarten Treffpunkt im Foyer der Kongresshalle. Ein schmaler, grauhaariger Mann mit einer Hornbrille war bei ihr und schien ihre Aufmerksamkeit ganz in Anspruch zu nehmen. Jedenfalls bemerkte sie Tim erst, als er neben die beiden trat.

»Darf ich vorstellen?«

Inge schien sein Erscheinen nicht zum Anlass für eine rasche Verabschiedung von dem schmächtigen Kollegen nehmen zu wollen. Sie stellte ihn in aller Kürze vor, fügte sogar noch hinzu, dass Tim und sie sich erst heute Vormittag getroffen hätten.

»Und dies ist ein lieber alter Kollege aus der Universitätskinderklinik in Halle«, sagte sie, »der oft hier im Westen ist. Entweder ist er so berühmt, dass ihn alle Leute einladen, oder er hat einflussreiche Gönner in der DDR, die ihn immer wieder reisen lassen.«

»Karl Kleinschmidt«, sagte der Mann.

Tim reichte ihm die Hand und stellte sich ebenfalls vor. Er durfte sich jetzt nicht allzu kollegial verhalten, sonst würde er Kleinschmidt anstandshalber ebenfalls zum Essen einladen müssen, und damit wären seine Inge-Pläne für diesen Abend geplatzt. Also beteuerte Tim, dass er sich freue, Kleinschmidt, von dem er bereits gehört und vor allem auch gelesen habe, nun auch einmal persönlich zu treffen. Leider müsse er ihm die Frau Doktor jetzt entführen, da sie eine ganze Reihe von Dingen miteinander zu besprechen hätten. Aber morgen? Ob er um die Mittagszeit frei sei, er würde den Kollegen gern zu einem Mittagessen einladen, wenn ihm das passe? Herr Kleinschmidt wusste nicht so recht, er müsse sich morgen Nachmittag wieder auf den Weg machen, da würde es mit der Zeit ein wenig knapp werden. Er sprach ein weiches, leicht bekümmert klingendes Sächsisch, das nicht unsympathisch klang. Inge kam Tim zur Hilfe.

»Herr Brandis macht sehr originelle Forschung, das interessiert Sie sicher«, ermunterte sie ihren Kollegen, der sich tatsächlich schnell umstimmen ließ.

»Um zwölf hier an dieser Stelle?«, fragte Tim.

Kleinschmidt wiederholte den Vorschlag, als müsse er die Möglichkeit eines solchen Treffens erst in seinen geregelten Tagesablauf einpassen.

»Bis um zwei Uhr hätte ich dann schon Zeit«, beruhigte er sich selbst, »mein Zug geht erst um fünfzehn Uhr dreißig.«

»Also dann.« Tim tat so, als sei er in Eile. »Ich sollte fahren, im Berufsverkehr kommt man nur ... Sie wissen.«

Kleinschmidt lachte gutmütig und auch ein bisschen traurig. »Nee, ich weiß eigentlich nischt über solche Dinge. In Halle isses noch nich so wild mit'n Berufsverkehr.«

Immerhin, Tim hatte Inge losgeeist, fasste sie am Arm und zog sie mit sich fort, nachdem er Herrn Kleinschmidt noch einmal freundlich zugenickt hatte. Sie ließ sich nach draußen bugsieren und staunte kurz darauf über die vielen Autos, die dicht an dicht auf dem Parkplatz der Rhein-Main-Halle standen. Tim fuhr seit Kurzem ein helles, fast weißes Cabriolet, einen Mercedes 220 mit braunen Ledersitzen. Bis zu seiner Trennung von Verena hatte ihm ein VW-Käfer genügt. Dieses neue Auto, das ihm über einen Freund in der Heidelberger Klinik als Gebrauchtwagen angeboten worden war, hatte er gegen alle ökonomische Vernunft gekauft, um seine neu gewonnene Freiheit zu feiern und um seinem Kummer über den Verlust Verenas etwas entgegenzusetzen – eine Art Spaß- oder Lustsymbol, mit dem er sich selbst und anderen sagen wollte, dass sich in seinen persönlichen Lebensumständen etwas geändert hatte.

Inge war beeindruckt von diesem Wagen, überhaupt hatte Tim das Gefühl, dass ihr Interesse an ihm zunächst weniger seiner Person galt als vielmehr der Tatsache, dass er in ihren Augen den »Westen« verkörperte. Dass er den Wagen auf Raten gekauft hatte, an denen er noch eine Weile zu stottern hätte, störte sie nicht. Er war Assistenzarzt, fünf Jahre älter als sie, hatte eine eigene Wohnung gemietet, war in Amerika gewesen, hatte dort etwas Neues gelernt, das er nun in Heidelberg auf eigene Faust mittels einer Forschungsbeihilfe weiter betrieb. Und er war verrückt genug, sich ein Auto zu kaufen, dessen Unterhalt nicht billig sein konnte – alle diese Eindrücke ergaben zusammen mit dem heiteren Rahmen, den Wiesbaden im Frühling bot, dem damals schon lebhaften Berufsverkehr, der aufgeräumten Stimmung der Kongressteilnehmer ein Aroma, an dem Inge begierig schnupperte und das sie als den Geruch des westlichen Wohlstandes und westlicher Freiheit einstufte. So jedenfalls erschien es Tim später, wenn er an diese erste Begegnung mit Inge Bauer dachte. Damals, als sie im geschlossenen Cabrio zunächst durch die Straßen Wiesbadens und dann über die Chausseen des Rheingaus rollten, bezog er ihre Bewunderung und auch die gelegentlich durchscheinende Resignation – »da sind wir doch Jahrzehnte hinterher« – ganz auf sich selbst. Im Restaurant des Klosters Eberbach hatte Tim Gelegenheit, Inge mit seinen durchaus überschaubaren Kenntnissen der Rheingauer Rieslinge zu beeindrucken.

»So etwas wird Ihnen Professor Rehberger aber nicht bieten können, wenn Sie nach Berlin kommen.«

Inge ließ bewundernde Blicke durch den holzgetäfelten Raum schweifen, betrachtete mit Wohlgefallen die weißen Tischtücher und die hübsch gefalteten Servietten, das im Kerzenlicht schimmernde Silberbesteck, die blanken Gläser – das alles schien ihr sehr zu gefallen.

Ein freundlicher Ober trat an ihren Tisch, brachte ihnen die Speisekarten und eine Weinkarte und empfahl ihnen einige nicht auf der Speisekarte genannte Spezialitäten.

»Nett sind die hier«, sagte Inge anerkennend, nachdem der Kellner sich entfernt hatte.

Für einige viel zu lange Augenblicke vertieften sie sich in die Speisekarten, Tim suchte einen Wein aus, dann kam der Ober zurück und nahm ihre Bestellungen entgegen. Tim war froh, diese Formalitäten aus dem Wege zu haben. Jetzt endlich konnte er sich ganz Inge zuwenden. Der nette Ober hatte ihr eine Fleischbrühe serviert, die sie mit Behagen löffelte.

»Ich würde ja auch nicht zum Essen nach Berlin fahren«, sagte Tim.

»Auch nicht wegen des Vortrags?«

»Ich käme, um Sie wiederzusehen – das heißt, wenn ich eine Einladung erhielte.«

Inge errötete ein wenig und beugte sich über ihre Suppentasse.

»Dass Sie morgen schon wieder wegfahren, macht mich ganz traurig.«

Sie antwortete nicht gleich, sondern hielt die Suppentasse an beiden Henkeln, führte sie zum Mund und trank sie aus.

»Das darf man doch?«, fragte sie, als sie die Tasse abgesetzt hatte, und lachte ein wenig verlegen.

»Das war absolut ›comme il faut‹.«

»Ich bin auch traurig«, gestand Inge ein wenig später. »Übermorgen beginnt dann wieder der Alltag, in meinem Fall der sozialistische Alltag. Das ist schon noch etwas anderes als Ihr Alltag.«

»Erzählen Sie mir davon?«

»Nein. Damit verderben wir uns den schönen Abend.«

»Nur ein wenig«, bat er, »damit ich weiß, wo ich meine Gedanken hinschicken soll.«

»Nach Pankow«, lächelte sie. »Kennen Sie doch, oder?« Dann sang sie ihm mit leiser Stimme über den Tisch zu: »Pankow, tille tille Pankow, tille tille Pankow, heidi heidi, hopsasa ...« und lachte.

Nein, das kannte er nicht. In Hamburg sang man so etwas nicht.

»Ich wohne dort bei meinen Eltern, die haben eine riesig große Altbauwohnung, und außer mir sind alle Kinder ausgeflogen.«

»Und der Alltag?«

»Jeden Tag mit der S-Bahn und mit der U-Bahn in die Stadt, ins Institut, von der Arbeit dort haben Sie ja jetzt eine Vorstellung.«

»Eine sehr positive.«

»Macht ja auch Spaß, dieser Teil jedenfalls. Das Drum und Dran allerdings, davon machen Sie sich hier keinen Begriff: Die Politveranstaltungen im Institut, die Drangsalierung der Mitarbeiter durch die Partei, die gegenseitige Bespitzelung, das alles und noch viel mehr.

Will ich gar nicht im Einzelnen erwähnen«, sagte Inge. »Es ist widerlich, damit könnten wir uns wirklich den Abend verderben.«
»Sie müssen eben öfter kommen.«
»Wenn das so einfach wäre. Diese Reise zum Beispiel – das ist wie, wie ...«
»Ein Geschenk?«
»Es ist wie Weihnachten«, sagte Inge und lachte fast verlegen. »Nur seltener.«
»Können Sie nicht irgendwie ...«
»Abhauen?«
Tim nickte. Sie hatten beide dem Rheingauer Riesling zugesprochen, und er fing an, die verschiedenen Ausreise- oder besser Fluchtmöglichkeiten durchzusprechen: Flucht über die Grenze an Stellen, die noch nicht ausreichend gesichert waren, Ausreise mit gefälschten Papieren, Ausreise über ein anderes Ostblockland oder am einfachsten: anlässlich einer genehmigten Reise ins westliche Ausland nicht zurückkehren.
»Damit bringt man andere in Schwierigkeiten.« Inge schüttelte den Kopf. »Irgendjemand, in meinen Fall Rehberger, steht dafür gerade, dass ich zurückkomme.«
Der Ober servierte ihnen die Hauptgänge. Nachdem er sich entfernt hatte, hakte er nach:
»Wenn Sie nun jemanden aus dem westlichen Deutschland heiraten wollten?«, fragte er und spürte bei dieser Frage sein Herz klopfen. Dann bat er den Kellner um eine zweite Flasche Wein. Er wusste, die Frage war plump, deshalb erzählte er Inge die Geschichte von einer jungen Ungarin, die, um ins westliche Ausland zu kommen, zum Schein einen englischen Freund geheiratet hatte, von dem sie alsbald wieder geschieden wurde. Heute lebe sie in Wien, gar nicht weit von ihrer Heimat entfernt, habe wieder geheiratet, diesmal richtig, und habe bereits zwei Kinder.
»Und ein drittes Baby ist unterwegs«, sagte Inge. Es sollte ironisch klingen, aber es stimmte. Tim musste lachen und berichtete, dass es in der Tat so sei, er habe es nur nicht erwähnt, weil es mit der Sache selbst nicht zusammenhinge, sondern mit der Ehe danach.
Unter dem Einfluss des Rieslings und animiert durch Inges Gegenwart, durch ihre grünlichen Augen, den rosigen Mund, der sich beim Sprechen und beim Lachen so lebhaft bewegte, fühlte Tim sich zu

weiter gehenden Anregungen ermutigt. »Natürlich könnte man auch gleich den richtigen Mann heiraten«, schlug er vor, worauf sie ihn spöttisch ansah, aber auch ein wenig rot wurde. Dem stünde nichts entgegen, bemerkte sie kühl, wenn der richtige Mann nichts dagegen hätte, in die DDR zu ziehen und sein Familienglück dort unter der Obhut des Arbeiter- und Bauernstaates zu suchen. Die nötigen Einreise- und Aufenthaltsformalitäten, auch eine Arbeitserlaubnis und sogar Stellenangebote wären unter diesen Umständen sicher kein Problem.

Tim fand, dass sie jetzt beim richtigen Thema angekommen waren, und griff nach der Flasche, die in einem Kübel neben ihnen stand. Inge legte abwehrend die flache Hand auf ihr Glas.

»Ich bin's nicht gewöhnt«, erklärte sie und gab ihm die Gelegenheit, ihre Hand eingehend zu betrachten. Eine schlanke Hand mit runden Fingerkuppen. Tim konnte nicht widerstehen: Er nahm Inges Hand in die seine. Ihre Fingerkuppen fühlten sich weich an, er drehte die Hand, als wolle er Inges Zukunft aus den Linien ihres Handtellers lesen. Sie ließ es geschehen, und während er ihr erklärte, was ihm an ihren Händen so gut gefiel, fragte sie nach der in der Bundesrepublik geltenden Promillegrenze.

»In der DDR gelten null Prozent«, sagte sie. »Ich nehme an, so streng ist die Polizei hier nicht. Trotzdem« – jetzt entzog sie ihm ihre Hand langsam, aber mit einem gewissen Nachdruck – »Sie müssen noch heil bis nach Wiesbaden kommen.«

Einen Augenblick lang hatte er den Eindruck, dass sie sein Angebot, noch ein Dessert und einen Espresso zu bestellen, nur annahm, um ihm ein wenig Zeit zur Senkung seines Alkoholpegels zu geben. Dann aber erschien ihm diese Vermutung als zu kleinlich. Nein, sagte er sich, Inge fühlte sich wohl und wollte den Abend noch ein wenig verlängern. Er trank nun keinen Wein mehr, nahm ebenfalls einen Espresso und erzählte von seinem Vater, einem Hamburger Kaufmann mit guten Verbindungen in den Ostblock, die er gelegentlich eingesetzt habe, um zu Unrecht Inhaftierte in der DDR freizubekommen.

»Und wie funktioniert so was?«, wollte Inge wissen.

»Unsere Regierung bittet Privatpersonen, die Kontakte zu Politikern oder Wirtschaftsfunktionären in der DDR haben, um ihre Hilfe. Manchmal klappt das. Nehmen wir an, ich hätte versucht, Inge Bauer im Kofferraum meines Wagens aus der DDR zu entführen und sei dabei erwischt worden.«

»Wenn ich in Ihren Kofferraum gestiegen wäre!«
»Ist ja auch nur ein Beispiel.« Er sah sie an und bemerkte den Spott in ihren Augen.
»Offiziell könnte unsere Regierung in einem solchen Fall nichts unternehmen. Aber ein Mittelsmann wie mein Vater könnte in seiner Eigenschaft als Mitglied der Industrie- und Handelskammer einen Geschäftspartner in Ost-Berlin oder in Rostock anrufen und ihn bitten, beim Genossen Mielke oder bei einer anderen Person vorstellig zu werden und darauf hinweisen, dass sein Sohn nicht die Absicht gehabt hätte, die DDR zu schädigen, sondern im Zustand einer romantischen Verblendung gehandelt habe. Und dann würde er vielleicht freigekauft werden.«

Es war spät geworden. Tim Brandis und Inge Bauer waren fast die einzigen Gäste, die noch ausharrten. Unaufgefordert kam der Ober und überreichte ihm die Rechnung. Der Abend, auf den er sich so gefreut, auf den er fast irrationale Hoffnungen gesetzt hatte, war schon wieder zu Ende. Für ihn war es einer jener seltenen Augenblicke, in denen er die fast gespenstische Flüchtigkeit glücklicher Augenblicke spürte. Er zahlte, und sie verließen das Restaurant. Einzelne Gebäude, Teile des Klosters Eberbach, waren von Scheinwerfern angestrahlt, die Luft war mild und würzig. Inge hängte sich bei ihm ein, als sie zum Auto gingen. Später, als sie in der Nähe ihres Hotel anhielten, sagte sie unvermittelt: »Wenn Sie mich zum Abschied küssen wollen, dann müssen Sie es hier im Auto tun, nicht vor der Haustür.« Sie wandte sich ihm zu, legte ihren linken und dann, als er sich zu ihr beugte, auch den rechten Arm um seinen Hals und erklärte: »Der Herr Kleinschmidt aus Halle wohnt nämlich auch hier und noch ein anderer von drüben.«

Dann durfte Tim Brandis ausprobieren, wie sich diese rosigen Lippen, die er den ganzen Abend lang bewundert hatte, beim Küssen anfühlten.

2

Eigentlich hatte sich Inge auf diese Fahrt gefreut. Mit der Vorstellung, im Zug durch Westdeutschland zu fahren, verband sich die Möglichkeit, etwas von dem Leben, das die Menschen hier führten, beobachten zu können, ohne sich selbst den Blicken und dem Urteil der anderen aussetzen zu müssen. Aber das Abteil war voll, alle Plätze wurden bereits in Frankfurt besetzt, ein älteres Ehepaar, Großeltern offenbar, die zu ihren Kindern nach Ostberlin fuhren, ein Frankfurter Geschäftsmann, der zu einer Messe nach Leipzig wollte – was es da wohl zu sehen gab, wunderte sich Inge –, ein junger Mann, der seinen Bruder in Ostberlin besuchen wollte, eine Rentnerin aus Bernau, die ihren Sohn in Gießen wiedergesehen hatte und sie, Inge Bauer, die ihre Kongressreise heute beendete und auftragsgemäß zurückkehrte ins Paradies der Werktätigen. Die Beobachtung fand vorerst im Abteil statt, die Westdeutschen freuten sich auf die Begegnung mit ihren Verwandten und fürchteten sich vor den Grenzkontrollen, die Rückkehrer in die DDR, die Mutter aus Bernau und sie selbst, fühlten sich durch die Fülle der in den letzten Tagen empfangenen Eindrücke emporgehoben wie von einer Welle und sahen sich auch schon wieder hinabgleiten in das Tal der grauen Alltäglichkeit und der bedrohten Langeweile. Die Gefühle machten sich Luft, sobald die das Abteil und die Mitreisenden musternden Augenpaare ein Gesicht gefunden hatten, das durch ein Lächeln oder ein kurzes Nicken versprach, etwaige Fragen oder Bemerkungen zu beantworten oder zu kommentieren. Es dauerte nicht länger als eine Viertelstunde, bis Inge zumindest in Umrissen wusste, mit wem sie im Abteil saß, und bis sich alle Augen auf sie richteten, die bisher als Einzige geschwiegen hatte.

»Ganz allein unterwegs?«, fragte die Dame aus Bernau schließlich.

Inge musste lachen. »Das sehen Sie doch.« Sie zog eine Zeitschrift aus der Aktentasche, die sie auf dem Schoß hielt, und gab vor, sich in einen Aufsatz über neuere Behandlungsmethoden kindlicher Leukämien zu vertiefen. Was sie eigentlich beschäftigte, war Tim Brandis. Während sie in die medizinische Zeitschrift starrte, versuchte sie, jeden Augenblick des gestrigen Abends, den sie gemeinsam verbracht hatten, noch einmal zu durchleben. Wenn sie nicht alles täuschte, dann hatte dieser Tim wirklich Feuer gefangen. Ganz glauben konnte sie es noch nicht, ein Mann, der schon so viel erreicht hatte, sollte sich plötzlich Knall auf Fall in sie verlieben? In eine junge Kollegin aus dem Osten? Aber der Gedanke war ihr nicht unangenehm. Nein, er tat ihr gut. Sehr gut sogar. Mit der ermutigenden Vorstellung, dass jemand wie Tim sich in sie verknallen konnte, meldete sich allerdings auch die Frage, was aus der Bekanntschaft mit ihm denn werden könnte. Würde er die Geduld aufbringen, sie regelmäßig in Pankow zu besuchen? Und wenn Rehberger kein Interesse an einem Vortrag von Doktor Brandis zeigte? Was wäre dann? Wann würde sie denn wieder in den Westen reisen dürfen? Im nächsten Jahr? Wenn es hoch kommt, einmal im Jahr. Dass sie dieses Mal hatte reisen dürfen, war ohnehin fast ein Wunder. Oder ein bewusster Vertrauensvorschuss von Rehberger. Vielleicht auch eine kleine Anerkennung dafür, dass sie sich seinen Anordnungen widerspruchslos gefügt und sich Elenas Gruppe angeschlossen hatte. Siehst du, Mädchen, so ist es, wenn du Disziplin zeigst, dich dem Kollektiv unterordnest, die Zähne zusammenbeißt, ohne dabei zu verkrampfen und depressiv zu werden. Dann gibt es auch von meiner Seite das eine oder andere positive Signal. So könnte Rehberger sich ausgedrückt haben, wenn er seine Gedanken über sie in Worte gefasst hätte. Vielleicht, dachte Inge, vielleicht auch nicht. Wenn er wirklich so denkt, dann wird er auch nichts dagegen haben, wenn wir Tim Brandis einladen.

Mochte sie den so, wie er vorgab, sie zu mögen? Oder fühlte sie sich nur geschmeichelt? Aber selbst, wenn es so wäre, dachte sie, dann doch nur, weil er ein netter Kerl ist, höflich, gut aussehend, gescheit und bei alledem noch zutraulich und spontan. Wenn etwas aus uns würde, dann käme das wie ein Geschenk des Himmels nach den Enttäuschungen der letzten Monate. Inge fand plötzlich, dass sie angefangen hatte, diesen Tim Brandis zu mögen.

»Bebra«, sagte jemand im Abteil, als der Zug seine Fahrt verlangsamte. Sie ließ ihre Zeitschrift sinken. Die Dame aus Bernau, die ihr gegenüber saß, lächelte sie an, und Inge lächelte zurück.

Ein Beamter des Grenzschutzes schob die Tür zum Abteil auf und bat um die Ausweise. Betont nachlässig, fand Inge. Sie meinte, dass der Beamte eine Sekunde länger auf die westdeutschen Pässe schaute als auf die DDR-Papiere.

Nach wenigen Minuten hielt der Zug und rollte gleich darauf langsam weiter.
»Jetzt kommen die Unsrigen«, sagte die alte Dame aus Bernau. Es klang nicht gerade begeistert.
Die DDR-Grenzer verwandten sehr viel mehr Zeit auf die Kontrolle der Reisepapiere als ihre westdeutschen Kollegen. Vor allem widmeten sie sich dem Gepäck der Reisenden mit einer Akribie, die Inges Vater einmal als staatlich sanktionierten Voyeurismus beschrieben hatte. In ihrem Gepäck befand sich allerdings nichts, was Anstoß erregte. Der Herr aus Frankfurt aber, der angeblich zur Leipziger Messe reiste, wurde aufgefordert, mitsamt seinem Gepäck auszusteigen, um sich in der Dienstbaracke der Grenzpolizei einer genauen Kontrolle zu unterziehen.
»Aber dann versäume ich ja diesen Zug«, maulte er.
Der Mann, der sich seinen Mitreisenden bis dahin eher jovial und selbstsicher gezeigt hatte, machte plötzlich eine recht klägliche Figur.
»Dann nehmen Se eben den nächsten Zug, das heißt, wenn alles in Ordnung sein sollte«, wurde er belehrt.
Eine geschlagene Stunde stand der Zug in Wartha an der Grenzstation. Dann setzte er sich langsam wieder in Bewegung. Der Platz des Messe-Reisenden blieb leer.
»Heute noch auf stolzen Rossen, morgen durch die Brust geschossen«, zitierte die Dame aus Bernau, aber Inge, der diese Anspielung gegolten hatte, antwortete nicht. Niemand sagte etwas. Es blieb still im Zug. Der kleine Zwischenfall hatte die Stimmung gedämpft. Die Insassen des Abteils wussten jetzt wieder, wo sie hinfuhren. Erst als der Zug den Bahnhof Griebnitzsee hinter sich gelassen hatte und sich auf einer Umleitung dem Bahnhof Friedrichstraße näherte, wurde die Stimmung wieder lebhaft. Man war fast am Ziel. Zwar würde es noch einmal Kontrollen geben, aber die Menschen, die man besuchen wollte, waren nun nahe. Langsam verdrängte die Freude über das bevorstehende Wiedersehen die Angst vor der eben erlebten Willkür. Inge empfand auch so etwas wie Freude bei dem Gedanken, ihren Eltern und später den Geschwistern und Freunden von ihrer Reise zu erzählen, von dem Vortrag, der so gut gelaufen war, von der Frühlingsstimmung in Wiesbaden, den Läden mit ihren einladenden Schaufenstern, den vielen Autos, den irgendwie lässigen und entgegenkommenden

Kollegen. Einigen würde sie auch von Tim erzählen. Wenn sie jetzt an ihn dachte, dann kam ihr »gestern Abend« vor wie ein lange zurückliegendes Ereignis. Zeitlich war es nahe, warum rückte es trotzdem schon wieder so weit weg?

Und Rehberger? Sie sah ihn erst einige Tage nach ihrer Rückkehr. Dabei brannte sie doch darauf, ihm von Tim Brandis' neuartigen Arbeiten zu erzählen. Natürlich musste sie einen schriftlichen Bericht über ihre Reise abliefern. Alle Kontakte mit westdeutschen Kollegen, denen sie begegnet war, mussten darin erwähnt sein. Was die wissenschaftlich taten, interessierte genauso sehr wie die politische Einstellung dieser Menschen, soweit sie darüber etwas in Erfahrung gebracht hatte. Dann musste sie den eigenen Kollegen im Institut im Rahmen eines Seminars berichten, was sie an Neuem erfahren hatte. Da saßen sie vor ihr im kleinen Hörsaal in ihren weißen Kitteln und mit ihren ausdruckslosen Gesichtern. Wenn sie über Vorträge referierte, die sie besonders beeindruckt hatten und dabei so etwas wie Begeisterung spüren ließ, gab es zwei Reaktionen: verstocktes Schweigen auf der einen Seite, das konnte heißen: »Die sind eben in allem weiter als wir, da kommen wir nie hin, Kunststück, die sind frei. Die können reisen, sich Geld beschaffen, publizieren, auf Kongresse fahren – und wir?« Oder das Schweigen signalisierte Neid. »Tu nicht so wichtig, spiel dich nicht so auf, du Schnepfe, du treibst dich da im Westen rum und lässt uns hier deine Arbeit tun.« Die zweite Reaktion bestand in geheucheltem Interesse, vielen Nachfragen, Verweisen auf eigene Arbeiten oder Aufsätze von Kollegen im sozialistischen Ausland. »Ich darf in diesem Zusammenhang auf die Arbeit der Moskauer Gruppe um Josef Wassilew erinnern. Die haben schon vor einem Jahr ähnliche Ergebnisse veröffentlicht. Wenn Sie die Arbeit nicht kennen – ich schicke Ihnen einen Sonderdruck.« Ein schneller Blick zu Rehberger musste sicherstellen, dass die Bemerkung auch gehört und verstanden worden war. Inge war schon fast fertig mit ihren Ausführungen, einige der Kollegen sahen auf die Uhr, es war bereits früher Abend, Zeit nach Hause zu gehen oder noch irgendetwas einzukaufen, da fing sie plötzlich an, von Tim Brandis zu erzählen.

»Die interessanteste Neuigkeit habe ich am Rande des Kongresses erfahren.« Dann berichtete sie mit akribischer Genauigkeit, was Tim Brandis ihr erzählt hatte. Sie schilderte seine neue Technik, die er in

New York, an der Columbia University gelernt hatte und jetzt in Heidelberg weiterführte, erzählte, was man damit machen könne und was er bereits publiziert habe. Wenn Inge bis zu diesem Augenblick pflichtgemäß berichtet und dabei häufig in ihre Notizen geschaut hatte, so sprach sie jetzt ganz frei, sehr anschaulich und mit einer Anteilnahme, die zumindest ihrem Chef auffiel. Sie vergaß auch nicht zu erwähnen, dass Tim angeboten habe, seine Technik den Kollegen am hiesigen Institut zugänglich zu machen. »Herr Brandis scheint da gar keine Vorbehalte zu haben, die man bei anderen Kollegen in der BRD doch immer wieder antrifft.« Sie log, das wusste Inge, und sie wurde dabei ein wenig rot, aber die plötzliche Frische in ihrem Gesicht konnte auch als Erleichterung oder als Eifer gedeutet werden. Rehberger lächelte, die anderen klatschten Beifall und rannten aus dem Saal. Er kam zu ihr, nachdem sich der Saal geleert und sie ihre Unterlagen wieder eingesammelt hatte.

»Meinen Sie, wir sollten diesen Herrn Brandis einmal einladen?«

»Das wäre fantastisch, ich meine für uns. Er hat angeboten, einen Kurs zu geben.«

»Nein, ich meine zunächst zu einem Vortrag?«

Inge schluckte. »Ja, warum nicht? Vielleicht ergibt sich ein interessanter Meinungsaustausch?«

»Aber er müsste dann auch kommen. Nicht, dass er uns einen Korb gibt. Sie wissen, so etwas kommt im Ministerium nicht gut an.«

»Wenn Sie ihm schreiben, Herr Professor, dann wird er nicht absagen. Da bin ich sicher. Er ist noch jung. Er will seine Methode bekannt machen.«

Rehberger nickte. »Kommen Sie doch morgen nach der Vorlesung zu mir ins Büro. Wir können das dann noch einmal besprechen.« Er gab ihr die Hand. »Ein sehr guter und anschaulicher Bericht. Sie haben offenbar profitiert.«

Inge errötete zum zweiten Mal. »Danke.«

»Also dann bis morgen«, sagte Rehberger.

Nach dem Abend in Eberbach hörte Tim lange nichts von Inge. Es war buchstäblich, als sei sie vom Erdboden verschluckt worden. Er besuchte am Schlusstag des Kongresses noch einige Vorträge, traf sich auch wie versprochen mit Herrn Kleinschmidt aus Halle an der Saale, musste sich jedoch eingestehen, dass er nicht bei der Sache war. Der ganze Kongress kam ihm plötzlich vor wie ein Rahmen ohne Bild. Die Hauptsache fehlte. Sein Gespräch mit Kleinschmidt drehte sich, wann immer er das Wort ergriff, um Inge Bauer, das Institut, in dem sie arbeitete, wie man mit ihr in Verbindung treten könne.

»Ganz einfach«, meinte Herr Kleinschmidt. »Jemand beantragt für Sie eine Aufenthaltsgenehmigung in der DDR, am einfachsten auch gleich die Einreise mit dem Auto, und dann fahren Sie hin.«

Sie hatten sich in einem kleinen Restaurant in der Nähe der Rhein-Main-Halle zusammengesetzt.

Tim erzählte ihm, dass Inge ihren Chef dazu bewegen wolle, ihn zu einem Vortrag einzuladen – nach Ost-Berlin.

»Dauert so etwas lange?«

Kleinschmidt wusste es auch nicht. »Kann schnell gehen, kann ein paar Wochen oder Monate dauern oder überhaupt abgelehnt werden. Je nachdem.«

»Je nach was?« Der Gleichmut Kleinschmidts ging ihm auf die Nerven.

»Was man über Sie in Erfahrung bringt.«

»Und was sollte das sein?«

»Na ja, zum Beispiel: Aus was für Verhältnissen kommen Sie, sind Sie Arbeiterkind, Sohn aus bürgerlichem, vielleicht national-konservativem Milieu?« Er lachte. »Das wäre weniger gut. Außerdem: Ist Ihr Besuch für die DDR wichtig? Sind Sie Träger wichtiger Informationen? Kann man Ihren Besuch irgendwie zum Vorteil unseres Staates verwenden?«

Kleinschmidt war, während er diese offiziellen Erwägungen herunterbetete, immer stärker in seinen sächsischen Dialekt verfallen. Es hörte sich an wie eine Instruktion durch einen Reisebeauftragten der DDR-Regierung. Aber dann bot er plötzlich an, Brandis ebenfalls einzuladen. »Wir könnten uns mit Rehberger kurzschließen, das erhöht Ihre Wichtigkeit bei den Offiziellen und verbessert Ihre Chancen.«

Nein, er war nicht stolz genug, um Kleinschmidts Angebot auf seinen sachlichen Gehalt zu prüfen und angesichts einer reinen Gefälligkeitseinladung dankend abzulehnen. Warum nicht Halle an der Saale? Um Inge Bauer wiederzusehen, wäre Tim Brandis auch nach Wladiwostok gefahren.

»Ja, das wäre eigentlich eine Idee«, stimmte er zu. »Ich würde gerne bei Ihnen vortragen, Herr Kleinschmidt. Vielleicht könnten Sie auch Kollegen aus Leipzig oder aus Dresden für so einen Vortrag interessieren?«

Kleinschmidt sah auf die Uhr. Tim wusste, er würde jetzt an die Abreise denken, an sein Hotel, an die Fahrt zum Bahnhof, die Rückreise, Kontrollen an der Grenze, aufatmen, wenn dabei nichts beschlagnahmt würde. Er zahlte, und zusammen traten sie auf die Straße.

»Auf bald dann«, ermunterte er seinen Gast zum Abschied, aber der bedankte sich lediglich für das Mittagessen.

Tim fuhr zurück nach Heidelberg, versah seinen Klinikdienst, telefonierte gelegentlich mit den Eltern in Hamburg und wartete auf ein Lebenszeichen von Inge Bauer. Manchmal, wenn er abends aus der Klinik heimkam, setzte er sich an seinen Schreibtisch, um Inge zu schreiben. Er schrieb auch, erzählte von seinem Patientenalltag, von seiner Forschung, die er neben seiner Stationsarbeit betrieb, beschrieb Inge die großen Kellerräume, die man ihm überlassen und die er nach seiner Rückkehr aus Amerika in gut ausgestattete Labors verwandelt hatte. Er schilderte ihr sogar seine Doktoranden und die technischen Assistentinnen, vor allem eine, die hübsch war, zuverlässig, wenn auch nicht allzu flink, und die mit einem leicht berlinerischen Akzent sprach. Er hatte sie erst vor Kurzem eingestellt. Wenn der Gedanke an Inge ihn nicht ständig umgetrieben hätte, wäre er vielleicht versucht gewesen, Sabine Grohnert zu erobern. Er schrieb und schrieb, steigerte sich beim Schreiben in eine Art Begeisterung und wurde in seinen Briefen gelegentlich sehr offen und leidenschaftlich. Und während er schrieb, dass Inge in seinem Leben erschienen sei wie Licht in der Finsternis und dass er fest daran glaube, dass ein guter Geist hinter allem stehe, vielleicht ein Engel, sicher aber das, was man gemeinhin eine Fügung nenne, wusste er bereits, dass er den Brief nie abschicken würde. Er konnte nicht ins Leere schreiben. Und von Inge kam nichts. Kein Brief, kein Anruf. Als sein Impuls, immer wieder neue Briefe zu beginnen, schon fast erlahmt war, erhielt er dann doch eine Nachricht, ein paar Sätze auf einer schlechten Ansichtskarte von der Humboldt-Universität.

»Lieber Tim« stand da in einer mädchenhaft dahinkullernden, rundlichen Schrift. »Dies ist nur ein verspäteter Dank für den schönen Tag in Wiesbaden, vor allem aber für den Abend im Kloster Eberbach. Mein Chef hat die Idee, Dich einzuladen, bereitwillig aufgenommen. Du solltest bald von ihm hören – und dann auch wieder von mir. Inge.«

Er fand die Karte, als er eines Abends aus dem Schwimmklub kam, in dem er an zwei, manchmal an drei Abenden in der Woche trainierte. Er hatte es sich in den Kopf gesetzt, irgendwann in naher Zukunft den

Ärmelkanal zu durchqueren, und baute nun seine Form auf, um diese Leistung in diesem oder spätestens im nächsten Jahr zu erbringen. Im Klub gab es eine kleine Untergruppe von Langstreckenschwimmern, die verschiedene Projekte verfolgten. Und die Durchquerung des Ärmelkanals war sozusagen ein Gesellenstück, das man irgendwann einmal schaffen musste, wenn man ernst genommen werden wollte. Es kamen immer nur wenige Wochenenden infrage, in denen Wetter, Wassertemperatur und die Zeitpläne der Organisatoren gut zusammenspielten. Begleitboote mussten verfügbar sein, Erste Hilfe-Teams, es war jedes Mal eine ziemlich aufwändige Angelegenheit.

Tim hatte sich für Anfang Juli angemeldet. Jetzt fragte er sich, ob dieses Zeitfenster mit dem Datum für den Besuch in Berlin kollidieren könnte.

Die Karte, äußerlich unansehnlich und inhaltlich von kindlicher Kürze nach dem Motto: »Mir geht es gut, was ich auch von Dir hoffe«, belebte ihn dennoch ungemein. Er studierte sie Wort für Wort und Satz für Satz mit derselben Akribie, die man in den auswärtigen Ämtern der Welt auf das Studium diplomatischer Noten verwendet. Der Plan, Tim Brandis nach Ost-Berlin einzuladen, schien auf gutem Wege zu sein, aber was bedeutete der letzte Satz? »Du solltest bald von ihm hören und dann auch wieder von mir?« Warum nicht vorher von ihr? Befürchtete sie, die Einladung an ihn durch eine parallel laufende private Korrespondenz zu gefährden? Wollte sie sich erst wieder melden, wenn sein Erscheinen in Berlin offiziell sanktioniert wäre? Irgendetwas verstand er nicht, aber der Tenor ihrer Mitteilung klang doch gut. »Bereitwillig aufgegriffen.« So, als hätte Rehberger nur auf diese Anregung gewartet.

Tim ging zum Eisschrank, öffnete eine Flasche Weißwein und schenkte sich ein Glas ein. Und dann gleich noch eines, so, als könnte der Wein ihm dabei helfen, den Inhalt von Inges Karte zu verstehen. Aber statt der erhofften Klarheit empfand er nach einem dritten Glas Wein nur eine angenehme Müdigkeit und die Zuversicht, dass seine Sterne vielleicht doch ganz günstig stünden.

Seine bis zur Ankunft der Postkarte etwas niedergedrückte Stimmung hellte sich auf, was von seinen Patienten und Kollegen in der Klinik ebenso bemerkt wurde wie von seinen Freunden im Schwimmklub.

»Du trainierst ja, als wolltest du gleich zweimal durch den Kanal schwimmen«, wunderte sich Erich Bruns, der Trainer der Langstreckenschwimmer. Irgendeine Stimme in seinem Inneren redete Tim ein, dass er gleich nach seiner Kanaldurchquerung am 7. Juli 1967 eine Nachricht von Rehberger und »dann auch« von Inge erhalten würde. Dieser Gedanke ließ ihn in den folgenden Wochen nicht mehr los. Auch während des Dauerschwimmens zwischen Calais und Dover, das die Gruppe wegen der immer noch niedrigen Wassertemperaturen in Schwimmanzügen aus Schaumneopren absolvierte, beherrschte ihn der Gedanke, dass dieses wohl die letzte Prüfung sei, die der Fortsetzung seiner Beziehung zu Inge Bauer noch im Wege stünde.

Um sechs Uhr morgens stiegen sie an einem Strand bei Calais ins Wasser. Es war noch recht kalt für die Jahreszeit, die Wassertemperatur betrug nur neunzehn Grad Celsius, aber die See war ruhig. Etwa fünfzig Meter vor dem Stand lagen die Begleitboote bereit, die Schwimmer in ihre Mitte zu nehmen, wenn sie den Strand verlassen hätten und sich »auf Kurs« befänden. Sie waren bereits im Wasser, als die Sonne im Osten aufging. Es war noch ein wenig dunstig, von der englischen Küste war nichts zu sehen. Tim schwamm zunächst auf dem Rücken. Erst, als die Sonne höher gestiegen war und ihm direkt ins Gesicht schien, drehte er sich um und kraulte in Bauchlage, was sich als anstrengender erwies als das Rückenschwimmen. Allmählich gewann die Sonne an Kraft, ihm wurde regelrecht warm in seinem Neoprenanzug, sodass er einige Reißverschlüsse am Oberteil seines Anzugs öffnete, um den Wasseraustausch innerhalb des Anzugs zu beschleunigen. Aber er fühlte sich gut. Schon bald war er seinen Mitschwimmern um einige hundert Meter, später fast um zwei Kilometer voraus. Eines der Boote folgte ihm, aber er musste seine Helfer nur zweimal in Anspruch nehmen: einmal, um etwas zu trinken und ein zweites Mal, um einen Schokoriegel zu essen. Das letzte Drittel der Strecke schwamm Tim wieder auf dem Rücken, was er angesichts der langen Dünung im Kanal als angenehm empfand. Dass er nahe am Ziel war, spürte er an dem Gefuchtel der Leute im Begleitboot, die ihn an die richtige Landestelle bugsieren wollten. Auch sah er den Strand unterhalb der Felsen von Dover jetzt aus wenigen Kilometern Entfernung, und jedes Mal, wenn er hinschaute, schienen dort neben einer Landebrücke noch mehr Menschen zu stehen als bei der letzten Prüfung. Der Empfang von Ärmelkanalschwimmern gehörte wohl zu den sommerlichen Vergnügungen zwischen Dover und Folkstone. Die Tatsache, dass Tim als Erster des Feldes ankam, entlockte den Schaulustigen, die auf der Landebrücke und am Strand standen, Beifall, obwohl es sich ja gar nicht um einen Wettkampf gehandelt hatte.

Sobald er sich im flachen Wasser befand, wollte er sich aufrichten, kam aber damit nicht weit. Jede kleine Welle riss ihn um. Nach den vielen Stunden, die er in horizontaler Lage verbracht hatte, kehrte die Standfestigkeit nur allmählich zurück.

»Eleven hours and forty minutes!«, rief ihm der Kapitän seines Begleitbootes zu und wiederholte es gleich noch einmal für alle Umstehenden mittels einer Flüstertüte. Das war eine gute Zeit, sehr gut sogar, dachte Tim, während er im flachen Wasser herumtaumelte. Ein paar junge Burschen, die orangefarbene Hemden trugen, liefen zu ihm, stützten ihn und erteilten ihm lautstarke Ratschläge: »Easy now, keep your head low, don't stand up straight.«

Später, als er vornübergebeugt an den Strand gewatschelt war, musste er sich hinsetzen. Sein Kreislauf hatte sich noch nicht auf eine vertikale Körperhaltung eingestellt. Am Strand sitzend beobachtete er, wie die anderen, die er jetzt als dunkle Punkte in einigen hundert Metern Entfernung erkannte, näher kamen, getreulich von den restlichen drei Booten begleitet. Sie alle wurden von den Rettungsschwimmern aus dem Wasser geholt und von den Zuschauern gebührend beklatscht. Und dann mussten sie alle noch ein paar Minuten liegen, anschließend sitzen. Erst danach durften sie aufstehen. Zwei kleine Busse standen bereit, um die Schwimmer in ein weiter landeinwärts gelegenes Hotel zu bringen, wo sie aus den Anzügen stiegen, duschten, normale Kleider anlegten und ein leichtes Abendessen einnahmen. Bevor sie dann aufstanden, um todmüde und immer noch ein wenig wackelig auf den Beinen ihre Zimmer aufzusuchen, ergriff Erich Bruns das Wort und lobte die jüngste Teilnehmerin des gerade bestandenen Abenteuers. Gisela Treptow war erst siebzehn Jahre alt und war die zweitbeste Zeit geschwommen. Tim hatte sie bis zu diesem Augenblick gar nicht richtig wahrgenommen: Sie waren getrennt nach Calais gefahren, und im Aufbruch achtete man nicht so sehr auf die anderen Teilnehmer. Danach steckten sie alle in schwarzen Schwimmanzügen. Erst jetzt, beim gemeinsamen Abendessen, nahmen sie sich wieder als Personen wahr. Tim entdeckte, wie hübsch Gisela war, wie viel Fröhlichkeit und Gelassenheit hinter dem Schleier aus Müdigkeit zu erkennen war, der sie alle umgab.

»Gisela hat auch schon die Ostsee durchschwommen«, sagte Erich, »sie ist unsere beste Karte für die Wettkämpfe im nächsten Jahr.«
»Ostsee?«, fragte Tim.
»Die Strecke zwischen Fehmarn und Gedser.«
»Aber das ist weit.«
»Fünfundvierzig Kilometer«, sagte Gisela und setzte bescheiden hinzu: »Aber es ist leichter zu schwimmen, weniger Strömung, ruhiger als der Ärmelkanal.« In seiner Müdigkeit hatte Tim plötzlich eine Erleuchtung. Er starrte Gisela an, die nicht wusste, warum er so unverwandt schaute und rot wurde.
»Fantastisch«, sagte er, »wirklich fantastisch.«
»Ihr könnt ja morgen noch miteinander reden.« Erich wollte alle ins Bett schicken. »Morgen, auf dem Schiff zurück nach Calais.«
Irgendwie müssen wir doch zusammenkommen, war Tims letzter Gedanke, als er an diesem Abend ins Bett sank.
Es war am nächsten Morgen auch sein erster Gedanke oder fast sein erster Gedanke. Das Dilemma, in dem er sich befand, bildete sozusagen den Gefühlshintergrund für alles, was er während der Heimreise nach Heidelberg sagte oder tat. Aus Gisela war nicht viel Gescheites herauszubekommen. Was sie zu sagen hatte, klang ziemlich unbedarft. Wettkämpfe, die Schwierigkeiten der verschiedenen Gewässer, taktische Finessen des Langstreckenschwimmens aus der Sicht einer Siebzehnjährigen.
»Wenn du da nicht aufpasst, ja? Dann ...«
Tim schwirrte der Kopf, als sie nach der Schiffsfahrt in Calais ihren Bus bestiegen, um nach Hause zu fahren. Was wusste er denn von Inge? Vielleicht konnte sie gar nicht schwimmen oder hatte Angst vor dem Wasser, dann wäre die Idee, die ihn gestern Abend heimgesucht hatte, ohnehin für die Katz. Abwarten – musste er sich immer wieder sagen während dieses langen Tages und der Nachtstunden, die der Busfahrer brauchte, um sie alle wieder nach Heidelberg zu bringen.
Er nahm sich vor, Geduld zu haben und das zu tun, was unter solchen Umständen das schwerste ist: an andere Dinge denken, an seine Experimente im Labor, an die Doktoranden, die fertig werden wollten, an Sabine Grohnert oder an den einen oder anderen Patienten, der ihm Sorge bereitet hatte und den er morgen wiedersehen würde. Hoffentlich.

Und dann war mit einem Schlage alles anders. Als Tim gegen Mitternacht nach Hause kam, fand er auf den Dielen hinter der Wohnungstür vier oder fünf Briefe. Einer von ihnen trug einen offiziellen Briefkopf: Institut für Biochemie der Humboldt-Universität Berlin, DDR. Seine Lebensgeister hatten den Tag verbracht wie alte Kleider auf einem Speicher. Plötzlich regten sie sich wieder. Da war sie, die ersehnte Einladung. Ob ihm die erste Septemberwoche passe, man würde ihn im Gästehaus der Universität unterbringen, wollte er mit dem Auto oder dem Zug anreisen? Um einen Titel für seinen Vortrag wurde er gebeten, sogar ein Honorar wurde erwähnt, zahlbar in der Währung der DDR. Für diesen Besuch sei er vom Zwangsumtausch entbunden. Aufenthaltsgenehmigung und Einreiserlaubnis würden mit getrennter Post zugeschickt. Er würde sich freuen, wenn Herr Kollege Brandis diese Einladung annehmen könne. Gezeichnet, Rehberger.

Natürlich würde er die Einladung annehmen, am liebsten wäre Tim gleich morgen gefahren, aber bis zum September – das ließe sich schon noch aushalten, sagte er sich. Unmittelbarer als in den langen Tagen und Wochen des Wartens wurde ihm in diesem Augenblick klar, wie verliebt er war und wie sehr er sich danach sehnte, Inge wiederzusehen.

Am nächsten Vormittag, gleich nach der Morgenbesprechung, die immer im großen Hörsaal der Medizinischen Klinik abgehalten wurde, ging Tim zu seinem Chef, um für die erste Septemberwoche einen kurzen Reiseurlaub zu erbitten. Werner Schöller, der Ordinarius für Innere Medizin, war gut zwanzig Jahre älter als Tim. Er galt immer noch als jung, weil er verstanden hatte, sich mit der Aura des Unkonventionellen und Zwanglosen zu umgeben. Er war mittelgroß, hatte dunkles, welliges Haar, in das sich hier und da schon ein wenig Grau mischte, und trug mit Vorliebe sportliche Anzüge und gemusterte oder farbige Hemden. Assistenten und Oberärzte, die er mochte, redete er gerne mit Vornamen an, erwartete umgekehrt aber die formelle Anrede: Herr Professor. In der Heidelberger Fakultät galt er als fortschrittlich, in seinem Herzen war er jedoch eine konservative Natur geblieben. Das zeigte sich gerade jetzt in einer Zeit, in der die Studenten sich mehr für die Umgestaltung der Universitäten als für ihr eigenes Studium interessierten und in der die Assistenten nach Macht und Geld strebten, die nach Schöllers Meinung nur den Professoren, in besonderer Weise aber Leuten wie ihm selbst, zustanden. Schöller hatte die Möglichkeiten der Medien früh verstanden und sie in der Vermittlung medizinischer Inhalte an breite Ärztekreise oder auch an Laien geschickt genutzt. Irgendwie hatte er, der nie eine bedeutende Originalarbeit geschrieben hatte, es fertig gebracht, dennoch als ein Vorreiter der klinischen Forschung zu gelten. Und – bei näherem Hinsehen musste man zugeben – nicht ganz ohne Grund, denn Werner Schöller konnte ein großer Förderer und lautstarker Fürsprecher sein, wenn seine ganz persönlichen Interessen nicht nachteilig berührt wurden. Tim Brandis mochte er, und der konnte die Sympathie seines Chefs durchaus erwidern, obwohl ihn die Talmihaftigkeit von Schöllers öffentlichen Auftritten und die unterhaltsame Oberflächlichkeit seiner Vorlesungen immer etwas peinlich berührten.

»Also Tim, was gibt's?«, fragte Schöller an diesem Morgen, und Tim erklärte ihm, dass er eine Einladung an die Humboldt-Universität zu einem Vortrag erhalten hätte – den Brief von Rehberger hatte er mitgebracht – und dass er gern fahren würde.

»Wer dieser Rehberger ist, das wissen Sie doch, oder?«, fragte Schöller, nachdem er den Brief überflogen hatte.

Tim nickte. Die Sache ließ sich nicht so im Stehen absolvieren. Schöller befand sich auf dem Sprung zu seiner ersten Morgenvisite, aber jetzt setzte er sich in seinen Schreibtischsessel und bot seinem Assistenten einen Stuhl neben seinem Schreibtisch an.

»Ein Altkommunist, Aushängeschild der DDR. Wie man so sagt, ›schillernde Persönlichkeit‹«, umriss Schöller seine Kenntnisse von Rehberger.

»Aber fachlich soll er gut sein, sein Lehrbuch ...«

»Stimmt schon«, unterbrach Schöller. »Gut, aber eben auch ein bisschen altmodisch. Intermediärstoffwechsel, Energiehaushalt, energiereiche Phosphate, Elektrolyte rauf und runter.« Dann starrte er ein paar Sekunden lang vor sich hin. »Wie kommt der eigentlich auf Tim Brandis?«

»Sie meinen, so bekannt ist der Brandis ja nun auch wieder nicht?«

Schöller kniff die Augen zusammen, als dächte er angestrengt nach. »Man muss immer fragen, warum«, sagte er dann. »Bei diesen Herrschaften steckt immer eine Absicht dahinter. Cui bono, Tim. Schon mal darüber nachgedacht?«

Jetzt musste Tim ihm von Inge Bauer erzählen, sonst käme Schöller noch auf paranoide Gedanken. Dazu neigte er ohnehin, seit er zwei

Jahre lang eine Medizinische Klinik an der FU Berlin geleitet hatte. Also erwähnte Tim Inge, ihren schönen Vortrag in Wiesbaden, ihre kurze Bekanntschaft und Inges Interesse, ihn einmal zu einem Vortrag einzuladen.

»Bauer, Bauer. Professor Friedrich Bauer«, murmelte Schöller, »der ist doch ...«

»Professor für Slawistik«, warf Tim ein.

»War der nicht der Dolmetscher von Ribbentrop? Natürlich.« Schöllers Stimmung schien sich zu bessern. Nach dem Kriege sei er angegriffen worden, »natürlich aus der linken Ecke«, aber er habe Charakter bewiesen. »Ich kenne ihn von einem Besuch in Halle an der Saale, wo er gearbeitet hat, bevor man ihn nach Berlin berief. Vielseitiger Kerl. Hat Mut bewiesen. Und die Tochter?«

Auf eine so direkte Frage war Tim nicht vorbereitet. Einen Moment lang schwieg er. Dann trat er die Flucht nach vorn an: »Sehr anziehend, hübsch, gescheit, fachlich gut, dabei bescheiden, natürlich ...«

Schöller grinste. »Noch was?«, und Tim erwiderte verlegen: »So gut kenne ich sie noch nicht.«

»Ich verstehe.« Schöller wurde wieder ernst. »Sie werden in guter Gesellschaft sein. Aber vor dem Rehberger müssen Sie sich in Acht nehmen. Wer zahlt Ihre Reise?«

»Die Deutsche Forschungsgemeinschaft, denke ich.«

Schöller war zufrieden. Solange die Klinik nicht dafür geradestehen musste, war ihm alles recht. »Grüßen Sie den Professor Bauer.«

Wie wird es sein, sie wiederzusehen, überlegte Tim, während er einige Wochen später von Heidelberg nach Berlin fuhr. Inge und er hatten sich ja seit Wiesbaden nicht mehr gesehen, hatten auch nicht miteinander telefoniert und sich auch nicht geschrieben. Bis auf die simple Ansichtskarte, auf der ihm Inge die bevorstehende Einladung durch Rehberger ankündigte, hatte es keine Verbindung zwischen ihnen gegeben, abgesehen von den Gedanken, die Tim während der vielen Wochen an Inge versandt hatte. Hatte auch sie an ihn gedacht?

Seine Reise fiel auf einen wunderbaren Spätsommertag. Es war noch warm, die Sonne schien, ein leichter Wind wehte aus »wechselnd nord- bis südöstlicher Richtung«, hatte der Wetterdienst angekündigt. Aber die Ferien waren vorüber, der Herbst stand auf der Schwelle. Viele solcher sanften Tage würde es in diesem Jahr nicht mehr geben. Tim

klappte das Verdeck seines Cabriolets zurück und fuhr absichtlich langsam, um die spätsommerliche Landschaft zu genießen.
Herleshausen, der Grenzübergang bei Wartha. Ganz wohl war ihm nicht, als er auf den DDR-Grenzposten zurollte. Aber die Kontrollen erwiesen sich als harmlos. Ob er zollpflichtige Waren bei sich hätte?
»Ja, ein paar Flaschen Rheingauer Riesling mit dem Etikett der Staatsweingüter aus Eltville. Geschenke für meine Gastgeber«, erläuterte er dem Grenzer, der höflich, aber sächsisch-penibel seinen Kofferraum kontrollierte. Der Wein schien den Genossen nicht zu stören. Wenn ein Wissenschaftler aus dem kapitalistischen Ausland, also zum Beispiel aus der BRD – ja? – zu einem Vortrag angereist kam, dann würde er ja sicher ein paar Geschenke mitbringen. Das sei doch üblich.
»Aber dieser Adler auf dem Etikett?«
Daran hatte Tim nicht gedacht. Der Adler und dazu das Wort »Staatsweingüter«.
»Das Wappen ist schon alt«, behauptete er, »die Weingüter gehören dem Staat. Hier bei Ihnen würde man sagen, sie sind volkseigen, denke ich?«
»Volkseigener Betrieb?«, fragte der Grenzpolizist.
»Gewissermaßen. Ja. Nur eine ältere Bezeichnung. Das hat es früher auch schon gegeben.«
»Stammt doch aber noch aus feudalherrschaftlichen Zeiten?«
Tim tat so, als hätte er die Frage nicht verstanden.
»Nu, ich meine, der Adler war doch nicht vom Volke gewählt?«
»Kann ich mir auch nicht vorstellen.«
»Na, also. Irgendetwas Gedrucktes?«
»Ja.« Das hatte er. Einen Verhandlungsband der Deutschen Gesellschaft für Innere Medizin aus dem Jahre 1967. Der Verlag hatte ihm einen noch nicht durchkorrigierten Vorabdruck geschenkt, als er dort von seiner bevorstehenden Reise nach Ost-Berlin berichtete.
»Eine Sammlung wissenschaftlicher Artikel«, erläuterte Tim und drückte dem Polizisten den Band in die Hand. »Das ist für eine Kollegin aus Berlin, die sich hier auch verewigt hat.«
»Selbstverständlich erlaubt«, murmelte der Polizist, gab ihm das Buch zurück, legte die Hand an die Mütze und wünschte ihm eine gute Reise. Geld musste er nicht umtauschen, die notwendigen Stempel hatte er in weniger als einer halben Stunde. Reichte Rehbergers

Einfluss bis zu den Grenzern hier in Wartha? Jedenfalls hatte dieser Tag, der so spätsommerlich abgeklärt begonnen hatte, sich freundlich fortgesponnen. Und als Tim wenige Minuten später an Eisenach vorbeifuhr und die Wartburg von jenseits des Tales grüßte, blieb er auf einer Ausweiche neben der Autobahn stehen und erwiderte den Gruß mit einem langen Blick. Wie schön war dieses Land, und wie wenig davon kannte Tim Brandis. Berlin, Hamburg, Heidelberg, ein Stück der Nordseeküste, ein paar frühe Erinnerungen an das in die Ferne gerückte Schlesien – das war's auch schon. Tim liebte es, allein und mit wachen Sinnen eine Landschaft zu durchwandern. Oder, wie jetzt mit Genuss und nicht allzu schnell zu durchfahren. In solchen Augenblicken gewann die Welt um ihn her gewisse personale Qualitäten. Bäume und Sträucher, Wälder, Berge, Höhenzüge und Täler bekamen plötzlich Gesichter, ihre Stimmen sprachen zu ihm und berührten ihn so stark, dass er anfing, mit sich selbst zu reden. So geschah es auch heute. Zum Beispiel die Burg da drüben. Was er über sie wusste, regte sich plötzlich in ihm. Den als Junker Jörg verkleideten Martin Luther sah er da oben in seiner holzgetäfelten Kammer sitzen und das Tintenfass nach dem Teufel schleudern, der ihm dort erschienen war; Wolfram von Eschenbach, Walther von der Vogelweide, die Sängerkriege, der Tannhäuser. Selbst die Reste seines Schulwissens regten sich. Der Tag lud sich förmlich auf mit Bedeutung, mit Gefühl, mit der Vorahnung von etwas Wichtigem, etwas, das ihn vielleicht in einen neuen Lebensabschnitt führen würde.

Dieses Hochgefühl erhielt einen kleinen Dämpfer, als er an einer Verzweigung des Berliner Ringes zwei Schilder sah, von denen eines nach rechts und das andere geradeaus wiesen. »West-Berlin« stand auf dem ersten Autobahnschild und »Berlin – Hauptstadt der DDR« auf dem anderen. Und er, ja er war gemeint. Dieses Mal durfte er nicht seinem Instinkt und seinen Erinnerungen folgen und den vertrauten Weg nach Drei Linden und Zehlendorf einschlagen, er musste weiter geradeaus fahren, um über Pankow und den Prenzlauer Berg nach Berlin-Mitte zu gelangen. Es dauerte. Nicht, weil der Nachmittagsverkehr ihn aufgehalten hätte. Nein, es gab einen Wald von Straßenschildern, Verboten, Geboten, Hinweisen, und es gab offen und versteckt viele Verkehrspolizisten, die nur darauf warteten, dass sich einer in dem Regelwirrwarr, das sie veranstaltet hatten, nicht zurechtfand. Außerdem ließen die Straßen, vielerorts noch kopfsteingepflastert, ein zügiges Tempo nicht zu. Zweimal wurde er angehalten. Mit einem Auto wie dem blendend erhaltenen 220er Mercedes Cabriolet, noch dazu in Weiß, wurde man eben angehalten und mit unbewegter, einstudiert korrekter Miene zunächst um Ausweis und Papiere gebeten. Dann folgte ein verkürztes Frage- und Antwortspiel.

»Können Sie mir sagen, auf was für einer Straße Sie sich hier befinden?«

»Bundesstraße, denke ich.«

»Die gibt's bei uns nicht.«

»Reichsstraße?«

Wieder falsch.

»Wie schnell sind Sie gefahren?«

Na, und so weiter. Bagatellvergehen, zehn Kilometer zu schnell gefahren oder zwölf Kilometer? Jedenfalls zückten die Herren ihr Notizbuch, um der Sache und damit ihrem eigenen werktätigen Nachmittag Gewicht zu verleihen. Jedoch wie durch Magie hielt sie der Einladungsbrief Rehbergers, den Tim aus der Tasche zog und ihnen unter die Nase hielt, davon ab, die Angelegenheit weiter zu verfolgen.

»Warum nicht?«, fragte ein jüngerer Vopo den Älteren, der Tim angehalten und befragt hatte.

»Höhere Interessen«, lautete die leise gesprochene Antwort. Der Vopo reichte ihm den Brief zurück, nachdem er ihn vorher sorgfältig wieder gefaltet hatte, und beide Herren wünschten ihm eine gute Fahrt.

Wie wird es sein, Inge wieder zu sehen, hatte er sich am Morgen bei Antritt dieser Fahrt gefragt, und jetzt, als er auf der Suche nach dem Institut für Biochemie in die Schumannstraße einbog, stand sie plötzlich am Straßenrand. Sie trug ein ärmelloses Kleid aus blauem Kattun, weiße Sandalen und in der Hand eine Einkaufstasche, wie seine Großmutter sie noch benutzt hatte. Ein rechtwinklig geschnittenes Ungetüm aus schwarzem Rindsleder mit zwei gleich langen Henkeln. Sie kam aus einem Geschäft mit der Aufschrift HO-Lebensmittel. Was in dem mit einer gelblichen Folie vor dem Sonnenlicht geschützten Schaufenster lag, konnte Tim nicht erkennen. Inge – die Nüchternheit der Umgebung schien sich auch ihrer Person mitgeteilt zu haben. Aber sie war es! Er fuhr nah an den Bordstein heran, als wollte er vor dem Geschäft parken. Sie sah den Wagen, stutzte, dann erkannte sie ihn, und ihr Gesicht hellte sich um einige Grade auf. Mit leicht vorgestrecktem

Kopf trat sie an sein Auto: »Ist das vielleicht unser hochgeschätzter und sehnlichst erwarteter Gast?«

»Steig ein«, sagte Tim, und als sie ihre Tasche auf dem Rücksitz verstaut hatte und neben ihm saß: »Wohin?«

»Nach Hause«, sagte Inge und strich sich eine Strähne ihres blonden Haares aus der Stirn. Aber dann korrigierte sie sich gleich. »Ach Quatsch, was sage ich. Zuerst ins Gästehaus, du musst ja dein Zimmer beziehen und den Schlüssel bekommen.«

»Also wohin?«

»Geradeaus und dann rechts, nein links. Entschuldige ...«

Inge war ein wenig durcheinander, aber es dauerte nur einen Augenblick. Sie fuhren einmal um einen Block alter Häuser mit bräunlichen Fassaden herum, dann hatte sie sich gefasst und gab ihm genaue Anweisungen. In wenigen Minuten waren sie vor dem Gästehaus in der Ziegelstraße angelangt. Es handelte sich um ein dreistöckiges Gebäude mit einer immerhin erneuerten Fassade und einer kleinen Treppe, die von der Straße ins Parterre führte.

»Warte hier. Ich sehe nach, ob jemand da ist.«

Sie schlüpfte aus dem Auto und verschwand hinter der großen Haustür. Tim hatte genug Zeit, um sich darüber zu wundern, wie trivial alles verlaufen war – das Wiedersehen mit Inge, die sich in seinen verliebten Erinnerungen zu einem schönen, aber fast unkörperlichen Wesen gewandelt hatte. Und nun war sie wieder ganz wirklich, leicht verschwitzt im blauen Kattunkleid mit weißen Sandalen, trug eine riesige Einkaufstasche mit sich herum, war ein wenig aufgeregt und durcheinander. Aber da kam sie ja schon wieder, zusammen mit einem blassen jüngeren Mann, der sich gleich vorstellte: »Förster, mein Name«, nach seinem Gepäck fragte und ihm riet, den Wagen erst einmal hier vor dem Eingang stehen zu lassen. Später könne er ihn auf einem kleinen Hof hinter dem Haus abstellen. Das sei sicherer, meinte Förster und entblößte bei einem flüchtigen Lächeln viel Zahnfleisch und zu klein geratene Zähne. Inge bestand darauf, unten in der Eingangshalle zu warten, bis er sein Zimmer bezogen hatte. Sie ließ ihn mit Herrn Förster allein in den Aufzug steigen. Es gab einen Ruck, bei dem Tim fast hingeflogen wäre. Dann schlich der Aufzug in den dritten Stock, um dort ebenfalls mit einem Ruck stehen zu bleiben. Das Zimmer war hell und geräumig. Die Fenster gingen zum Hof hinaus, wo er später sein Auto abstellen sollte. Es roch nach Kunststoff, ein wenig streng, aber nicht unangenehm. Das Zimmer hatte ein kleines Bad, sogar eine Kochnische war vorhanden. Er war erleichtert über die freundliche Behausung und bat Herrn Förster, der Frau Doktor, die unten wartete, zu sagen, dass er schnell duschen und sich umziehen und dann herunterkommen würde.

Unter der Dusche überlegte er, wie und vor allem wo sie den Abend zu zweit verbringen sollten, kam aber zu keinem Ergebnis. Gab es hier überhaupt Restaurants, in die man einfach gehen konnte? Vielleicht sollte er Inges Eltern kennenlernen, diesen Professor Bauer mit seiner interessanten Vergangenheit, von dem sein Chef so anerkennend gesprochen hatte? Mit einem Mal fühlte Tim sich ziemlich hilflos. Morgen Vormittag wurde er im Institut erwartet. Der Vortrag, das hatte ihm Rehbergers Sekretärin noch nach Heidelberg mitgeteilt, würde nachmittags um drei Uhr stattfinden. Er entnahm seinem Koffer zwei Weinflaschen und das Buch als Geschenk für Inge und machte sich auf den Weg nach unten. Sicher hätte sie Vorschläge für den Abend und für die folgenden Tage. Wie lange wollte er eigentlich bleiben? Heute war Montag, morgen wäre der Vortrag, am Mittwoch würde man ihn vielleicht durch die Labors schicken, um mit Rehbergers Mitarbeitern zu diskutieren. Seine Aufenthaltsgenehmigung galt bis einschließlich Donnerstag.

Da saß Inge. Auf einem der spießigen Sessel im Eingangsflur hatte sie sich niedergelassen und die Einkaufstasche mit den großen Henkeln neben sich gestellt. Sie wirkte jetzt gesammelter als bei der zufälligen Begegnung vor dem Geschäft, wieder so, wie Tim sie aus Wiesbaden in Erinnerung hatte. Als sie ihn die Treppe herunterkommen hörte, stand sie auf, ging ihm ein paar Schritte entgegen und sprach ihn mit seinem Vornamen an. Zum ersten Mal seit sie sich kannten, sagte sie »Tim«. Und er blieb vor ihr stehen und antwortete schon wieder mit einem Quäntchen Ironie: »Ja, Inge?«

»Ich habe mir überlegt, wie es weitergeht.« Inge ergriff ihre Handtasche. »Willst du die Flaschen da reintun?«

Er nahm ihr die Großmuttertasche aus der Hand, sie war recht schwer. Sie gingen zum Auto, verstauten die Tasche und stiegen ein. Den Verhandlungsband trug er immer noch in der Hand.

»Hier.« Er reichte ihr das Buch. »Auf Seite 433 bist du verewigt.«

Sie freute sich. Tim fuhr los und fragte »wohin?«

»Halt mal kurz an«, sagte Inge, nachdem er eine Minute lang ziemlich ratlos geradeaus gefahren war. Er tat, wie ihm geheißen. Sie standen in einer stillen Straße irgendwo in Berlin-Mitte. Neben ihnen lag ein kleiner Park, in dem sich kaum etwas regte. Inge wandte sich zu ihm wie damals vor ihrem Hotel in Wiesbaden, legte erst ihren linken Arm um seinen Hals, dann den rechten und küsste ihn. Tim spürte den weichen Druck ihrer Lippen und wusste plötzlich, warum er seit jener Begegnung so intensiv an sie gedacht hatte.

»Jetzt bist du da«, murmelte sie, der Augenblick der Fremdheit war vorüber.

Sie sollten zu ihren Eltern fahren, dort wohne sie ja noch – in Ermangelung einer eigenen Wohnung. Die Eltern würden sich freuen, und nach dem Abendessen könnten sie zu zweit noch hinausfahren, irgendwohin, an einen See, sie habe schon eine Idee.

Die Wohnung der Familie Bauer in einem grünen Teil von Pankow berührte Tim wie eine Erinnerung an bessere Zeiten. Sie lag im zweiten Stock eines dreistöckigen Alt-Berliner Mietshauses. Die Wohnung selbst hatte die Form eines rechten Winkels mit einem langen und einem kurzen Schenkel. Der lange Teil bestand aus einer Flucht von fünf großen Zimmern, deren Fenster alle nach Süden auf einen friedlichen kleinen Park hinaussahen. Im kürzeren Teil des rechten Winkels befanden sich die Schlafzimmer, die Küche und ein oder zwei Abstellräume. Die Fenster dieses Wohnungsteils lenkten den Blick auf eine stille, kopfsteingepflasterte Straße. Es schien ihm, als habe man sie erwartet. Inge musste wohl vom Gästehaus in der Ziegelstraße mit ihren Eltern telefoniert haben. Vielleicht hatte sie ihnen auch schon vorher von ihm erzählt.

»Schön, Sie endlich einmal bei uns zu sehen«, sagte Frau Bauer und strahlte Tim an, als hätte er ein schon lange bestehendes Versprechen nun endlich eingelöst. Sie hatte Ähnlichkeit mit ihrer Tochter, war von der gleichen Statur, ein wenig fülliger, aber fast genauso beweglich wie Inge.

»Friedrich?«, rief sie.

Kurz darauf erschien Herr Bauer. Er war ein eher kleiner, zur Korpulenz neigender Mann mit einem weißen, sich lichtenden Haarschopf und weichen, zugleich gutmütig und nachdenklich wirkenden Gesichtszügen. Er sah aus, als sei er gerade von einer Vorlesung oder von einer Sitzung gekommen und habe angefangen, sich seiner beengenden Kleidung zu entledigen. Die Ärmel seines Hemdes hatte er hochgeschlagen, die oberen Knöpfe gelöst und die Krawatte heruntergezogen. Wer Tim Brandis war, schien er genauso gut zu wissen wie seine Frau. Der musste sich nicht lange vorstellen, sondern konnte Bauer gleich die beiden Flaschen mit Eltviller Riesling in die Hände drücken. Dazu sagte er etwas recht Konventionelles wie: »Ein kleiner Gruß vom Rhein.« Der alte Bauer nahm sein Geschenk mit großer Aufmerksamkeit entgegen, bugsierte den Gast durch eine der Türen, die in das Wohnzimmer führte, und trat ans Fenster, um die Etiketten der Flaschen zu studieren.

»Grüßen Sie den Rhein von mir, wenn Sie demnächst wieder dort sind«, sagte er dann und hielt Tim einen kurzen Vortrag über die Vorzüge der besten Riesling-Lagen im Rheingau.

»Zum Beispiel Eltville mit den Lagen Taubenberg, Kalbspflicht, Sonnenberg.« Tim hatte von diesen Lagen noch nie etwas gehört, aber Bauer nahm keinen Anstoß an seiner Unkenntnis. »Erbach«, sagte er leise, »Erbach mit dem berühmten Marcobrunnen, Hattenheim mit dem Nussbaum und Mannberg, Oestrich mit dem Lenchen und Winkel. Hasensprung, Dachsberg, Jesuitengarten fallen mir dazu ein.« In diesem halb wehmütigen, halb poetischen Ton wanderte Inges Vater durch alle Orte und Lagen der Rheingauer Landschaft. Diese spontane und präzise Benennung von Orten und Lagen und ihrer Charakteristika hatte etwas Demonstratives, zweifellos auch etwas Schwärmerisches. Offenbar liebte der alte Bauer diese Landschaft, er schien auch den Wein zu lieben, Tim freute sich im Stillen, ihm ein passendes Geschenk mitgebracht zu haben. Aber von Satz zu Satz mischte sich in den demonstrativen und zugleich schwärmerischen Ton zunehmend Verbitterung.

»Rauenthal«, sagte Bauer und »Kloster Eberbach«, als verlese er eine Anklageschrift, auf der alle die Schönheiten und Lebensgenüsse, alle die Gespräche und beschwingten Stunden verzeichnet waren, die ihm zu Unrecht vorenthalten wurden. »Man darf sich gar nicht daran erinnern«, sagte er schließlich, nachdem er mit seiner Laudatio auf den Rheingau zu Ende gekommen war. »Diese Landschaft, die Orte, die Kultur, die Weine ... das steht für so vieles, was ich nicht sage.« Er blickte hinunter in den kleinen verträumten Park, dann wandte er sich wieder Tim zu: »Nicht sagen darf«, betonte er, ohne diejenigen zu erwähnen, die ihn daran hinderten.

Zum Abendessen, das gleich darauf im Nachbarzimmer aufgetragen wurde, waren sie nur zu viert: die beiden Bauers, Inge und Tim. Es gab nichts Besonderes – Brot, Butter, einen Salat, Aufschnitt dazu, Sprudel oder Bier, aber alles, was auf den Tisch kam, schien frisch zu sein und schmeckte ausgezeichnet, dennoch sagten Inges Eltern ständig Dinge, die das, was sie anboten, infrage stellten.

»Es ist nur ein einfaches Abendbrot«, bemerkte Frau Bauer fast entschuldigend und beschrieb die Mühen, die man beim Einkauf täglich zu bestehen habe, um etwas Ordentliches auf den Tisch zu bringen.

»Jetzt im Sommer geht es ja noch«, sekundierte Bauer, »da gibt es schon frisches Gemüse, im Winter ist es dann wieder anders.«

Tim erschienen diese Einschränkungen fehl am Platze. Aus seiner Sicht gab es nichts zu beanstanden, und die beiden Alten ergingen sich in Klagen und Entschuldigungen. Herr Bauer sprach von der »allgemeinen Versorgungslage«, die prekär sei und sehr zu wünschen übrig lasse. Allerdings in der Hauptstadt und, wie gesagt, im Sommer, da ginge es ja noch. Frisches Gemüse sei jetzt schon zu haben.

»Wenn man Geduld hat und es in verschiedenen Läden probiert«, warf Frau Bauer ein. Es klang etwas spitz.

Tim bemerkte den leichten Unwillen auf Inges Gesicht und glaubte, sie zu verstehen. Ein schöner Spätsommertag ging langsam zu Ende, der Abend war lind und freundlich, der Tisch reichlich gedeckt, und die beiden Alten ergingen sich ihrem Gast gegenüber in überflüssigen Erklärungen. Aber vielleicht hatten sie auch andere Gründe, die sie daran hinderten, den Augenblick, den Tim als durchaus angenehm empfand, ihrerseits zu genießen. Hatte Inge ihm nicht von vier Geschwistern erzählt, damals im Park in Wiesbaden?

»Inge hat mir von ihren Geschwistern berichtet«, sagte er auf gut Glück. »Sind die heute alle unterwegs?«

»Zwei Mädchen sind schon verheiratet«, grummelte Bauer, »Antje und Bärbel. Bärbel übrigens mit einem Volkspolizisten.« Er legte eine Pause ein. Das Thema war ihm offenbar nicht angenehm. Seine Frau machte ein betretenes Gesicht. »Und unser Helmuth, der Älteste, ist abgehauen.«

Tim schwieg, als er merkte, dass dies ein schwieriges Thema für die Eltern war. Inge hatte ihm ja auch nichts davon erzählt.

»Er hat das ganz geschickt gemacht«, fuhr Bauer fort und angelte sich ein paar Scheiben Wurst. »Ein Freund von Helmuth hat ihm zu einem bundesdeutschen Pass über die Deutsche Botschaft in Wien verholfen. Er durfte mit einer FDJ-Delegation zu den österreichischen Genossen reisen, hat auch zwei Wochen lang gute Miene zum bösen Spiel gemacht, sich aber während dieser Zeit mit Hilfe dieses Freundes den bundesdeutschen Pass besorgt. Nach seiner Rückkehr hat er erst einmal eine Zeit vergehen lassen – ein Jahr etwa –, dann hat er seinen westdeutschen Freund in Prag wiedergetroffen. Der hatte ein Flugticket und den Pass für ihn, und damit ist er dann nach Frankfurt geflogen.«

»Einfach so?«

Bauer nickte. »So etwa, in Wirklichkeit war's wohl etwas komplizierter.«

»Und jetzt?«

»Ist er als Ingenieur bei einer großen holländischen Firma. Einzelheiten wissen wir nicht. Wir haben wenig Verbindung. Wir müssen da sehr zurückhaltend sein.«

Tim verstand. Der alte Bauer hatte selbst wegen seiner angeblichen Nazivergangenheit im Knast gesessen, dann hatte man ihn rehabilitiert, und ein paar Jahre später hatte sein Sohn die DDR auf illegale Weise verlassen.

»Und Werner«, man hörte an Bauers Stimme, dass er auf ein einfacheres Thema zu sprechen kam, »Werner ist bei der Volksarmee. Er macht dort seinen Grundwehrdienst, achtzehn Monate lang.«

»Er kommt ab und zu nach Hause«, sagte Inge, »aber heute ging's nicht.« Sie lachte, aber es klang nicht fröhlich.

»Westbesuch wäre in seinem Fall ja auch kein akzeptabler Urlaubsgrund gewesen«, sagte Bauer.

»Aber Friedrich!« Erna Bauers Stimme klang vorwurfsvoll. »Natürlich wäre Werner gekommen, wenn er sich hätte freimachen können.«

Bauer ging auf diesen Einwurf nicht ein. Er klang immer noch etwas verbittert: »Sie sehen, lieber Herr Doktor, wir sind eine etwas traumatisierte Familie: der Vater ein alter Nazi, immerhin rehabilitiert, eine Tochter mit einem Vopo-Offizier verheiratet, ein republikflüchtiger Sohn und ein weiterer Sohn bei der Volksarmee. In den Augen unserer Regierung überwiegen wohl derzeit die positiven Aspekte, Helmuth ist ja weit weg, incommunicado sozusagen, und die anderen lassen sich mehr oder weniger in ein linientreues Schema zwängen.« Er lachte wieder, diesmal aber klang es eher belustigt als bitter. »Sonst hätten sie dich ja auch nicht nach Wiesbaden fahren lassen.«

»Du vergisst Rehberger«, sagte Inge, »er hat noch viel Einfluss.«

»Er lebe!« Bauer hob sein Bierglas und prostete seiner Tochter zu. »Sie kennen Rehberger noch nicht?«, fragte er Tim.

»Morgen wird er ihn kennenlernen«, sagte Inge. »Morgen ist sein großer Tag.«

Die Abende waren jetzt im September noch recht lange hell, zu einem größeren Ausflug reichte die Zeit aber nicht mehr. So fuhren Inge und Tim nach dem Abendessen noch bis zu der nächstgelegenen Seenkette, die mit dem Hellsee beginnt und sich dann über den Liepnitzsee und den Wandlitzsee nach Westen fortsetzt. Es gibt viele kleinere Seen und Teiche in dieser Gegend; die beiden waren, als sie verbotenerweise auf Wanderwegen entlangrollten, bald nur noch von Wasser und Wald umgeben. Sie ließen das Auto stehen, gingen ein paar Schritte an einem Schilfgürtel entlang und kamen zu einer Badestelle, die nach Tims Einschätzung noch zum Hellsee gehörte.

»Jetzt ein Stück schwimmen wäre gut«, sagte er, ohne zu ahnen, dass Inge für diesen Fall bereits Handtücher und eine Decke mitgenommen hatte, die sie jetzt aus einer Stofftasche hervorholte. »Aber ich hab keine Badehose«, sagte er.

»Hierher kommt um diese Zeit niemand«, sagte Inge und zog ihre Bluse aus. »Wir gehen ohne was«, entschied sie.

Das Wasser war noch warm, roch ein wenig nach Algen und Moor, obwohl der Boden unter ihren Füßen sandig war. Sie schwammen etwa zehn Minuten bis zur Mitte des kleinen Sees und kehrten dann um. Tim kraulte, Inge schwamm Brust in langen gleichmäßigen Zügen. Sie kam fast so schnell voran wie er. Dennoch wartete er einige Male auf sie, um sie nahe an sich herankommen zu lassen, sie flüchtig zu küssen und um die Augenblicke zu genießen, in denen ihre nackten Körper sich im Wasser berührten. Es war schon dunkel, als sie zurückschwammen. Tim drehte sich auf den Rücken und schaute nach oben. Der Himmel war noch blass, aber sie waren weit genug von den Lichtern der Stadt und der umliegenden Dörfer entfernt, um die Sterne schon zu sehen: dort, der Große Wagen. Und in der fünffachen Verlängerung seiner Hinterachse der Polarstern. Der allerdings war noch nicht gut zu erkennen. Sie schwammen nach Süden – ziemlich genau. Dann der Kleine Wagen, die Leier mit der Wega. Er rief Inge. »Dreh dich um und schau mal nach oben.« Sie schien auch mit dem Rückenschwimmen keine Mühe zu haben. In der Dämmerung, die schon fast Dunkelheit war, sah Tim, wie sich ihre Brüste aus dem Wasser hoben, wenn sie die Arme nach hinten streckte.

»Schau, da oben. Kennst du die?«

»Kennst du was?«

»Die Sterne. Die Sternbilder. Den Großen Wagen, manche sagen auch ›Großer Bär‹.« Er zeigte mit der Hand nach Norden. »Und dann der Polarstern, um den sich alles dreht, der ganze nördliche Sternenhimmel.«

»Ich bin etwas kurzsichtig«, prustete Inge im Wasser, »für mich sind das alles nur helle Punkte.«

»Aber der Große Wagen.« Er beschrieb ihr dieses Sternbild, und sie behauptete, diese Konstellation zu kennen. Aus Büchern. Außerdem habe ihr Vater seinen Kindern gelegentlich den Sternenhimmel erklärt. Plötzlich hatten sie Sand unter den Füßen. »Wenn er mal zu Hause war«, fügte Inge hinzu. »Aber ich habe nie so richtig aufgepasst.« Sie fanden ihre Handtücher, hüllten sich darin ein und standen ganz nah beieinander.

»Jetzt erkläre ich es dir noch einmal.«

»Später«, sagte Inge und kuschelte sich eng an Tim. Sie trockneten sich gegenseitig ab. Dann küssten sie sich, legten sich auf die mitgebrachte Decke, froren, deckten sich mit den feuchten Handtüchern zu, wärmten sich gegenseitig und vergaßen einige Minuten lang – oder war es eine lange Stunde? –, wo sie sich befanden. Dann wurde es endgültig zu kühl. Außerdem wurden die Mücken aktiv, also zogen sie sich an. Ehe sie den Ort verließen, erklärte Tim Inge noch einmal den Sternenhimmel, der sich jetzt deutlicher erkennen ließ als vorhin vom Wasser aus.

»Jetzt hör zu«, sagte er und zeigte ihr erneut die wichtigsten Sternbilder. »Die kannst du auch erkennen, wenn du kurzsichtig bist.«

»Wenn von Sternen die Rede war, habe ich immer weggehört«, sagte Inge und schmiegte sich an ihn.

»Aber heute nicht, vielleicht brauchst du sie mal.«

»Wozu?«

»Na, zum Beispiel als Treffpunkt für unsere Gedanken. Wir suchen uns ein Sternbild, du in Berlin und ich in Heidelberg, und unsere Gedanken treffen sich im All.«

»Ach Tim.«

»Außerdem helfen dir die Sterne bei der Orientierung hier auf der Erde.« Er lachte.

Dann saßen sie im Auto, hielten sich umschlungen und erzählten sich viele kleine Geschichten aus ihrem Leben, Dinge, von denen sie glaubten, dass sie sich gegenseitig in ihnen erkennen könnten.

»Das klang so bitter vorhin, als dein Vater von der traumatisierten Familie sprach.«

Inge saß neben ihm, hatte ihre linke Hand auf die Lehne seines Sitzes gelegt und spielte mit seinen Haaren. »Vielleicht übertreibt er ein bisschen, aber irgendwo hat er auch recht.« Sie schwieg eine Zeit lang, aber an der Aktivität ihrer Hand an seinem Kopf konnte er spüren, dass sie nachdachte. Schließlich nahm sie ihre Hand zurück und schaute geradeaus. »Weißt du, Tim, wir verstehen uns eigentlich alle gut miteinander, auch mit Bärbel und mit ihrem Otto.«

»Mit wem?«

»Otto Burmeister, dem Offizier bei der Volkspolizei.«

»Worin liegt denn das Trauma? Er hat doch dieses Wort benutzt: ›traumatisiert‹.«

»Ja, ja, das will ich dir gerade erklären. Wir kommen gut miteinander aus. Wie Helmuth jetzt in unsere Familie passen würde, wissen wir natürlich nicht. Er lässt kaum von sich hören.«

»Und warum nicht?«

»Wir werden beobachtet. Helmuth will uns nicht belasten dadurch, dass er anruft oder dass er uns lange Briefe schreibt. Ausführlicher hören wir nur von ihm, wenn er an andere schreibt, an alte Freunde, denen er traut und die seine Briefe an uns weiterreichen. Und es ist nicht nur Helmuth, wir alle werden bespitzelt. Mein Vater in seinem Institut, Werner, Bärbel, selbst Antje und natürlich auch ich.« Sie legte ihre Hand wieder auf die Lehne und spielte erneut mit seinen Haaren. »Wir müssen höllisch aufpassen, uns keine Blöße zu geben, nichts tun oder öffentlich sagen, was gegen einen von uns verwendet werden könnte. Wir sind so eingeengt, das ist es.«

Tim verstand nicht, was denn konkret zu befürchten sei.

»Mein Vater könnte frühzeitig seine Professur verlieren, ich könnte blockiert werden und irgendwo versauern, selbst Otto Burmeister bekäme Schwierigkeiten. Meine Eltern müssten dann woanders hinziehen, die ganze Familie würde beschädigt.« Das klang heftig, fast aufbrausend.

»Lass uns fahren«, sagte er und steckte den Schlüssel ins Zündschloss. Inge musste ihm helfen, aus dem Labyrinth von Waldwegen und unbefestigten Straßen wieder herauszufinden.

»Wir müssen nach Südwesten«, sagte er und empfahl ihr, sich am Polarstern zu orientieren. Aber das hatte sie gar nicht nötig. Einige

Ortstafeln genügten ihr, um den richtigen Weg zu finden. Bald waren sie auf der Straße nach Pankow, und kurz darauf bogen sie in die kleine Straße ein, sahen den Park und rechts von sich das alte Mietshaus, in dem die Bauers wohnten.

»Findest du jetzt allein zurück in die Stadt?« Inge beschrieb ihm den Weg, fertigte ihm sogar im Halbdunkel eine Skizze an, in der sowohl der Komplex der Charité als auch das Institut und das Gästehaus in der Ziegelstraße vermerkt waren.

»Fahr langsam«, riet sie ihm zum Abschied und kündigte an, dass sie ihn am Vormittag abholen wolle, um ihn ins Institut zu bringen. Rehberger wolle ihn um elf Uhr sehen, gleich nach seiner Hauptvorlesung. Dann verschwand sie in der Dunkelheit. Tim sah sie noch einmal im schwachen Licht der Funzel, die über der Haustür leuchtete. Sie winkte. Er winkte zurück und machte sich dann auf den Weg. Es dauerte nur ein paar Minuten, bis er die Prenzlauer Allee gefunden hatte, und danach war alles ganz einfach. Als er über die Spreebrücke fuhr, wunderte er sich, wie still die Innenstadt dalag, wenige Autos, ein paar Fußgänger, flanierendes Stadtpublikum, das den späten Septemberabend noch genießen wollte. Drüben aus dem Opernhaus kamen Menschen. Vielleicht war gerade Pause, oder die Vorstellung war schon aus. Er sah auf die Uhr. Es war spät geworden, elf Uhr vorbei. Irgendwo bog er rechts ab und war von dunklen, kaum erleuchteten Häusern umgeben. Tot und abweisend wirkte diese Gegend. Aber Inges Skizze half ihm, die Ziegelstraße zu finden und auch den kleinen Hof zu entdecken, auf dem er sein Auto stehen lassen konnte.

Im Haus war es totenstill. Unten im Flur glimmte eine rote Lampe. Der Aufzug befand sich in Wartestellung. Tim zog es vor, keinen Lärm zu machen und stieg zu Fuß die Treppen zu seinem Zimmer empor. Dort fand er einen adressierten Briefumschlag zusammen mit einer Flasche bulgarischen Rotweins. Der Umschlag enthielt eine Nachricht von Antonin Rehberger. Ein Willkommensgruß und eine Beschreibung des kurzen Weges zum Institutseingang in der Hessischen Straße. Sogar einen Korkenzieher gab es. Tim öffnete die Flasche und setzte sich mit einem Glas Wein auf einen der spießigen Sessel. Es würde schwer werden, Inge aus dieser Umgebung herauszulösen, dachte er. Andererseits: Er war sicher, dass er sie liebte und sich nie wieder von ihr trennen wollte. Also, summierte er und trank dabei den bulgarischen Rotwein, also mussten sie zu zweit überlegen, welche Möglichkeiten ihnen offen standen. Würde sie zu ihm ziehen dürfen, wenn er sie heiratete? Meinetwegen hier in Pankow heiratete? Könnte er sie dann mitnehmen? Oder würde man ihr erst nach einer Wartezeit erlauben, nachzukommen? Wie lief so etwas?

Er hatte keine Ahnung. Aber dieser Abend, die Stunden mit Inge am See, im See, im Auto füllten ihn ganz aus. Die Geschichte mit Inge war so weitergegangen, wie sie im Frühling in Wiesbaden begonnen hatte. Seine Erinnerung hatte ihn während der zurückliegenden Monate nicht im Stich gelassen. Es stimmte alles. Tim bildete sich ein, noch nie etwas Ähnliches erlebt zu haben – auch nicht mit Verena? Nein, sagte er sich, da waren immer Vorbehalte gewesen, die in beiden Richtungen gehegt wurden. Von ihm gegen ihre Familie und von ihrer Familie und also auch von Verena gegen ihn. Hier gab es nichts Dergleichen. Er spürte, dass Inge und er ähnlich dachten, meinte, dass er sie und ihre Eltern verstünde, dass sie in geradezu idealer Weise zueinander passten. Je mehr er von dem bulgarischen Wein trank, desto fester wurde sein Vorsatz, Inge nie mehr gehen zu lassen. Ein Satz, eine melodische Phrase aus einem alten Musical geisterte durch seine Erinnerungen: »Once you have found her never let her go.« South Pacific.

Langsam löste sich seine Entschlossenheit von allen rationalen Überlegungen. Er wurde müde – er war müde –, fast zu sehr, um sich noch auszuziehen und in seinen Schlafanzug zu schlüpfen. Später erinnerte er sich noch, dass er angenehm überrascht war von der Festigkeit der Matratze. Gar nicht so schlecht, war sein letzter Gedanke.

3

»Wir müssen ein paar Schritte zu Fuß gehen«, erklärte ihm Inge am nächsten Morgen. Der Eingang des Biochemischen Instituts liege jetzt, nach einigen Erweiterungen und Erneuerungen, in der Hessischen Straße.

Es war ein angenehmer Morgen, ein wenig kühler als gestern, aber trocken. Inge war »im Dienst«. Tim merkte das, als er gedankenlos nach ihrem Arm griff und sie ihm sanft, aber entschieden auswich. Einen Augenblick lang huschte das vertraute Lächeln von gestern Abend über ihr Gesicht.

»Nicht hier«, sagte sie leise und wies mit der rechten Hand in die Richtung, in die sie zu gehen hatten.

»Werden wir beobachtet?« Tim war leicht verunsichert.

Sie schüttelte den Kopf. »Nicht beobachtet, aber vielleicht gesehen.«

Er hätte gern noch ein paar weitere Fragen gestellt. Ob es ihr unangenehm sei, mit ihm in eine persönliche Verbindung gebracht zu werden, oder ob die Wände hier Augen und Ohren hätten. Aber dazu kam er nicht.

»In Gegenwart der Institutskollegen werde ich dich wieder mit ›Sie‹ anreden. Du mich natürlich auch.«

Wieder wollte er nachfragen, aber Inge sagte nur: »Es ist besser so.« Dann fing sie an, ihm von Antonin Rehberger zu erzählen. »Du kennst seine Geschichte?« Er musste verneinen. Zwar hatte er dessen Lehrbuch, das man auch im Westen kannte, in der Hand gehabt und auch darin gelesen, aber über die Person des Autors wusste er kaum etwas.

»Er ist sehr intelligent. Du wirst es im Gespräch merken. Dabei linientreu, wenigstens nach außen hin.«

»Nach innen nicht?«

»Doch, doch.« Inge benutzte wieder ihre rechte Hand, um ihm die Richtung anzuzeigen, in die sie gehen mussten. »Er ist schon während seines Studiums in Wien in die Kommunistische Partei eingetreten. Er muss wegen seiner guten Leistungen aufgefallen sein, denn er bekam damals von Wien aus ein Stipendium, um für ein Jahr an ein amerikanisches Institut zu gehen – irgendwo im Mittelwesten, glaube ich. Das könnte 1937 gewesen sein. Als dann die Nazis nach Österreich kamen, war ihm der Rückweg versperrt – als Kommunist und als Jude dazu. Er ist dann drüben geblieben, lernte eine Jüdin aus Berlin kennen, heiratete, und sie bekamen Kinder. Mit seiner Karriere ging es auch gut voran. Er landete schließlich auf einem Lehrstuhl für Biochemie in Boston, ich weiß nicht genau, an welcher Universität.«

»Ist noch was übrig geblieben aus diesen amerikanischen Jahren?«

»Du meinst im Stil?« Inge kapierte sehr schnell, worauf Tim hinauswollte.

»Unser Institut hier ist eher flach strukturiert, wenn du verstehst, was ich meine. Rehberger wird von vielen seiner engen Mitarbeiter mit seinem Vornamen angeredet. Er ist zugänglich, liebt wissenschaftliche Diskussionen, kritisiert sehr scharf und genau, lässt aber das bessere Argument gelten, auch wenn es von einem ganz jungen Kollegen kommt.«

Sie hatten den Eingang des Instituts erreicht.

»Also im Stil eher locker, gewissermaßen amerikanisch«, sagte er.

»Wenn es um Wissenschaft geht.« Inge sah ihn an, als müsse sie ihren Worten Nachdruck verleihen. »Nicht, wenn es um den Sozialismus oder um Politik im Allgemeinen geht.«

Sie waren vor Rehbergers Büro angekommen. »So, Herr Brandis«, sagte Inge und klopfte an die Tür.

»Herein«, rief es von drinnen. Sie traten ein, und Tim sah sich einem schlanken mittelgroßen Mann gegenüber, der ihn aus klugen, etwas schräg stehenden Augen ansah. Ein längliches, wohlgeformtes Gesicht, große Ohren, ein kräftiges Kinn, kurz geschnittenes dunkles Haar, das an den Schläfen anfing zu ergrauen, und ein skeptisches, aber nicht unfreundliches Lächeln, – so trat ihm Antonin Rehberger entgegen. Er wartete, bis Inge Tim vorgestellt hatte. Erst dann streckte er dem Gast seine Hand zur Begrüßung entgegen. »Herr Brandis, willkommen bei uns.« Nachdem Inge sich für einen Augenblick entschuldigt hatte, stellte er die üblichen Fragen. Wie die Reise gewesen sei, ob alle Formalitäten schnell erledigt worden seien, ob er gut im Gästehaus untergekommen sei und ob Tim noch Wünsche habe, die er erfüllen könne.

Dann saßen sie sich in seinem überraschend kleinen und bescheiden eingerichteten Arbeitszimmer gegenüber, Rehberger in einen alten Sessel gelehnt, sein Gast ihm gegenüber auf einem gepolsterten Stuhl, auf dem er sehr aufrecht sitzen musste und Rehberger, der um wenige Zentimeter kleiner war als er selbst, um Haupteslänge überragte. Sofort fing Rehberger an, über die Experimente zu sprechen, die Tim in New York begonnen und in Heidelberg fortgesetzt hatte. Obwohl er selbst sich für die Reifung und den Stoffwechsel von roten Blutkörperchen interessierte, schien er sich von diesen so ganz anders gearteten Versuchen ein klares Bild zu machen.

»Sie haben nachgewiesen, dass Hormone bestimmte Gene anschalten können. Man darf wohl vermuten, dass diese Gen-Aktivierungen etwas mit den phänotypischen Wirkungen dieser Stoffe zu tun haben.« Er hatte die Beine übereinander geschlagen und sah seinen jüngeren Kollegen schräg von unten an – fragend, als warte er auf Widerspruch. Aber Tim schwieg. Rehberger hatte seinen experimentellen Ansatz richtig beschrieben.

»Für diese Vermutung spricht ja auch der zeitliche Zusammenhang zwischen der gesteigerten Gen-Aktivität und den danach zu beobachtenden Veränderungen im Stoffwechsel. Noch später folgen dann die sichtbaren Wirkungen.«

Wieder musste Tim ihm recht geben. »Ja, so ist es wohl.«

»Aber um welche Gene handelt es sich«, fragte Rehberger. »Wo liegen sie, und wofür sind sie zuständig?«

Natürlich konnte sein Besucher diese Frage nicht beantworten. Niemand war damals in der Lage, die Aktivität einzelner Gene zu messen. Er erklärte Rehberger die technischen Schwierigkeiten, die ihm und anderen im Wege standen. Während er sprach, schwieg Rehberger. Dann fragte er:

»Wenn Sie Ihre Messenger-RNS« auftrennen könnten, wäre das ein erster Schritt?«

»Ja, aber wie sollte das geschehen?«

»Säulenchromatografie«, schlug Rehberger vor und spekulierte, dass man solche Trennungen vielleicht aufgrund geringer Ladungsunterschiede der einzelnen RNS-Moleküle herbeiführen könne. Tim musste eingestehen, dass er auf diesem Gebiet kein Experte sei und auf Hilfe angewiesen sein würde. Einer seiner Mitarbeiter, antwortete Rehberger, habe neue Trägermaterialien für die Säulenchromatografie entwickelt.

»Eine Zusammenarbeit könnte sich lohnen«, meinte er, »überlegen Sie es sich. Vielleicht können wir später noch darüber reden.«

Dann belebten sich seine Gesichtzüge, die Tim bisher als beobachtend und skeptisch erschienen waren. Es war, als schlüge er im Buch seiner Interessen eine neue Seite auf.

»Virchow«, sagte Rehberger, und dabei erhellte sich sein Gesicht, »hat von der ›Republik der Zellen‹ gesprochen und damit die Organisation des Gesamtorganismus gemeint.« Er korrigierte sich: »Nicht nur die Organisation, auch die politische Verfassung – sozusagen.«

Tim konnte ihm nicht widersprechen.

»Und nun zeigt die Molekularbiologie, dass wir das Konzept von Virchow eigentlich noch einmal erweitern müssen. Die Zelle selbst ist eine Republik mit der Erbsubstanz, der DNS, die ihre Verfassung darstellt, den regulatorischen Mechanismen, die Sie untersuchen, Herr Brandis – klingt übrigens österreichisch, Ihr Name, kommt Ihre Familie von dort?« Tim nickte.

»Dachte ich mir«, antwortete Rehberger und kehrte zu seinem Thema zurück. »Ja, und die vielen Moleküle, die Stoffe umsetzen, Energie bereitstellen, das Milieu sichern, in dem alle diese Vorgänge ablaufen können, das sind sozusagen die Werktätigen, das sind wir alle. Die Zelle hat eine Verfassung, damit sie bestimmte Grenzen setzt, Aufgaben definiert, wenn Sie so wollen. Die Regulation der Gene, die Sie interessiert, steuert den Stoffwechsel, steuert Wachstum und Teilung, empfängt aber ihrerseits aus diesen Vorgängen Signale, die sie zu beachten hat.«

»Eine Hierarchie mit eingebauten Kontrollen«, warf Tim ein.

»Sie sagen es.« Rehberger schien sich zu freuen. »Diese dialektische Spannung zwischen den regulierenden Instanzen, Sie können auch sagen, den ›regierenden‹ und den ›ausführenden‹ Mitgliedern der molekularen Gesellschaft – das ist doch die Essenz alles Lebendigen – eben auch der menschlichen und politischen Organisationen.«

Offenbar genoss Rehberger den Monolog, den er gerade gehalten hatte. Er sah zum Fenster hinaus – nachdenklich. Dann wandte er sich wieder an seinen jüngeren Kollegen: »Wir«, sagte er, »wir Menschen können aufgrund unserer natürlichen Ausstattung gar nichts denken, was außerhalb der Natur liegt. Letztlich finden sich für jeden menschlichen Gedanken, für jede Idee Entsprechungen in der Natur. Wenn Sie oder ich eine Hypothese über einen natürlichen Sachverhalt aufstellen ...«, er sah Tim prüfend an, »selbst dann bewegen wir uns innerhalb der Grenzen, die die Natur uns gesetzt hat. Innerhalb der Ideen, die in der Natur bereits verwirklicht sind.«

Worauf wollte Rehberger hinaus? Tim hatte über die von ihm vertretene Ansicht noch nie systematisch nachgedacht, aber auf den ersten Blick erschien sie ihm plausibel. Allerdings fühlte er sich nicht im Stande, seine These zu kommentieren. Also schwieg er.

»Man kann es auch ganz einfach ausdrücken«, fuhr Rehberger fort. Offenbar deutete er Tims Schweigen als Mangel an Verständnis. »Aus den unzähligen Veränderungen, die der molekulare Zufall im Laufe von Jahrmillionen in unseren Gehirnen vornahm, blieben diejenigen erhalten, die es uns gestatteten, die uns umgebende Wirklichkeit genauer zu erkennen und diese Erkenntnis zu unserem Vorteil zu nutzen. Also ist unser Gehirn ein Spezialinstrument, mit dem die Natur sich selbst beschreiben oder abbilden kann.«

Tim erinnerte sich, diesem Gedanken schon einmal begegnet zu sein. »Teilhard de Chardin?«, fragte er.

Rehberger nickte. »Bis zu einem gewissen Grade schon«, sagte er. »Teilhard geht allerdings noch einen Schritt weiter, er stellt den Menschen in den Mittelpunkt der Evolution.« Sein Gesicht nahm einen fast schalkhaften Ausdruck an. »Sie sehen, Marxisten und Christen können unabhängig voneinander zu ähnlichen Schlüssen kommen.«

Es klopfte. Inge trat ein, ohne auf das »Herein« von Rehberger zu warten.

»Also, ich freue mich auf Ihren Vortrag«, Rehberger stand auf und nickte Tim freundlich zu. Inge kündigte ihm an, dass sie zusammen mit ein paar Kollegen in der Mensa der Charité zum Mittagessen gehen würden.

Später am Abend, längst hatte Tim seinen Vortrag gehalten und war nach der animierten Diskussion sehr freundlich und mit dem erneuten Hinweis auf eine mögliche Zusammenarbeit verabschiedet worden, kam Inge zu ihm ins Gästehaus. In sein Zimmer konnte er sie nicht einladen, das wäre dem Herrn Förster aufgefallen. Und in der Halle war es zu ungemütlich. Also blieb ihnen nur das Auto als Refugium. Natürlich fiel auch das Auto auf. Irgendwo in der Stadt stehen zu bleiben, hätte Aufsehen erregt. Aber Inge kannte sich aus, sie wies ihm den Weg, und er folgte ihren Anweisungen.

»Raus in Richtung Buch«, erklärte sie, als er fragte, wohin sie wolle. Nach einer halben Stunde kamen sie in freies Gelände. Hier konnten sie parken, ohne aufzufallen. Sie wollte wissen, wie die Unterhaltung mit Rehberger verlaufen sei. Tim erzählte ihr von dem Gespräch, das sich von wissenschaftlichen Themen rasch hin zu philosophischen Fragen bewegt hatte.

»Man merkt schon, dass er ein Marxist ist«, sagte er, »indirekt hat er es ja auch angedeutet.«

Inge ließ sich Rehbergers Äußerungen möglichst wortgetreu wiederholen, was Tim nicht übermäßig gut gelang. Er spürte, dass sie ungeduldig wurde.

»Ich bin eben kein Philosoph«, verteidigte er sich, »warum ist das so wichtig, was dieser Mann mir gesagt hat?«

»Weil er uns in der Hand hat!« Die Antwort kam wie aus der Pistole geschossen. »Er hat Macht über uns. Wenn ich weiß, was er denkt, kann ich mich besser behaupten in dieser Umgebung.«

»Das ist doch anstrengend.«

Inge lachte. »Gehen wir ein paar Schritte?«

»Natürlich ist es anstrengend«, sagte sie, als sie im Dämmerlicht an einem bereits abgeernteten Acker entlangstolperten. »Sehr sogar. Das Leben ist hier überhaupt anstrengend.« Sie ging ein paar Schritte hinter ihm, als sie das sagte. Tim blieb stehen und wartete, bis sie ihn erreicht hatte. Dann nahm er sie in den Arm. Es war schon ziemlich dunkel, deshalb fiel es ihm leichter, ihr zu sagen, was er auf dem Herzen hatte: dass er sie liebe und sie heiraten wolle und dass er alles, aber auch alles, tun würde, um dieses Ziel zu erreichen. Inge antwortete nicht, aber sie lehnte sich an ihn und schien in seinen Armen schwerer zu werden. Nachdem sie eine Weile so gestanden hatten, stellte sie sich auf die Zehenspitzen und küsste ihn auf den Mund.

Hieß das ja? Er fragte sie, ob sie einen Antrag auf Ausreise stellen könne, um ihn zu heiraten und zu ihm nach Heidelberg zu ziehen.

Sie schüttelte den Kopf. »Ich glaube nicht, in meinem Fall würde so ein Antrag abgelehnt werden – du kennst ja unsere Familienverhältnisse.«

Tim wollte zurück zum Auto. Es war fast dunkel geworden, und außerdem würden sie in einem geschlossenen Raum leichter über das reden können, was zu tun sei.

»Ein solcher Antrag würde die Behörden nur misstrauisch machen«, sagte Inge, als sie wieder im Wagen saßen, und ergriff dabei Tims rechte Hand, »und das würde alles erschweren.«

»Was?«

»Eine illegale Ausreise, Flucht.«
»Kannst du nicht wieder zu einem Kongress in den Westen fahren und dann einfach wegbleiben?«
»Das wäre nicht gut«, entschied sie. »Erstens weiß ich nicht, wann ich wieder fahren darf, wenn überhaupt, und zweitens: So etwas stellt in den Augen unserer Leute eine besondere Provokation dar. Auch Rehberger würde das übel nehmen. Und der könnte meiner Familie große Schwierigkeiten machen.«
Ob eine regelrechte Flucht denn akzeptabler wäre, wollte Tim wissen. Inge meinte, das sei so. »Damit begeht man ja keinen direkten Vertrauensbruch. Und wenn bekannt wird, dass ich abgehauen bin, um dich zu heiraten, dann wäre das nach ein paar Jahren wohl wieder verziehen.«
Sie wollte abhauen, um ihn zu heiraten, hatte er gehört.
»Dann willst du?«
Inge nickte und wandte ihm ihr Gesicht zu. »Ja.«
In diesem Augenblick hatte er das Gefühl, als sei ein Damm gebrochen oder als sei ihm ein unfassbar großes Glück in den Schoß gefallen. Ein paar Minuten lang beherrschte ihn dieses Gefühl, dass sie gerade eine grandiose Entscheidung getroffen hatten. Und auch Inge schien etwas Ähnliches zu empfinden. Alles Weitere würde sich ergeben. Unter gewöhnlichen Umständen dauert so ein rauschhaftes Glücksgefühl wohl länger als ein paar Minuten, aber hier mitten in der DDR verflog die Euphorie relativ rasch. In spätestens zwei Tagen müsste er das Land und damit Inge wieder verlassen, und dann läge diese bösartige Grenze wieder zwischen ihnen. Die Zuversicht allerdings, die sie beide aus ihrem Entschluss gewonnen hatten, blieb.
»Wir schaffen das«, sagte Tim, obwohl er zu diesem Zeitpunkt wirklich nicht wusste, wie sie es anstellen sollten.
Inge drückte seine Hand. »Na klar.«
Weiter kamen sie in ihren Überlegungen nicht mehr an diesem Abend. Sie hatten ja noch einen Tag. Und vielleicht hätten Inge oder er heute Nacht einen Traum, der ihnen einen Hinweis gäbe, wie es mit ihnen weitergehen könnte.
Tim fuhr Inge nach Pankow zurück. Unterwegs erwähnte er Rehbergers Einladung, eine Zusammenarbeit mit ihm und einem seiner Mitarbeiter einzugehen. Er erklärte Inge, worum es dabei ginge und beobachtete, wie der Ausdruck der Konzentriertheit auf ihrem Gesicht freudiger Überraschung wich. »Ich schicke denen meine Ribonuklein-

säurepräparate, und sie versuchen, diese Gemische in einzelne Gen-Kopien aufzutrennen. Und wenn diese Auftrennung klappt, dann habe ich ein Werkzeug in der Hand, mit dem ich die Regulierung einzelner Gene messen kann.«

»Habt ihr das schon im Einzelnen besprochen?« Inge war fast aufgebracht, dass er ihr nicht bereits früher von dieser Möglichkeit erzählt hatte. »Das ist doch wichtig!«, rief sie. »Wie willst du denn deine Präparate zu uns schicken? Mit der Post etwa?«

Sie hatte recht. Das würde natürlich nicht funktionieren. Normalerweise packte er seine biologischen Proben in ein Päckchen mit Trockeneis und schickte sie los – mit normaler Post oder mit einem Kurierdienst, je nachdem, wohin die Probe ging. Aber nach Ost-Berlin? Über die Grenze?

»Du musst selbst kommen und das Material herbringen«, frohlockte Inge. »Alle paar Wochen kommst du, bringst neues Material und besprichst mit Antonin die Ergebnisse. Das wäre es doch! Dann haben wir einen Weg, um uns regelmäßig zu sehen. Und das alles sagst du mir erst jetzt!« Sie sah ihn aus großen Augen an, als wundere sie sich über seine Naivität.

»Gleich morgen Vormittag gehe ich zu Rehberger und sage ihm, du würdest die erste Probe demnächst an ihn abschicken, und dann werde ich ihn daran erinnern, dass Ost-Berlin nicht Amsterdam oder London ist. Wenn er dann überlegt, schlage ich ihm vor, dass du regelmäßig vorbeikommst, am besten mit einer Sondergenehmigung, die er beschaffen kann. Alle paar Wochen oder nach Vereinbarung.« Inges Stimmung wurde zusehends besser.

»Ich komme morgen gegen Mittag zu dir ins Gästehaus«, versprach sie, »bis dahin habe ich mit ihm gesprochen.«

Sie standen in Pankow vor der Eingangstür des Mietshauses, in dem sie wohnte. »Es wird alles gut werden«, meinte Inge und fiel Tim zum Abschied um den Hals. »Du wirst sehen.«

Inge brachte am anderen Tag gute Nachrichten. Tim solle doch selbst kommen, um seine Proben zu überbringen, habe Rehberger gemeint. Ob er an diesem Nachmittag noch einmal bei ihm reinschauen könne, um die Einzelheiten zu besprechen? Sie saßen unten in der Halle des Gästehauses, und Inge berichtete so leise, dass er sie kaum verstand. Herr Förster erschien auf der Bildfläche.

»Gehen wir hinaus?«, fragte Inge bei seinem Anblick. Tim stand auf. Als sie außer Hörweite von Herrn Förster waren, sagte sie: »Wenn du diese Zusammenarbeit nicht gleich wieder torpedieren willst, musst du alles vermeiden, was als Kritik an der DDR verstanden werden könnte.«

»Wie meinst du das?«

»Zieh möglichst keine Vergleiche mit dem, was du aus westlichen Ländern gewöhnt bist. Nimm die Verhältnisse hier so, wie sie sind.«

Er versprach es. »Wohin?«, fragte er dann.

»Rüber ins Institut. Du kannst gleich mit ihm sprechen.«

Dieses Mal lieferte Inge ihn im Vorzimmer von Rehberger ab. Wenn er fertig sei, solle er in ihr Labor kommen, meinte sie. »Am Ende dieses Ganges, nur ein Stockwerk höher.«

Rehbergers Sekretärin, eine Mittvierzigerin mit streng gescheiteltem, kurzem Haar, die in einem uniformähnlichen Hosenanzug steckte, meldete Tim an. Diesmal war Rehberger nicht allein. Er saß hinter seinem Schreibtisch und hatte offenbar schon vor Tims Eintreffen mit einem recht beleibten Mann diskutiert, der auf dem Stuhl vor seinem Schreibtisch Platz genommen hatte. Zwischen ihnen lagen etliche Papiere, die Rehbergers Gesprächpartner mit einer gewissen Eile einsammelte, als der Gast das Zimmer betrat. Dann erhob er sich. Rehberger war freundlich wie bei ihrem ersten Treffen, wirkte aber nicht so frei und unbefangen wie gestern. Er stellte die beiden einander vor. »Herr Kowalski, Verwaltungsdirektor unseres Instituts – Herr Doktor Brandis aus Heidelberg.« Kowalski reichte Tim eine kräftige Hand, die auf dem Handrücken und den Fingern mit behaarten Polstern ausgestattet war. Er lächelte, entblößte dabei etwas gelbliche Zähne und musterte den Mann aus dem Westen aus kleinen, tief liegenden blauen Augen. Dieser Kerl musste so etwas wie ein staatlich bestellter Aufpasser sein, sagte sich Tim, denn Rehberger behandelte ihn sehr zuvorkommend. Kowalski nahm wieder Platz. Tim setzte sich auf einen Stuhl, den Rehberger an die schmale Seite seines Schreibtisches gezogen hatte. Dann ließ sich auch Rehberger wieder in seinen Schreibtischsessel fallen und lächelte ihn an.

»Es geht um unsere Zusammenarbeit.« Kowalski nickte unmerklich.

»Der Genosse Kowalski und ich haben eben darüber gesprochen, wie wir das am besten organisieren.« Wieder ein schneller, sich vergewissernder Blick auf den Verwaltungsdirektor. »Einerseits wollen wir einen möglichst unbürokratischen Austausch von Material und Ergebnissen gewährleisten«, jetzt sah Rehberger Tim an, »andererseits müssen wir natürlich die Vorschriften und Gesetze unseres Staates beachten.« Wieder nickte Kowalski. Rehberger lachte etwas gezwungen. »Die ganze Sache wäre einfach, ich sage das ganz offen, wenn Sie aus der Sowjetunion oder aus einem anderen sozialistischen Land kämen. Aber«, er runzelte die Stirn, »Sie kommen ja aus Heidelberg, also aus dem kapitalistischen Westen.«

»Worin liegen denn die Probleme?«, fragte Tim ruhig und betont verbindlich, obwohl ihm dieses Getue unangenehm war. Aber er wollte ja wieder herkommen, er brauchte einen Vorwand, um möglichst oft hier zu sein. Inge – es ging ihm ja nur um sie.

»Im Wesentlichen müssen wir zwei Fragen beantworten«, Rehberger bemühte sich um Klarheit. »Wie kommen wir in den Besitz Ihrer Proben? Und wie schicken wir Ihnen die aufgetrennten Fraktionen zu? Auf den üblichen Wegen, mit der Post oder Fracht und Einfuhrbescheinigungen und derartigen Umständen – also das geht nicht.« Rehberger hatte diesen Punkt offenbar schon mit Kowalski besprochen, denn der widersprach nicht.

»Ich könnte persönlich kommen«, bot Tim an, »so wie jetzt, alle paar Wochen.«

»Das wollen wir Ihnen nicht zumuten«, warf Kowalski ein.

»Gelegentlich sollten Sie schon selbst kommen«, Rehberger schien die Meinung seines Mitarbeiters nicht zu teilen. »Wir können Sie einige Male im Jahr einladen, so wie jetzt. Aber wir brauchen noch einen zusätzlichen Weg, wenn es mal schnell gehen soll.«

Dann erwähnte er, dass ein recht guter Kontakt zu einem der Max-Planck-Institute in Berlin-Dahlem bestünde. »Eine von unserer Regierung offiziell sanktionierte Zusammenarbeit auf dem Gebiet der Krebstherapie.« Tim erinnerte sich, davon gelesen zu haben. »Herr von Ardenne ist oft zu Gast in Westberlin«, sagte Rehberger. »Es würde ihm nichts ausmachen, Proben von dort zu uns zu bringen oder vor seinen Besuchen in Dahlem bei uns vorbeizukommen. Er könnte also zwischen uns als Kurier dienen – ganz offiziell.«

Dass es ein Problem sein könnte, ein paar biochemische Proben zwischen Berlin und Heidelberg hin und her zu bewegen, war für Tim schwer zu begreifen. Er stellte sich vor, dass Schöller jetzt hier säße und diesen Quatsch mit anhören müsste. Wo blieben dann seine Argumente für eine Zusammenarbeit mit diesen Leuten?

»Was ist denn das zweite Problem?«, fragte er Rehberger.

»Der Austausch von Daten und eventuelle gemeinsame Publikationen. Hier können wir nicht improvisieren. Unsere Regierung verlangt von uns, dass wir solche Dinge vertraglich regeln. Es muss gewährleistet sein, dass Arbeiten, die in der DDR ausgeführt werden, auch als solche gekennzeichnet werden.«

Dagegen hatte Tim nichts einzuwenden, aber war das nicht eine Frage, mit der sich die Zeitschriften auseinandersetzen mussten, in denen gemeinsame Arbeiten publiziert würden?

Kowalski räusperte sich: »Es sind nicht nur die Medien in der BRD, auch die Fachzeitschriften gehen oft von einem Alleinvertretungsanspruch aus.«

»Und wenn wir in einer amerikanischen Zeitschrift publizieren?«

»Oder in einer sowjetischen?«, lautete Kowalskis Gegenfrage.

Daran hatte Tim wiederum kein besonderes Interesse.

»Wir finden schon einen Weg. Ich habe ja schließlich auch einige Erfahrung mit amerikanischen Zeitschriften«, sagte Rehberger. »Das ist gar kein so schlechter Vorschlag.« Offenbar wollte er diese Unterredung mit einem positiven Akzent beenden.

»Wir sind uns einig«, stellte er fest, richtete sich in seinem Sessel auf und stützte beide Hände auf seinen Schreibtisch, als wollte er aufstehen. Kowalski wollte etwas einwenden, aber Rehberger schnitt ihm das Wort ab. »Im Prinzip sind wir uns einig«, wiederholte er. »Rudolf, ich meine, Genosse Kowalski, wird Ihnen einen Vertragsentwurf für die geplante Zusammenarbeit schicken, Herr Brandis.«

»Mit der Post«, ergänzte Kowalski. Sie standen auf. Rehberger verabschiedete seine Gäste freundlich. »Auf gute Zusammenarbeit.« Kowalski ergriff die ihm dargebotene Hand fast gewaltsam und starrte Tim dabei an, als nähme er noch einmal Maß, bevor er das Institut wieder verließ. Und Tim dämmerte in diesen wenigen Sekunden, dass er, ohne es zu wollen, in das Visier dieses Systems geraten war und dass es nicht so leicht sein würde, Inge und sich selbst unbemerkt daraus zu entfernen.

Er verließ Rehbergers Büro, stieg hinauf in den höher gelegenen Stock und fand Inges Labor. Die Begegnung mit dem Verwaltungsdirektor und seinem parteikonformen Geschwätz hatte ihn irritiert. Vermutlich würde ihn die Staatssicherheit von nun an genau beobachten und zwar im Osten wie im Westen.

Inge stellte ihn einigen ihrer Kollegen vor, einem Herrn Bethge, der in seinem makellosen weißen Mantel, der sorgfältig geknüpften Krawatte und den blank geputzten Schuhen einen peniblen beamtenhaften Eindruck machte, ein paar Doktoranden, deren Namen und Gesichter er bald wieder vergaß, und einer Frau Elena Blumentritt, die ihren Kittel offen trug, damit man das Parteiabzeichen an ihrem hässlichen grünen Kleid gut sehen konnte. Alle blieben bei ihm stehen, nachdem Inge, die er natürlich mit Frau Bauer ansprach, ihn vorgestellt hatte.

Ein Gast aus dem Westen war eben etwas Besonderes. Die Gegner des Regimes erwarteten von einem Gast aus dem Westen die Möglichkeit einer unterschwelligen Solidarisierung. Dem gegenüber wollten Frau Blumentritt und ihre Genossinnen oder Genossen wohl sicherstellen, dass solche subversiven Kontakte nicht stattfanden. Was sollte Tim tun? Die Situation widerte ihn an, zumal ihm niemand in irgendeiner Weise entgegenkam. Nicht einmal einen Kaffee boten sie ihm an. Aber vielleicht hatten sie den auch gar nicht? Schließlich fasste sich einer der Doktoranden, ein hoch gewachsener, dunkelhaariger Junge mit Resten von Akne im Gesicht, ein Herz und fragte ihn nach den Einzelheiten seiner Hybridisierungsexperimente. Fast begierig ergriff Tim die Gelegenheit und setzte sich mit dem jungen Mann im hinteren Teil des Labors an ein Fenster. Er zog einen Stift aus der Jackentasche und notierte auf einem Schreibblock, den ihm der Junge reichte, die Bedingungen eines Standardversuchs. »Eigentlich nichts Besonderes, kann man überall nachlesen«, sagte er und gab ihm das beschriebene Blatt zurück.

»Eben nicht«, sagte der Doktorand leise zwischen seinen Zähnen hindurch, »wir haben hier längst nicht alle westlichen Journale.« Tims Blick streifte durch den Raum: ein großes geräumiges Labor, etwas altmodisch eingerichtet, aber durchaus funktionell. Durch eines der Fenster sah er auf die Fassade eines gegenüberliegenden Gebäudes, von der ein riesiges Transparent herabhing. »Von der Sowjetunion lernen heißt siegen lernen«, konnte er lesen.

»Und außerdem fehlen uns Reagenzien, um die Experimente nachzumachen, die Sie beschreiben.«

»Das ist nur ein vorübergehender Engpass«, ließ sich Frau Blumentritt aus einiger Entfernung vernehmen, »wir sind dabei, eine eigene

Industrie für Biochemikalien aufzubauen – Devisen sind knapp, Heinrich«, mahnte sie den Doktoranden, »mach es nicht schlimmer, als es ist.«

Es herrschte eine gezwungene Atmosphäre. Jeder schien jeden zu beobachten. Tim sah auf seine Uhr, um anzudeuten, dass er nicht unbegrenzt Zeit habe.

»Ich werde ja bald wiederkommen«, kündigte er an und erwähnte dabei die geplante Zusammenarbeit mit Rehberger und seinem Labor. »Wenn ich dann irgendetwas mitbringen kann, Literatur oder Reagenzien, die hier schwer zu bekommen sind ...«

»Nicht nötig«, wehrte Elena Blumentritt ab, aber Inge mischte sich ein. »Warum nicht, Elena«, fragte sie, »wenn wir auf diese Weise Zeit sparen? Antonin hat nichts dagegen. Ich habe ihn gefragt.«

Von Rehberger sprachen sie alle als von Antonin, auch wenn sie ihn im direkten Gespräch nicht so anredeten. Elena bekam einen roten Kopf und zog sich zurück. »Wir werden eine Liste erstellen«, sagte Inge. »Keine Angst«, lachte sie, »die Liste wird nicht allzu lang sein. Natürlich legen wir sie unserem Chef vor, und Kowalski bekommt sie auch zu sehen, bevor wir sie Ihnen schicken.« Inge wirkte freundlich und distanziert. Sie spielte die Rolle der linientreuen, aber umgänglichen Assistentin ausgezeichnet. Tim allerdings ging diese Verstellung auf die Nerven. Jeder log jeden an und versuchte seine wahren Ansichten hinter einer Fassade zu verbergen. Eine Lügengesellschaft. Wie konnte Inge das nur ertragen? Er musste sie hier rausbringen, durch die Luft, unter der Erde, durch einen Dokumentenschwindel – irgendwie. Ihm würde schon etwas einfallen.

»Ich bin eigentlich nur gekommen, um mich zu verabschieden«, sagte er zu den Umstehenden und stand auf. »Morgen früh fahre ich zurück, und heute Abend habe ich noch was vor.«

Inge verstand. Sie würde ihn später im Gästehaus aufsuchen.

Als er dort wieder eintraf, war es später Nachmittag geworden. Tim war müde, ging auf sein Zimmer und schlief ein. Ein Telefonanruf weckte ihn. Inge. Sie rief von unten an, aus Försters Büro. Ob er Lust hätte, heute Abend eine Vorstellung des ›Berliner Ensembles‹ zu sehen. Sie könne Karten bekommen. Brecht. Das ›Leben des Galilei‹, eine Inszenierung, die sehr gelobt worden sei. Er ging ins Badezimmer, ließ etwas kaltes Wasser über sein verschlafenes Gesicht fließen und fuhr, nachdem er sein Äußeres wieder präsentabel fand, mit dem Fahrstuhl nach unten.

Inge saß auf einem der spießigen Sessel und wartete. Sie hatte sich umgezogen und trug jetzt einen engen Rock aus schwarzem Samt, eine weiße Bluse und dazu den Halsschmuck, den er schon aus Wiesbaden kannte. Tim trat auf sie zu und zeigte auf seine alltägliche Kleidung.

»Sie können so bleiben«, sagte Inge laut genug, dass der im Hintergrund lauernde Förster es hören konnte. Dieses ständige »Sie« fing an, Tim zu ärgern. Sie gingen hinaus auf die Straße. Das Theater am Schiffbauerdamm war ja in der Nähe, und nicht weit davon befand sich ein kleiner Park. Dort endlich fanden sie einen Ort, eine kleine Nische mit einer Bank, auf der sie sich nicht beobachtet fühlten.

Tim nahm Inges Hand und beklagte das Ende seines Besuches. Wenn er an die bevorstehende Trennung dachte, wurde ihm fast schlecht vor Kummer und vorweggenommener Sehnsucht. Sie versuchte, ihn zu trösten. »Du wirst ja bald wiederkommen.«

Ja, das würde er, und dann wäre er wieder im Institut, müsste fremd tun, allein wären sie nur im Auto, wenn er sich die Fahrt noch einmal antun wollte, oder auf einer Parkbank, so wie jetzt. Sie mussten etwas planen, etwas Handfestes.

»Du schwimmst doch gut«, sagte Tim. »Vielleicht können wir zusammen fortschwimmen, über die Ostsee.« Sie reagierte nicht. Offenbar hielt sie das für reinen Wahnwitz. Er erzählte ihr von seinem Schwimmklub und von der Überquerung des Ärmelkanals. Auch die kleine Gisela erwähnte er, die schon einmal von Fehmarn nach Gedser geschwommen war.

»Das würde ich nie schaffen«, sagte Inge und streichelte seine Hand. Es lag etwas Resignierendes in dieser Bewegung.

»Kannst du nicht irgendwo Mitglied werden und lange Strecken trainieren?«, drängte er. Inge dachte nach. Dann erwähnte sie die Gesellschaft für Sport und Technik. Dort sei sie immer noch Mitglied, habe ihre Mitgliedschaft aber ruhen lassen – aus beruflichen Gründen.

»Geh wieder hin«, schlug er vor.

»Die haben sicher kein Interesse daran, mich zu einer Langstreckenschwimmerin auszubilden.«

»Natürlich nicht.« Tim meinte, sie solle trotzdem hingehen. »Du kannst doch längere Kraulstrecken trainieren, achthundert oder fünfzehnhundert Meter, das bringt dich in Form.«

Alle möglichen Ideen erörterten sie auf ihrer Bank.

»Du könntest dir einen Pass von einer Frau in der Bundesrepublik leihen, die dir ähnelt. Hast du ein Bild von dir, das ich mitnehmen könnte?«

»Ja, das habe ich.« Sie kramte in ihrer kleinen Handtasche und zog ein Passbild hervor. »Ist das gut genug?«

»Fürs Erste ja.«

»Und was passiert dann?«

»Dann reisen wir ins sozialistische Ausland. Du gibst dich als Westdeutsche aus und fährst mit deinem geliehenen bundesdeutschen Pass zurück in die Bundesrepublik. Oder in ein neutrales Land.«

»Wir könnten zusammen Ferien machen«, schlug sie vor.

»Aber wo?«

»In Bulgarien zum Beispiel. Dort war ich schon einmal mit einer Gruppe. Ich könnte es im nächsten Jahr ja wieder probieren.«

In Kavazite sei sie gewesen, südlich von Burgas. »Ein herrlicher Sandstrand, klares warmes Wasser, türkisfarben«, Inge geriet ins Schwärmen. »Es ist noch einsam dort. Kein richtiger Tourismus, könntest du nicht auch dorthin kommen?«

Er wusste es nicht, konnte er? »Ich muss es herausfinden. Wenn es geht, komme ich.«

Die Aussicht, neben den geplanten Berlin-Besuchen einmal ein paar Wochen allein und ungestört mit Tim zusammenzusein, belebte Inge. Sie tat so, als seien diese gemeinsamen Ferien schon fast sicher.

»Kann man von dort nicht Ausflüge in die Türkei unternehmen?«

»Wir nicht, aber Leute aus dem Westen schon. Es gibt dort einen Fährbetrieb, der Ausflüge von Burgas nach Istanbul anbietet.«

»Ja, aber wenn du nun vorübergehend über einen westdeutschen Pass verfügtest? Dann könntest du doch auch fahren.«

»Aber wo findest du eine Frau in meinem Alter, noch dazu eine, die mir ähnlich ist und die mir ihren Ausweis leihen würde?«

»Ich muss mich umsehen, ein wenig herumfragen.«

»Du musst aufpassen«, warnte Inge und fügte nach einer Pause hinzu: »Überleg dir immer, wen du fragst. Die Stasi hat auch im Westen ihre Spione.«

Ja, das hatte er kapiert. Dieser Kowalski zum Beispiel hatte keinen guten Eindruck auf ihn gemacht. Nicht gerade Vertrauen erweckend. Aber Inge dachte an ein viel weiter gespanntes Netz.

»Hier bespitzelt jeder jeden, die Stasi hat überall Leute, und es sind nicht immer die auffälligen Typen, die gefährlich sind.«

»Kowalski?«, fragte er. Sie schüttelte den Kopf. »Blumentritt zum Beispiel«, sagte sie, »aber nicht Elena, sondern ihr Mann Moritz. Vor dem musst du dich in Acht nehmen.« Inge kehrte zurück zu dem erfreulicheren Thema, das sie bereits angeschnitten hatte.
»Planen wir doch diese Ferien in Bulgarien.«
Tim war einverstanden. »Ja, das machen wir, aber auf die Dauer hilft uns das nicht. Einmal im Jahr zusammen irgendwo Ferien verbringen, das reicht doch nicht.«
»Nein, aber es ist besser als nichts«, erwiderte sie trotzig. Aber dann umarmte sie ihn und bat ihn, nicht böse zu sein und ein wenig Geduld zu haben. Sie versprach, ihre Ausdauer im Schwimmen zu steigern. Zu einem auch nur halbwegs plausiblen Plan, Inge aus der DDR herauszubringen, kamen sie an diesem Nachmittag nicht. Immerhin, sie hatten angefangen zu überlegen, die Augen und Ohren aufzusperren.
Dann kam ein Augenblick tiefer Niedergeschlagenheit. Der Park hatte sich geleert, alles, die kleinen Rasenflächen, die ungepflegten Wege, das struppige Gebüsch, selbst die verlassenen Sandkästen und die nun unbenutzten Wippen und Schaukeln wirkten auf einmal ärmlich, verlassen, zukunftslos. Inge stand auf. »Lass uns gehen«, sagte sie.
Der Tag war nicht besonders glücklich verlaufen. Umso stärker überraschte Tim der Theaterabend, das Stück »Leben des Galilei« und ebenso die Inszenierung, die frei war von Agitation und vordergründigen Politanspielungen. Er saß wie gebannt und spürte, wie Inge neben ihm genauso gepackt wurde. An einer Stelle sagt Galileo zu Mucius, einem Wissenschaftler, der ihn besucht und sich nicht zur Wahrheit bekennen will: »Wer die Wahrheit nicht weiß, der ist bloß ein Dummkopf. Aber wer sie weiß und sie eine Lüge nennt, der ist ein Verbrecher. Gehen Sie aus meinem Haus.«
Woran lag es, dass sich an dieser Stelle Beifall erhob? Zögernd zuerst, aber dann, als die Schauspieler in den eingenommen Posen verharrten und nicht weitersprachen, stärker und anhaltend. Sicher waren Zuschauer aus West-Berlin oder aus Westdeutschland im Theater. Vielleicht hatte einer von denen angefangen zu klatschen. Aber dass der Funke übersprang und dass hier ein kurzes heftiges Feuer des Protestes auflöderte, das hatte mit dem Text zu tun und mit der ostentativen Zustimmung des Publikums, das heute Abend im Parkett saß. Und die kamen nicht von draußen, die wohnten hier. Inge drückte seine Hand. Es gab andere herrliche Stellen in diesem Stück, Galileos Selbst-

anklage zum Beispiel: »Hätte ich widerstanden, hätten die Naturwissenschaften etwas wie den hippokratischen Eid der Ärzte entwickeln können ... Wie es nun steht, ist das Höchste, was man erhoffen kann, ein Geschlecht erfinderischer Zwerge, die für alles gemietet werden können.«

Tim musste laut lachen bei diesen Worten. Inge sah ihn von der Seite an, einige Menschen im Publikum lachten mit und, – so schien es ihm jedenfalls – der Darsteller des Galilei auf der Bühne schien sein Lachen nicht ungern zu hören, denn er sprach seine Passage mit gesteigerter Leidenschaft zu Ende.

Und was kam danach? Was tun zwei Verliebte in einer verödeten Stadt, in der sie keine Wohnung haben, nicht einmal ein Hotelzimmer? Sie schlenderten zurück in die Ziegelstraße, stiegen ins Auto und fuhren durch die Gegend, planlos und langsam. Inge hatte immer ein Auge auf die Schilder, die nicht vorhandene Autofahrer ermahnten, dieses oder jenes zu tun oder zu lassen.

»Ist es nicht ein wenig gespenstisch?«, fragte Tim sie. »Regeln über Regeln – für wen? Die paar Trabi-Besitzer?« Sie waren traurig. Der bevorstehende Abschied hatte sich tief in ihre Gemüter gesenkt. Dennoch waren sie nicht ohne Hoffnung. Das Theaterstück hatte sie beide belebt. »Du kommst bald wieder«, stellte Inge in Aussicht – »immer wieder. Meine Eltern wollen die ersten Januartage im Erzgebirge verbringen. Vielleicht könntest du es einrichten, dann zu kommen? Für einige Tage hätten wir die Wohnung ganz für uns. Stell dir das vor.« Der Gedanke schien sie zu erregen, denn Tim musste anhalten, damit sie sich küssen konnten. Dann fuhren sie langsam weiter durch die nördlichen und nordöstlichen Stadtbezirke, bis sie wieder vor dem Haus am Park in Pankow standen. Nun mussten sie wirklich Abschied nehmen. Fürs Erste? Sie wussten es ja nicht, niemand konnte es wissen. Die Lage schien sich zu verschärfen. Im August waren siebenunddreißig Fluchthelfer verurteilt worden, und weitere Fälle sollten vor Gericht gebracht werden. Eine Lawine von Prozessen, die mit propagandistisch aufgeputzter Gehässigkeit geführt wurden, stand bevor. Keine einfache Zeit für zwei Liebende, die zueinander wollten. Tim versprach Inge, Geduld zu haben. Während er ihren Kopf in seinen Händen hielt, ihr in die Augen sah und sie zwischendurch küsste, versprach er ihr alles: Ausdauer bei der Überwindung ihrer Trennung, Treue, Liebe, Briefe, Gedanken, mit einem Wort, er versprach sich selbst mit Haut und Haaren. Inge sagte wenig. Sie weinte ein bisschen, aber er hatte den Eindruck, dass seine Beteuerungen, die aus seinem tiefsten Inneren kamen und seine Zuversicht, die nur zum Teil seiner wirklichen Stimmung entsprach, sie allmählich beruhigten. Er liebte sie so sehr an diesem Abend, dass er bereit gewesen wäre, jeden zu töten, der sich zwischen sie stellen würde. Liebe macht blind und wohl auch ein wenig dumm. Tim versuchte, Inge diese Empfindung zu beschreiben.

»Dann wirst du einen Massenmord begehen müssen«, sagte sie und lachte sogar. Sie stieg aus, und er sah ihre helle Gestalt, die sich von der dunklen Straße und der noch dunkleren Hausfassade abhob, er sah sie noch einmal im trüben Licht der Straßenlaterne und dann als Schattenriss gegen das Licht im Hausflur, das sie angeknipst hatte. Er wartete, bis oben in ihrer Wohnung Licht anging und sie noch einmal ans Fenster trat, wieder nur als Schattenriss erkennbar. Langsam wendete er sein Auto, streckte den linken Arm zum Fenster hinaus und winkte seiner Geliebten zu, während er langsam aus dem kopfsteingepflasterten Sträßchen hinausfuhr. Er winkte auch noch, als sie ihn ganz gewiss nicht mehr sehen konnte. Das Winken beruhigte ihn, bestätigte seine Gedanken und Wünsche und wurde dann nach einigen hundert Metern doch sinnlos. Erst jetzt empfand er den Verlust Inges wie ein Gewicht, das ihn zu erdrücken schien. Doch dann kam ihm ein tröstender Gedanke zur Hilfe. Er hatte sie ja nicht verloren, im Gegenteil, er hatte sie gewonnen. Er musste um sie kämpfen und durfte dabei keinen Fehler machen. Ab sofort keinen Fehler, schärfte er sich ein, drosselte sein Tempo und fuhr brav auf der rechten Straßenseite. Ich kann mit diesem Problem fertig werden, sagte er sich. Ich kann es, ich will's und ich werde es tun. Kann, will, werde, prägte er sich ein und wiederholte diese Worte wie ein Mantra, bis er in der Stadt war und sein Auto im Innenhof des Gästehauses abgestellt hatte.

4

»Sind Sie noch im Besitz von Zahlungsmitteln unserer Währung?«, fragte ihn ein Offizier, der am Grenzübergang Wartha seine Papiere kontrollierte.

Tim verneinte. Sein Vortragshonorar hatte er Inge überreicht mit der Bitte, es für eine spätere Gelegenheit aufzuheben. »DDR-Geld habe ich nie besessen.«

Der Mann studierte seine Papiere.

»Als Gast der Humboldt-Universität war ich vom Zwangsumtausch ausgenommen«, sagte Tim.

»Und womit sind Sie für Ihre alltäglichen Bedürfnisse aufgekommen?«, fragte der Grenzer in unverhohlenem Sächsisch.

»Wurde alles von meinen Gastgebern übernommen.«

Irgendwie schien den Mann diese Antwort zu ärgern. Ein reicher Westbürger kommt in die DDR und lässt sich alles bezahlen.

»Öffnen Sie bitte mal die Kofferhaube.« Na also. Da lag sein Koffer, ein Kleidersack und obendrauf die Autobiografie von Manfred von Ardenne.

»Was ist das?«

»Ein Gastgeschenk. Die Lebensgeschichte eines Erfinders.«

Der Grenzer nahm das Buch, blätterte darin, betrachtete die reichlich in den Text eingestreuten Fotografien: Ardenne als Kind, der Student Manfred von Ardenne, Preisverleihungen, Ardenne zusammen mit dem Staatsratsvorsitzenden und anderen DDR-Honoratioren.

»Stimmt was nicht?«

»Doch, doch«, sagte der Offizier, klappte das Buch zu und legte es zurück an seinen Platz. »Einer unserer Besten«, meinte er, als müsse er dem Besucher den Wert des Buches, das er in seinem Kofferraum mitführte, erst klar machen. Damit war Tim entlassen.

Er war nun wieder allein, und je weiter er sich von der Grenze entfernte, desto stärker vermisste er Inge. Er würde sie lange nicht sehen. Wenn es gut ging, würden sie einige Wochen lang, im schlimmeren Fall vielleicht Monate voneinander getrennt sein. Schreiben konnten sie sich. Aber mussten sie nicht davon ausgehen, dass ihre Korrespondenz überwacht würde? Also durften sie sich nicht zu oft schreiben. Vor allem durfte in ihren Briefen nichts stehen, was einen Hinweis auf ihre Pläne geben würde. Inge hatte Tim die Adresse einer Freundin in Bernau zugesteckt, an die er Post für sie schicken sollte. Zwischendurch, meinte sie. Ihre Freundin Julia sei absolut vertrauenswürdig.

»Das mag ja sein«, hatte er eingewandt, »aber werden sie von nun an nicht alle meine Briefe kontrollieren?«

»Nur Stichproben«, hatte Inge geantwortet. »Für die bist du noch ein unbeschriebenes Blatt – jedenfalls vorläufig.«

Ja, vorläufig. Wenn er öfters erschiene, würden Herr Kowalski und Frau Blumentritt oder Herr Blumentritt schon ihre Fühler ausstrecken. Eines hatten Inge und Tim sich versprochen. Die Sterne wollten sie allabendlich betrachten, wenn das Wetter es erlaubte. Und dabei aneinander denken. Sogar eine Brille wollte Inge sich für diesen Zweck verschreiben lassen und eine Sternenkarte kaufen.

»Such dir immer zuerst den Großen Wagen«, hatte er ihr empfohlen. »Dann verlängerst du die Hinterachse dieses Sternbildes fünfmal. Auf diese Weise findest du den Polarstern. Und wenn du in einer sternklaren Nacht einmal nicht schlafen kannst, dann bilde dir ein, diese Achse aus den beiden hinteren Sternen des Großen Wagens bildeten Teil eines Zeigers, der am Polarstern verankert ist und dieser Zeiger, Inge, bewegt sich gegen den Uhrzeiger mit der halben Winkelgeschwindigkeit des Stundenzeigers. Er ist so etwas wie Teil einer Himmelsuhr.«

»Mit der halben Winkelgeschwindigkeit des kleinen Uhrzeigers?« Inge wollte das richtig verstanden haben.

»Du musst dir ein Ziffernblatt dazu denken mit dem Polarstern als Mittelpunkt. Wenn nun dein fiktiver Zeiger nach Süden zeigt, also auf sechs Uhr – und später, wenn du wieder hinschaust, auf drei Uhr, also nach Osten, dann wären inzwischen sechs Stunden vergangen.«

Am Montagmorgen saß Tim wieder unter seinen Kollegen im Hörsaal der Medizinischen Klinik. Schöller ließ sich von dem Dienst habenden Assistenten berichten, was am Wochenende geschehen war. Einige akute Fälle waren eingeliefert worden, darunter ein jüngerer Mann mit einer septischen Infektion, deren Ursache bisher nicht geklärt war.

Einer der Oberärzte, ein Österreicher mit angegrauten Locken, der den Assistenten gegenüber gern den Professor herauskehrte, im Umgang mit Schöller dafür aber umso größere Beflissenheit an den Tag legte, stellte Vermutungen über die Ursachen der Sepsis an, ohne sich dabei auf Befunde stützen zu können. Ein Blutbild war da, auch eine Röntgenübersichtsaufnahme des Abdomens, ebenso ein Röntgenbild des Brustkorbes. Das alles hatten die Dienst habenden Assistenten am Sonntag in die Wege geleitet. Zu viel mehr hatte es allerdings nicht gereicht, weil man in den Kliniken und Instituten des Heidelberger Klinikums die Sonntagsruhe pflegte und nur das Allernötigste an Labor- und Röntgenuntersuchungen ermöglichte. In dem Fall, über den der Herr Oberarzt Hildebrand nun in umständlichen Formulierungen referierte, war das Allernotwendigste eindeutig zu wenig gewesen. Schöller wurde unruhig. »Wir sind hier nicht in der Vorlesung, Meister Hildebrand«, tadelte er schmallippig und böse. »Was ist heute früh veranlasst worden?«

Jetzt endlich kam der Stationsarzt zu Wort. Winfried Weller stammte aus Lübeck und liebte es, sich knapp und militärisch auszudrücken. Er zählte die diagnostischen Maßnahmen auf, die er inzwischen eingeleitet hatte, und beschrieb die begonnene Therapie. Während der Stationsarzt sprach, nickte Hildebrand, der in der ersten Reihe saß, beständig mit dem Kopf, wobei sein Blick von Weller zu Schöller und wieder zurück zu Weller eilte. Offenbar wollte er den Eindruck erwecken, dass alle Maßnahmen mit seinem Einverständnis, wenn nicht sogar auf seine Anregung hin getroffen worden waren. Jeder wusste, dass Hildebrand an Wochenenden nur schwer zu erreichen war und sich vermutlich erst am Montagmorgen über den Fall hatte berichten lassen. Schöller unterhielt sich ausschließlich mit dem Stationsarzt und bat ihn, ihm die Thrombozytenwerte mitzuteilen, sobald sie verfügbar waren.

Nach der Besprechung der Fälle ließ er sich über die jüngsten Entwicklungen in Heidelberg aus. Militante Studenten, vermutlich Mitglieder des SDS, hätten am Freitag die Fakultätssitzung gestört. Beim Verlassen des Gebäudes, in dem die Professoren getagt hatten, seien sie von linken Studenten und Mitgliedern des »Sozialistischen Patientenkollektivs« tätlich angegriffen worden. Schöller betonte seine eigene robuste Rolle in dem Handgemenge, das schließlich von der Polizei beendet werden musste. Zum Beweis seiner Tatkraft hob er seine bandagierte Rechte in die Höhe. Die habe er sich bei einem Kinnhaken verstaucht, mit der er den Rädelsführer des sozialistischen Pöbels niedergestreckt habe. Und jetzt müsse er sich entschuldigen. Er sei zum Rapport nach Stuttgart zur Landesregierung bestellt.

»Götz von Berlichingen mit der bandagierten Faust«, feixte ein Kollege neben Tim. Schöller musterte die Gesichter vor ihm und bedachte die zwei oder drei Assistenten, die es seiner Meinung nach mit den linken Studenten hielten, zu ihnen zählte auch Tims immer noch feixender Nachbar, mit langen prüfenden Blicken. Dann sah er Tim an. Seine Miene hellte sich ein wenig auf. »Kommen Sie noch schnell zu mir, Herr Brandis, bevor ich weg muss.«

»Wann?«

»Jetzt gleich, in zehn Minuten.«

Als Tim zur vereinbarten Zeit in sein Sprechzimmer trat, wiederholte Schöller noch einmal seinen Bericht von eben. Allerdings nannte er ihm jetzt unumwunden die Namen der Assistenten, die er für Verbündete des SDS hielt. Dann fragte er:

»Wie war es beim Genossen Rehberger?«

Bei diesen Worten setzte Schöller sich auf die Kante seines Schreibtisches und lud Tim ein, auf dem Untersuchungsbett Platz zu nehmen. Der berichtete ihm von einer freundlichen Aufnahme, sprach kurz über seinen Vortrag und erwähnte die analytischen Methoden, die ein Mitarbeiter von Rehberger entwickelt hatte und die ihm, Tim Brandis, vielleicht helfen könnten, seine Arbeiten voranzutreiben. Schöller blieb reserviert. Von Kowalski und dem Gefühl, dass die Mitarbeiter des Instituts sich gegenseitig bespitzelten, sagte Tim lieber nichts.

Ob man ihn über die Heidelberger Klinik oder über ihn persönlich ausgefragt habe, wollte Schöller wissen. Tim verneinte und benutzte die Gelegenheit, um über das anregende Gespräch zu berichten, das er mit Rehberger geführt hatte. »Mal abgesehen von seinen politischen Überzeugungen ist Rehberger ein interessanter Mann.«

»Lieber Tim«, Schöller kehrte zurück zu dem lässigen Ton, den er im Umgang mit einigen jüngeren Kollegen gerne pflegte. »Man kann eben nicht von seinen politischen Ansichten absehen.«

»Aber kann man nicht wenigstens seine Methoden benutzen?«, fragte Tim und erläuterte Schöller den Nutzen, den er daraus ziehen könne. »Nicht nur ich, wir als Team«, fügte er hinzu.

»Zu welchem Preis?« Schöller blieb misstrauisch.

»Man muss sie natürlich zitieren, mit allem Drum und Dran, wenn

man etwas publiziert.« Er erwähnte nichts von dem geplanten Zusammenarbeitsvertrag.
»Natürlich. Wenn das alles wäre. Wir sind nicht auf Diebstahl angewiesen.«
Schöller stand auf. Offenbar erinnerte er sich an seine Reise nach Stuttgart. »Passen Sie gut auf«, sagte er und gab seinem Assistenten die linke Hand. »Die andere ist außer Betrieb«, grinste er. »Und halten Sie mich auf dem Laufenden.«
Tim versprach es, obwohl er wusste, dass er ihm immer nur das Allernötigste sagen konnte.

Nachdem Tim abgereist war, schob Inge den Gedanken an eine gemeinsame Flucht erst einmal von sich weg. Darüber wollte sie sich jetzt nicht den Kopf zerbrechen. Vorerst gab es andere Dinge zu bedenken, die Möglichkeit zum Beispiel, dass Tim zum Jahreswechsel nach Berlin käme und dass sie einige Tage lang allein in der Wohnung in Pankow zubringen könnten, wenn ihre Eltern, wie jedes Jahr, eine Woche lang ins Erzgebirge reisten. Außerdem würden sie im nächsten Sommer zusammen in Kavazite Ferien machen. Wenn sie sich jetzt öfters sehen könnten, würde sie auch eine klarere Vorstellung von ihrer Zukunft gewinnen, hoffte sie. Tim hatte sich neulich so deutlich und so rückhaltlos geäußert. Wenn sie gezögert hätte, nachdem er sie auf ihrem abendlichen Spaziergang draußen in Buch in den Arm genommen und ihr sein Herz ausgeschüttet hatte, hätte er gekränkt sein müssen. »Dann willst du?«, hatte er gefragt, und im Überschwang des Augenblicks hatte sie ›ja‹ gesagt. Aber dieses ›Ja‹ bedeutete doch auch, dass sie hier nicht bleiben konnte, dass sie beide einen Weg finden mussten, zusammenzukommen. Nicht hier in diesem trübsinnigen Staat, in dem Angst und Niedertracht regierten, nein, das konnte nur irgendwo im Westen sein. Aber Tim drängte so. War das gut? Sollten sie sich nicht noch ein wenig besser kennenlernen, bevor sie sich auf ein so großes Abenteuer einließen? Und diese Geschichte mit dem Pass, die er sich da neulich aus den Fingern gesogen hatte, das war doch riskant, zumal Helmuth bei seiner Flucht einen ähnlichen Trick benutzt hatte. Würden die bulgarischen Grenzer sich die Reisepapiere der Tagesausflügler, die von Burgas nach Istanbul reisten, jetzt nicht viel genauer ansehen?
Andererseits: Ich mag ihn, sagte sich Inge. Ich war von ihm beeindruckt, als wir uns in Wiesbaden trafen, aber jetzt ist es viel mehr.

Tim verschwand nicht mehr aus ihren Gedanken, nicht, wenn sie zu Hause war, nicht im Institut bei der Arbeit oder bei anderen täglichen Verrichtungen. Warum gehe ich jetzt so regelmäßig in das HO-Lebensmittelgeschäft in der Schumannstraße einkaufen? Weil ich mich dabei immer an Tim erinnert fühle, an das kurze und heftige Glücksgefühl, das mich überfallen hatte, als er plötzlich mit seinem Auto am Straßenrand stand. Er hatte also Wort gehalten. Er war gekommen. Er meinte es ernst.

Besonders abends vor dem Einschlafen dachte sie an ihn. Manchmal schon war sie dann nachts auf den Balkon gegangen, um die Himmelsuhr zu sehen, auf deren Ziffernblatt sich ihre Gedanken treffen sollten. Aber der Balkon wies nach Süden, von da aus konnte man den Polarstern nicht sehen. Der kleine Park, besonders das Südende, bot schon bessere Möglichkeiten, und einmal hatte sie tatsächlich spät abends von dort aus Ausschau gehalten und die Sternbilder auf einer Zeichnung festgehalten, die sie ihm schicken wollte.

Rehberger hatte sich sehr lobend über Tim geäußert, ob der etwas ahnte? Nein, vermutlich nicht. Wie sollte er auch? Jedenfalls standen die Sterne günstiger als noch vor einigen Monaten. Es war etwas geworden aus ihrer ersten Begegnung, und so aussichtslos wie damals auf der Rückfahrt von Wiesbaden kam ihr der Weg für sie beide auch nicht mehr vor. Tim würde öfters kommen, im Sommer könnten sie vielleicht zusammen Ferien machen, ihr Leben war beengt, aber es boten sich kleine Auswege.

Ich will ihm schreiben, dachte Inge eines abends. Es war schon spät, ihre Eltern hatten sich zurückgezogen, und sie trug ihr Schreibzeug ins Wohnzimmer, setzte sich an den Sekretär vor einem der großen Fenster und zog die alte Stehlampe mit dem verbeulten Schirm aus Schweinsleder näher an sich heran.

»Mein lieber Tim«, stand da mit einem Mal, »weißt Du eigentlich, wie sehr ich einen wie Dich herbeigesehnt habe im letzten Jahr? Als eine Überraschung, als einen glücklichen Zufall habe ich an Dich gedacht, lange bevor Du mir in Wiesbaden leibhaftig entgegentratest, und als ich im Interzonenzug saß und wieder gen Osten fuhr, ›nach Hause‹, da wusste ich, dass mein Wunsch in Erfüllung gegangen war. Wir haben nun schon oft zusammen gesessen und uns was erzählt, aber von der schrecklichen Zeit, die unmittelbar auf Helmuths Verschwinden

folgte, weißt Du nichts. Ich hatte nie den Mut, davon zu sprechen. Ein Freund, der mich fast mein ganzes bewusstes Leben lang begleitet hat, den ich liebte wie einen Bruder und erst später wie einen Mann, dem immer noch ein paar brüderliche Eierschalen anhafteten, zog sich plötzlich zurück. Die alten Vorbehalte meinem Vater gegenüber wurden wieder lebendig. Hier und da regten sich in der Presse und in der Universität Stimmen, die auf seine politische Unbestimmbarkeit hinwiesen. Nicht Unzuverlässigkeit, nein, Unbestimmbarkeit. Denk Dir, man hat ihm damals ein zwar nur in der Universität verbreitetes Bekenntnis ›zu unserem sozialistischen Staat und seinen Errungenschaften‹ abgenötigt, eine Erklärung, die er mit Widerwillen auch leistete, um uns, seine Familie zu schützen. Darin musste er sich von seinem eigenen Sohn, der es vorgezogen hatte, ins Ausland zu gehen, distanzieren. Es war Winter, die Tage waren kurz, dunkel und trübe, nasskalt obendrein, wir alle mussten unserer Arbeit nachgehen und so tun, als sei nichts passiert. Ich wurde in eine andere Abteilung ›strafversetzt‹, Werner wurde von der Stasi verhört und auf den Ernst der Situation hingewiesen, es war klar, dass sie uns beobachteten. Davon habe ich Dir ja neulich andeutungsweise erzählt.

Und dann geschahen zwei Wunder, ein kleines und ein ganz großes. Das kleine Wunder bestand darin, dass ich einige Monate nach dem Tiefpunkt, den unsere Familie durchleiden musste, dennoch die Erlaubnis bekam, zum Internistenkongress nach Wiesbaden zu fahren. Und dort traf ich Dich, mein großes Wunder. Du hast mir also schon gefehlt, als ich Dich noch gar nicht kannte. Jetzt, nachdem Du in mein Leben getreten bist wie ein ungeduldiger und etwas streitbarer Engel, fehlst Du mir noch mehr oder besser: Du fehlst mir auf eine ganz konkrete und heftige Weise. Du weißt schon, wie das gemeint ist. Dir geht es ja genauso. Du hast mich aufgehoben, als ich gestürzt war, und hast mir in der kurzen Zeit, die wir uns kennen, meinen Optimismus zurückgegeben. Ich freue mich, dass wir uns in ein paar Monaten wiedersehen werden und danach wieder im Institut und hoffentlich auch in Kavazite. Und obwohl ich nicht weiß, wie es danach weitergehen soll, bin ich zuversichtlich, dass wir einen Weg finden, dass Du einen Weg findest, Tim. Dir vertraue ich schon jetzt so fest. Allein der Gedanke an Dich gibt mir Zuversicht. Das heißt doch wohl, dass ich Dich liebe und dass ich mich nach dem Leben mit Dir sehne, das Du neulich auf unserem Spaziergang für uns ausgemalt hast. Wie anders wären die Veränderungen, die ich an mir selbst bemerke, zu erklären? Denk an mich, schau auf die Himmelsuhr, dort findest Du mich bei ›jedem Wetter‹. Und komm bald wieder in meine Arme. Deine Inge.«

Inge hatte diese Zeilen in einem Zug heruntergeschrieben. Sogar einen Umschlag hatte sie schon beschriftet. Jetzt aber, als sie die Zeilen noch einmal an sich vorüberziehen ließ, wurde ihr klar, dass sie einen solchen Brief gar nicht abschicken konnte. Über eine Deckadresse vielleicht? Auch das schien ihr zu riskant. Ich kann ihm das alles gar nicht sagen, dachte sie, und einen Moment lang packte sie wieder die gleiche schwarze Verzweiflung, die sie im vorigen Winter gebeutelt hatte. Ich werde den Brief für ihn aufheben, nahm sie sich vor, aber irgendetwas, irgendein Zeichen von ihr sollte er doch bekommen. Sie ging in ihr Zimmer und holte die kleine Sternenskizze, die sie neulich im Park angefertigt hatte. Dann schrieb sie dazu ein paar Zeilen und steckte alles in den vorbereiteten Umschlag. Es war wenig, aber es musste genügen. Wird es auch, sagte sie sich.

Während der folgenden Wochen geschah nicht viel. Tim bekam den Vertragsentwurf von Kowalski, der viele ihm kaum verständliche Regelungen enthielt. Er hegte einen, wie er meinte, angeborenen Widerwillen gegen Formalitäten dieser Art und entzog sich der Notwendigkeit, dieses Schriftstück zu lesen und irgendwann auch zu beantworten, erst einmal dadurch, dass er es in einer Schublade seines Kleiderschrankes deponierte. Dann kam ein recht zurückhaltender Brief von Inge, der ihn über einen Freund erreichte, eben jenen Doktor Winfried Weller, von dem schon die Rede war. Das Spiel mit den Sternen und mit der Himmelsuhr habe sie inzwischen begriffen, schrieb Inge und schickte ihm zum Beweis eine kleine Skizze, auf der sie die Konstellation der Sternbilder um zehn Uhr abends am Tage vor der Absendung ihres Briefes festgehalten hatte.

Dieser Brief warf einen kleinen Hoffnungsschimmer in Tims Alltag. Dennoch wäre er vermutlich in einer Depression versunken, wenn ihm nicht ein anderes Ereignis zur Hilfe gekommen wäre.

Thomas Ashley, sein Mentor und Lehrer, der ihn ein ganzes Jahr lang unter seine Fittiche genommen hatte, als er mit einem Stipendium an der Columbia Universität arbeitete, kündigte ihm seinen Besuch an.

Tom und seine deutsche Frau Adelheid, die immer nur Heidi genannt wurde, waren im Begriff, eine Europareise anzutreten und wollten auch nach Heidelberg kommen, um Tim zu besuchen. Natürlich wollte Ashley auch die Medizinische Klinik sehen, sich mit den Wissenschaftlern unterhalten, er wollte Werner Schöller treffen, wenn dazu die Möglichkeit bestünde, in aller erster Linie aber wollten Heidi und er ihren Freund Tim wiedersehen. Mit dieser Ankündigung, die Tim natürlich sofort beantwortete, kam wieder frische Luft in sein Leben. Es war, als hätte jemand in einem lange verschlossen gebliebenen Haus ein Fenster geöffnet. Plötzlich wurde er daran erinnert, dass es außerhalb des eigenen Daseins, das sich in den letzten Monaten im Heidelberger Muff und in den Zwängen und Verkrampfungen der DDR bewegt hatte, noch eine andere freiere und fröhlichere Welt gab. Er wolle ihn sehen und habe etwas Wichtiges mit ihm zu besprechen, schrieb Tom. Natürlich sprach Tim mit Schöller, der sofort vorschlug, dass Professor Ashley in Heidelberg einen Vortrag halten sollte. Die Klinik allerdings, meinte er, sei dafür nicht der geeignete Rahmen, eines der theoretischen Institute sollte den Vortrag ausrichten, dort säßen die Leute, die »mit diesen Sachen«, so drückte sich Schöller aus, Erfahrung hätten. »Sie haben doch gute Verbindungen zu denen!«

Die Art, wie Schöller von den theoretischen Instituten sprach, enthielt eine gewisse Distanzierung, in die er Tim, den »Intellektuellen«, als den er ihn gegenüber Dritten gern bezeichnete, mit einbezog. Tim bemerkte die leichte Zurückweisung, die aus Schöllers Formulierungen sprach, und spürte die darin enthaltene Kränkung. Trotz allen gelegentlichen Geschwafels über die zu wünschende Nähe zwischen den Kliniken und den theoretischen Instituten: Zu Hause fühlte sich Schöller eben nur in der hierarchisch streng gegliederten deutschen Klinik alten Stils, in der ärztlichen Fortbildung, in der er sich als Hohepriester der Medizin aufspielen konnte, der sich huldvoll zu den niedergelassenen Ärzten und den Klinikern in irgendeiner Provinzklitsche herabbeugt, um ihnen den medizinischen Fortschritt in stark vereinfachter, auch von Fernsehen und Radioreportern verstandenen Form zu vermitteln.

»Wollen Sie Thomas Ashley sehen?«, fragte Tim.

»Natürlich.« Schöller tat fast beleidigt, dass Tim diese Frage überhaupt stellte.

Tim hatte keine Schwierigkeiten, Ashley eine Einladung ins Max-Planck-Institut zu verschaffen. Sebastian Hoffmann, ein schlanker grauhaariger Mittfünfziger von einer Urbanität, die in Heidelberg auffallen musste, kannte ihn seit einigen Jahren und schätzte den jungen Arzt, der auch ein guter Wissenschaftler sein wollte. Hoffmann war es gewesen, der Tim nach seiner Rückkehr aus Amerika zur Abfassung einer Habilitationsarbeit ermuntert hatte. Schöller hatte zunächst gemauert, jetzt aber lag die Arbeit bei den Gutachtern.

Mit Thomas Ashley erschien plötzlich ein freier und gut gelaunter Mensch auf der Heidelberger Bühne, der die Kollegen, die er durch Tims Vermittlung traf, nach ihrer Arbeit und ihren Zielen fragte und damit zuweilen Verblüffung auslöste.

»What are you trying to find out?« Das war eine von Ashleys typischen Fragen, auf die er eine klare Antwort erwartete. Nun fanden einige der älteren Assistenten und Privatdozenten in der Klinik, die in irgendeiner verschwiegenen Ecke ein wissenschaftliches Hobby pflegten, über das sie nur ungern erschöpfend Auskunft gaben, solche Fragen lästig. Auch waren sie des Englischen nicht immer so mächtig, als dass sie den verborgenen Sinn ihrer Forschungen in dieser Sprache hätten deutlich machen können. Tim musste sich also als Vermittler einschalten. Er gab sich Mühe, die Arbeiten seiner Kollegen etwas gewichtiger darzustellen, als sie in Wirklichkeit waren. Ashley seinerseits hatte Spaß daran, von den eigenen Arbeiten zu erzählen, wobei er nie vergaß, darauf hinzuweisen, dass er, der fünfundvierzigjährige Professor für Zellbiologie, der in seinen legeren Klamotten und mit seinen lässigen Bewegungen eher wie ein Sportler als wie ein Gelehrter wirkte, sich nur als Ideengeber der dargestellten Arbeiten sah.

»Ich habe gute Studenten und noch bessere Postdocs«, sagte er mehrfach und vergaß nie, auch deren Namen zu erwähnen, wenn er über ihre Arbeiten sprach.

Tim wusste aus seiner Zeit in New York, dass Ashley keineswegs nur Ideen äußerte, sondern deren Umsetzung sehr eng begleitete und auch selbst Hand anlegte, wenn er es für nötig hielt oder wenn er Lust dazu verspürte. Dennoch trat er hinter seinen Mitarbeitern ins zweite Glied, wenn er über ihre Forschungen sprach.

Eines Abends, es war schon gegen Ende seines Aufenthaltes, saßen Tim und Ashley zusammen im Restaurant des Hotels, in dem die Ashleys abgestiegen waren. Heidi war für zwei Tage zu ihren Verwandten nach München gefahren.

»Dieses Mal lade ich dich ein«, verkündete Ashley und bestellte eine Flasche Wein zum Essen. Dann, während des Essens, fing er an, seine Eindrücke von Heidelberg zusammenzufassen. »Netter Ort, Tim, jetzt bei dem schönen Herbstwetter besonders. Aber ist es der richtige Platz für dich? This guy Schoeller is a wheeler-dealer, how would you call that in German?«

»Hans Dampf in allen Gassen.«

»Er kann dir nicht weiterhelfen.«

»Und die Wissenschaft?«, fragte Tim.

»Du meinst, was die hier in der Klinik treiben?« Ashley verzog das Gesicht zu einer skeptischen Grimasse, in die sich aber schnell ein versöhnliches Lächeln mischte: »Von zwei oder drei Ausnahmen abgesehen nicht sehr aufregend.« Dann lobte er die Leute, die ihm im Max-Planck-Institut begegnet waren. »Aber das ist Grundlagenforschung, und du«, Tom betrachtete ihn nachdenklich aus seinen grauen Augen, »du brauchtest eine Umgebung, in der sich klinische Medizin und molekulare Biologie begegnen. Verstehst du?« Er kostete den Wein genießerisch, »etwas an der Nahtstelle zwischen Klinik und moderner Biologie.«

»Wo soll ich das in Deutschland finden?«, fragte Tim, aber Tom Ashley hatte die Antwort bereits auf der Zunge.

»Hier findest du das nicht. Selbst in Amerika gibt es das nicht allzu oft.« Dann entwarf er Tim seinen Plan für eine kleine Abteilung mit einer Professur, drei Postdoc-Stellen, sechs Doktoranden und zwei technischen Assistenten, die in der Medical School der Columbia Universität gegründet werden sollte. Eine Brücke sollte diese Abteilung sein zwischen der Klinik einerseits und der Biochemie oder der molekularen Biologie andererseits, erklärte er. »Alle wollen es, die Kliniker, die Biochemiker, die Molekularbiologen, die Zeit ist einfach reif dafür.« Und dann fragte er Tim, ob er an dieser Professur interessiert sei. Er nannte ihm ein Gehalt, das nicht grandios war, aber immer noch fast das Dreifache seiner Heidelberger Einkünfte betragen sollte. Die Übersiedlung würde bezahlt. »Wir würden dir auch helfen, eine Bleibe zu finden.« Nach dem Essen bestellte Ashley eine zweite Flasche Wein. Den Rest des Abends verbrachte er damit, seinem einstigen Schüler sein Angebot schmackhaft zu machen. Von allen Seiten beleuchtete er es. Wachsen könne es, ein Vorbild für ähnliche Einrichtungen könne es werden. »Du kannst gar nicht ›nein‹ sagen.«

»Nein«, erwiderte Tim, und als Ashley ihn fragend ansah, »nein, ich glaube, ich kann wirklich nicht ›nein‹ sagen.« Danach hatte der Wein Tims Hemmungen soweit abgebaut, dass er seinem Freund von Inge erzählte. »Ich muss sie da raus holen«, sagte er immer wieder. »Ich komme gern, Tom. Mit fliegenden Fahnen, aber erst muss ich die Inge aus diesem Land rausholen.«

»Aber wie?«

»Ich weiß es noch nicht. Es gibt mehrere Möglichkeiten. Alle sind riskant, keine ist gefahrlos.«

Ashley machte plötzlich ein ernstes Gesicht, als hätte Tim ihn zurückgewiesen.

»Ich kann noch nicht darüber sprechen«, sagte der, »aber du würdest der Erste sein, der davon erfährt.«

»Wenn es vorbei ist?«, fragte Ashley und lächelte nun wieder.

»Nach vollbrachter Tat.«

Dabei blieb es. Tim würde ein schriftliches Angebot von der Universität bekommen, kündigte Ashley an, und seine Pläne mit Inge blieben unter ihnen. »Viel Glück«, sagte er zum Abschied. Sie standen vor der Tür des Hotels. »Und gib mir ein Zeichen«, mahnte er. Als er in der Hotellobby verschwand, war Tim zu Mute, als hätte er ein sicheres Ufer aufgegeben, um eine gefährliche Reise anzutreten. Würde er Tom wiedersehen? Und wenn ja, wäre dann alles gelaufen? Wäre Inge bei ihm, und könnten sie beide zusammen in New York ihr Glück suchen?

Er fand sein Auto, das er in der Bergheimer Straße geparkt hatte, und fuhr hinaus nach Ziegelhausen. Ashley hatte eine Tür aufgestoßen. Ein Schwall von frischer, belebender Luft drang zu ihm herein. Er sehnte sich danach, durch diese Tür zu treten, aber er wollte es nicht ohne Inge tun, zumindest einen Versuch musste er unternehmen, einen ernsthaften Versuch, einen, bei dem er notfalls alles aufs Spiel setzen müsste. Alles? Wirklich alles? Auch sein Leben? Inges Leben?

Er hatte Ziegelhausen erreicht und fuhr die kleine Straße hinauf zu dem Haus, in dem sich seine Wohnung befand. Erst als er aus dem Auto gestiegen war, bemerkte er den klaren Sternenhimmel über sich. Seine Augen suchten den Großen Wagen, die Verlängerung seiner Hinterachse, sie fanden den Polarstern, den Kleinen Wagen und die Sternenkette des Drachens, die sich um den Kleinen Wagen herumwand. Seine Himmelsuhr! Ob Inge jetzt auch nach oben schaute? Wie oft würde der Zeiger der großen Himmelsuhr noch kreisen müssen, bis keine Grenze sie mehr trennte?

5

Sein Aussehen strafte seinen Namen Lügen: Klaus Deppert wirkte ausgesprochen intelligent. Er war schmal gebaut, hatte dichtes dunkles Haar und trug eine Brille. Wenn er sie einmal abnahm, um sie zu putzen, wirkten seine dunkelbraunen Augen, die hinter den geschliffenen Gläsern sehr lebendig hervorleuchteten, plötzlich ein wenig stumpf und nackt. Er war ein paar Jahre jünger als Tim Brandis und kam angeblich aus dem Osten. Abgehauen, behauptete Winfried Weller, aber etwas Genaues wusste der auch nicht. Deppert war Pharmakologe und wollte sich besonders der Arzneimitteltherapie widmen. Er regte an, zusammen mit einigen Kollegen aus der Medizinischen Klinik an jedem Samstag eine pharmakologische Visite abzuhalten, an der auch ältere Studenten teilnehmen konnten.

Tim fand die Idee interessant, brauchte jedoch Schöllers Zustimmung. Die bekam er, nach einigem Zögern und ein wenig widerwillig, nachdem Franz Klein, der Ordinarius für Pharmakologie, sich für Depperts Idee eingesetzt hatte. Wenn die Sache funktionierte, woran er nicht zweifelte, meinte Klein, könne man diese Visite auch als Lehrveranstaltung ankündigen – sozusagen als Arzneimitteltherapie für Fortgeschrittene.

»Sagen Sie dem Schöller einen schönen Gruß, er soll die Visite auch auf seiner Privatstation abhalten«, empfahl Klein, »wird ihm sicher nichts schaden. Den Patienten wird es gut tun, nicht wahr?«

Schöller war nicht begeistert, aber er wollte kein Spielverderber sein. »Hoffentlich ist dieser Deppert kein Spion«, warnte er Tim, »seien Sie vorsichtig.«

So kam Klaus Deppert also regelmäßig in die Medizinische Klinik. Er wusste wirklich viel, zerpflückte manche therapeutische Anordnung, hatte aber auch Ideen, wie man es besser machen könnte. Zu den Patienten war er nett, sobald aber einer der Assistenten anfing, über die Krankheit und die eingeschlagene Therapie zu referieren, fing Deppert an zu lächeln, immer etwas spöttisch. Nur, wenn er einen Widerspruch beanstandete oder eine Wissenslücke aufdeckte, lachte er offen mit bleckenden Zähnen. Dann konnte der feine Spott zu offenem Hohn ausarten.

Mit Tim Brandis ging Deppert nie übermäßig kritisch um. Ob es daran lag, dass er dessen therapeutischen Überlegungen billigte oder daran, dass er ihn nicht kränken wollte, blieb zunächst unklar. Er schien die Nähe des Älteren zu suchen,

Tim spürte das, aber im Klinikalltag fand sich kaum eine Gelegenheit zu einem persönlicheren Gespräch. Trotzdem war er überrascht, als ihn Deppert ohne besonderen Anlass zu einem Imbiss und zu einem Glas Wein in eine Kneipe in der Heidelberger Altstadt einlud, die er für sich entdeckt hatte. Tim wiederum war Depperts Interesse nicht unangenehm, weil er hoffte, durch ihn mehr über das Leben in der DDR zu erfahren und dabei vielleicht Hinweise zu erhalten, wie man auch heute noch jemand aus der DDR in den Westen holen könnte. Klaus, wie Tim ihn bald nannte, machte aus seiner Abneigung gegen die DDR und »die Bolschewisten« nie einen Hehl. Allerdings hielt er sich zurück, wenn Tim ihn nach Einzelheiten seines Lebens in Berlin-Buch fragte. Tim seinerseits erwähnte seine Bekanntschaft mit Inge und ihrer Familie mit keinem Wort. Allerdings berichtete er von seiner Zusammenarbeit mit Antonin Rehberger. Dies sei ja kein großes Geheimnis, sagte er sich. Er hatte Schöller davon erzählt und konnte sicher sein, dass Schöller ebenfalls über diesen neuen Kontakt reden würde, zustimmend, so, als gebe es für ihn keine Tabus oder mit leiser Missbilligung, »ausgerechnet mit diesem Vorzeigekommunisten«, ganz, wie es die Gesprächslage erforderte.

»Kennst du Rehberger?«, fragte Tim Deppert an jenem Oktoberabend, an dem sie in Depperts neu entdeckter Altstadtkneipe zusammensaßen.

»Wer kennt ihn nicht?«, antwortete Klaus.

Das klang ausweichend, aber als Tim weiter fragte: »Wie ist er? Ich bin ihm ja nur einmal begegnet«, antwortete Deppert etwas ausführlicher: Linientreu nannte er Rehberger. »Wenn du dich mit ihm einlässt, stehst du immer im Brennpunkt.«

Tim verstand nicht, was sein Kollege meinte.

»Er ist ständig von Parteileuten umgeben. Wer sich ihm nähert, wird natürlich bemerkt und wird damit auch für die Partei interessant.«

Tim hatte plötzlich ein unangenehmes Gefühl. Er dachte an Kowalski und an den kalten und abschätzenden Blick, mit dem dieser ihn verabschiedet hatte. Auch das Ehepaar Blumentritt fiel ihm ein. Deppert benutzte die Gelegenheit, um über die Partei und die Staatssicherheit zu schimpfen. »Diese ganze verklemmte, misstrauische und feige Bande.« Er schüttelte sich. »Wie froh ich bin, dass ich mit denen nichts mehr zu tun habe.«

Wie echt war dieser Abscheu wirklich, fragte sich Tim anschließend. Deppert schien viel allein zu sein. Vielleicht suchte er ein wenig mehr Gesellschaft, wusste aber nicht recht, wie er es anstellen sollte. Vielleicht, überlegte Tim, steckte hinter Depperts oft zur Schau getragenen intellektuellen Überlegenheit auch Unsicherheit und eben der Wunsch, mit anderen Menschen in eine freundliche und ganz informelle Beziehung zu treten. Tim lud ihn deshalb ein, mit ihm in den Schwimmklub zu gehen. Zu Anfang zeigte sich Klaus auch interessiert. Er ließ sich beschreiben, wie es dort zuginge, wer Mitglied sei, was dort in sportlicher Hinsicht getrieben werde, behauptete dann aber, für das Schwimmen, überhaupt für Sport, nicht allzu viel übrig zu haben, jedenfalls nicht genug, um sich auf regelmäßiges Training einzulassen. Irgendwie konnte Tim ihn nicht einordnen. An Wochenenden schien er unterwegs zu sein. Privat war er überhaupt schwer zu fassen. Am Krankenbett allerdings, in der Vermittlung pharmakologischen und therapeutischen Wissens, verblüffte er seinen Kollegen immer wieder. Tim machte es sich schließlich zur Gewohnheit, seine schwierigen Patienten mit Klaus Deppert zu besprechen. Selbst Schöller gab seinen anfänglichen Widerstand auf und bemühte Deppert zu einem Privatkonsilium, wenn er bei einem schwierigen Fall mit der medikamentösen Behandlung nicht zurechtkam.

Eines Tages kam Tim auf den Zusammenarbeitsvertrag zu sprechen, der immer noch in einem Schubfach seines Kleiderschrankes lag. Er hatte inzwischen so viel Zutrauen zu Deppert gewonnen, dass er ihn im Hinblick auf dieses Schriftstück um seinen Rat bat. Deppert ließ sich das Papier zeigen, schien es genau durchzulesen und riet seinem Freund, den Vertrag einfach zu unterschreiben und an Rehberger zurückzusenden. »Das Ganze ist nur Wichtigtuerei«, behauptete Klaus, »Wahrung der Interessen der DDR für den Fall, dass sich aus dieser Zusammenarbeit einmal etwas praktisch Verwertbares ergeben sollte. Ist das wahrscheinlich?«

Tim musste verneinen, obwohl … man wusste ja nie. »Allenfalls in etlichen Jahren«, vermutete er, »aber vermutlich überhaupt nicht.«

»Außerdem«, das spöttische Lächeln, das ständig um Depperts Mund spielte, verstärkte sich, »die DDR ist in einer miserablen Situation, wenn es um Patentrechte geht. Die verletzen ja dauernd westliche Patentrechte, sozusagen aus Prinzip, um überhaupt an neue Medikamente zu kommen. Ihre eigene Arzneimittelforschung ist nämlich steril.« Er lachte, als freue er sich über dieses Versagen. Die Unzulänglichkeiten in der DDR, die bei anderen Menschen Zorn oder Kopfschütteln hervorriefen oder den einen oder den anderen Fluch provozierten, schienen bei ihm immer nur Heiterkeit zu erregen. »Idiotenrepublik«, nannte er den anderen Teil Deutschlands manchmal. Aber auch als die beiden inzwischen schon gut bekannt miteinander waren, wollte Klaus seinem Freund Tim nicht sagen, wie er sich aus dieser Idiotenrepublik entfernt hatte.

Sein Rat jedoch hatte Folgen. Zehn Tage, nachdem Tim das Schriftstück abgeschickt hatte, erhielt er eine Einladung, bald, am besten noch im alten Jahr, wieder nach Berlin zu kommen und eine, wenn möglich gleich mehrere RNS-Proben mitzubringen. Rehberger schlug sogar vor, in welchen Zeitabständen nach der Hormongabe die Ribonukleinsäure gewonnen werden sollte. Tim erinnerte sich an Inges Hinweis, dass sie Anfang Januar eine Zeit lang allein sein würde und bat, in der ersten und zweiten Januarwoche kommen zu dürfen, ein Vorschlag, auf den Rehberger postwendend einging. Natürlich würde Tim wieder im Gästehaus der Universität wohnen. Ein privates Quartier in Anspruch zu nehmen würde Fragen aufwerfen und zu Nachforschungen Anlass geben. Und das musste er vermeiden.

Tim fühlte sich unter Zeitdruck. Die politische Stimmung zwischen Ost und West wurde immer unfreundlicher, und jede Verschlechterung des Klimas konnte seine Planung durcheinander bringen. Aber wusste er denn überhaupt, was er wollte? Er besorgte sich Karten von allen Küsten, die für DDR-Bürger zugänglich waren. Die Ostsee, die verschiedenen Schwarzmeerküsten: Sowjetunion, Rumänien, Bulgarien. Die Möglichkeiten waren begrenzt. Die Ostsee, also beispielsweise die Strecke zwischen der mecklenburgischen Küste und Gedser, schloss er bald aus. Zu gut bewacht, zu viel DDR-Grenz- und Küstenschutz. Außerdem war es eine recht lange Strecke, die Witterungs- und Strömungsverhältnisse waren schwer vorherzusagen.

Erich Bruns, der Betreuer der Langstreckenschwimmer im Klub, der von Hause aus Naturwissenschaftler war, sollte ihm helfen, die zweckmäßige Schutzkleidung für die verschiedenen Gewässer zu ermitteln. Aber wie sollte Tim Brandis Erich Bruns um Hilfe bitten, ohne den Trainer in seine noch in Gärung befindlichen Pläne einzuweihen? Nein, er misstraute Erich nicht, aber konnte er sicher sein, dass nicht irgendwer im Klub irgendetwas aufschnappte, wenn Erich und er mit Thermo-Elementen herumhantierten und verschiedene Proben von Schaumneopren auf Eigenschaften wie Wärmeisolierung und Auftrieb untersuchten? Nach einer abendlichen Trainingseinheit ging Tim zu Erich Bruns in dessen sogenanntes Büro, das aus einem im Umkleideraum für Männer aufgestellten Schreibtisch bestand, und bat ihn um seine Hilfe. Er hätte etwas Größeres vor, eine ziemlich spektakuläre Überquerung eines europäischen Meeres, aber dazu brauchte er eine gute Vorbereitung. Bruns schaute seinen Zögling lange an, eine Mischung aus Verwunderung und Missbilligung lag auf seinem Gesicht, aber als Tim inständig bat, ihm zu helfen und ihm zusicherte, ihn als Ersten zu informieren, wenn die Sache spruchreif sei, wollte er es sich wenigstens überlegen.

»Und wo machen wir das?«, fragte Erich.

»Machen wir was?«

»Die Messungen. Wir brauchen deine Hauttemperatur, alles, die ganze Körperoberfläche in Ruhe und unter Belastung, um den Wärmeverlust abzuschätzen.«

So genau hatte Tim sich das noch nicht überlegt.

»Hier geht das nicht«, Erich Bruns ließ seine Blicke durch den Umkleideraum schweifen.

»Im Institut für Physiologie«, sagte Tim auf gut Glück. Er wusste, dass dort jemand über Temperaturregulation bei Sportlern arbeitete. Schöller hatte ihm vor einigen Wochen eine Doktorarbeit zur Beurteilung gegeben, die ihm von der Fakultät zugegangen war.

»Na, dann mach mal«, sagte Erich und erhob sich schwerfällig von seinem Stuhl. »Sag mir, wenn du das eingefädelt hast.«

Das Einfädeln ging schnell. Der Kollege, der die Doktorarbeit betreut hatte, stellte ihnen sein Speziallabor für die von Erich beabsichtigten Messungen gern zur Verfügung. »Allerdings erst ab vier Uhr«, sagte er, »vorher sind die Studenten drin.«

Sie bestimmten die Hauttemperatur auf Tims gesamter Körperoberfläche und ermittelten die Körperregionen, die für den Wärmeabfluss besonders kritisch sind. »Kopf und Brustkorb, besonders im Bereich der Achselhöhlen«, stellte Erich fest, nachdem er Tims Körper einige Male vermessen hatte. Nicht gerade überraschend, fand Tim. Bruns baute sich eine Messzelle, mit der er den Wärmetransport durch Neopren bei verschiedenen Außentemperaturen bestimmen konnte. Von da aus war es nur ein kleiner Schritt zur Messung des Wärmeverlustes des Ganzkörpers unter verschiedenen Bedingungen. Bald hatten sie alle Daten, um einen Schwimmanzug anzufertigen, der auch auf längeren Strecken eine gute Wärmeisolierung ermöglichte und außerdem noch auf einige praktische Bedürfnisse einging. Der Schwimmer musste kleine Mengen energiereicher Nahrungsmittel, Wasser und Medikamente bei sich haben, an die er unterwegs leicht herankommen könnte. Die Entleerung von Blase und Darm sollte ohne große Umstände möglich sein. Ein absolut wasserdichtes Fach für die wichtigsten Papiere musste eingebaut werden. Was noch? Taschenlampe? Wasserdicht natürlich, Messer, Verbandszeug. Erichs Verwunderung wuchs, als die Liste der benötigten »Einrichtungen« in Tims Schwimmanzug immer länger wurde. »Was soll das werden? Eine Weltumrundung? Willst du unterwegs auch schlafen?«

Aber er machte mit, verwies seinen Schützling an eine Werkstatt im Allgäu, die Schaumneoprenanzüge nach Maß anfertigte, und kurz vor Weihnachten hatte Tim, was er brauchte: einen Anzug, mit dem er in der Lage sein sollte, dreißig oder vierzig Kilometer, wenn nötig sogar eine doppelt so weite Strecke im offenen Meer zurückzulegen. Im Wasser allerdings konnte er den Anzug im alten Jahr nicht mehr ausprobieren. Weihnachten wollte er in Hamburg verbringen, und danach plante er eine weitere Reise nach Ost-Berlin.

Nach Hause zu fahren, wenn einem das Herz übergeht von Gefühlen und Wünschen und der Verstand mit Plänen und Abwägungen in Anspruch genommen ist und man weder über das eine noch das andere reden darf, ist keine leichte Sache. Tims Eltern, besonders sein Vater, hatten die Angewohnheit, seine Lebensäußerungen sofort zu bewerten, daraus irgendwelche Vermutungen abzuleiten und ihn dann zu fragen, ob diese Vermutungen zuträfen. Vielleicht tun das alle Eltern, solange, bis man ihnen klarmacht, dass dieses Forschen und Prüfen und die anschließenden Ratschläge einem auf die Nerven gehen. Allerdings wäre mit einer solchen Distanzierung die erwünschte Nähe und Unbefangenheit gestört, sagte sich Tim. Wenn das einträte, müsste er sich schon nach ein oder zwei Tagen fragen, ob es nicht besser wäre, gleich wieder abzureisen.

Natürlich hatten seine Eltern inzwischen mitbekommen, dass er sich von Verena getrennt hatte. Von dem, was danach geschehen war, hatten sie allerdings keine Ahnung. Doch, von der Durchquerung des Ärmelkanals hatte er ihnen erzählt. Wie erwartet, hatten sie diese Unternehmung als eine Reaktion auf den Trennungsschmerz von Verena gedeutet. Der alte Brandis stand eben auf dem Standpunkt, dass seelische Erschütterungen und Enttäuschungen am wirksamsten durch große, oft mit Gefahr verbundene körperliche Anstrengungen zu überwinden seien.

Irgendetwas musste Tim seinen Eltern und seiner älteren Schwester, die mit ihren beiden Kindern Elke und Jens ebenfalls erwartet wurde, ja von sich erzählen. Der Besuch in Ost-Berlin, ohne Inge natürlich und ohne die sich an sie knüpfenden Pläne, würde ein relativ unverfängliches Thema abgeben: Sein Vater, der seine geschäftlichen Kontakte ja immer wieder benutzte, um jemandem aus der DDR zu helfen, war an allen Nachrichten »von drüben« interessiert. Da er durch seine Mittelsmänner und Gesprächspartner eben auch gut informiert war, fragte Tim, als die Familie im Haus der Eltern in Blankenese abends beisammen saß, wie sein Vater die Stimmung zwischen den beiden Deutschlands denn zurzeit einschätze.

»Nicht gut«, war dessen bündige Antwort. Oft ließ er es bei derart kurzen und im Grunde nichtssagenden Auskünften bewenden, aber heute war der Tag vor Weihnachten. Elke und Jens waren bereits im Bett. Die vier Erwachsenen saßen nach dem Abendessen gemütlich im Wohnzimmer vor dem großen Kamin und tranken aus diesem Anlass einen besonders guten Rotwein. Außerdem hatten die Eltern Brandis ihre Kinder lange nicht bei sich gehabt, und so ließ der alte Brandis es nicht bei einer kurzen Antwort bewenden.

»Was sich in der DDR tut, diese Versuche, den orthodoxen Sozialismus à la Moskau zu liberalisieren, wie einige Dissidenten und auch einige Naivlinge hier bei uns sich das vorstellen, wird nicht gut gehen.«

»Warum nicht? Liegt Liberalisierung nicht im Zuge der Zeit?«, wollte Tess wissen. Sie verdiente sich ihr Geld als Nachrichtensprecherin bei einem öffentlichen Fernsehsender. Im Gegensatz zu ihren Eltern stand Tess der SPD nahe und neigte dazu, die Wünsche und Zielvorstellungen führender Leute in ihrer Partei bereits als die kommende Realität anzusehen.

»Langfristig vielleicht.« Vater Brandis zog es vor, sich an Fakten zu halten. »Sehr langfristig.« Er stand auf, um mit einem Eisenhaken im Kaminfeuer zu stochern.

»Im nächsten Jahr wird sich die DDR eine neue Verfassung geben.« Jetzt brannte das Feuer wieder zu seiner Zufriedenheit.

»Und was wird da drin stehen?«, fragte Tess ihren Vater, der sich wieder gesetzt hatte.

»Im Einzelnen weiß ich das auch nicht. Aber die absolute Führungsrolle der SED wird darin festgeschrieben, und das wird Konsequenzen haben.« Er trank einen Schluck Rotwein. »Dazu passt, dass sie drüben für alle Reisen zwischen der DDR und uns die Visumpflicht einführen wollen ... und werden«, setzte er hinzu.

»Also, dein Job wird schwieriger?«, fragte Tim.

»Weiß ich nicht«, erwiderte sein vorsichtiger Vater, »kann ich nicht wissen. Das hängt ja auch von der wirtschaftlichen Lage drüben ab. Aber die allgemeine Situation wird unfreundlicher werden. Böser, unversöhnlicher.«

Frau Brandis, die mit einer Handarbeit beschäftigt war, brach in ein allgemeines Lamento aus. »Ach Kinder, das ist alles so furchtbar, in was für einer Welt leben wir eigentlich?«

Ihr Mann lachte. »Vorerst noch in einer ganz ordentlichen Welt. Du hast doch keinen Grund zur Klage. Wohnst in einem schönen Haus, leidest keinen Mangel, hast deine Kinder und Enkel um dich, alle sind gesund. Wenn's so bleibt, dann wär's doch gut.«

»Du weißt schon, wie ich's meine, Wilhelm. Ich denke eben auch an die anderen, denen es nicht so gut geht.«

»Na ja«, der alte Brandis gab sich versöhnlich, »wir tun ja alle was. Tim besucht unsere Landsleute im Osten und bietet seine wissenschaftliche Hilfe an, Tess zeigt jeden Abend ihr holdes Antlitz auf dem Fernsehschirm und hofft auf eine neue Ostpolitik – und ich hole ab und zu jemanden aus dem Gefängnis.«

»Kannst du auch jemanden aus der DDR holen, der dort nicht im Knast sitzt?«, fragte Tim. Es sollte beiläufig klingen, wurde aber im Zusammenhang mit den Veränderungen in seinem Leben nicht so verstanden.

»Wie meinst du das?«

»Na, wenn jemand gern raus möchte, weil er oder sie jemanden im Westen heiraten will – zum Beispiel.« Tim tat so, als gäbe es jede Anzahl von politisch unverfänglichen Gründen, die DDR zu verlassen.

»Nee.« Der Alte schüttelte den Kopf. »Freikaufen kann man nur Leute, die man in die Bundesrepublik holen möchte, aus was für Grün-

den auch immer. Meistens stecken humanitäre Motive dahinter, aber ab und zu gibt unsere Regierung auch Geld aus, um politisch wichtige Personen hierher zu bringen.«
»Oder beides«, sagte Tess.
Inge gehörte weder in die eine noch in die andere Kategorie, dachte Tim und musste bei diesem Gedanken traurig ausgesehen haben, denn seine Mutter sprach ihn kurz darauf an.
»Hast du was?«
»Aber nein, mir geht's wie dir, mir tun immer diejenigen leid, die auf keiner Liste stehen und für die sich niemand einsetzt.« Tess hatte die momentane Eintrübung auf seinem Gesicht auch bemerkt, denn sie fragte ihn am nächsten Tag, ob er denn jemanden kenne, dem er gern helfen würde. »Du weißt ja, ich kenne auch Leute«, erklärte sie. Aber Tim wich aus. Er hätte diese Frage in einem allgemeinen Zusammenhang gestellt, gab er Tess zu verstehen.

Gleich nach dem Jahreswechsel fuhr Tim Brandis wieder zurück nach Heidelberg, sammelte die RNS-Proben ein, die er in Trockeneis verpackt mit nach Berlin nehmen wollte, fand in seiner Post die notwendigen Dokumente zur Einreise, soweit er sie nicht schon vorher bekommen hatte, und machte sich am 3. Januar 1968, an einem Mittwoch, auf den Weg nach Berlin. In der Eingangshalle der Medizinischen Klinik sah er ein damals viel gezeigtes Werbeplakat der Bundesbahn: eine kraftstrotzende Lokomotive inmitten von Eis und Schnee. Das Plakat trug die Aufschrift: »Alle reden vom Wetter, wir nicht.« Tim fuhr dennoch mit dem Auto, entgegen seiner ursprünglichen Absicht. Winterreifen mussten genügen. Rehberger hatte ihm die Tage unmittelbar nach dem Jahreswechsel als Besuchszeit vorgeschlagen. Er selbst habe dann viel Zeit, weil fast die ganze Belegschaft des Instituts bis auf einige ganz fleißige Doktoranden in den Ferien sei. Tim überlegte sich, ob Rehberger mit diesem Terminvorschlag auch seinen persönlichen Wünschen entgegenkommen wollte, verwarf diesen Gedanken aber gleich wieder. Dazu hätte Inge doch etwas sagen müssen. So weit würde sie wohl nicht gehen. Oder doch? Er wusste es nicht. Immerhin: Rehberger hatte ihn beeindruckt. In seinem Gepäck befanden sich die Ribonukleinsäureproben, die er noch heute im Institut für Biochemie lassen wollte.

»Was iss'n das für Material?«, fragte ihn der Grenzer, der sein Gepäck kontrollierte. Tim erklärte es ihm. Dies seien biochemische Proben von hohem wissenschaftlichen Wert für eine Zusammenarbeit zwischen der Universität Heidelberg und dem Biochemischen Institut der Humboldt-Universität Berlin. Dann hatte er den plötzlichen Einfall, den etwas beschränkt wirkenden Mann durch einen Wortschwall zu verwirren, der zuvorkommend klingen und gleichzeitig weitschweifig sein sollte.

»Darf ich versuchen, Ihnen das zu erklären?«, fragte er scheinheilig. Was sollte ein Grenzer in solchen Fällen tun? Das Angebot ablehnen und sich damit möglicherweise den Zorn seiner Vorgesetzten zuziehen? Er nickte, ohne eine Miene zu verziehen. »Bitte.«

»Also genau genommen sind das alles Kopien. In unseren Zellen, müssen Sie wissen, tragen wir wie alle anderen Lebewesen so etwas wie eine Blaupause, eine Matrix, ja? Und diese Blaupause enthält die gesamte genetische Information eines Lebewesens und wird bei der Zellteilung ... drücke ich mich deutlich aus? – wird also bei der Zellteilung auf die Tochterzellen weitergegeben. Ja, und natürlich muss die Zelle auch Kopien anfertigen von dieser Information, die ja im Körper benötigt wird, damit alle wissen, was sie zu tun haben. Es ist wie bei uns Menschen. Die DNS, das ist diese Blaupause, ist der Meister, und die Kopien sind Arbeitsanweisungen. Die haben wir isoliert, und die sind da nun eingefroren in Trockeneis. Leider handelt es sich hierbei noch um ein Gemisch von Arbeitsanweisungen. Das ist so, als wenn alle durcheinander reden. Und unsere werten Kollegen in Berlin, im Institut für Biochemie, die werden nun versuchen, dieses Stimmengewirr in einzelne Botschaften aufzutrennen. Ob ihnen das gelingt? Fragen Sie mich was Einfacheres, Herr Offizier, ich weiß es nicht, aber Sie verstehen sicher, dass es ein großer Fortschritt wäre, wenn man diese Botschaften so voneinander trennen könnte, dass sie einzeln gelesen werden könnten. Dann würden wir nämlich auch ihren Sinn verstehen, und wie wichtig Verständnis ist, das wissen Sie ja selbst, Herr Wachtmeister.«

Tim zögerte, denn der Grenzer machte ein Gesicht, als habe er etwas Verdorbenes gegessen.

»Sagen Sie mir, wenn ich Sie nicht korrekt angeredet habe, ich möchte alles richtig machen. Schließlich komme ich auf Einladung eines weltberühmten Mannes in Ihr wertes Land. Mein Einladungsschreiben haben Sie ja gesehen. Wollen Sie noch einmal einen Blick ...?«

»Wollen Sie dieses Material einführen?«, unterbrach ihn der Grenzer.

»Streng genommen leihe ich es dem Professor Rehberger nur aus«, erläuterte er, »Sie kennen ihn vermutlich, ist ja berühmt, der Mann, Nationalpreisträger, also, wenn der Professor es wünscht, könnte ich das Material auch ganz bei ihm lassen, aber eigentlich ...?«

»Ja?« Der Grenzer stand neben der geöffneten Kofferhaube und betastete misstrauisch den Trockeneisbehälter.

»Eigentlich werden die Kollegen in Berlin nur versuchen, das Gemisch aufzutrennen, in einzelne Botschaften, die wir dann wieder mitnehmen nach Heidelberg und dort entziffern. Wir liefern ein Gewirr von Stimmen und bekommen die einzelnen klaren Arbeitsanweisungen zurück. Natürlich tauschen wir die Ergebnisse dann untereinander aus. Das ist ja so vereinbart.«

Befriedigt stellte Tim fest, dass seine Taktik verfing. Der Amtsträger schien sich nicht mehr auszukennen.

»Warten Sie hier.« Der Uniformierte ging in die Kontrollbaracke. Tim wäre ihm gern gefolgt, denn draußen war es ungemütlich. Kalt, grau, es hatte ein wenig geschneit, und es sah im Moment nach mehr Schnee aus.

Nach fünf Minuten kam der Kontrolleur in Begleitung eines älteren, offenbar höher gestellten Offiziers zurück. Der Ältere hatte ein stark gerötetes Gesicht, vielleicht litt er unter erhöhtem Blutdruck? fragte sich Tim.

»Handelt es sich hier eventuell um kriegswichtiges Material?«, wollte der Rotgesichtige wissen.

»Überhaupt nicht«, entgegnete Tim, wobei er seine Hände gegeneinander schlug, um der Kälte entgegenzuwirken, »im Gegenteil: ›Friedenswichtig‹, könnte man sagen. Es handelt sich um Forschungen, die der Medizin zugute kommen.«

»Inwiefern?« Der neu hinzugekommene Offizier hatte Mühe, den Zusammenhang zu verstehen.

»Krebsforschung.« Tim senkte seine Stimme zu einem vertraulichen Parlando. »Wenn wir die Arbeitsanweisungen kennen, nach denen die gesunde Zelle arbeitet, dann finden wir auch heraus, was in einer Krebszelle schief läuft, wenn ich mich einmal so salopp ausdrücken darf. Verstehen Sie sicher. Und dann haben wir eine Methode, um Krebszellen zu identifizieren, und vielleicht können wir die falschen Informationen dann auch korrigieren.«

Weiter kam er nicht. Der Rotgesichtige hatte genug. Offenbar hielt er Tim für einen Spinner, aber da er von einer höheren Dienststelle seines Staates eingeladen worden war, wollte er den Grad seiner Verrücktheit nicht weiter untersuchen.

»Ich habe auch einige Versuchspläne bei mir«, rief Tim und ging zu seinem Koffer, um Sonderdrucke und Versuchsprotokolle herauszuholen, die er mit Rehberger besprechen wollte. Aber der ältere Polizist winkte ab.

»Nein, das ist nicht nötig«, bestimmte er. »Wir geben Ihnen eine Bescheinigung, einen Warenbegleitschein, mit, den füllen Sie bitte dort aus.« Er zeigte auf die Baracke. »Wenn Sie Ihr aufgetrenntes Zeugs, äh, diese Botschaften, dann wieder ausführen, müssen Sie dieses Papier vorlegen.«

»Selbstverständlich.«

Tim bemühte sich, seine Zustimmung durch eifriges Kopfnicken zu signalisieren. »Ich bin ja froh, dass ich die Proben mitnehmen kann. Sie sind wertvoll, steckt viel Arbeit drin.« Bereitwillig betrat er die gut geheizte und nach Linoleum stinkende Baracke, füllte die Formulare aus und ließ sie abstempeln. Als er nach etwa einer Viertelstunde wieder ins Freie trat, stand dort nur noch der jüngere Grenzer.

»Ich werde nämlich jetzt öfters hier vorbeikommen«, bemerkte Tim zum Abschied und bemühte sich, sowohl beflissen als auch wichtigtuerisch zu klingen. »Die Zusammenarbeit mit Professor Rehberger soll sich über einen längeren Zeitraum erstrecken ...«

»Sie können fahren«, unterbrach ihn der Polizist. Offenbar hatte er genug von Tims zudringlichen Belehrungen.

»Na dann«, Tim öffnete seine Autotür. »Bis zum nächsten Mal.« Er winkte dem Polizisten zum Abschied und überrumpelte ihn mit dieser Geste. Der Mann hob seinerseits die rechte Hand, um zurückzugrüßen, ließ sie dann aber abrupt fallen und wandte sich ab.

Die Innenstadt von Berlin wirkte an einem späten Nachmittag im Winter noch trostloser als im Sommer. Der Himmel dunkelgrau, die Straßen nass, ein paar Schneereste mit ein paar angeschwärzten Rändern lagen vom letzten Schneefall herum, die Meteorologen erwarteten in den nächsten Tagen, »nach einer kurzen Wetterberuhigung«, weitere Schneefälle. Ob das wohl die kurze Wetterberuhigung sei, fragte sich Tim: Dieser lastende graue Himmel, die atmosphärische Bewegungslosigkeit, der Gestank nach verbrannter Braunkohle.

Herr Förster war auf sein Kommen vorbereitet und hatte ihm dasselbe Zimmer reserviert, das er schon im September bewohnt hatte. Es war zu spät, um noch ins Institut zu gehen. Rehberger hatte eine Notiz hinterlassen, dass er Tim morgen gegen zehn Uhr in seinem Büro erwarte. Inge anrufen? Er entschied dagegen. Wenn sie morgen nicht im Institut auftauchte, würde er einfach zu ihr fahren, den Weg kannte er ja.

War er zu dieser Zeit der einzige Gast im Gästehaus der Universität? fragte sich Tim, als er gegen neun Uhr früh mutterseelenallein beim Frühstück saß.

Kurz vor zehn Uhr nahm er seine Ribonukleinsäureproben und ging den kurzen Weg hinüber zum Institut für Biochemie. Der Chef sei schon da und erwarte ihn, teilte ihm ein Pförtner mit, an den er sich von seinem Septemberbesuch her erinnerte. Er fand Rehbergers Büro und klopfte an. Niemand antwortete. Er klopfte noch einmal, diesmal etwas stärker. Als wieder alles still blieb, öffnete er die Tür um einen Spalt, schloss sie aber gleich wieder, als sah, dass sich niemand im Raum befand. Plötzlich sprach ihn jemand von hinten an. Als er sich umdrehte, stand da Rehberger im Straßenanzug ohne Krawatte neben einem jüngeren Mann in einem weißen Kittel, der ihm bekannt vorkam. »Sie sind zu früh, Herr Brandis«, sagte Rehberger und lachte. Er gab ihm die rechte Hand und ergriff mit der linken gleichzeitig den Arm seines jüngeren Begleiters. »Dies ist der Kollege, von dem ich Ihnen erzählt habe«, sagte er, der auf Tim heute besonders aufgeräumt und entspannt wirkte. »Eigentlich ist er ein Künstler, jedenfalls ist er im Begriff, die Säulenchromatografie zu einer Kunst zu entwickeln.« Der jüngere Kollege im weißen Kittel verbeugte sich und murmelte seinen Namen. Tim verstand nur Valentin, aber Rehberger wiederholte seinen Namen und stellte dem jungen Mann auch seinen Gast vor.

»Herr Kramer. Und Herr Kollege Brandis aus Heidelberg.« Während Tim die angebotene Hand schüttelte, begriff er: Kramer hatte eine geradezu verblüffende Ähnlichkeit mit seinem Freund Klaus Deppert. Er starrte den jungen Mann an, weil er es nicht glauben konnte.

»Herr Kramer kann Sie gleich mitnehmen und Ihnen sein Labor zeigen«, schlug Rehberger vor. »Haben Sie die Proben?«

Tim hielt ihm eine Tragtasche aus Plastik entgegen, in der er die Behälter mit Trockeneis verstaut hatte.

Rehberger schien zufrieden und wandte sich an Kramer: »Wenn Sie fertig sind, bringen Sie unseren Gast zu mir?«

Kramer nickte und wandte sich an Tim. »Wir müssen ins nächste Stockwerk.«

»Bis gleich.« Rehberger lächelte und betrat sein Büro.

Wenn Valentin Kramer nun wirklich mit Klaus verwandt war? fragte sich Tim auf der Treppe. Wusste Rehberger dann von Klaus Deppert und seinem »Wechsel« aus Berlin-Buch nach Heidelberg?

Kramer führte ihn in sein Labor, das voll gestopft war mit Chromatografiesäulen verschiedener Größen, Fraktionssammlern und UV-Messgeräten. Sie zwängten sich in ein mit einem Schreibtisch und zwei Stühlen ausgestattetes Kubikel, das als Büro diente. Valentin Kramer wirkte sehr bescheiden. Er lächelte viel, aber es war ein zutrauliches, verbindliches Lächeln, das um seine Lippen spielte, keine Spur darin von Ironie oder Arroganz. Eine Zeit lang sprachen sie über technische Dinge, Lösungsmittel, Salzkonzentrationen, Methoden zur Hemmung von Enzymen, die überall darauf warteten, die Ribonukleinsäureketten, die sie auftrennen wollten, in kleine nutzlose Fragmente zu zerlegen. Es war ein gutes Gespräch. Valentin Kramer überzeugte Tim Brandis nicht nur durch seine fachliche Tüchtigkeit, er gefiel ihm auch durch die Schlichtheit und Einfachheit seiner Sprache und durch seine Ruhe und Freundlichkeit. Gegen Ende der Unterhaltung, nachdem sie alle technischen Fragen ausführlich erörtert hatten, fasste Tim sich ein Herz und berichtete von seiner Bekanntschaft mit Klaus Deppert, der vor nicht allzu langer Zeit aus Berlin-Buch nach Heidelberg übergesiedelt sei und der ihm, Kramer, in manchen äußeren Zügen so überaus ähnlich sehe. »Sind Sie miteinander verwandt?«

Kramer zierte sich nicht im Geringsten: »Klaus ist mein Bruder, genauer gesagt, mein Halbbruder. Wir haben dieselbe Mutter, aber verschiedene Väter.« War das nicht eine überraschend offene und angesichts ihrer kurzen Bekanntschaft auch erschöpfende Antwort? Danach noch weitere Fragen zu stellen, erschien Tim fehl am Platze. Kramer aber nahm den Faden nach einer kurzen Pause wieder auf, so, als sei die Übersiedlung eines DDR-Bürgers in den Westen eine ganz alltägliche Angelegenheit. »Sie fragen sich, wie und warum er in den Westen gegangen ist?«

»Ja, gewissermaßen.«

Kramer sah Tim an. »Klaus' Vater, der ja nicht mein Vater ist, lebte im Westen und hat Klaus, nicht mir, eine beträchtliche Erbschaft hinterlassen, ein größeres Anwesen, um das sich mein Bruder kümmern möchte. Er hat einen ganz normalen Ausreiseantrag gestellt, der ihm nach einigem Hin und Her auch bewilligt wurde.«

Tim hatte Mühe, seine Überraschung zu verbergen, denn Kramer lachte plötzlich und fragte: »Sie staunen?« Aber dann wurde er wieder ernst und fügte hinzu: »Es ist in der Tat erstaunlich, aber so etwas gibt es eben auch, selbst in der heutigen Situation mit einer fast undurchlässigen Grenze.«

Tim schwieg. Diese Geschichte war ihm zu einfach. Konnten da nicht noch andere Motive im Spiel gewesen sein? fragte er sich.

Kramer stand auf, um ihn zu Professor Rehberger zu bringen. »Finden Sie merkwürdig, was?«, fragte er.

»Vielleicht hatte jemand ein Interesse daran, Ihren Bruder gehen zu lassen?«

Kramer nickte arglos. »Vielleicht.«

War es Zufall oder steckte eine Absicht dahinter? Das Thema Klaus Deppert kam einige Minuten später auch zwischen Rehberger und Tim zur Sprache. Zunächst drückte Rehberger seine Zufriedenheit darüber aus, dass Kramer und Tim die wichtigsten technischen Einzelheiten ihrer Zusammenarbeit besprochen hatten. Dann sagte er unvermittelt: »Valentins Bruder Klaus hat uns vor einiger Zeit verlassen und ist nach Westdeutschland gezogen, ich glaube sogar nach Heidelberg.«

Tim erzählte ihm von seiner Bekanntschaft mit Klaus Deppert und über ihr Zusammenwirken bei den pharmakologischen Visiten in der Medizinischen Klinik. Rehberger räkelte sich in seinem Schreibtischsessel und bewegte das Möbel mit kleinen Fußbewegungen um seine eigene Achse. Tim meinte, in diesem Verhalten eine Entspanntheit zu spüren, die an Behagen grenzte.

»Und Sie?«, fragte er seinen Gast. »Bleiben Sie in Heidelberg?«

»Ich habe jedenfalls keine aktuellen Pläne, von dort wegzugehen.«

Rehberger lächelte. »Sie werden natürlich irgendwann weggehen.«

Tim Brandis spürte, wie die Entspanntheit und Leutseligkeit seines Gesprächspartners in ihm selbst Wohlbefinden auslösten. Merkwürdig, dachte er. Einen Augenblick lang befürchtete er, seine Kritikfähigkeit einzubüßen. Trotz aller Meinungsverschiedenheiten genoss er diese fast körperlich empfundene Nähe zu Rehberger. Er dachte an seine Begegnung mit Tom Ashley. Sollte er von Amerika erzählen? Von der Columbia Universität, von New York? Aber Rehberger schien gar keine Antwort von ihm zu erwarten. Er wollte wohl von sich selbst erzählen.

»Sie gehören nicht zu den Sesshaften«, sagte er und musterte sein Gegenüber erneut – »nach meiner Einschätzung jedenfalls. Ich übrigens auch nicht. Aber meine Wanderungen wurden mir vom Schicksal aufgezwungen. Als Kind bin ich nach Wien gekommen – das musste sein. Damals herrschte im Osten Pogromstimmung. Nach Amerika bin ich dann freiwillig gegangen, auf Einladung. Aber dann nach einem Jahr, als Hitler in Wien einzog, gab es keinen Weg zurück. Als Jude und als eingetragenes Mitglied der Kommunistischen Partei hatte ich keine Wahl.«

»Hat es Ihnen dort nicht gefallen?«, fragte Tim.

»Doch, doch, es waren schöne Jahre.«

»Warum sind Sie nicht geblieben?«

Rehberger sah ihn fast mitleidig an. »Haben Sie noch nie etwas von Joe McCarthy gehört? Dem Kommunistenjäger? Damals haben viele ehemalige Einwanderer die USA wieder verlassen. Selbst ein so eingefleischter Bürgerlicher wie Thomas Mann, dem mit Sicherheit nichts passiert wäre, ist gegangen. Und Brecht, der allerdings schon früher, nachdem er sich wegen ›unamerikanischer Aktivitäten‹ vor einem Komitee des Repräsentantenhauses verantworten musste.« Er grinste. »Mich hätten sie eingesperrt.«

»Aber warum?«, entfuhr es Tim, obwohl er sich vorgenommen hatte, vorsichtig zu sein. »Sie haben recht«, fuhr er fort, »die amerikanische Gesellschaft neigt zu Anfällen von Hysterie. Und was sie in einem solchen Anfall tut, ist nicht leicht vorauszusagen, bisher hat sie allerdings ihre hysterischen Attacken auch immer wieder selbst korrigiert – im Gegensatz zu anderen.«

Rehberger schien zu zweifeln. Er setzte seinen Sessel wieder in Bewegung und betrachtete dabei seine Schreibtischplatte. Dann schüttelte er den Kopf. »Nicht wirklich korrigiert. Die hysterische Disposition ist permanent, sie äußert sich nur in unterschiedlicher Weise. Immer ist da die Angst, an Einfluss zu verlieren, unterwandert zu werden, eine paranoide Grundstimmung. Die macht aggressiv: Korea, Kuba, Vietnam – alles amerikanische Angriffskriege, alle unnötig.«

Er legte eine Pause ein und schwenkte seinen Sessel in eine Stellung, die es ihm erlaubte, in den grauen Himmel über Berlin zu starren.

»Das Klima allerdings war angenehmer als hier.«

»Dann sind Sie nicht nur wegen McCarthy gegangen, sondern auch aus grundsätzlichen Überlegungen?«

Rehberger schien nachzudenken – oder tat er nur so? »Ich denke, so kann man es einordnen«, sagte er dann. »McCarthy war nur der unmittelbare Anlass.«

Mit einem Mal hatte Tim Brandis keine Hemmungen mehr, heikle Fragen zu stellen. Lag es an Rehbergers leutseliger Stimmung, an der Gelassenheit, die während des Gespräches von ihm Besitz ergriffen hatte?

»Und wenn heute immer noch Menschen die DDR verlassen, oft unter abenteuerlichen Umständen, treffen sie dann auch eine grundsätzliche Entscheidung?«

»Vielleicht. Aber eine falsche Entscheidung. Sie lassen sich von materiellen Erwägungen leiten.«

Tim wollte das so nicht anerkennen. »Damit tun Sie vielen Menschen Unrecht.«

Rehberger überhörte den Vorwurf. »Sehen Sie«, sagte er, »jeder Staat auf der Welt ist ein Resultat aus dem, was er beabsichtigt, und dem, was die Verhältnisse zulassen. Ich bin davon überzeugt, dass es keine gerechtere und demokratischere Ordnung gibt als den Sozialismus. Aber der Sozialismus in der Theorie ist ein anderer als der Sozialismus in der Praxis. Die DDR ist umstellt von Ländern, die nicht wollen, dass der Sozialismus hier erfolgreich ist. Sie machen es uns schwer, zwingen uns zu Verteidigungsausgaben, werben unsere besten Kräfte ab, sie versuchen, dieses Land zu schädigen, wo sie nur können. Wenn wir uns wehren, indem wir uns abschotten, dann bringt das auch Nachteile mit sich. Nachteile für unsere Bürger. Ein bedrohtes und belagertes Land kann sich nicht so entspannt und offen verhalten wie ein Land, das man in Ruhe lässt. Aber wenn man diese temporären und uns aufgezwungenen Nachteile wie Reisebeschränkungen oder gelegentliche Versorgungsengpässe, wenn man das zum Anlass nimmt, wegzugehen, dann begeht man einen Fehler, denn dadurch wird es für die Zurückbleibenden nicht leichter, sondern schwerer.«

»Das hört sich alles ganz logisch an – und dabei auch noch harmlos. Aber ist die Wirklichkeit, Herr Professor, nicht ein wenig komplexer? Wie steht's denn mit der Freiheit? Ist das nicht ein menschliches Grundbedürfnis und auch ein Grundrecht?«

»Natürlich. Eines, das Sie in der DDR verwirklicht sehen.«

»Man kann den Begriff ja sehr unterschiedlich interpretieren«, lenkte Tim ein, denn er wollte keinen Eklat riskieren. Inges wegen nicht, aber auch, weil er den angenehmen, fast trägen Fluss des Gesprächs, in dem sie sich befanden, nicht unterbrechen wollte. »Für mich bedeutet Freiheit: Jeder darf seine Meinung sagen, er kann seinen Beruf frei wählen, er oder sie kann sich frei bewegen innerhalb und außerhalb des eigenen Landes. Natürlich bedeutet Freiheit auch Wettbewerb der Ideen, auch der politischen Vorstellungen. Einen ständigen Wettstreit der Ideen untereinander muss es geben, der öffentlich ausgetragen wird.«

Rehberger beobachtete seinen jungen Gast mit dem Ausdruck steigender Belustigung. »Natürlich«, sagte er. »Das alles gibt es hier ja auch, freilich in einem Rahmen, der die Gleichheit aller Bürger in den Vordergrund stellt. Den Rahmen gibt uns der Sozialismus, der eines schönen Tages im Kommunismus münden wird, einem Zustand also, in dem jeder nach seinen Bedürfnissen leben kann, wie Marx das ausgedrückt hat.« Er holte tief Luft. »Im Übrigen: Freiheit bedeutet doch auch Freiheit von Not, angemessene Schulen und Kindergärten für alle, Absicherung gegen Unfälle und Krankheiten, stabile Altersversorgung – mit einem Wort: gesellschaftliche Solidarität.« Rehberger lächelte nachsichtig: »Und die sehe ich im Sozialismus, also auch in der DDR, weit besser verwirklicht als in der Bundesrepublik.«

Tim wusste, dass er diese Diskussion nicht weiterführen durfte, weil sie ihn gezwungen hätte, die Gefängnisse der Stasi, die Toten an der Mauer und der innerdeutschen Grenze und andere Unmenschlichkeiten zu erwähnen. Im Augenblick empfand er ein paradoxes Bedauern, nicht so sehr darüber, dass diese schrecklichen Dinge Wirklichkeit waren, sondern dass sie ihn hindern würden, das Gespräch mit Rehberger fortzusetzen.

Auch Rehberger schien zu spüren, dass sie nicht weiterkamen, wollte das Gespräch aber in einem versöhnlichen Ton beenden. »So, wie ich Sie einschätze, Herr Brandis, gehören Sie zu den Einzelgängern, die eine offene Gesellschaft wollen, in der sich Ihnen viele Chancen bieten. Sie sind stark genug oder fühlen sich stark genug, um einige dieser Chancen für sich zu nutzen. Ansonsten wollen Sie von Ihrem Staat in Ruhe gelassen werden.«

Er sagte das in einem etwas herablassenden, aber durchaus gutmütigen Tonfall.

»Ich und mit mir die Vertreter dieses Staates sehen auch diejenigen, die nicht in der Lage sind, Chancen auf eigene Faust zu nutzen. Wir sehen die Mehrheit – ja, mein Freund –, es handelt sich um die Mehrheit, die Hilfe braucht. Anleitung, Führung, Unterstützung. Wer soll diese Hilfen geben? Die Gesellschaft. Der Staat also. Für Sie ist der Staat ein notweniges Übel, für uns ist er der Garant einer gerechten Gesellschaft, in der das Maximum an menschlichem Potenzial verwirklicht werden kann.«

»Das haben Sie schön gesagt«, antwortete Tim. Rehberger wirkte heute so zugewandt und entgegenkommend, dass er glaubte, sich diese kleine Distanzlosigkeit erlauben zu dürfen.

»Lassen wir es dabei, für heute.« Rehberger stand auf und reichte seinem Gast die Hand. »Kommen Sie bald wieder«, sagte er, »ich benachrichtige Sie, wenn wir Ergebnisse haben.«

»Dann soll die Verbindung über uns beide laufen«, fragte Tim, »nicht über einen Kurier?«

»Zunächst nur über uns«, sagte Rehberger. Es klang entschieden. Natürlich war es Tim recht, denn so würde er seinen Kontakt mit Inge noch eine Zeit lang hinter dem Vorwand einer wissenschaftlichen Zusammenarbeit mit dem Institut für Biochemie verbergen können.

Inge tauchte nirgendwo auf, als Tim das Institut verließ. Er beschloss, einfach nach Pankow hinauszufahren. Um nicht aufzufallen, ließ er sein Auto stehen, ging zum Bahnhof und fuhr zum Alexanderplatz und von dort mit der U-Bahn nach Pankow.

Den Weg vom Bahnhof zu Inges Wohnhaus kannte er nicht genau, weil er in der Vergangenheit immer nur mit dem Auto unterwegs gewesen war, aber nach einer Viertelstunde fand er den kleinen Park, die vertraute Umgebung, das Haus Nummer 12.

Inge hatte ihn erwartet. Es ging ihm wie immer, wenn er sie sah. Er konnte es fast nicht glauben, dass sie da leibhaftig vor ihm stand in einem roten Wollkleid und in roten Pantoffeln in der Farbe ihres Kleides. Sie sah aus, als wollte sie den grauen Januartag da draußen Lügen strafen. Sie waren allein. Die Räume waren angenehm warm, und Tim wurde es in Inges Armen bald noch wärmer. Er vergaß alles andere, die Reise, die Gespräche mit Kramer und Rehberger, selbst den Zweck seines Besuches vergaß er. Nur noch Inges Gegenwart zählte. Ihr Anblick, ihr Duft, ihre Stimme, die Nähe ihres Körpers. Es dauerte eine Weile, bis er wieder zurückkehrte an die Oberfläche des inzwischen dunkelnden Tages.

Musste er nicht zurück ins Gästehaus? Es würde doch auffallen, wenn er sein Zimmer überhaupt nicht benutzt hätte. Inge überlegte.

»Du musst zurück und dein Bett benutzen«, entschied sie, »dann kommst du wieder.«

Als Tim sie entgeistert anstarrte, versprach sie kurz entschlossen: »Ich komme mit.«

Also machten sie sich tatsächlich auf den Weg, gingen zum U-Bahnhof Pankow, fuhren zum Alex und dann weiter zum Bahnhof Friedrichstraße. Tim ging allein ins Gästehaus, begrüßte den herbeigeschlichenen Herrn Förster und wünschte ihm eine gute Nacht, als würde er demnächst in seinem Zimmer ins Bett gehen. Eine Viertelstunde blieb er in seinem Zimmer, dann stieg er leise die Treppe hinunter, immer darauf bedacht, eine neuerliche Begegnung mit Herrn Förster zu vermeiden.

Draußen, ein paar Häuser weiter, spazierte Inge auf und ab. Inzwischen war es dunkel geworden. Die hässliche Mischung aus noch immer sichtbaren Kriegsschäden und der verklemmten Kleine-Leute-Architektur, in der die DDR den Sozialismus abbildete, fiel nicht mehr auf. Im spärlichen Laternenlicht sah man nur nasses Pflaster, vereinzelte Schneereste und den unteren Teil dreckiger und schadhafter Hausfassaden. Tim erboste der jämmerliche Anblick, den die Innenstadt bot. Er musste an die Unterhaltung mit Rehberger denken. Dies war die traurige Wirklichkeit, dachte er. Die Wirklichkeit ohne die abstrahierende und besänftigende Perspektive, in der Rehberger sie darstellte. Für sich selbst und für andere. Oder nur für andere? War er zu klug, um sich selbst etwas vorzumachen? Was für ein Geschwafel, dachte Tim, was für ein verlogenes, impotentes Geschwätz angesichts der Dürftigkeit des Stadtbildes. Plötzlich empfand er eine solche Wut auf diese DDR, dass er anfing, alles zu beanstanden, was sie auf dem kurzen Weg zum Bahnhof Friedrichstraße zu Gesicht bekamen, die triste Spießigkeit der Hotels, die provinzielle Ausstattung der Geschäfte, die Stupidität der politischen Plakate. Er geriet fast außer sich, fing an zu schimpfen, sparte nicht mit herabsetzenden Adjektiven. Schmuddelig, ärmlich, spießig, verlogen, geschmacklos, beschränkt ... Inge an seiner Seite wurde immer stiller. Warum er auf einmal so loslegte, wusste er später nicht mehr. Vielleicht hatte es damit zu tun, dass er so tun musste, als wohne er in diesem nach DDR-Plastik stinkenden Gästehaus. Schließlich, sie waren bereits wieder in Pankow, fiel Tim auf, dass Inge lange nichts gesagt hatte.

»Ist was?«, fragte er.

Zuerst schwieg sie weiter. Dann begriff er, dass seine Schimpfkanonade sie verletzt hatte.

»Wenn jemand bei dir in Heidelberg zu Gast ist, dein Freund Tom Ashley zum Beispiel, und er mit dir durch die Altstadt geht und sich über alles mokiert, alles schlecht findet, kleinlich, engstirnig, bescheuert – würdest du das gern hören?«

Tim verstand nicht gleich. Heidelberg war ja schließlich ansehnlich, ganz hübsch, eine Kleinstadt zwar, aber ... Was aber? Er hörte sich plötzlich selbst über die kleinbürgerliche Enge dieses Ortes schimpfen und erinnerte sich an die Schadenfreude, die er empfunden hatte, wenn der SDS oder eine andere Gruppierung, für die er nicht das Geringste übrig hatte, die Heidelberger Bürger aufschreckte.

»Entschuldige, Inge. Wie blöd von mir. Alles ist schön, weil und solange du hier bist«, sagte er und blieb stehen.

»Ich kann auch unterscheiden zwischen schön und hässlich, aber ich lebe nun mal hier.« Sie gingen weiter. Inge schien immer noch in Gedanken zu sein. »Es ist komplizierter als der Unterschied zwischen ›schön‹ und ›hässlich‹. Ich nehme die Hässlichkeit, die dich so stört, gar nicht mehr so bewusst wahr. Für mich zählen andere Dinge weit mehr.«

Er sah sie von der Seite an. »Was zum Beispiel?«

»Die Menschen, die zu uns gehören, unsere Freunde und deren Familien, die innere Welt, die uns hier noch geblieben ist, verstehst du?«

Ja, er verstand. Langsam allerdings. Er musste sich vorstellen, wie es wäre, wenn er hier leben müsste und wenn er sich ganz auf das konzentrierte, was in einer solchen Umgebung das Überleben ermöglicht: Freundschaft, Hilfsbereitschaft, Verlässlichkeit. In einer Diktatur gewinnen diese privaten Tugenden eine zusätzliche Bedeutung.

Noch einmal entschuldigte er sich, drückte ihren Arm und dachte, dass sie hoffentlich bald woanders leben würde, nämlich bei ihm. Aber sagen konnte er das nicht, in diesem Moment wäre es auch wieder falsch gewesen.

Zurück in der Wohnung, in dieser gemütlichen bürgerlichen Behausung, die heute und morgen nur den beiden gehörte, besserte sich seine Laune schlagartig. Inge hatte Rotwein besorgt, wieder aus Bulgarien, und etwas gekocht: einen Auflauf aus Teig mit Fleisch und Gemüsen, den sie nur in den Ofen schieben musste, um ihn aufzuwärmen. Sie saßen am Esstisch zu zweit. Inge hatte gutes Geschirr und schöne alte

Gläser auf den Tisch gestellt, das Deckenlicht ausgeschaltet und ein paar Kerzen angezündet. Wollte sie Tim zeigen, dass hier in Pankow nicht nur Proleten und Barbaren hausten, oder war das ein Hinweis auf die Zweisamkeit, die sie sich wünschte für später? Vermutlich das Zweite, dachte Tim und lobte alles, so, wie er vor einer Stunde noch alles verdammt hatte.

Der Wein erwärmte und belebte sie. Tim genoss es, mit Inge allein zu sein und zuzusehen, wie sie aß, wie sie das Glas anfasste und zum Munde führte, wie sie Schüssel und Teller auf dem Tisch verschob, ihm eine Schüssel reichte und dabei lächelte und den Schmelz ihrer Lippen und ihrer Zähne schimmern ließ. Was für ein Geschöpf!

Jetzt erst erzählte er ihr von seinem Gespräch mit Rehberger und von dessen Fähigkeit, die Meinungsunterschiede zwischen ihnen beiden in einen abstrakten Raum zu transponieren, in dem sie sich verhielten wie zwei Teile einer mathematischen Gleichung, die nicht zueinander passten. »Alles blieb ausgeklammert: Gewalt, Unterdrückung, Lüge, Rechtlosigkeit. Für ihn gibt es nur den theoretischen Unterschied zwischen Kommunismus und Kapitalismus.«

Seine eigene Empfänglichkeit für den ruhigen Charme, der von Rehberger ausgegangen war, sein eigenes Wohlbefinden bei ihrem langen Gespräch, erwähnte er mit keinem Wort.

»Du musst aufpassen.« Inge schien auf einmal besorgt. »Er hat dich schon beim letzten Mal in ein halbphilosophisches Gespräch verwickelt. Jetzt hat er dir von sich selbst erzählt und darauf gewartet, dass du in der gleichen Weise antwortest.«

Er beruhigte sie. »Ich bin ganz sachlich geblieben ... nicht wie eben.« Sie lachte, griff nach der Rotweinflasche und reichte sie ihm. Während er die Gläser füllte, schien sie nachzudenken. »Natürlich arbeitet Rehberger mit der Stasi zusammen«, sagte sie dann. »Davon kannst du ausgehen. Welche Rolle er spielt, kann ich dir nicht sagen, aber ich würde mich nicht wundern ...«

Das Telefon klingelte plötzlich. Sie machte keine Anstalten aufzustehen. Es klingelte einige Male, dann war Schluss.

»Warum bist du nicht ...?«

Sie schüttelte den Kopf. »Ich bin nicht zu sprechen. Die Eltern waren es nicht, mit denen habe ich heute früh telefoniert.«

»Die Geschwister?«, fragte Tim.

Sie schüttelte den Kopf. »Es könnte mir gegolten haben, dir und mir.« Sie überlegte. »Was ich sagen wollte: Ich wäre nicht überrascht, wenn Rehberger dich immer wieder in lange Gespräche verstrickt, um zu erfahren, ob du außer dieser sogenannten Zusammenarbeit noch andere Interessen in der DDR hast. Vielleicht nimmt er eure Gespräche sogar auf Band auf, und du hast keine Ahnung.«

Wieder klingelte das Telefon. Diesmal ging Inge hin, meldete sich aber nur mit einem »Ja bitte?«

Dann kam sie wieder, ein wenig ernster als vorher.

»Und?«

»Wie ich vermutete. Jemand will wissen, ob ich zu Hause bin, ob überhaupt jemand hier ist, vermutlich.« Sie stand auf und zog die Vorhänge zu.

»Passiert das zum ersten Mal?«

»Nein. Damals, als mein Bruder Helmuth weggefahren ist und sie nicht wussten, wo er steckt, gab es auch schon solche Anrufe.«

»Meldet sich niemand?«

»Nein. Wenn du abhebst, hörst du jemanden atmen, dann nach einer Weile knackt es, und dann hörst du das Besetztzeichen.«

»Vielleicht ist es nur ein Irrtum?«

»Vielleicht. Aber ich glaube es eigentlich nicht.«

Sie fing an, das Geschirr und die Reste des Abendessens abzutragen. Tim half ihr. Dann fiel ihm ein, dass er Inges Maße für den Schaumneoprenanzug nehmen musste.

»Kannst du dein Kleid ausziehen?«

»Du hast's aber eilig.«

»Nein, wir müssen dich vermessen und zwar gründlich. Wir brauchen ein Zentimetermaß, ein Stück Papier und was zum Schreiben.«

Sie holte alles und legte es auf den Esstisch. Dann drehte sie sich um und bat ihn, den rückwärtigen Reißverschluss an ihrem Kleid zu öffnen. Sie schlüpfte aus dem Kleid und stand im Unterhemd vor ihm.

»Das auch?«

Er nickte.

Dann sah sie aus wie eine Schaufensterpuppe, nur mit Büstenhalter, Schlüpfer und Strumpfhalter bekleidet.

»Weißt du deine Größe?«

»Ein Meter vierundsiebzig. Wo fangen wir an?«

»Oberweite«, schlug Tim vor, schlang das Band um sie herum, ließ es über ihre Brüste laufen und las den Wert ab. »Zweiundneunzig Zentimeter«, er trug die Zahl ein. Es fiel ihm schwer, Inges warmen, duftenden und atmenden Körper mit einem Bandmaß zu vermessen und dabei ruhig zu bleiben. »Rückenlänge.« Er schrieb wieder. »Halsumfang.« Dann trat er einen Schritt zurück. »Streck beide Arme seitwärts.« Sie tat es, und er maß die Entfernung von Handgelenk zu Handgelenk. Vordere Länge, wieder dieser Anblick, die Nähe zu ihren Brüsten, zu ihrem atmenden Mund.

»Schön bei der Sache bleiben«, spöttelte sie, als er sie zwischendurch küssen wollte.

Taillenweite. Hüftweite. Beinlänge – die musste stimmen.

»Kannst du das Ende hier festhalten?«

»Wo?«

»Zwischen deinen Beinen.«

Sie lachte. Ihm wurde auf einmal heiß, und Inge schien sich zunehmend zu amüsieren und sich an seiner Verlegenheit zu weiden.

»Beinumfang«, schlug sie vor.

»Richtig, hätte ich fast vergessen.«

»Oberschenkel.« Sie nahm ihre Beine im Stehen so weit auseinander, dass er mit einer Hand und dem Zentimetermaß gerade hindurchkam.

»Es kitzelt.« Inge fing an zu kichern.

»Das andere Bein.«

»Knie, Waden, Fußlänge und -breite.«

Erich hatte Tim eingeschärft, nichts zu vergessen. Aber irgendwann hatten sie alles.

»Kopfweite?«, fragte Inge.

Sie hatte recht. Die war wichtig wegen der Größe der mit dem Anzug verbundenen Kappe.

Aber dann waren sie wirklich fertig.

»Und nun?«, fragte Inge. Und als er sie fragend ansah: »Wieder anziehen oder ganz ausziehen?«

Er entschied sich für die zweite Lösung. Sie verschwanden in Inges Bett und nahmen sich vor, die Vermessung am anderen Morgen noch einmal zu wiederholen. Zur Sicherheit.

6

Es war Sommer geworden. Im Juni war Tim noch einmal in Berlin gewesen und hatte, wie immer, im Gästehaus der Universität gewohnt. Zweimal war er nach Pankow gekommen. Bei seinem letzten Besuch hatte er auch Werner und Inges Schwestern Antje und Bärbel kennengelernt. Dieser letzte Besuch war ein wenig unglücklich verlaufen. Das Abendessen war vorüber, aber sie saßen alle noch um den großen Tisch im Esszimmer. Erna und Friedrich Bauer, Inge mit Tim, Antje, die ohne ihren Mann gekommen war, Werner, der bei der Volksarmee dienende jüngere Bruder von Inge, und Bärbel, die älteste Schwester, die ihren Mann, den Obergefreiten bei der Volkspolizei, Otto Burmeister, mitgebracht hatte. Tim sprach voller Sympathie und Begeisterung von den Veränderungen in Prag, und Antje, die erst kürzlich von einer Reise dorthin zurückgekehrt war, lieferte zu Tims politischen Betrachtungen die anschaulichsten Beispiele. »Wenn du genug Kronen hast oder noch besser: DM-West, kannst du dir Dinge kaufen, von denen du hier nur träumen kannst. Tolle Schallplatten, neue Aufnahmen von amerikanischen Bands oder die letzten Sachen von den Beatles, Zeitungen aus dem westlichen Ausland, stellt euch vor, ich habe mir jeden Tag die ›Süddeutsche Zeitung‹ geleistet.«

»Aufbruchsstimmung«, sagte Inge und hoffte im Stillen, dass von diesen Veränderungen bei den Nachbarn in Böhmen auch für die DDR etwas Gutes herauskommen würde. Niemand bemerkte, dass Bärbel und ihr Mann Otto sich nur noch spärlich, fast widerwillig, an der Unterhaltung beteiligten und bald überhaupt nichts mehr sagten.

Wo die Grenzen innerhalb der Familie verliefen, wurde Tim spätestens dann klar, als Friedrich Bauer seine älteste Tochter fragte. »Na, Bärbel, ihr seid beide so still, machst du dir Sorgen?« Er hatte in freundlich beiläufigem Ton gefragt. Zu seiner und auch zu Tims Überraschung reagierte Bärbel, die in ihrer Rundlichkeit und ihrem sanguinischen Temperament eher ihrem Vater ähnelte als der quirligen Mutter, plötzlich mit einer fast einstudiert wirkenden Schroffheit. »Dass unser Gast die Situation in der ČSSR uneingeschränkt positiv beurteilt, kann ich ja noch verstehen, er kommt ja schließlich aus einem kapitalistischen Land«, ein schneller, nicht einmal unfreundlicher Blick streifte Tim, »aber dass du, Antje, nicht kapierst, was da gespielt wird, das wundert mich doch einigermaßen. Diese Dubček-Regierung ist doch vom Westen her gesteuert. Man sieht doch auch, worauf es denen ankommt. Westliche Ware lassen sie ins Land, westliche Zeitungen, natürlich auch die Springer Presse, dazu diese ganze degenerierte und bindungslose sogenannte Kultur aus Amerika. Auf diese Weise schlägt der Westen eine Bresche in die sozialistische Phalanx. Heute Prag, und wenn niemand sich dagegen wehrt, morgen Budapest.« Sie hatte sich in Rage geredet und dabei einen roten Kopf bekommen. »Darum geht es doch! Wenn es sich hier um eine Meinungsverschiedenheit unter Sozialisten handelte, das würde ich ja noch verstehen, aber so ist es ja nicht. Es handelt sich um einen Angriff von außen auf die werktätige Bevölkerung in der ČSSR.«

»Die sich diesen Angriff mit Begeisterung gefallen lässt. So fröhlich und gut gelaunt habe ich die Prager noch nie erlebt«, höhnte Antje. »Die westliche Infiltration hatte bisher eine eindeutig stimmungsaufhellende Wirkung.«

Friedrich Bauer war froh, dass Antje heute nicht auch noch ihren Mann, den Ingenieur, mitgebracht hatte, von dem alle wussten, dass er noch weit aggressiver argumentierte als seine Frau. Er versuchte, Bärbel zu beruhigen: »Im Grunde ist es ja nur eine Meinungsverschiedenheit unter Kommunisten«, wiegelte er ab. »Und so wird es eines Tages auch eingestuft werden. Die einen wollen an der strengen Lehre festhalten, also an der staatlichen Kontrolle der Medien und des Kulturlebens. Warum? Weil sie kein Vertrauen in ihre eigene Botschaft haben. Und die anderen, das sind Dubček und seine Freunde, meinen, dass ein guter Sozialist keine Angst vor westlichen Meinungen haben muss und dass der Kommunismus keinen Schaden nimmt, wenn die Jugend sich für die Beatles oder die Stones begeistert.«

»Fahr doch mal hin«, giftete Antje ihre Schwester an.

»Wenn ich so viel Zeit hätte wie du, ihr seid nur zu zweit, ich habe immerhin eine Familie zu versorgen.«

Tim bedauerte im Stillen, das Thema angeschnitten zu haben. Jetzt meldete sich auch Otto Burmeister, der Volkspolizist, zu Wort. Schwerfällig und auswendig gelernt klangen seine Sätze. »Dort wimmelt es doch von Westdeutschen, wie man hört. Was suchen die denn alle in Prag mit einem Mal?«

»Die treffen sich dort mit ihren Familien und Freunden aus der DDR. Das ist inzwischen einfacher, als einen Antrag auf Einreise in unser gelobtes Land zu stellen«, erwiderte Antje, die aus ihrer Verachtung für den plumpen und linientreuen Schwager auch mimisch keinen Hehl machte.

»Außerdem ist es doch spannend, mal einen Sozialismus zu erleben, der nicht nur mit Angst, Bespitzelung und Unterdrückung operiert«, meldete sich Inge.

»Dass es so etwas überhaupt gibt oder geben soll, – um dieses Wunder zu erleben, solltet ihr beiden zu Fuß nach Prag pilgern, Familie hin oder her. Ein Wunder ist schließlich ein Wunder. Dagegen ist das Wunder von Lourdes doch nur eine billige Zirkusvorstellung!« Antje gab keine Ruhe.

Erna Bauer bemühte sich um Harmonie. »Kinder, reden wir von was anderem.«

»Kinder, reden wir lieber mit unseresgleichen und nicht mit dem politischen Gegner.« Antje lachte böse. Sie war nur noch ein kleines Stück davon entfernt, ihre Schwester und deren, wie sie meinte, unbedarften Ehemann persönlich zu kränken. Aber dazu kam sie nicht mehr. Bärbel erhob sich. Für heute reiche es ihr, ließ sie die anderen wissen, umarmte aber ihre Mutter mit einer Geste, die Erna Bauer ausdrücklich außerhalb des Streites stellte. Otto Burmeister leistete seiner Frau Gefolgschaft, und der alte Bauer erklärte Tim resigniert. »Jede Familie hat ihre Sollbruchstelle.«

»Sagst du dem Klassenfeind noch auf Wiedersehen?«, fragte Inge.

Tim wollte Bärbel die Hand geben, aber die fiel ihm sogar um den Hals. »So was passiert bei uns eben mal. Ist nicht persönlich gemeint.«

Nachdem alle gegangen waren und Inge festgestellt hatte, dass die Luft wieder rein war, saßen sie zu viert noch eine Stunde zusammen auf dem Balkon. Danach begleitete Inge Tim hinunter auf die Straße. Zusammen gingen sie noch eine kleine Abschiedsrunde durch den inzwischen im Dunkel liegenden Park.

»Wenn du so oft kommst wie in letzter Zeit, dann verliere ich fast das Gefühl dafür, dass du woanders wohnst. Mir ist, als gehörtest du hierher.«

»Soll ich mich bei Rehberger bewerben?«

»Tim, nun werde nicht gleich wieder gereizt.« Sie blieb stehen und küsste ihn. Dann gingen sie weiter, Arm in Arm. »Ich wollte doch nur

sagen, dass du gut zu uns passt, nicht nur zu mir, auch zu meiner Familie. Alle mögen dich, selbst Bärbel, die heute so kiebig war.«
»Es ist nur ein Behelf, Inge, es kann so nicht bleiben.«
Sie wurde still. »Ich weiß.«
»Leider habe ich noch keine Doppelgängerin von Inge Bauer gefunden, die überdies bereit wäre, dieser Dame ihren bundesdeutschen Pass für ein paar Wochen oder auch nur Tage zu leihen. Aber ich werde weiter suchen.«
»Bald treffen wir uns, Tim, unten in Kavazite. Antje will mir ihr Auto leihen, dann sind wir beweglich.«
»Erkundige dich, was man an der Schwarzmeerküste alles tun kann. Ich bringe unsere Schwimmanzüge mit und etliches Zubehör. Vielleicht gibt es dort unten ein paar gute Stellen zum Tauchen.«
Sie waren an seinem Auto angekommen. Er nahm sie in die Arme.
»Denk an die Himmelsuhr, dort findest du mich immer.«
»Bei jedem Wetter?« Inge lachte leise und schmiegte sich an Tim. Der Brief fiel ihr ein, den sie ihm geschrieben hatte und den sie ihm eigentlich bei diesem Besuch überreichen wollte. Aber sie erwähnte ihn nicht. Sie hatten sich ja jetzt gesehen. War das nicht wichtiger als ein Brief?
»Bis bald«, flüsterte sie ihm zu, als er schon in seinem Auto saß und die Fensterscheibe zu einem schnellen Abschiedskuss herunterließ. »Bis bald.« Sie blieb stehen und winkte ihm nach, bis er die kleine Straße verlassen hatte.
Aber dann überfielen sie plötzlich Zweifel. Hatte sie ihm denn gesagt, was sie ihm damals geschrieben hatte? Dass er wie ein Wunder in ihr Leben getreten sei, wie ein großes Wunder? Dass sie ihm vertraue, fest und ohne Rückhalt und dass sie sich nach dem Leben sehne, das er für sie beide ausgemalt hatte auf ihrem Spaziergang? Dass er ständig in ihren Gedanken sei und dass es dafür doch wohl keine andere Erklärung gäbe, als dass sie ihn liebte? Warum habe ich ihm den Brief nicht gegeben, wenn ich ihm solche Dinge nicht sagen kann? Sie haderte mit sich selbst. Was wäre denn, wenn Tim plötzlich nicht mehr da wäre, wenn sie nichts mehr hätte als die Art von Familiendiskussionen, die sich heute Abend abgespielt hatten, wenn die helle und glückliche Aussicht auf eine gemeinsame Zukunft mit Tim sich mit einem Mal in Nichts auflöste, wenn alles nur ein Traum gewesen wäre? Wie konnte ich nur, fragte sie sich ein über das andere Mal.

In den folgenden Tagen sehnte sie sich nach Tim mit einer fast an Verzweiflung grenzenden Intensität, die von der Befürchtung gespeist wurde, etwas Entscheidendes versäumt zu haben. Allein die Einsicht, dass sie selbst an ihrem Elend schuld sei, hielt sie aufrecht. Denn damit verband sich auch der Vorsatz, Tim von nun an offener zu begegnen und ihre Empfindungen nicht mehr für sich zu behalten. In diesem Zustand der Selbstzweifel traf Inge die Nachricht vom Einmarsch der Warschauer-Pakt-Staaten in Prag wie ein Keulenschlag.

Von Reisebeschränkungen war die Rede. Vorläufig keine Privatreisen mehr in die ČSSR. Vielleicht wurde sogar der Transitverkehr eingeschränkt? Könnte dies das Ende ihrer Ferienpläne sein? Sie spürte an diesem Morgen vor ihrer Fahrt zur Arbeit, dass sie in Panik geriet. Sie hörte die Westberliner Sender, aber deren Berichterstattung beschränkte sich auf die Zustände in der ČSSR, auf den passiven Widerstand der Bevölkerung. Über die Reisemöglichkeiten für DDR-Bürger ließen sie nichts verlauten. Konnte ihr denn niemand helfen? Martha fiel ihr ein. Martha Kluschke, mit der sie vor zwei Jahren in Kavazite einen Ferienbungalow geteilt hatte. Sie wohnte am Prenzlauer Berg, soweit sie sich erinnerte, und sie fuhr jedes Jahr an die bulgarische Schwarzmeerküste, immer mit irgendwelchen Reisegruppen.

Inge wusste nicht, ob Martha, die in einem Reisebüro in der Karl-Liebknecht-Straße arbeitete, wenn sie dort überhaupt noch tätig war, ein privates Telefon hatte. Im Telefonbuch war sie nicht verzeichnet. Sie rief im Institut an und entschuldigte sich bei Elena Blumentritt mit einem dringenden Arztbesuch. Dann rannte sie los, stieg in die U-Bahn und fuhr zum Alexanderplatz.

Unterwegs kaufte sie ein paar Zeitungen. Das ›Neue Deutschland‹ veröffentlichte die ersten »Leserbriefe«. »Unsere Panzer am richtigen Platz – ist eine gute Sache.« »Dem Wunsch nach Hilfeleistung für das tschechoslowakische Brudervolk entsprochen.« »Der Sozialismus ist unantastbar ... rührt ihn nicht an, oder eure Stunde hat geschlagen.«

Das ist das Land, in dem ich lebe, leben muss, jetzt zeigt es seine verlogene Fratze, dachte sie, warf die Zeitungen beim Verlassen der U-Bahn in den nächsten Papierkorb und ging von der Station aus zu Fuß. Das »Reisebüro der DDR« gab es noch, hoffentlich gab es auch Martha noch. Sie betrat das Geschäft, da saßen mehrere Frauen, die Kunden bedienten, aber wo war Martha? Sie drängte sich zu einem Schalter, um nach ihr zu fragen.

»Entschuldigen Sie, gibt es bei Ihnen noch ...?«
Ein unfreundlicher Blick traf sie. »Sehen Sie nicht, dass ich beschäftigt bin? Sie werden sich bitte gedulden.«
Also gut, ich werde mich bitte gedulden, bitte gedulden ... Inge ließ ihre Augen durch den großen Büroraum wandern. Da trat Martha plötzlich herein. Inge stürzte ihr entgegen, rief »Martha, Mensch, Martha, wie schön, dass du noch hier arbeitest!«
Die wusste zunächst nicht, wer sie da so überschwänglich begrüßte, aber dann erkannte sie Inge, ihre breiten Gesichtszüge wurden dabei noch etwas breiter, ihre Augen weiteten sich, und sie umarmte ihre alte Reisegenossin.
Martha bedeutete Inge, ihr in den hinteren Teil des Büros zu folgen, dort hatte sie ihren Arbeitsplatz. »Zeit für dich hab ick jetzt nich,« sagte sie, »wir wissen nicht, wo uns der Kopf steht, die Umbuchungen wegen der Geschichte in der ČSSR haben alles durcheinander gebracht. Ruf mich am besten an, Inge. Heute Abend.« Und Martha schob ihr einen Zettel mit einer Telefonnummer über den Schreibtisch zu. »Heute Abend hab ick Zeit für so wat, so um achte, wenn dir det passt.«
Abends zur angegebenen Zeit erfuhr Inge, dass Martha mit einer Gruppe, zu der auch sie selbst gehörte, »icke und Paul Hirsch, wenn de dich an den noch erinnerst, nee? Na, macht ooch nischt«, wieder in das Ferienlager nach Kavazite fahren würde. Am 2. September. Plätze gebe es eigentlich nicht mehr, aber eine Person könnten sie vielleicht doch noch unterbringen. »Komm doch morgen ins Büro, janz normal, heute hatte ick keene Zeit, so uffn Plutz, morgen machen wir das fest.« Wie es mit der Reiseroute würde, wisse sie noch nicht, der Zug sollte eigentlich über Prag fahren, »vielleicht leiten se den jetzt um, über Kiew oder über Odessa. Würde mich nicht wundern. Man muss uff allet jefasst sein.«
Noch mal Glück gehabt, dachte Inge, als sie am nächsten Tag auf die Straße trat, ihre Fahrkarten und die Reisepapiere in ihrer Aktentasche. Schief gehen konnte es immer noch, aber die Gruppenreisen würde man erst absagen, wenn sich die Lage ernsthaft verschärfte, meinte Martha. »Wir werden wohl fahren, ooch wenn Einzelreisen durch die ČSSR vorläufig nicht mehr möglich sind.«

Er stand auf einer kleinen, von kniehohem Buschwerk bewachsenen Anhöhe und blickte nach Süden. Da sah er sie, die Bucht von Kavazite, die sich nach Osten und auch ein wenig nach Süden öffnete. Wie eine große Sichel lag der blendend weiße, von dunkelgrünem Buschwerk gesäumte Strand vor ihm. Weiter im Westen grenzte das Gebüsch an bestellte Felder, zumeist an Weingärten. Dort standen vereinzelt Häuser. Nur in der Mitte der Bucht gab es eine etwas dichtere Ansammlung von kleineren Holzhäusern. Das musste der Campingplatz sein, von dem Inge ihm erzählt hatte.

Ein frischer Ostwind sorgte für eine lebhafte, aber keineswegs bedrohliche Brandung. Dennoch sah er – es war immerhin schon heller Vormittag – kaum Menschen am Strand. Auf fünf Kilometer schätzte er die Länge des Strandes, der dieser Bucht ihren besonderen Glanz verlieh. Kavazite – hier am Strand wollten sie sich treffen. Heute – und wenn nicht heute, dann morgen oder übermorgen. So genau wussten sie nicht, wann Inge hier sein würde.»Hoffe auf eine gute Reise mit dem Zuge«, hatte sie telegrafiert – an Winfried Weller, Tims Heidelberger Kollegen, den Inge in dringenden Fällen als Mittelsmann benutzte. Aus der geplanten Reise mit dem Trabi ihrer Schwester Antje war also nichts geworden. Die Bruderländer des Warschauer Paktes hatten es für nötig befunden, in die ČSSR einzumarschieren, um Dubček und seinen Freunden die Prager Frühlingsflausen auszutreiben. Jetzt herrschte dort Ausnahmezustand, keine gute Zeit für Autoreisen in die Tschechoslowakei, man musste froh sein, mit dem Zug einigermaßen unbehelligt durch das Land zu kommen.

Die Nachricht war eine Enttäuschung, denn Tim hatte geplant, die Küste südlich von Sosopol genau zu erkunden. Dabei hätte ein Auto entscheidend geholfen. Immerhin hatte er die Schwimmausrüstungen mitgebracht, auch ein kleines Zweimann-Zelt und leichte Schlafsäcke. Von Split aus, wo seine Eltern in diesem Jahr ihre Ferien verbrachten, war er über Sofia nach Burgas geflogen und hatte dort am Flughafen ein klappriges Taxi, einen alten Wartburg, aufgetrieben, der ihn in die Altstadt von Sosopol gebracht hatte. Vierzig Leva hatte der kleine hutzlige Mann für die Fahrt haben wollen. Als er ihm zwanzig DM in die Hand drückte, wäre er Tim am liebsten um den Hals gefallen. Seine Körpergröße ließ eine solche Dankesbezeugung jedoch nicht zu, und so schüttelte er Tim nur beide Hände und schrieb ihm seine Adresse und eine Telefonnummer, unter der man ihn erreichen konnte, auf einen kleinen Zettel. Auch seinen Namen schrieb er auf, sogar in lateinischen Buchstaben. Nikola Petkov hieß er und wollte nur Nikola genannt werden. N-i-k-o-l-a. »Wo kann man hier unterkommen, Nikola«, fragte Tim und verdeutlichte seinen Wunsch, indem er seine Hände zusammenlegte, den Kopf dagegen lehnte und dabei kurz die Augen schloss. Nikola hatte verstanden. Er lächelte und entblößte dabei zwei Kieferleisten, in denen nur noch wenige Zähne steckten. Dann musste Tim wieder einsteigen, und Nikola wuchtete die beiden bereits entladenen Koffer zurück in seinen Gepäckraum. Tim versuchte ihm klarzumachen, dass er am liebsten irgendwo zwischen Sosopol und Kavazite wohnen wollte, aber Nikola warf den Kopf in den Nacken und sagte nur immer wieder: »Sosopol.« Er fuhr um ein paar Ecken und blieb vor einem Haus am Rande der Altstadt stehen. Es hatte einen Steinsockel und einen Überbau aus Holz und war um einen kleinen Innenhof herum gebaut. »Stefan, Stanka«, sagte Nikola, ließ Tim im Auto sitzen und verschwand im Innenhof des kleinen Hauses. Nach wenigen Minuten kam er mit einer schlanken, dunkelhaarigen Frau zurück. Sie trug einen längsgestreiften Rock, eine Weste aus blauem Kattun, die ihre Oberarme frei ließ, und Holzsandalen. Während sie Nikola zuhörte, trocknete sie ihre Hände an einer Schürze ab. Ein wenig älter als Inge musste sie sein. Ihre kräftigen schwarzen Augenbrauen stießen über der Nasenwurzel fast zusammen. Wenn sie lachte, sah man eine seitliche Lücke in der oberen Zahnreihe. Trotz dieses kleinen Makels beeindruckte sie Tim: Sie hatte große kluge Augen, eine feine Nase und lebendige rote Lippen.

»Dobar den«, sagte sie.

Er erwiderte ihren Gruß und wollte darauf seine Pantomime beginnen, um ihr den Wunsch nach einer Unterkunft deutlich zu machen, aber das hatte Nikola wohl schon für ihn erledigt, denn Stanka sagte nur: »Dobre« und fing an, sein Gepäck ins Haus zu tragen.

»Ein Zimmer für zwei«, versuchte er Nikola klarzumachen und hob zwei Finger in die Höhe. »Staja s dwe leglá.« (Das hatte er seinem Konversationslexikon entnommen.)

Nikola griff das restliche Gepäck und lief hinter Stanka her, die im Haus verschwunden war. Der kleine Innenhof, den Tim jetzt durchquerte, war als Pergola gestaltet. Man hatte Drähte über den Hof gespannt, um die sich Weinlaub rankte. Es wirkte gemütlich: Tische und Bänke, auf die von dichtem Weinlaub gefiltertes Licht fiel, dazu das dunkle gebeizte Holz des Hauses und der kalkweiße Sockel. Nikola war Tim offenbar auch hier zuvorgekommen, denn als er in das Zimmer kam, das Stanka ihm anbot, und noch einmal sicherstellen wollte, dass es für zwei sein würde, winkte sie ab und sagte nur »da, da« oder »dobre«. Zu seiner Erleichterung stellte er bald darauf fest, dass Stanka Dimitrova auch ein wenig Deutsch sprach. Das Zimmer, in dem ein großes Bett, ein Kleiderschrank und eine Waschkommode standen, war einfach, aber recht geräumig. Es gefiel ihm.

Dennoch: In einer fremden Umgebung, zu der ihm der sprachliche Zugang fehlte, fühlte sich Tim gehemmt. Er spürte, dass alles vorhanden war, was Inge und er brauchen würden, um sich wohl zu fühlen, aber Inge war nicht da, und ohne sie würde er sich in dieser neuen Umgebung nur langsam zurechtfinden.

Stefan Dimitrov, der am frühen Abend nach Hause kam, zerstreute einige von Tims Befürchtungen. Der Mann war ihm auf Anhieb sympathisch. Warum, überlegte er sich, während er einen Weg durch das kniehohe Gestrüpp hinunter zum Strand suchte. Stefan sprach ganz gut deutsch, besser als Stanka. Noch wichtiger als diese Fähigkeit aber war sein robustes, zupackendes Naturell, mit dem er einen guten Teil von Tims eigener Zurückhaltung wieder wettmachte. Auf einer Gemüseplantage arbeitete Stefan, erfuhr Tim, und nebenher betrieb er ein wenig Fischfang. Vierzig Jahre mochte er sein. Er hatte dichtes schwarzes Haar, eine hohe Stirn und trug einen kräftigen Schnauzbart. Stefan hatte vor seinem Gast keine Hemmungen. Er plauderte drauflos und erkundigte sich gleich nach dem Vornamen seines Gastes. »Tim« wiederholte er mehrmals, der Name schien ihm zu gefallen. Mit deutschen Namen habe er schon seine Schwierigkeiten gehabt, teilte er Tim mit und lachte. »Eberhard«, nannte er als Beispiel oder »Rüdiger«, aber Tim, das sei leicht auszusprechen. »Tim gut, mir gefällt«, entschied er.

Wenn der auch nicht alles verstand, was Stefan ihm erzählte und worüber er sich erheiterte, fiel es ihm nicht schwer, mitzulachen. Stefans gute Laune und seine Zutraulichkeit schufen eine Aura der Behaglichkeit und der Zufriedenheit, die ihm wohltat. So war das erste Abendessen mit den Dimitrovs, bei dem Stanka verschiedene frische Gemüse, Schafskäse und gegrillte Makrelen servierte, heiter und gelöst verlaufen, obwohl Inge fehlte. Vielleicht hatte auch der rote Landwein, den sie dazu tranken, geholfen, die erste Enttäuschung über Inges Fehlen zu mildern. Jedenfalls war Tim an diesem Abend ganz getröstet schlafen gegangen. Mit Nikola und den beiden Dimitrovs hatte er doch gleich am ersten Tag drei Bulgaren getroffen, die ihm helfen konnten, die Küste bis hinunter zur türkischen Grenze kennenzulernen. Vielleicht konnten sie Nikola sogar dazu bewegen, sie in seinem Taxi weiter nach Süden zu fahren.

Er hatte jetzt einen Pfad gefunden, der hinunter zum Strand führte. In den frischen Wind von der See mischte sich gelegentlich ein Schwall von wärmerer Luft, der aromatische Düfte zu ihm trug. Wachholder glaubte er zu erkennen und den Harzgeruch von Kiefern. Tim genoss diese Gerüche, den Anblick des Meeres, den feinen Sand und den frischen, zerrenden Wind und konnte sich doch nicht richtig daran freuen. Würde er heute Inge treffen? Vielleicht wäre sie gar nicht bis nach Bulgarien gekommen? Der Gedanke, ganz allein, also eigentlich umsonst in diese entlegene Gegend gereist zu sein, setzte ihm zu. Er ging rasch, trabte zwischendurch auch ein paar Schritte und war der Ansammlung von Holzhäusern und damit der Mitte der Bucht schon recht nahe gekommen. Jetzt sah er auch Menschen am Strand – nicht viele, aber je näher er dem Campingplatz kam, desto mehr tauchten auf. Ein Stück des zum Campingplatz gehörenden Strandes war durch lange Leinen abgesperrt. An ihnen baumelten Papptafeln, auf denen etwas in kyrillischer Schrift stand. Nein, nicht nur. Da war auch etwas in lateinischen Buchstaben: »Hir ist das Mer geferlich.«

Tim musste lachen. Innerhalb des abgesperrten Bezirkes von etwa hundert Metern Länge sollte man wohl nicht ins Wasser gehen. Jenseits der zweiten Absperrung aber ging es recht lebhaft zu. Es gab sogar eine Sitzleiter, auf der ein athletisch gebauter, braun gebrannter junger Mann saß, um nach Schwimmern Ausschau zu halten, die sich zu weit ins Meer gewagt hatten. Als Tim bei den Lebensrettern ankam, bemerkte er, dass eine Gruppe von Schwimmern sich ziemlich weit von der Küste entfernt hatte. Es handelte sich um eine Gruppe von Männern und Frauen, vielleicht um ein Dutzend Menschen, schätzte er. Irgendetwas schien nicht zu stimmen. Die Schwimmer riefen sich etwas zu, oder riefen sie um Hilfe? Einige winkten, als wollten sie auf sich aufmerksam machen.

Jetzt hatte offenbar auch der Lebensretter auf seinem Ausguck etwas bemerkt. Die Köpfe auf den Wellen, einige durch helle Badekappen gut zu erkennen, trieben schnell ab nach Süden und weiter weg vom Strand. Tim war mehr als eine halbe Stunde am Strand entlanggegangen und hatte bemerkt, dass die Flut hereinkam. Das Auftreten von unerwarteten Strömungen nah am Ufer kannte er von der Nordsee her. Er war fast sicher, dass die missliche Situation der Badegäste mit der Existenz von vertikal zum Strand verlaufenden Gräben zusammenhing. In solchen Gräben strömt das bei Flut und starkem Seewind auflaufende Wasser mit hoher Geschwindigkeit wieder ins Meer zurück. Wer in eine solche Strömung gerät, wird ein Stück hinausgetragen und sollte sich dann seitwärts bewegen, um an einer anderen Stelle wieder an den Strand zurückzuschwimmen. Aber wie sollte er das den Lebensrettern erklären? Sie gestikulierten wie die Wilden, konnten sich aber nicht entschließen, irgendetwas zu tun. Die Badegäste, die sich unmittelbar vor den Lebensrettern in der Brandung tummelten, hatten offenbar keine Schwierigkeiten. Sie wurden von den Wellen schnell wieder auf den Strand getragen. Dieser Umstand schien seine Annahme zu bestätigen. Also rannte er etwa fünfzig Meter weiter südlich ins Wasser und spürte, wie ihn die Strömung erfasste und schnell von der Küste wegtrieb. Seine eigene Geschwindigkeit als Schwimmer kam noch hinzu. Jedenfalls befand er sich innerhalb weniger Minuten inmitten der hilflos rudernden und planschenden Badegäste. Jetzt konnte er sie auch hören: »Finden keinen Halt ...«, »... abgetrieben«.

»Nach Norden schwimmen!« rief er ihnen zu, »nicht in Richtung Küste!« Dann machte er es ihnen vor, und in ihrer Angst folgten sie ihm brav in einer langen Reihe. Sie schwammen jetzt eindeutig vom Strand weg, aber da war ja jemand, der ihnen sagte, was zu tun sei und der sogar vorausschwamm. Jedenfalls beruhigten sie sich und folgten Tim in nördlicher Richtung. Und mit einem Mal war der Sog weg. Tim spürte, wie ihn das auflaufende Wasser an den Strand trug. Bald begriffen es auch seine Schützlinge, und nach einer Weile hatten sie es alle verstanden und schwammen erleichtert zurück zum Ufer. Jetzt kamen ihnen auch die bulgarischen Lebensretter entgegen. Sie stützten die ein wenig erschöpften Schwimmer bei ihren letzten Schritten an Land und brachen, als alle wieder am Strand versammelt waren, in Triumphgeheul aus. Tim musste viele Hände schütteln, die der Lebensretter und dann die seiner mitteldeutschen Landsleute und dazu Danksagungen auf Bulgarisch und Deutsch anhören.

»Das war aber sehr knapp«, keuchte ein beleibter Mittvierziger an seiner Seite. »Um ein Haar wäre das schief gegangen!«

»Wenn Ihnen das noch einmal passiert, bleiben Sie ruhig und lassen

Sie sich von der Strömung ruhig ein Stück treiben. Und dann schwimmen Sie seitlich aus der Strömung heraus.«

Der Mann trat auf Tim zu und streckte ihm die Hand entgegen. »Vielen Dank trotzdem. Ich bin Paul Hirsch.«

Tim ergriff die Hand und sah dabei in ein offenes, noch immer ein wenig erleichtert lächelndes Gesicht. »Tim Brandis.«

»Das müssten wir eigentlich feiern«, sagte Paul Hirsch. »Kommen Sie mit?«

»Geht heute leider nicht, aber das können wir ja nachholen«, sagte Tim, der jetzt nicht mit fremden Leuten in einer bulgarischen Kneipe sitzen, sondern weiter Ausschau nach Inge halten wollte.

»Eine Feier ohne den Retter aus der Not – undenkbar«, rief eine Frau auf sächsisch und hätte Tim fast umarmt. Sie ließen erst von ihm ab, nachdem er ihnen erklärt hatte, dass er von der Nordseeküste komme und mit derartigen Strömungen einigermaßen vertraut sei. »Priele nennt man diese Dinger bei uns«, sagte er. Die Vorstellung, dass ein Westdeutscher sie gerettet hatte und nun auch noch so tat, als handele es sich bei ihrem Erlebnis um eine recht banale Sache, ernüchterte sie etwas. Sie ließen sich jetzt überreden, die Kneipe ohne ihren Retter aufzusuchen. Paul Hirsch winkte Tim zum Abschied noch einmal freundlich zu.

Der blieb noch eine Weile bei den Lebensrettern stehen, schaute hinaus in die Brandung, in der sich trotz des kleinen Zwischenfalls immer noch einige Unermüdliche tummelten, und schlenderte dann nahe an den vereinzelt am Strand aufgeschlagenen Liegestühlen vorbei. Danach verließ er den Strand, um über den Campingplatz zu spazieren und auch dort Ausschau zu halten. Einige Male, wenn aus der Entfernung ein blonder Schopf in der Sonne leuchtete, schlug sein Herz schneller – nur einige Takte lang, denn allzu schnell musste er feststellen, dass die blonden Haare einer anderen Frau gehörten – nicht Inge. Keine Inge, nirgendwo. Tim war sehr niedergeschlagen. Warum bin ich überhaupt hierher gefahren, dachte er, in diesen verlassenen Weltwinkel, und habe unsere Schwimmanzüge, das Zelt, die Schlafsäcke und verschiedenes Zubehör hierher geschleppt, wenn Inge gar nicht kommt?

Dann wurde ihm klar, dass er die Welt und besonders diese Reise nach Sosopol wohl anders gesehen hatte und immer noch anders sah als Inge. Für sie war der Ausflug nach Sosopol eine Ferienreise. Sie wären ein paar Wochen zu zweit, hoffentlich ungestört, würden beieinander sein, ihre Schwimmkünste verbessern, die Küste erkunden, vielleicht auch einen Plan erstellen, wie sie von einem möglichst südlichen Punkt an der Küste am schnellsten und gefahrlosesten in die Türkei kommen könnten. Aber solche Erkundungen wären immer noch Vorbereitungen für ein später, vielleicht erst im nächsten oder übernächsten Jahr zu bewältigendes Unternehmen.

Inge wusste ja nichts von Tims Recherchen, von den Seekarten, die er sich besorgt hatte. Nie hatte er ihr von seinen Studien über die Beschaffenheit der bulgarischen und der angrenzenden türkischen Küste erzählt, die er bereits angestellt hatte. Sie hatte keine Ahnung von seiner Entschlossenheit, jetzt, am Ende dieser Ferien, mit ihr in die Türkei zu schwimmen, wenn die Erkundigungen vor Ort ermutigend verlaufen würden. Was würde werden, wenn sie nicht käme? Oder wenn sie später auftauchte, vielleicht erst in einer Woche? Hätten sie dann noch genug Zeit, um das Unternehmen, das ihm vorschwebte, durchzuführen? Warum hatte er Inge nicht irgendetwas gesagt? Gelegenheiten dazu hatte es ja gegeben. Er hatte das Institut für Biochemie seit dem Januar noch einige Male besucht, mit Valentin Kramer dessen Ergebnisse besprochen und bei jedem dieser Besuche auch Inge gesehen.

Während er langsam den Weg zurückging, den er gekommen war, haderte er mit sich. Wenn Inge wüsste, was für sie beide auf dem Spiel stand, hätte sie größten Wert darauf gelegt, früh, möglichst schon am ersten September, hier zu sein. Meine Schuld, sagte er sich und hoffte im Stillen, dass sie ihm irgendwo auf dem Weg zurück nach Sosopol entgegenkommen würde. Aber sie kam nicht.

Stefan und Stanka, denen er von Inge erzählt hatte, begrüßten ihn mit fragenden Gesichtern. »Wo Frau?«, fragte ihn Stefan, und Stanka sah ihn zweifelnd an. »Keine Inge?«

»Vielleicht morgen, sskoró utre.«

Tim versuchte, sich selbst Mut zu machen. Die beiden vermuteten, dass irgendetwas nicht stimme und fragten an diesem Nachmittag nicht weiter.

Später aber – Stanka war schon ins Haus zurückgegangen – saß er noch ein wenig mit Stefan zusammen. Der Abend war lau, die Grillen zirpten, gelegentlich klapperte Stanka in der Küche mit Töpfen oder mit Geschirr. Es herrschte eine so friedliche Stimmung, dass Tim die Enttäuschung des Tages vergaß und seine Hoffnung auf morgen setzte.

Stefans Rotwein trug wohl auch zu seiner Entspannung bei. Ob man von Sosopol aus in die Türkei reisen könne, fragte er Stefan, obwohl er wusste, dass das nicht ginge.

»Ne«, sagte Stefan und hob den Kopf in verneinender Gebärde, wie Tim es schon bei Nikola Petkov beobachtet hatte. Dann schien er zu überlegen: »Du bist Westdeutscher – mozhé bi, vielleicht.« So genau wusste er es auch nicht. Aber dann sagte er immer wieder: »Veleka? Fluss?«, und stellte die rechte Hand auf den Tisch, sodass sie aussah wie eine Sperre. Immer wieder erwähnte er den Veleka Fluss. Sein Kauderwelsch aus Bulgarisch und deutschen Einsprengseln verstand Tim nicht gleich, aber nach einigem Hin und Her ergab sich doch ein deutliches Bild. Bis zum Ufer des Veleka Flusses würde man kommen. Er selbst, Stefan Dimitrov, kenne einige der Grenzer, sie würden ihn auch über den Fluss lassen. »Serr scheen«, sagte Stefan mehrere Male und erwähnte die Landschaft am Fluss. Es müsse so eine Art Naturschutzgebiet sein, sagte sich Tim, das für den allgemeinen Verkehr aber gesperrt sei.

»Wenn weiter, über Fluss ... bumm bumm.« Stefan tat, als schösse er auf Grenzverletzer. Aber mit ihm, mit Stefan Dimitrov, könne Tim es riskieren, das nördliche Flussufer zu besuchen.

»Du willst?«

»Blagodarja', mersi, danke nein.«

Bis wohin man denn ohne besondere Genehmigung gehen oder fahren dürfe, fragte er Stefan. Auch dieser Teil der Unterhaltung gestaltete sich etwas mühsam.

»Veleka nicht gut«, sagte Tim, »aber Kavazite gut.« Dann nannte er eine Reihe von Orten zwischen Kavazite und dem Veleka Fluss in der Reihenfolge von Norden nach Süden. »Primorsko?«

»Dobre.«

»Mitschurin?«

»Mitschurin gut.«

»Achtopol?«

»Achtopol gut, danach Schluss. Nur mit Stefan.«

Er hatte kapiert. Offenbar war Achtopol der letzte Ort vor der Sperrzone.

»Kann ich Achtopol besuchen?«

»Da.«

»Ist es schön in Achtopol?«

Stefan wiegte den Kopf hin und her, als dächte er nach. »Sosopol besser.«

Aber dann fragte er: »Du willst gehen?«

»Vielleicht.«

Sofort bot Stefan an, ihm oder den beiden, falls Inge käme, die Küste zu zeigen. »Mit Boot.«

Tim schöpfte neue Hoffnung. »Towá mi charesswa. Das gefällt mir.« Ab und zu versuchte er ein paar Brocken Bulgarisch, um Stefan seine Dankbarkeit für die freundliche Aufnahme zu zeigen.

»Morgen mit Boot?«, fragte der.

»Warten, bis Inge hier ist.«

Inge, das verstand Stefan. Dann sagte er: »Dobre«, und gab seinem Gast die Hand. Er musste morgen früh hinausfahren, um seine Netze einzuholen, und es war spät geworden. Tim saß noch einen Augenblick allein, dann trat er aus dem Innenhof hinaus und suchte sich am samtigen Himmel die Sterne, die ihm jetzt so nahe zu sein schienen, dass er glaubte, sie mit seinen Fingerspitzen berühren zu können. Der Große Wagen, die verlängerte Hinterachse, der Polarstern. Noch nie hatte die Himmelsuhr so verheißungsvoll geleuchtet.

7

Er schlief dennoch unruhig. Wo steckte Inge? Warum war sie noch nicht hier? Verliebtheit und Zweifel gehören wohl zusammen. Die Ungewissheit, die er empfand, wenn er nachts wach wurde, war aber von besonderer Art. Er zweifelte nicht daran, dass Inge ihn liebte. Er hatte jedoch Angst vor den Hindernissen, die sie bedrohten, Angst vor einer stummen, gleichgültigen Gewalt, die in ihr Leben einbrechen und sie trennen könnte. Vielleicht machte er sich schlimmere Sorgen als Inge. In der Zeit, die hinter ihnen lag, hatte sie nie besonders viel gegrübelt. Eher hatte sie versucht, seine Befürchtungen zu zerstreuen. Woran lag das? Plötzlich beunruhigte ihn diese Frage so sehr, dass er aufstand und barfuß in den kleinen Innenhof schlich. Durch Lücken im Weinlaub erkannte er, dass die Sterne noch alle da waren, aber der Himmel hatte sich gedreht. Leise trat er durch das Haustor hinaus ins Freie. Jetzt sah er sie, die Himmelsuhr, die ihm anzeigte, dass seit seinem letzten Blick nach oben vier Stunden vergangen waren. Inge hatte immer unter diesem Regime gelebt, fiel ihm ein. Sie mochte es nicht, aber sie war vertraut damit. Sie kannte seine Tücken, aber sie hatte gelernt, sie zu vermeiden. Er musste an die Papptafel denken, die er heute am Strand gelesen hatte. »Hir ist das Mer geferlich.« Ein Schild mit der Aufschrift »hir ist die Zeit geferlich« stellte er sich vor. Wenn man einen bedrohlichen Satz falsch buchstabiert, wirkt er weniger gefährlich. Etwas anderes machte ihm erneut zu schaffen: Er hatte Inge im Unklaren über seine Pläne gelassen. Über die theoretische Erörterung verschiedener Fluchtmöglichkeiten waren sie nicht hinausgekommen. Leise trat er wieder in den Innenhof und ging in sein Zimmer. Vielleicht käme sie ja bald. Mach dich nicht verrückt, redete er sich zu und schlief danach tatsächlich bis zum Morgen.

Wie gestern ging er am Vormittag zum Strand von Kavazite. Das Wetter hatte sich kaum verändert, der Wind wehte noch ein wenig stärker als am Tag zuvor. Als er sich dem Campinggelände näherte, sah er wieder die schwarzen Flaggen und die Papptafeln mit dem Hinweis auf die Gefährlichkeit des Meeres. Die Lebensretter begrüßten ihn wie einen alten Bekannten. Nur wenige Badegäste hüpften in den Brandungswellen auf und ab, auch der Strand schien leerer zu sein als gestern. Der Anführer der Lebensretter auf seinem Hochsitz wollte Tim wohl zum Schwimmen animieren. Jedenfalls redete er lebhaft auf ihn ein, zeigte zum Meer und vollführte auf seinem Stuhl lebhafte Schwimmbewegungen. Als Tim keine Anstalten machte, seiner Aufforderung zu folgen, stieg er von seinem Stuhl herunter, um ihn zu begrüßen. Kaum hatte er seinen Badestreifen unbeaufsichtigt gelassen, entstand um sie herum Unruhe. Einige der muskulösen und braun gebrannten Lebensretter zeigten nach Süden, dahin, wo gestern die Sachsen gestrampelt hatten, um der Strömung zu entkommen, die sie aufs Meer hinaustrieb. Allerdings schienen die Lebensretter keine Absichten zu haben, selbst in die Brandung zu steigen. Stattdessen holte einer von ihnen ein langes Seil und schlang es einem seiner Kollegen um den Leib.

Inzwischen hatte Tim den Grund der Unruhe begriffen. Eine einzelne Gestalt trieb an derselben Stelle, an der gestern die Gruppe in Panik geraten war, in südöstlicher Richtung davon. Man sah nur den Kopf auf den Wellen. Ab und zu erhob sich ein Arm zu einer hektischen Bewegung, jetzt hörte er auch ein schwaches Rufen. Eine Frau? Jedenfalls trug der auf den Wellen erscheinende und dann wieder in einem Wellental verschwindende Kopf eine weiße Badekappe. Die Person befand sich mindestens hundert Meter vom Strand entfernt. Die gleiche Situation wie gestern. Die Maßnahmen der bulgarischen Lebensretter waren ganz sinnlos. Tim lief also den Strand entlang bis zu der Stelle, an der er gestern ins Wasser gegangen war. Bevor er jedoch dort ankam, erschien vom Land her eine Gestalt mit einem leuchtend blonden Haarschopf, die in den Graben sprang, sich von der Strömung forttragen ließ und dabei heftig kraulte. Im Nu war der Retter bei der in Seenot geratenen Person, und nun wiederholte sich, was Tim gestern schon erlebt hatte. Die beiden schwammen weiter hinaus, bis sie im unruhigen Wasser nur noch schwer zu erkennen waren, wandten sich dann nach Norden und wurden bald von einer entgegengerichteten Strömung erfasst, die sie an den Strand zurücktrug. Jetzt waren sie schon in den Brandungswellen, als Erste kam die weiße Badekappe angetaumelt – es handelte sich tatsächlich um eine Frau, schon etwas älter kam sie Tim vor, recht füllig und unsicher auf den Beinen. Der angeseilte Lebensretter hatte sie jetzt erreicht, stützte sie, redete und gestikulierte und ließ sich von seinen Kumpanen an Land ziehen. Es war ein lächerlicher Anblick, Tim musste laut lachen. Aber das Lachen verging ihm sofort wieder und wich ungläubigem Staunen, denn die Retterin mit den blonden Haaren, die in einem dunkelblauen Badeanzug steckte und jetzt aus dem Wasser kam, kannte er doch. Er lief einige Schritte auf sie zu, blieb einen Augenblick stehen, um noch einmal hinzuschauen, und rannte dann weiter. Erst als er schon fast bei ihr war, erkannte auch sie ihn. Sie schrie »Tim«, und er rief ebenso begeistert »Inge« und schloss sie in die Arme. Besser: Sie fielen sich in die Arme und achteten weder auf die Brandung noch auf die Lebensretter und Badegäste am Ufer. Eine Welle packte sie und warf sie buchstäblich zusammen auf den Strand. Da lagen sie beieinander, noch ganz betäubt von der Überraschung des Wiedersehens und dem Anprall des Wassers, setzten sich auf, erkannten sich noch einmal und umarmten sich erneut unter dem triumphierenden Johlen und dem Beifall der Badegäste.

Einen Augenblick war die aus ihrer prekären Lage gerettete Schwimmerin ganz vergessen. Jetzt kam sie zu den beiden und bedankte sich unter Tränen und Schluchzen bei Inge. Für solche Fälle hatten die Lebensretter gesorgt. Sie hüllten die Frau in ein Handtuch, setzten sie auf einen Liegestuhl und flößten ihr etwas heißen Tee ein.

»Wann bist du angekommen?«, fragte Tim.

»Gestern Abend. Ich habe damit gerechnet, dass du heute irgendwann hier erscheinst.«

Er war immer noch fassungslos. Überwältigt wie schon so oft, wenn die Herbeigesehnte, die zu lange nur in seiner Vorstellung gelebt hatte, plötzlich vor ihm stand. Leibhaftig, schön.

»Ich wusste ja nicht ...«

»Was?«

»Wie toll du schwimmst!«

»Ich hab viel trainiert seit Anfang des Jahres.«

»Ja, so war es auch abgemacht.« Tim wusste, er würde in dieser Stimmung nichts Gescheites sagen können, aber jetzt kamen die strammen, muskulösen Lebensretter zu ihnen, lachten, ließen dabei ihre weißen Zähne leuchten. Sie traten zu ihnen und fragten sie nach ihren Namen: »Kak cse káswate?«

Inge nannte den ihren, Tim blieb stumm, weil alles durcheinander redete.

»Morska Szirena!«, rief einer und fand mit dieser Bezeichnung offenbar den Beifall seiner Kollegen, denn sie hoben die Arme und jubelten. Dann trat der Anführer zu den beiden und verkündete etwas auf Bulgarisch, was erneut Beifall auslöste. »Morska Szirena, die Meeressirene, und ihr Begleiter erhalten Erlaubnis für Schwimmen – bei jede Wetter«, verkündete er.

Sie bedankten sich. Inge tat gerührt, gab dem obersten Lebensretter die Hand und küsste ihn auf die Wange, was erneutes Gejohle hervorrief. »Foto!« rief einer, und dann mussten sie sich fotografieren lassen. Das inzwischen wieder zu Kraft gelangte Opfer, eine Sekretärin aus Karl-Marx-Stadt, wie sich herausstellte, wurde aus dem Liegestuhl gezerrt und musste sich dazu stellen und dann noch einmal allein zu Inge, um die Denkwürdigkeit ihrer Rettung für alle Zeiten festhalten zu lassen.

Endlich, nachdem sie versprochen hatten, bald wiederzukommen – Inge sprach sogar von morgen, Tim wollte sich nicht so genau festlegen –, ließen sie das Paar gehen. Inge strebte zu einer der Hütten auf dem Campingplatz. »Dort habe ich meine Sachen.«

Unterwegs erzählte Tim ihr von dem Quartier in Sosopol, von Nikola Petkov, dem kleinen Taxifahrer, und von Stanka und Stefan Dimitrov.

»Ich hatte schon gestern mit dir gerechnet«, sagte er, als sie vor Inges Hütte standen.

»Die Züge über Prag waren alle verspätet. Wir wurden umgeleitet. Aber jetzt bin ich ja da.« Inge trat ein wenig näher an ihn heran und strich ihm mit der Hand über den Rücken. »Hast du dir Sorgen gemacht?«

»Sorgen?« Allerdings. Aber wie sollte sie wissen, wie mies er sich gefühlt und was ihn so nervös gemacht hatte. Sie mussten sprechen, dringend. Aber das war hier nicht möglich. In Inges Hütte hatte noch eine andere junge Frau übernachtet, auch jemand aus der DDR, aus Berlin.

In der Baracke standen zwei Betten, ein Kleiderschrank und ein einfacher Tisch mit ein paar Stühlen. Überall lagen Kleider herum, das Zimmer wirkte sehr unaufgeräumt.

»Setz dich einen Augenblick«, bat Inge, ging zurück zur Tür und rief »Martha?«

Die Gerufene kam nach einigen Augenblicken ins Zimmer, streckte Tim die Hand entgegen und sagte: »Martha Kluschke.«

»Ach ja, Tim, das ist meine Freundin Martha, wir waren schon vor zwei Jahren zusammen hier im Ferienlager. Und das ist Tim Brandis«, stellte Inge ihren Freund vor.

Martha war untersetzt, hatte dunkles Haar, trug Shorts, eine weiße Bluse und Sandalen. Sie bewegte sich langsam, fast lasziv, fand Tim, und lächelte abwartend, als stünde ihr Urteil über den Neuankömmling noch aus. Er fand sie sympathisch. Also lächelte er zurück.

»Inge hat mir schon von Ihnen erzählt«, eröffnete Martha das Gespräch. Dann grinste sie ein wenig konspirativ: »Ick habe ja für so wat Verständnis.«

Tim wollte fragen »wofür?«, aber Inge ließ ihn nicht dazu kommen. »Tim, ich bin wieder mit einer Gruppe hergereist, ähnlich wie damals. Anders wäre es in diesem Jahr nicht gegangen. Ich hatte das Glück, dass Martha mit von der Partie ist.«

Martha lehnte sich gegen die Lehne ihres Stuhls und fuhr mit den Händen an den Stuhlbeinen entlang. Jetzt konnte Tim nicht umhin, ihre festen und üppig geratenen Brüste zu bemerken.

»Eigentlich müsste ich immer hier im Lager übernachten«, sagte Inge jetzt, »aber dadurch, dass Martha hier ist, werde ich wohl jede zweite Nacht bei dir in Sosopol sein können.«

»Vielleicht ooch öfter«, ergänzte Martha mit Wohlwollen, »aber det muss ick erst mit Paul absprechen.« Sie grinste. »Sonst wäre der Urlaub ja wohl keen richtiger Urlaub.«

Tim durfte seine Enttäuschung nicht zeigen. »Wann kann Inge denn nach Sosopol kommen?«

Martha wusste Rat: »Also ein paar Klamotten rübertragen, das kann sie heute schon. Det fällt nich weiter uff. Aber heute Abend solltest du schon noch hier sein, bis dahin hab ick mit Paul jeredet. Und dann sehen wir weiter.«

Zwei Koffer hatte Inge, einen größeren mit Kleidern und einen etwas kleineren mit Badesachen, Freizeitkleidung, Nachtzeug und Büchern, die sie in den Ferien lesen wollte.

»Nimm den kleinen Koffer mit, pack ein, was du in nächster Zeit brauchst und lass allet andere hier. Sehen lassen musste dich aber schon regelmäßig«, mahnte sie Inge.

Tim wollte den kleineren Koffer selbst tragen, aber Martha hatte eine bessere Idee. »Fragt doch Georgi«, empfahl sie, und als Inge sie verständnislos ansah: »Georgi Fitchev, der alte Georgi, den musste doch noch kennen.«

Aber Inge hatte keine Ahnung.
»Georgi hat ein Transportunternehmen, mit dem er den Touristen hier im Camp behilflich ist.«
»Transportunternehmen? Hier?«
»Er hat einen Esel, vielleicht hat er inzwischen auch einen zweiten.« Martha lachte. »Komm mit, ich weiß, wo er sein könnte.«

Sie gingen an ein paar Holzbaracken vorbei, schlüpften unter Wäscheleinen hindurch, auf denen Unterwäsche zum Trocknen hing, und kamen an eine Wiese, auf der zwei Esel grasten. Einer, offenbar das jüngere Tier, war angepflockt. Im Schatten eines Unterstandes aus Wellblech saß ein älterer Mann auf einem Holzklotz und rauchte Pfeife.

»Da ist Georgi«, erklärte Martha, ging auf den Alten zu und begrüßte ihn: »Dobar den, Georgi.« Dann zeigte sie auf Tim und Inge und sagte etwas auf Bulgarisch. Der Alte, der seinen Kopf mit einer Schlägermütze bedeckt hatte, blieb zunächst sitzen und hörte sich Marthas Rede an. Er trug eine Art Unterhemd und eine alte Hose, die ihm offenbar zu weit war. Jedenfalls wurde sie durch breite altmodische Hosenträger gehalten. Nach einer Weile murmelte er etwas.

»Wohin nach Sosopol«, fragte Martha.
»Stefan Dimitrov«, antwortete Tim.
Der Alte schien eine Zahl zu nennen.
»Vierzig Leva«, sagte Martha.
»Zwanzig«, schlug Tim vor.
Der Alte hob abwehrend die Hand.
»Also gut, vierzig.« Er war zu ungeduldig zum Feilschen. Georgi schien über den schnellen Abschluss keineswegs erfreut zu sein. Er hätte wohl einen längeren Handel vorgezogen. Immerhin stand er auf, klopfte seine Pfeife aus und ergriff ein Halfter, das an einem Pfosten hing. Dann ging er zu dem frei herumlaufenden Esel, stülpte ihm das Halfter über und brachte ihn zu Inge und Tim. Er streckte Tim die Hand entgegen.

»Was will er?«, fragte er Martha.
»Du musst ihm seine vierzig Leva jetzt geben.«

Nachdem Georgi das Geld kassiert und nachgezählt hatte, versah er seinen Esel mit einem Tragsattel. Zunächst ging es zu Inges Hütte, um den kleineren Koffer aufzuladen, dann fand Georgi einen Trampelpfad, der hinter dem Strand durch kniehohes Buschwerk nach Norden führte, in Richtung Sosopol. Georgi ging voraus, den Esel am Halfter. Er kümmerte sich nicht um die beiden. Sie blieben zunächst ein Stück zurück. Tim wollte wissen, warum Inge so oft im Ferienlager übernachten müsse.

»Es war schwieriger, als ich vermutet hatte«, sagte Inge. »Die Geschichte in Prag hat die Lage weiter verschärft. Als Privatreisende hätte ich in diesem Jahr gar nicht kommen dürfen.«

»Und nun?«

»Glück im Unglück. Auf Martha ist Verlass. Außerdem kann sie gut mit Paul Hirsch, unserem Reiseleiter.«

»Wie gut?«

Inge lachte. »Ziemlich gut, glaube ich.«

»Dem Paul Hirsch habe ich gestern geholfen, aus einer Strömung zurück ans Land zu kommen. Er hat sich bei mir bedankt und sich dabei vorgestellt.«

»Vielleicht noch einmal Glück im Unglück.«

»Wann wissen wir Näheres?«

»Heute Abend, spätestens morgen.«

»Ist ja auch egal. Jedenfalls bist du hier.« Tim umarmte Inge. Sie war jetzt da, leibhaftig und lebendig! Georgi, der bereits zwanzig oder dreißig Meter vor ihnen herging, schien das Geturtel nicht zu interessieren.

Tim erzählt Inge von Stefans Angebot, ihnen die Küste zwischen Sosopol und Achtopol zu zeigen. »Weiter als Achtopol können wir nicht«, erklärte er. »Dahinter ist Sperrgebiet.«

»Und wie weit ist es von Achtopol bis zur Grenze?«

»Vierzehn Kilometer, schätzungsweise.«

Inge schwieg. Sie ging mit gesenktem Kopf neben ihm her. War ihr das Thema unangenehm?

»Bist du müde?«

»Nein, ich habe gut geschlafen.«

»Ich habe deinen Anzug mitgebracht. Du solltest ihn ausprobieren, am besten morgen schon, falls noch eine Kleinigkeit geändert werden muss.«

»Deiner ist okay?«

»Ja, meiner ist in Ordnung. Den habe ich im Frühjahr im Bodensee ausprobiert – zwischen Meersburg und der Reichenau, aber das weißt du doch!«

Er hatte es Inge in der Tat erzählt, als er sie kurz nach diesem Probeschwimmen in Berlin besucht hatte.

»Wir schwimmen zusammen von Stefans Boot aus, ja?«
Sie nickte. »Ja, natürlich.« Es klang nicht gerade nach Feuer und Flamme. Sie näherten sich Sosopol, und nach einigen weiteren Minuten hatten sie ihre Herberge erreicht. Georgi lud Inges Koffer ab, dann setzte er sich selbst auf seinen Esel. »Dowiz dahne«, rief er ihnen zu und zockelte auf seinem Reittier den Weg zurück, den sie gekommen waren.

Stanka kam aus der Küche, begrüßte Tim nur kurz, als seien sie schon alte Bekannte, gab jedoch Inge die Hand und sagte ihr auf Bulgarisch lauter freundlich klingende Sachen. Jedenfalls hellte sich Inges Stimmung auf, und da sie selbst ganz gut Russisch sprach, unterhielten sich die beiden recht fließend, jeder in einer anderen, aber sehr verwandten Sprache.

Tim setzte sich unterdessen auf die Holzbank im Innenhof und überlegte, ob es vom Deutschen aus gesehen eine Sprache gäbe, die eine ähnlich muntere Konversation zulassen würde, wie sie Inge und Stanka auf Russisch und Bulgarisch führten. Holländisch oder Flämisch? Deutsch und Schwyzerdütsch fielen ihm ein, aber der Vergleich hinkte wohl. Was die Schweizer sprachen, war doch keine eigene Sprache, außerdem hatte er immer Schwierigkeiten gehabt, diese Dialekte zu verstehen.

Schwierigkeiten mit ihrer Verständigung schienen Inge und Stanka jedoch nicht zu haben. Die Unterhaltung stockte zuweilen, ein Wort wurde gesucht oder erfragt, eine vielleicht nur zum Teil verstandene Bemerkung verdeutlicht, aber Inge schien in wenigen Minuten mehr über Stanka und ihr Leben zu erfahren, als Tim in zwei Tagen gelernt hatte.

8

Stanka zeigte Inge das gemeinsame Zimmer, während Tim auf der Bank sitzen blieb. Vielleicht war es gut, dass Stanka sich um Inge kümmerte, auf diese Weise konnte er sich im Hintergrund halten. Auf dem Weg hierher meinte er, in Inges Verhalten eine leise Abwehr gespürt zu haben, die sich nicht gegen ihn als Person, wohl aber gegen seine Überlegungen und Gedanken zu richten schien. Sie ließ sich, wenn Georgi mit seinem Esel ein Stück vorausgeeilt war, gern in den Arm nehmen. Die Zärtlichkeiten am Wege waren ihr nicht unangenehm, aber sobald er die Rede auf die gemeinsamen Pläne brachte, die ja, so gestand er sich ein, eigentlich nur seine Pläne waren, auf die Erkundung der Küste also und auf die Erprobung der neuen Anzüge, war sie still geworden. Hatte sie Angst?

Tim hörte Stanka jetzt in der Küche rumoren. Aus der Richtung des gemeinsamen Zimmers kam hingegen kein einziges Geräusch. Wo blieb Inge? Schließlich stand er auf, schlich sich ins Haus und trat leise in ihr Zimmer. Inge lag auf einer Seite des großen Bettes. Sie hatte ihre Jeanshosen und die Schuhe abgestreift, eine leichte Decke über ihre Beine gebreitet und schlief. Sie musste doch müde gewesen sein. Vermutlich hatte die Reise sie angestrengt. Außerdem hatte sie Ferien, sie beide hatten Ferien. Tim legte sich neben Inge. Sie hatte ihm den Rücken zugekehrt und atmete tief und regelmäßig. Er sah auf die blonden Locken, die sich in ihrem Nacken kräuselten und lauschte ihren Atemzügen. Stankas Geklapper in der Küche war von hier aus nur ganz schwach zu hören. Das grün-goldene Licht drang in hellen Streifen durch die geschlossenen Fensterläden. Mit einem Mal war alles gut. Inge war hier. Sie waren zusammen. Wie beruhigend, sich auf wenige Gedanken zu konzentrieren, wie wohltuend und einschläfernd.

Am späten Nachmittag brachte Tim Inge zurück ins Ferienlager. Martha hatte sie ja darum gebeten, und auf ihr Geschick und Wohlwollen waren sie jetzt angewiesen. Sie fuhren das kurze Stück mit einem Linienbus, der einige Male am Tag auf dieser Strecke verkehrte.

»Wo treffen wir uns morgen?«

»Ich habe Stefan gebeten, uns morgen früh mit dem Boot mitzunehmen. Etwa zwei Kilometer nördlich vom Campingplatz werden wir auf dich warten. Gegen acht sind wir dort.«
Dann trennten sie sich. Inge spazierte durch den straßenseitigen Eingang ins Ferienlager, und Tim schlug den Weg ein, den sie am Morgen schon einmal mit Georgi und seinem Esel zurückgelegt hatten.

Der Strand von Kavazite zog sich. Stefan hatte Tim in seinem Boot bis zu der vereinbarten Stelle nördlich vom Campingplatz gebracht. Sie hatten dort Inge aufgenommen, die strahlend berichtete, dass Martha ihr für die nächsten Tage Entwarnung gegeben habe. Sie könne jetzt erst einmal bei Tim in Sosopol bleiben. Es genüge, wenn sie sich ab und zu sehen ließe. Stefan hatte sie danach einige Kilometer weiter nach Süden gefahren und war dann umgekehrt, um seine Netze einzuholen. Tim hatte die Schwimmanzüge mitgenommen, und jetzt folgten sie dem weiteren Verlauf der Strandsichel nach Süden. Hier war es menschenleer, und mit jedem Schritt, den sie gingen, verstärkte sich das Gefühl von Einsamkeit. Tim hatte die Anzüge in eine Decke gewickelt und das Bündel mit Tragriemen versehen, sodass er es fast wie einen Rucksack transportieren konnte. Inge trug die Schwimmflossen. Weiter vorn, am südlichsten Zipfel der Bucht, da, wo der Strand schmal wurde und die Küste in einem Knick ein Stück nach Osten verlief, wollten sie ins Wasser steigen und zurückschwimmen nach Sosopol. Ein Schwimmausflug ins klare türkisfarbene Wasser, zurück zur Altstadt von Sosopol, zurück in das trauliche Haus, zurück zu Stefan und Stanka und zu einem gemütlichen Abendessen unter dem Weinlaub im Innenhof des Hauses – so mochten Inges Gedanken laufen.

Delphine hatten Stefans Boot ein Stück begleitet und waren ganz nah herangeschwommen, zu Inges Entzücken. Sie beugte sich über die Bordkante und ließ ihre Hände durchs Wasser gleiten, einmal die linke, dann die rechte Hand. Die Delphine, es waren relativ kleine Tiere, schienen die Aufmerksamkeit zu spüren, die ihnen zuteil wurde. Sie näherten sich bis auf ein oder zwei Meter. Ein erwachsenes Tier führte einen deutlich kleineren Delphin mit sich. Inge nannte die vermeintliche Mutter Gernhilde und den Kleinen Gernegroß. Andere Paare titulierte sie mit Siegfried und Sieglinde oder mit Kunibert und Kunigunde und bildete sich ernsthaft ein, dass die Delphine auf ihre

Anrufe reagierten. Die Tiere schienen in der Tat Spaß an dem Spiel zu haben, sie schwammen zu beiden Seiten des Fischerbootes, setzten sich auch vor den Bug, wo sie helle Bahnen durch das Wasser zogen, aus denen unzählige kleine Blasen aufstiegen. Ihre Rücken, die sie regelmäßig aus dem Wasser hoben, glänzten im Morgenlicht. Manchmal sprangen sie aus dem Wasser und erzeugten dabei schnell im Wind verwehende Wolken aus glitzernden Tropfen. Erst als Stefan sich dem Ufer näherte, gaben sie das Spiel auf und überließen die Insassen des Bootes dem Land, das ihre Vorfahren vor langer Zeit verlassen hatten.

Jetzt habe sie endlich ein richtiges Feriengefühl, strahlte Inge, als sie durch das flache Wasser an Land wateten. Danach standen sie noch einen Augenblick am Strand und sahen zu, wie Stefan das Boot zurücksetzte und dann abdrehte, um zu seinen Fischgründen zu fahren. Er hatte Inges Begeisterung mit keinem Wort quittiert, vielleicht betrachtete er die Delphine als Fischräuber, die ihm seine Fänge schmälerten.

Sie waren jetzt etwa einen Kilometer gegangen, den Campingplatz hatten sie weit hinter sich gelassen, Stefan und sein Boot sahen sie auch nicht mehr. Am Ende der Bucht, dachte Tim, wären sie wohl allein. Es war ihm sehr recht, denn er wollte mit den Schwimmanzügen möglichst kein Aufsehen erregen.

»Da liegt was«, sagte Inge plötzlich, und in der Tat, etwa hundert Meter von ihnen entfernt erblickten sie eine dunkle Gestalt am Ufer. Treibholz, war Tims erster Gedanke, aber der schwarze Fleck bewegte sich nicht, auch wenn die Ausläufer der Brandung darüber hinliefen. Unwillkürlich beschleunigten sie ihre Schritte und mussten erkennen, dass ein toter Delphin vor ihnen lag, ein großes, knapp zwei Meter langes Tier. Inge war betroffen. Eben noch hatte sie sich an den munteren, springlebendigen Tieren gefreut, ihnen Namen gegeben und sich an ihren Spielen ergötzt, und jetzt fand sich plötzlich so ein Tier tot und reglos am Strand.

»Ob es ein altes Tier ist?«, fragte sie Tim und gleich darauf: »Was haben die für Krankheiten?«

Aber dieser Delphin war nicht krank gewesen, er war auch nicht von einer Schiffsschraube erfasst und verletzt worden. Sein Körper schien intakt zu sein, bis auf zwei kleine Löcher, eines hinter dem Kopf, das andere eine Handbreit tiefer und weiter hinten. Tim befreite sich von seiner Last, die er wie einen Rucksack auf dem Rücken trug.

»Fass mal mit an«, forderte er Inge auf. Er wollte den Delphin auf seine andere Seite drehen.

Inge zögerte

»Komm, fass an, der ist noch nicht lange tot.«

Sie legte die Flossen aus der Hand und half ihm. Zusammen gelang es ihnen, das schwere Tier von seiner linken auf die rechte Seite zu drehen, und dann sahen sie, dass den kleinen Löchern auf der Seite handtellergroße Hautdefekte auf der Gegenseite entsprachen. Ein paar Schmeißfliegen umschwirrten sie bei dieser Arbeit, aber es roch nur nach schalem Meerwasser, nicht nach Fäulnis.

»Er ist erschossen worden«, sagte Tim.

»Aber wer tut so etwas?«

»Fischer vielleicht?« Sein Vorschlag leuchtete ihm selbst nicht ein. Stefan hatte beim Anblick der Tiere nichts gesagt. Tim hatte davon gehört, dass Fischer in anderen Gegenden der Welt Delphine, die ihnen die Netze zerrissen oder ihnen ihre Fänge buchstäblich vor der Nase weggefressen hatten, in Buchten trieben, um sie dort in großer Zahl abzuschlachten. Aber dazu hatten sie Äxte und Macheten verwendet, nicht Gewehre, und außerdem: Was würde es ihnen nützen, einen einzelnen Delphin zu töten?

Inges Entsetzen nahm zu, als sie die großen Ausschusslöcher sah.

»Was glaubst du?«, fragte sie so leise, dass er sie kaum verstehen konnte.

»Militär«, sagte er. »Weiter unten liegt dieses Sperrgebiet, von dem ich dir erzählt habe. Dort sind viele Soldaten, die Dienst an der Grenze tun müssen. Manchmal patrouillieren sie auch die Küste in ihren Booten. Dabei kommen ihnen die Delphine vermutlich recht nahe. Ich nehme an, einer von ihnen hat es aus Spaß getan.«

»Wie abscheulich.«

Inge war nahe an den toten Delphin herangetreten. Ihr Mienenspiel verriet Empörung, aber auch Besorgnis.

»Würden sie auch auf Menschen schießen, die draußen im Meer schwimmen?«

Das hieß doch: Würden sie auch auf uns schießen, wenn wir uns auf unseren Schwimmausflügen zu weit nach Süden bewegten? Inges Gedanken liefen in die falsche Richtung, fand Tim. Der tote Delphin konnte zu einem Problem werden. Solange er hier herumlag, würde er Inge nicht zu ausgedehnten Schwimmtouren bewegen können.

»Wir müssen ihn begraben«, sagte er, ohne auf ihre Frage einzugehen, »aber wir haben kein Gerät, keine Schaufel, keinen Spaten.«
»Ich kann zum Camp zurücklaufen und eine Schaufel besorgen«, schlug sie vor. »Du wartest hier.«
»Also gut. Ich warte mit unseren Sachen.« Er zeigte auf eine kleine Senke landeinwärts. »Dort.«
Inge übergab ihm die Flossen und lief los. Tim trug alles in die Sandkuhle, setzte sich auf den Boden und wartete. Bis zum Lager sind es von hier drei Kilometer, schätzte er. Also wird sie neunzig Minuten für den Weg hin und zurück benötigen. Aber das müsste ihren Tagesplan nicht durcheinander bringen. Sie hatten sich viel Zeit gelassen.

Tatsächlich war Inge in einer guten Stunde zurück und trug in der rechten Hand einen kurzstieligen Spaten. Sie war ein bisschen außer Atem, als sie ihm das Gerät in die Hand drückte.
»Wo hast du den so schnell gefunden?«
»Gewusst wo. In der Hütte, in der ich mit Martha wohne, war einer. Ich konnte mich daran erinnern.«

Das Wasser war jetzt ein wenig zurückgegangen. Offenbar herrschte Ebbe. Etwas oberhalb des Delphins hob Tim einen Graben aus, nicht sehr tief, aber lang genug, um das tote Tier darin unterzubringen. Sie rollten den Delphin in die Grube. Seine Kiefer hatten sich so weit geöffnet, dass man die dicht aufgereihten spitzen Zähne erkennen konnte. Zwischen den Zahnreihen trat Blut hervor, das offenbar von einer Verletzung der Lunge herrühren musste. Ideal passte der Delphin nicht in die Grube, die Tim für ihn geschaufelt hatte, aber mit dem Aushub konnte er den Körper so zudecken, dass nichts mehr zu sehen war. Inge wollte den Spaten zurückbringen und wollte nicht mehr schwimmen, aber er drängte sie.

»Den Spaten lassen wir in der Kuhle und holen ihn morgen oder übermorgen wieder ab. Jetzt gehen wir noch einen Kilometer, dann schwimmen wir los. Bis nach Sosopol sind es etwa acht Kilometer – vier Stunden. Das schaffen wir doch locker.«

Inge gab schließlich nach, aber die Ferienstimmung von heute morgen war verflogen. Tim wusste: Sie tat es nur ihm zuliebe. Dabei wollte er *sie* aus diesem Land herausbringen. Um *Inge* ging es doch in erster Linie, er konnte doch jederzeit wieder ausreisen und davonfahren, wohin er wollte. *Sie* war die Gefangene. Im Moment benahm sie sich allerdings so, als verhielte es sich umgekehrt, fand er. Aber er war klug genug, seinen Unmut für sich zu behalten.

Am südlichen Ende der Bucht machten sie Halt. Die Anzüge waren nicht einfach anzulegen. Sie mussten sich gegenseitig helfen. Zwei Wasserflaschen und einen Riegel Schokolade für jeden von ihnen hatte Tim mitgebracht. Etwas Wasser tranken sie jetzt, den restlichen Proviant verstauten sie in den dafür vorgesehenen wasserdichten Taschen. Die Decke rollte er zusammen und verbarg sie oberhalb des Strandes im Gebüsch. Sie würden sie wiederfinden. Morgen oder übermorgen. Dann wateten sie ins Wasser, legten im flachen Bereich ihre Schwimmflossen an, rückten die Brillen zurecht und schwammen los. Seine Reißverschlüsse hatte Tim bereits adjustiert, aber für Inge war die Situation völlig neu. Da sie kaum Nutzlast mit sich führten, hatte sie zu viel Auftrieb. Es sah aus, als triebe ein Stück Balsaholz im Wasser. Er zeigte Inge, wie man die Luftkammer im Brustbereich komprimiert und den Auftrieb verringert. Von da an ging es. Er hatte vorgehabt, dicht an der Küste entlangzuschwimmen und unmittelbar südlich von Sosopol wieder an Land zu gehen, möglichst nahe an der Altstadt. Nachdem sie ihren Rhythmus gefunden hatten, kamen sie gut voran. Der Wind hatte abgeflaut, das Wasser war warm, dabei kristallklar, durch die Brillen konnten sie den Meeresboden bis zu einer Tiefe von zehn Metern sehen, und nachdem sie sich etwa einen Kilometer von der Küste entfernt hatten, sahen sie auch wieder Delphine.

»Gernhilde und Gernegroß!«, rief er Inge zu, die ein paar Meter neben ihm schwamm, weiter vom Land entfernt als er. Aber die Delphine hielten Abstand von ihnen.

Nach zwei Stunden hatten sie den Campingplatz hinter sich gelassen. Ab und zu schwammen sie zueinander, hielten sich bei den Händen und ließen sich vom Meer sanft hin und her wiegen. Es war so friedlich, dass Tim immer wieder die Versuchung verspürte, im Wasser einzuschlafen. Natürlich hätten sie an Land schwimmen können, um ihren Weg zu Fuß fortzusetzen, aber ihre Wasserwanderung verlief so zügig und dabei so entspannend und geruhsam, dass sie diesen Gedanken schnell wieder verwarfen. Am späten Nachmittag näherten sie sich der Halbinsel, auf der die Altstadt von Sosopol lag. Tim hatte sich ein Haus eingeprägt, von dem aus eine Treppe durch die felsige Küste zum Meer herunterführte. Dort zu der kleinen Plattform am Fuß der Treppe schwammen sie nun. Inge klagte über eine wundgescheuerte Ferse, aber sonst hatte sie diese erste Prüfung gut überstanden. Tim hatte ein paar Turnschuhe in seinem Anzug verstaut, die er jetzt nach der Landung anzog, um zu Fuß das Haus der Dimitrovs zu erreichen und für Inge trockene Kleider zu holen. Auf der Treppe begegnete er niemandem, aber oben in der Stadt trafen ihn einige verwunderte Blicke. Wahrscheinlich war es noch nicht vorgekommen, dass ein einzelner Fußgänger am helllichten Tage nur mit einem Neoprenanzug bekleidet durch die Gassen marschierte, aber er grüßte freundlich. Wenn ihn jemand allzu lange anstarrte, winkte er und lächelte freundlich. Die meisten Passanten, denen er sein Aussehen in dieser Weise erklärte, lachten und winkten zurück. Eine alte Frau, die vor der Tür ihres Hauses saß, bekreuzigte sich und verschwand blitzartig, als sie seiner ansichtig wurde. Ein Straßenköter knurrte ihn an, nahm aber Reißaus, als Tim sich ihm mit drohend erhobenen Fäusten näherte.

Im Hause Dimitrov war alles ruhig. Tim erreichte das Zimmer, zog sich um, ergriff die Sachen, die Inge bereits ausgepackt hatte, und eilte zurück zu der kleinen Plattform am Meer. Inge hatte die Flossen abgestreift und sich in einer Ecke des Treppenabsatzes an den Felsen gelehnt, um noch ein wenig Nachmittagssonne zu tanken. Er half ihr aus dem Schwimmanzug. Sie zog ein trockenes T-Shirt über, schlüpfte in ihre Jeans und, wegen ihrer Blase an der rechten Ferse, mit einiger Mühe auch in ihre Laufschuhe, wollte aber den Ort, an dem sie kurz zuvor gelandet waren, noch nicht verlassen. Es war in der Tat angenehm hier zu sitzen, sich von der Sonne bescheinen zu lassen, den Wellen zu lauschen, die einige Schritte unter ihnen gegen die Felsen klatschten, und aufs Meer hinauszuschauen, weit hinaus in die Richtung, aus der sie gekommen waren. Tim setzte sich neben Inge, legte seinen Arm um ihre Schultern und wollte ihr etwas Anerkennendes sagen wie »gut hast du das gemacht« oder »war das nicht schön?«

Aber Inge ließ ihn gar nicht dazu kommen. Sie lehnte sich an ihn, als ob sie Schutz suche und sagte: »Wir werden beobachtet.«

Er war überrascht. Wer sollte sie hier beobachten, wer hätte sie während ihrer Schwimmwanderung überwachen sollen?

»Wie kommst du denn darauf?«
Sie antwortete nicht gleich.
»Na wie?«
»Ich bin doch vorhin ins Camp gelaufen, um den Spaten zu holen.«
»Ja, und?«
»Ich habe im Lager jemanden getroffen.«
»Wen?«

»Jemanden aus unserem Institut. Kannst du dich an Elena Blumentritt erinnern?«

»Ja, die Frau mit dem Parteiabzeichen. Ist die etwa hier?«

»Ich weiß es nicht. Aber ihr Mann ist hier, dieser Moritz Blumentritt, und der ist gefährlicher als Elena.«

»Hat er dich gesehen?«

»Vermutlich.« Inge war sich nicht sicher. »Aber warum sollte er hier sein, wenn nicht meinetwegen – oder unseretwegen?«

»Vielleicht macht er hier Ferien wie wir. Du hast mir doch erzählt, dass viele Berliner hierher kommen. Das muss doch nichts bedeuten.«

Aber ganz wohl war ihm bei seinem Erklärungsversuch nicht. »Bist du sicher, dass du Moritz Blumentritt gesehen hast?«

»Ganz sicher.«

»Aber wie soll er wissen, dass ich hier bin?«

»Jemand wird es ihm erzählt haben. Einer von den Gästen, die uns am ersten Tag zusammen gesehen haben.«

»Martha?«

»Nein, die ganz bestimmt nicht.« Inge schüttelte den Kopf.

»Wir machen einen Ausflug«, schlug er ihr vor. »Gleich morgen, komm.«

Sie standen auf, er rollte Inges Schwimmanzug zusammen, ihre Flossen trug sie selbst. Dann stiegen sie die fünfundsechzig Stufen hinauf in die Altstadt.

»Vielleicht sollten wir zwei Tage lang verschwinden.«

»Und wohin?«

»Die Küste erkunden, nach Achtopol zum Beispiel.«

»Warum Achtopol?«

»Es ist der letzte frei zugängliche Ort vor der Grenze.«

»Tim. Was soll das?«

»Ich will ein wenig die Gegend erkunden, etwas über die Grenze zur Türkei erfahren. Ohne ein Minimum an Information können wir keine Pläne machen. Und dazu haben wir Grund.«

»Was meinst du damit?«

»Ich habe immer noch keine Doppelgängerin von Inge Bauer gefunden, die mir oder dir ihren Pass leihen würde.« Er lächelte und legte den Arm um sie. »Vermutlich gibt es nur diese eine Inge und keine, die ihr gleicht.«

»Du gehst gut mit mir um«, sagte sie und lachte.

»Wir machen einen schönen Ausflug, zelten zwei Nächte, sehen uns die Gegend an und lassen uns dann von Nikola wieder abholen.«
»Und die Schwimmanzüge?«
»Die lassen wir hier. Wir machen Ferien, und benehmen uns ganz wie Touristen.«
Inge hatte Einwände. »Du kennst diesen Nikola doch kaum. Er wird sich seinen Teil denken, wenn er uns nach Achtopol fährt, so nah an die Grenze. Vielleicht erzählt er es überall herum, und im Nu haben wir die Grenzer auf dem Hals – oder Blumentritt.«
»Aber ich bin aus Hamburg. Ich kann jederzeit dorthin zurückfahren. Warum sollte ich daran interessiert sein, illegal die Grenze zu überqueren?«
»Und ich?«
»Du benimmst dich wie eine loyale Bürgerin deines Staates. Du genießt zwar deine kleinen Ausnahmen, übernachtest nicht regelmäßig im Lager, aber sonst?«
Inge blieb stehen. Der Blick, der sich von hier aus auf die Dächer der alten Häuser und auf das sich dahinter im Sommerdunst verlierende Meer bot, war atemberaubend schön. »Sieh doch mal.« Beide schwiegen eine kurze Zeit lang und genossen das heitere Bild. Dann schlenderten sie weiter, und Inge fragte: »Wäre es nicht besser, wenn Stefan uns mit dem Boot nach Achtopol führe? Ohne Zelt? Wir machen einen Tagesausflug, Stefan zeigt uns die Wildnis am nördlichen Ufer des Veleka Flusses, und abends sind wir wieder zu Hause.«
Sie hatte recht. Natürlich. Einen solchen Ausflug hatte Stefan ihm ja neulich auch nach dem Abendessen ganz spontan angeboten. »Morgen mit Boot?«
»Warten, bis Inge hier ist.«
»Dobre.«
»Ich werde mit Stefan reden«, versprach er, und Inge schien sich zu freuen, dass Tim auf ihren Vorschlag einging. Jedenfalls lächelte sie.
Stefan war noch nicht zu Hause, aber Stanka erwartete sie. Inge zeigte ihre rechte Ferse, die ein wenig wund gescheuert war und eine Blase hatte.
»Salbe«, entschied Stanka, eilte ins Haus und kam mit einem Steintopf zurück, der einen unangenehmen tranigen Geruch verbreitete, sobald sie den Deckel entfernt hatte.
»Öl von Fisch«, erklärte Stanka und sprach, nachdem sie Tims an-

geekeltes Gesicht bemerkt hatte, nur noch Bulgarisch – mit Inge, die auf Russisch antwortete. Ein Leinentuch wurde mit der gelblichen Schmiere bestrichen, auf Inges Ferse gelegt und mit einer alten Bandage, die aussah, als wäre sie schon bei früheren Verwundungen zum Einsatz gekommen, an ihrem rechten Fuß befestigt. Danach verschloss Stanka ihren Topf und trug ihn wieder ins Haus. Der Trangeruch verflüchtigte sich. Nur, wenn Inge ihren Fuß bewegte, war er in abgeschwächter Form wieder wahrzunehmen.

Abends feierten sie ihren Erfolg, und Tim erinnerte Stefan an seinen Vorschlag, Inge und ihn bis hinter Achtopol zu bringen und ihnen das nördliche Ufer des Veleka Flusses zu zeigen.

Stefan nickte. »Sehr scheen«, sagte er wie neulich.

»Morgen?«

Stefan warf den Kopf in den Nacken und sagte etwas auf Bulgarisch.

»Zu kurz anberaumt«, übersetzte Inge.

»Übermorgen?«

Wiederum ein bulgarischer Satz und Inges Übersetzung: »Übermorgen geht. Aber wir müssen früh raus, es sind vierzig Kilometer bis Achtopol – drei Stunden Fahrt, mal zwei. Dazu etwas Zeit für einen ausgedehnten Spaziergang am Land.« Der ganze Tag würde darüber hingehen. »Abfahrt um sieben Uhr früh.«

»Es ist ein ganzer Tag Verdienstausfall für Stefan«, sagte Tim zu Inge. »Wir müssen ihm einen Ausgleich anbieten.«

Aber Inge ging nicht auf seine Anregung ein. Später in ihrem Zimmer belehrte sie ihn, dass die Bulgaren ihren Stolz hätten und dass Stefan besonders heikel sei. Woher sie das wisse?

»Das weiß ich eben.« Es klang ein bisschen bockig.

Er bestand darauf, dass sie sich irgendwie bedanken müssten.

»Mach es hinterher, wenn wir wieder zurück sind und alles gut verlaufen ist.«

Sie hatte wohl auch mit dieser Einschätzung recht, vermutete er.

Am nächsten Vormittag fuhren sie von Sosopol per Anhalter zum Campingplatz, weil Inge ihre Ferse schonen sollte. Das zweite Auto, das ihres Weges kam, war ein Lastwagen des bulgarischen Militärs, der in südlicher Richtung unterwegs war. Vielleicht zum Sperrgebiet? fragte sich Tim. Der Laster hielt ziemlich unvermittelt, sie hatten nur an der Straße gestanden und dem Fahrzeug entgegengesehen. Auf ein

Handzeichen hatten sie verzichtet, weil sie von einem Militärauto keine touristischen Aufmerksamkeiten erwarteten. Der Beifahrer kurbelte sein Fenster hinunter und rief etwas. Inge antwortete in einem holprigen Satz auf Russisch. Der Ausdruck »Camping« kam darin vor. Der Beifahrer nickte und winkte die beiden nach hinten. Dort auf der offenen Ladefläche saßen vielleicht ein Dutzend Soldaten in Tarnanzügen auf zwei Holzbänken, die an den Seiten der Ladefläche befestigt waren. Einer stand auf und half erst Inge, dann Tim in das Fahrzeug. Sie klemmten sich zwischen die jungen Kerle, die, wie Inge später behauptete, nach Tabak, Schweiß, Kernseife und Knoblauch rochen.

Tim fand auch, dass sie rochen, ohne jeden Zweifel dünsteten sie irgendetwas aus. Er hätte sich aber nicht getraut, die Komponenten dieses Körpergeruchs so genau anzugeben. Aber die Soldaten waren gut gelaunt und empfanden es als eine besondere Ehre, zwei blonde Deutsche als ihre Gäste befördern zu dürfen. Auf der kurzen Fahrt überholten sie einige Wagen, die Obst und Gemüse geladen hatten. Ohne jede Aufforderung fuhr das Militärauto so nah an eines der mit Früchten beladenen Lastautos heran, dass die Soldaten ohne Mühe einige Kisten mit Pfirsichen und Birnen zu sich herüberziehen konnten. Das alles spielte sich bei einem Tempo von etwa sechzig Stundenkilometern ab und erforderte eine gewisse Sorgfalt von den Fahrern beider LKWs. Offenbar war diese Form der Selbstversorgung des Militärs mit frischen Früchten hier unten eine gängige Praxis, denn als die Soldaten einige Kisten mit Obst an sich gebracht hatten, klopfte einer von ihnen an die Rückscheibe der Fahrerkabine, woraufhin das Militärauto den Abstand zu dem Obst- und Gemüselieferanten wieder vergrößerte und dabei sein Tempo erhöhte. Der Fahrer des um einige Kisten mit Obst erleichterten LKWs hob zum Abschied grüßend die Hand und winkte den Soldaten hinterher. Die erstaunten Blicke, die Tim mit Inge tauschte, blieben ihnen nicht verborgen. Sie waren offenbar stolz, den Deutschen eine Besonderheit ihres Landes vorgeführt zu haben und schenkten ihnen einige ihrer Früchte, bevor sie in der Nähe des Campingplatzes anhielten und sie aussteigen ließen. Tim hatte den Eindruck, dass sie die vermeintlichen Touristen, besonders Inge, gern noch weiter befördert hätten, denn sie zeigten immer wieder in nach Süden und nannten dabei Ortsnamen. Auch »Veleka« schien in ihren Aufforderungen vorzukommen.

Nach Inges Hinweis, dass Blumentritt sich im Lager aufhalte und dass er möglicherweise den Auftrag habe, sie zu beobachten, entschied sich Tim, das Campinggelände zu umgehen. Sie wollten dort nicht mehr zusammen gesehen werden. Tim fand einen Weg, der weiter landeinwärts nach Süden führte und der es ihnen erlaubte, den Camping-Platz zu umgehen und erst einige Kilometer südlich davon wieder den Strand zu erreichen. Sie erkannten die Stelle, an der Stefan sie gestern abgesetzt hatte. Von dort aus nahmen sie denselben Weg wie am Tag zuvor, sie wollten ja den Spaten und die zurückgelassene Decke wiederfinden.

Der Strand zog sich – wie gestern, aber dahinter erkannte Tim jetzt die von Dünengras umstandene Umrandung der kleinen Senke, in der er sich ausgeruht hatte. Dort lag der Spaten, wenn er noch da lag. Aber da war auch wieder ein schwarzer Fleck näher am Wasser, etwa dort, wo sie gestern den Delphin vergraben hatten.

»Was ist das?« Inge schien beunruhigt zu sein. »Schon wieder ein Delphin?«

»Es ist etwas anderes«, sagte Tim und musste sich gleich darauf korrigieren.

»Nein, es ist ein Tier, vielleicht wirklich ein Delphin.«

Jetzt waren sie an der Stelle angekommen, und da lag er – nicht irgendein toter Delphin, nein, derselbe, den Tim gestern hier eingegraben hatte. Die Verwesung hatte nun doch eingesetzt, eine Wolke von Fliegen erhob sich, als sie an den Kadaver herantraten. Aber es war dasselbe Tier, die Einschusslöcher waren deutlich zu erkennen, es konnte gar keinen Zweifel geben.

»Wer hat den ausgegraben?« Unter ihrer Bräune war Inge blass geworden. Wenn jemand die Absicht gehabt hätte, sie zu erschrecken, dann hätte er Erfolg gehabt.

»Geh, hol den Spaten.« Er schickte sie weg, damit sie aufhörte, diesen Kadaver anzustarren. Außerdem wollte er verstehen, warum das tote Tier, das sie ja diesseits der Wasserlinie vergraben hatten, plötzlich wieder auf dem Strand lag, wie eine makabre Warnung. Es hatte ja keinen Sturm gegeben, nur den um diese Jahreszeit üblichen Ostwind.

Inge lief fort, Tim bückte sich und scharrte auf der Höhe, auf welcher der Tierkörper, lag mit den Händen im Sand. Unter der oberen, relativ trockenen Schicht waren Sand und Wasser gründlich durchmischt. Und mit einem Mal begriff er: Das Gemisch aus Wasser und Sand verhielt sich wie eine Flüssigkeit, eine sehr visköse und sehr schwere Flüssigkeit. Der Tierkörper hatte ein geringeres spezifisches Gewicht als diese Mischung.

»Und deshalb ist er wieder aufgetaucht«, sagte er laut vor sich hin, als Inge plötzlich neben ihm stand.

»Warum?«, fragte sie, noch immer etwas verstört. Er erklärte es ihr. »Es ist ein natürlicher Vorgang, niemand hat den Delphin wieder ausgegraben, um uns zu erschrecken. Gib her.«

Er nahm den Spaten und grub noch einmal. Etwas weiter oben am Strand und tiefer als beim letzten Mal. Dann verscheuchten sie die Fliegen und zerrten den Kadaver in die neue Grube. »Das wird nicht wieder passieren.« Tim ärgerte sich über seine Leichtfertigkeit gestern, während er die Grube füllte. Der Sand war hier, zwei Meter höher auf dem Strand, wesentlich trockener. Dann war der Kadaver verschwunden.

»Lass uns den Spaten zurückbringen.« Tim schien sich plötzlich zu ekeln. »Außerdem sollten wir uns die Hände waschen.«

»Ich geh allein.« Inge bestand darauf. Sie wollte nicht mit Tim gesehen werden. »Blumentritt«, sagte sie immer wieder. »Du unterschätzt diesen Kerl.«

Das Wiedererscheinen des toten Delphins und die Anwesenheit Blumentritts schienen ihr zugesetzt zu haben.

»Ich hol die Decke und warte hier«, sagte er.

Inge machte sich auf den Weg. An ihrem bandagierten Fuß trug sie eine Sandale, am anderen einen Joggingschuh. Diese Asymmetrie, verbunden mit einer Körperhaltung, die eine gewisse Niedergeschlagenheit ausdrückte, wirkte irgendwie rührend. Am liebsten wäre er ihr nachgelaufen, um sie zu trösten, aber sie wollte den Spaten allein an seinen Platz bringen, und seine Beruhigungs- oder Tröstungsversuche würden im Augenblick nicht viel nützen.

Tim watete einige Schritte ins Meer, bückte sich und versuchte seine Hände mit Meerwasser und Sand zu reinigen, so gut es ging. Dann wandte er sich in die andere Richtung, um die Decke wiederzufinden, in die sie ihre Schwimmanzüge eingewickelt hatten. Während er der Sandsichel nach Süden folgte, stiegen Zweifel in ihm auf, ob Inge wirklich bereit war, alles hinter sich zu lassen und ein neues Leben anzufangen. Vielleicht brauchte sie mehr Zeit. Vielleicht war er zu ungeduldig. Vielleicht hatte er auch die Aussicht, der DDR zu entkommen und im Westen bei ihm neu anzufangen, zu heftig und zu konkret an sie herangetragen. Gewiss, die Art der Flucht, auf die er sich im Stillen vorbereitet hatte und die er ja mit ihr teilen würde, barg Risiken. Aber waren sie nicht gut vorbereitet? Gestern, die acht Kilometer im Meer hatten sie fast spielend bewältigt. Inges wundgescheuerte Ferse war ein kleiner Schönheitsfehler gewesen, aber in ein paar Tagen wäre diese Blessur wieder verheilt. Außerdem konnten sie Socken tragen oder den empfindlichen Teil der Ferse bandagieren, bevor sie die Flossen anlegten. Es gab noch einiges auszuprobieren. Aber ohne Entschlossenheit würde es nicht gehen, und daran schien es Inge im Augenblick zu fehlen.

Er fand die Decke, wo er sie gestern im Gebüsch deponiert hatte, und ging die Strecke zurück zu ihrem vereinbarten Treffpunkt. Inge war noch nicht da, aber bald sah er sie in ihren blauen Shorts und ihrem weißen T-Shirt. Sie bewegte sich wie eine Spaziergängerin, blieb ab und zu stehen, bückte sich nach Muscheln und schlenderte dann weiter. Wurde sie beobachtet? Oder bildete sie sich das nur ein? Tim nahm die Decke und den Plastiksack mit den Früchten, die ihnen die Soldaten geschenkt hatten, und ging zu der kleinen Senke, in der sie gestern den Spaten untergebracht hatten. Hier würde man ihn vom Strand am Campingplatz aus nicht sehen können, das Gebüsch am Rande der Vertiefung bot Sichtschutz. Selbst mit einem Fernglas könnte man nicht in die flache Mulde hineinschauen. Inge andererseits würde wissen, wo er zu finden sei. Er breitete die Decke aus und legte sich hin. Augenblicklich wurde es still um ihn. Das Geräusch der Brandung war fast nicht mehr zu hören. Er fühlte sich plötzlich schläfrig. Inge würde noch ein paar Minuten benötigen, um hier zu sein, also schloss er die Augen und schlief ein. Als er wach wurde, lag Inge neben ihm und schlief ebenfalls. Er hatte Zeit, sie zu betrachten, ihren blonden, etwas zerzausten Schopf, die geschlossenen Augen mit den langen Wimpern, die deutlich dunkler waren als ihr Haar, die schmale Nase und den ganz leicht geöffneten Mund, die rosigen Lippen, deren Farbe dort, wo das Lippenrot an die glatte gebräunte Gesichtshaut stieß, sich in einer feinen Linie zu vertiefen schien. Diese Lippen nicht zu küssen, kostete ihn Überwindung, aber Inge schlief so friedlich, also legte er sich, nachdem er sich durch einen langen Blick in die Runde vergewissert hatte, dass niemand in ihrer Nähe war, auch wieder hin und schlief weiter, das Gesicht nah an Inges Haaren, um den Duft ihrer Haut atmen zu können.

Inges Stimme weckte ihn. Zunächst war er so benommen, dass er

glaubte, sie spräche mit einer dritten Person. Erst nachdem er einige Male den Namen Blumentritt hörte, begriff er, dass sie ihm etwas sagen wollte.
»Was ist?«
Inge saß neben ihm auf der Decke und blickte über den Rand der Mulde starr aufs Meer hinaus.
»Natürlich musste mir wieder dieser Moritz Blumentritt über den Weg laufen.«
»Ja und?«
»Er ist als Aufpasser hierher gekommen, ich weiß es.«
»Woher weißt du so etwas?«
»Er hat gefragt, ob ich auch am 19. September zurückfahren würde, mit allen anderen zusammen.«
»Und was hast du geantwortet?«
»Ja, habe ich gesagt. Natürlich fahre ich mit der Gruppe wieder zurück. Wie soll ich denn sonst zurückkommen?«
Tim überlegte einen Augenblick. »Das hast du gut gemacht, Inge.«
»Aber da ist noch etwas.«
»Was denn?«
Inge nahm seine Hand. »Eigentlich hätte ich bei den anderen im Lager bleiben müssen und dürfte nicht mit dir bei Stanka und Stefan wohnen.«
»Das weiß ich ja. Aber Martha wollte dich doch informieren, wenn das riskant werden sollte. Hat sie was gesagt?«
»Nein, noch nicht.«
Jetzt kapierte Tim. »Du meinst, Blumentritt wird sich da einmischen?«
»Ich fürchte es.«
»Wir werden ihn an der Nase herumführen.«
Sie schwieg, aber ihr Gesichtsausdruck verriet ihm, dass sie sich vor etwas fürchtete.
»Pass auf«, Tim richtete sich auf und stützte sich auf einen Ellenbogen. »An den nächsten Abenden gehst du ins Lager. Besprich das mit Martha. Wenn sie dir rät, auch dort zu übernachten, dann tu das. Aber vielleicht genügt es, wenn du dich einfach sehen lässt wie bisher. Auch da würde ich mich auf Martha verlassen. Wenn Blumentritt dich auf deine Ausflüge anspricht, sage, du hättest Freunde in Sosopol, die du gerne besuchtest. Kannst ihn ja fragen, ob er sie gern einmal

kennenlernen würde. Am 18. bringst du deinen Koffer mit den paar Sachen, die du bei den Dimitrovs hast, ins Camp und packst alles so weit ein, dass es nach Abreise aussieht. Dann verschwindest du auf ein paar Stunden, als wenn du noch nach Sosopol zum Einkaufen oder zu einem Strandspaziergang gehen würdest ... Und dann ...«

»Ja?«

»Den Rest überlass mir. Ich sorge dafür, dass wir in der Nacht vom 18. zum 19. unbeschadet hier wegkommen.«

»Und wie soll das ablaufen?«

»Wir haben noch ein paar Tage Zeit«, beruhigte er sie. »Wir können uns noch umsehen.«

Inge war nicht glücklich mit dieser Nachricht, aber Tim setzte nun nach. »Wir sind nah dran, Inge. Wir dürfen jetzt nicht aufgeben.« Er geriet in Fahrt. »Vielleicht ist es sogar gut, dass Blumentritt hier ist. Lass dich ab und zu im Camp sehen, spiel die Harmlose.«

»Ich habe aber keine Lust zu so was.«

»Aber Inge, nur noch dieses eine Mal.«

»Heute nicht mehr«, sagte sie mit Bestimmtheit.

»Nein, aber morgen. Vielleicht gibt es irgendwo noch eine Fete oder so etwas. Dann geh in Gottes Namen hin und sei wie immer. Umso leichter wird es anschließend.«

»Ich will heute nicht mehr darüber sprechen«, sagte Inge und stand auf. »Komm, wir gehen.«

Das kleine Boot machte gute Fahrt. Stefan saß hinten am Steuer, Inge am Bug, wo sie, wie schon bei ihrer ersten Bootsfahrt, die Finger durchs Wasser gleiten ließ und nach Delphinen Ausschau hielt. Tim hatte sich auf der Backbordseite in Stefans Nähe niedergelassen, um seine Hinweise und Beschreibungen besser zu verstehen. Das Boot glitt in einer Entfernung von etwa fünfhundert Metern, gelegentlich auch von einem Kilometer von der Küste nach Süden.

»Primorsko!«, rief Stefan jetzt und zeigte auf eine Siedlung an der Küste, die sie gerade passierten, dann erwähnte er ein Naturschutzgebiet entlang des Flusses Ropotamo, das hier in der Nähe läge. Sie sahen Sandstrände, die sich über viele Kilometer erstreckten, dazwischen einige Felsen, darüber grünes Buschwerk, auch etwas Wald und wieder lange Streifen weißer, sandiger Küste. Viele Orte waren winzig, sie schienen nur aus einer Ansammlung einzelner Häuser zu bestehen.

Stefan nannte zwei von ihnen: Kiten, Losenec. Auch den Linienbus erwähnte er, der diese ganze Küstenstrecke befahre und erst in Achtopol ende.

Inge und er seien schon damit gefahren, erzählte Tim. Stefan allerdings schien von diesem Transportmittel nicht viel zu halten. »Kommt?«, fragte er und hob dabei die Schultern, um die Unsicherheit anzudeuten, die mit diesem Verkehrsmittel verbunden zu sein schien, »oder kommt nicht?«

Es war schon heiß, und Tims Uhr zeigte auf zehn Uhr dreißig, als sie sich Achtopol näherten. Von Norden kommend lief das Boot in eine kleine Bucht zwischen einer Halbinsel und dem Festland ein. Stefan verlangsamte die Fahrt, näherte sich dem Ufer bis auf einige Meter und warf dann zwei Anker, die das Boot bei dem ruhigen Wetter mit dem Bug gegen die von Nordosten kommenden kleinen Wellen hielten. Alle drei turnten über den steinigen Grund zum Ufer, Tim als Erster, dann Inge und zuletzt Stefan. Eine steile, fünfzehn Meter hohe Böschung führte auf eine Landbrücke, die das Festland mit der Halbinsel verband. Unterwegs hatte ihnen Stefan die Beschaffenheit des Ufers und die Lage der eigentlichen Stadt auf dem Festland beschrieben. Sie waren also nicht überrascht, als sie nach dem kurzen, aber steilen Anstieg auf der Halbinsel nur Buschwerk und zwei alte Gebäude antrafen und den Ort rechts von sich liegen sahen. Die Landbrücke zwischen der Halbinsel und dem Festland war nur fünfzig Meter breit. Von der Stelle, an der sie den Rand der steilen Böschung erreicht hatten, waren es noch sechzig Meter bis zu den ersten Häusern. Der Ort selbst erschien ihnen viel einfacher und rückständiger als Sosopol, aber sie waren ja nicht als Touristen hergekommen – obwohl sie diesen Eindruck erwecken wollten. Stefan ging voran. Zielstrebig näherte er sich einem Haus jenseits der Uferstraße, die sie überqueren mussten. Es war klar, dass er sich hier gut auskannte. Die Häuser sahen alle gleich aus. Niedrige, aus Lehmziegel gebaute Häuschen mit Ziegeldächern und kleinen Innenhöfen, die zumindest bei gutem Wetter als Wohnräume dienten.

»Stanislav«, erklärte Stefan, »Stanislav Rilski, guter Freund, Fischer.« Ohne Inges Vermittlung hätte Tim Stefans Mitteilung kaum verstanden. Weder ihm noch Inge war zu diesem Zeitpunkt klar, was sie bei Stanislav sollten. Dann traten sie durch die Tür von Stanislavs Haus in einen kleinen Innenhof, der viel bescheidener und unordentlicher wirkte als der von Stanka und Stefan in Sosopol.

Stefan umarmte Stanislav, einen kleinen agilen Mann von vielleicht fünfundvierzig Jahren, der sie freundlich begrüßte, nachdem Stefan sie als seine Gäste vorgestellt hatte. Stanislav, der beim zweiten Hinsehen doch etwas älter wirkte, als Tim zunächst geschätzt hatte, schien besonderen Gefallen an Inge zu finden, die wiederum Gelegenheit hatte, russisch-bulgarische Konversation zu machen. Da Stanislav ihn kaum beachtete, fragte Tim Stefan auf Deutsch, was jetzt passieren würde. Stefan hob beide Hände in Brusthöhe, als bewege er ein imaginäres Steuerrad. »Veleka«, sagte er dazu. »Pit.«

»Fünf Kilometer?«

»Da.«

Stanislavs Auto hatte Ähnlichkeit mit einem amerikanischen Pickup Truck. Ein altes, zerbeultes Fahrzeug, aber bis zum Veleka Fluss war es ja nicht mehr weit. Inge musste vorn einsteigen – zu Tims Verdruss. Stefan und er saßen auf Fischernetzen, die Stanislav auf die Ladefläche geworfen hatte. Sie rochen nach Tang und wohl auch nach Fisch. Aber andere Sitzgelegenheiten gab es nicht. Die Straße zum Nordufer des Flusses führte direkt zum militärischen Sperrgebiet.

»Wir müssen nicht unbedingt ins Sperrgebiet«, versuchte Tim Stefan deutlich zu machen, aber der verstand nicht.

»Nix Veleka?«, fragte er ungläubig, denn um diesen Fluss hatte sich ja die ganze Reise gedreht. Tim wollte unbedingt den Eindruck vermeiden, dass ihn oder Inge irgendetwas innerhalb des Sperrgebietes interessierte, außer natürlich die Natur.

»Nix Risiko«, wiederholte er hinten auf der Ladefläche des kleinen Lasters, bis Stefan nun ebenfalls einige Male hintereinander »Ne« sagte und den Kopf in den Nacken warf. Tim war froh, dass sie ihre Schwimmanzüge in Sosopol gelassen hatten und auch sonst nichts bei sich trugen, was auf andere als touristische Absichten hätte schließen lassen. Bei einem Blick durch das Rückfenster der Fahrerkabine sah er Stanislavs rechte Hand, mit der er die Gangschaltung bediente, auf Inges Knie hinübergleiten. Dann ruckelte es kräftig, und die Hand ergriff wieder das Steuerrad.

»Was für ein Mensch ist dieser Stanislav?«, fragte er Stefan.

»Kommunist. Partei«, war die Antwort und wie zur Beruhigung: »Stanislav gut.«

Stanislav schien wohl der Schlüssel zu sein, der ihnen den Zugang zum Nordufer des Veleka Flusses eröffnen sollte.

Sie fuhren jetzt langsamer, dann nach etwa hundert Metern blieb der Wagen ganz stehen. Sie hörten Stimmen, dann sah Tim einen rotweiß gestreiften Schlagbaum und Soldaten in braunen Tarnanzügen. Stanislav hatte sein Fenster heruntergekurbelt. Er sprach mit dem Anführer der kleinen Trupps, der am Schlagbaum stand. Es schien ein Gespräch unter Bekannten zu sein, eher ein freundliches Geplauder als eine Kontrolle. Nach ein oder zwei Minuten ging der Schlagbaum hoch, und sie fuhren auf einen von hohen Bäumen umgebenen dreißig Meter entfernten Parkplatz, auf dem bereits einige Militärfahrzeuge standen. Stanislav und Inge stiegen aus, Stefan und Tim sprangen von der Ladefläche. Zwei junge Soldaten, die sie schon vom Schlagbaum aus gesehen hatten, begrüßten den Fahrer mit Handschlag und ließen sich dann von Stefan über Inge und Tim berichten. Erst danach begrüßten sie die beiden mit einem artigen Kopfnicken. »Doberden.« Dann sprachen sie wieder nur mit Stanislav und gingen voraus. »Zu Fluss«, erklärte Stefan. Sie folgten den beiden Soldaten auf einem Pfad, der durch üppiges Buschwerk bis zum nördlichen Flussufer führte. Links von ihnen, in einigen hundert Metern Entfernung, mündete der Fluss ins Meer. Vor der Mündung lag eine Landzunge, die der Fluss wohl selbst geschaffen hatte. Jetzt, im Spätsommer, war das Wasser der Veleka von kristalliner Klarheit. Am anderen Ufer gab es neben dichtem Buschwerk auch hohe Bäume, Eichen und Buchen zumeist.

»Sinemoretz«, sagte Stefan und zeigte nach Südosten. Dort lag das vorletzte bulgarische Dorf knapp südlich der Mündung des Veleka Flusses. Nach Sinemoretz aber durften sie nicht, denn am südlichen Ufer des Flusses begann das eigentliche militärische Sperrgebiet. Als Inge danach fragte, hob einer der Soldaten den Zeigefinger und bewegte ihn verneinend hin und her. An den Ufern der Veleka blühten Gräser, dicht am Wasser standen gelbe Wasserlilien und Kissen von kleinen hellblauen Blüten, die aussahen wie Vergissmeinnicht. Falter gaukelten über die Blütenpracht, als seien sie irritiert von der Fülle des Blütenangebots und könnten sich nicht entscheiden. Große blaue und braune Libellen standen über dem Wasser und schossen plötzlich davon. Tim war bezaubert von diesem Nebeneinander von Fluss und beblümten Ufern, vom urigen Buchen- und Eichenwald und dem Blick auf den hellen Sand der kleinen »Nehrung«, die sich zwischen den Fluss und das tiefblaue Meer geschoben hatte. Es war so still, dass er sich kaum traute, etwas zu sagen. Natürlich wollte Tim etwas über die Bewachung und Befestigung dieser Grenze erfahren, aber seine Erkundigungen sollten keinen Verdacht wecken. Also fragte er Stefan erst auf dem Rückweg zum Auto ganz beiläufig, ob es am südlichen Flussufer Zäune oder andere Befestigungen gäbe.

Natürlich gab es die. Die Frage galt ja auch nicht diesen Allerweltseinrichtungen, sondern besonderen Maßnahmen, mit denen die Bulgaren ihre Grenze überwachten.

»Große Licht«, sagte Stefan und zeigte hinaus aufs Meer. Zunächst wusste Tim nicht, was er meinte, aber Inge kam ihm zu Hilfe. »Ein Scheinwerfer nahe bei Sinemoretz«, sagte sie, nachdem sie einige Worte mit Stefan gewechselt hatte.

Tim tat so, als interessierten ihn diese militärischen Einzelheiten nicht. Er fragte nach den Fischen im Fluss, nach den Tieren, die in den unberührten Wäldern südlich des Flusses lebten, und nach dem Fischfang draußen auf dem Meer.

Als sie später in einer Kneipe in Achtopol saßen und Wein tranken, wurden die beiden Soldaten, die offenbar Bekannte von Stanislav waren, gesprächig, und Inge übersetzte in Bruchstücken, was sie mitzuteilen hatten. Ein großer Scheinwerfer, der zwischen Achtopol und Sinemoretz stationiert sei, beleuchte bei Nacht das Meer ringsum. Weiter im Süden stünden noch weitere große Scheinwerfer, die alle mit Fernrohren gekoppelt seien und die auch kleine Boote entdecken könnten. Damit die Scheinwerfer immer in Betrieb sein könnten, gäbe es sogar ein eigenes kleines Elektrizitätswerk, das nur für diese Instrumente da sei. »Häuser dunkel – Scheinwerfer hell«, übersetzte Inge.

»Und wenn sie ein kleines Boot entdecken?«, fragte Tim Inge und forderte sie auf: »Komm, frag Stefan, das ist doch wichtig.«

Inge reagierte etwas unwillig. Sie wurde von den drei bulgarischen Männern geradezu angehimmelt, und jetzt kam Tim mit seinen prosaischen Forderungen, die immer wieder um das gleiche ungeliebte Thema kreisten. »Frag ihn doch selber«, fauchte sie leise zurück, aber dann brachte sie seine Frage wohl doch zur Sprache, jedenfalls erklärte sie ihm nach einigen Minuten unvermittelt: »Sie haben schnelle Küstenboote, mit denen sie Grenzverletzer aufspüren. Manchmal fahren Einheimische aus Versehen in die Sicherheitszone, dann bleibt es bei einer Meldung und Verwarnung. Aber es haben auch schon Leute versucht, von hier aus in die Türkei zu kommen. Die haben sie dann den Behörden überstellt.«

»Waren das Bulgaren oder waren auch Leute aus anderen Ländern dabei?«

Inge erkundigte sich, jedenfalls tat sie so. Dann sagte sie: »Das waren überwiegend DDR-Bürger, und die wurden alle an die DDR ausgeliefert.«

Übersetzte sie diese Informationen wirklich korrekt oder dramatisierte sie die Aussagen der Soldaten? Ihre Stimme klang sehr sicher und fast zufrieden, wenn sie Tim deutlich machte, was sie von den Grenzern erfuhr. Sie will nicht, schoss es ihm durch den Kopf. Sie macht es schlimmer, als es ist.

»Wie ist es, wenn jemand in Seenot gerät, helfen sie dann? Frag sie, ob sie einzelne Menschen entdecken können, die über Bord gespült worden sind.«

Inge wandte sich wieder an Stefan, der seinerseits mit den bulgarischen Soldaten sprach.

»Nein, zur Rettung gibt es einen Seenotdienst, so etwas haben die Soldaten hier nie gemacht«, übersetzte Inge.

»Sieht ihnen ähnlich«, sagte Tim. Erstens fing dieses Gespräch an ihn zu ärgern, und zweitens war er sicher, dass ihn außer Inge niemand verstand.

»Und einzelne Schiffbrüchige?«

»Die ertrinken«, übersetzte Inge, als müsse sie einem Minderbemittelten klarmachen, dass ein Mensch es nicht unbegrenzt lange im Meer aushalten könne. »Hir ist das Mer geferlich«, der Spruch der Lebensretter fiel ihm ein. Tim musste lachen, aber niemand begriff, was der Grund für seine Heiterkeit war.

»Was gibt es da zu lachen?«, fragte Inge gereizt.

»Ich frage mich, wie genau deine Übersetzungen sind. Stefan und die beiden Soldaten haben doch fast zwei Minuten über dieses Thema gesprochen. Und bei dir heißt es einfach ›die ertrinken‹.«

Inge wandte sich ab, eine Spur zu brüsk, fand Tim.

Unter dem Einfluss des Rotweins, den die Bulgaren allerdings mit Wasser verdünnt tranken, wurde die Unterhaltung immer lebhafter, die Blicke, die Stanislav und die beiden jungen Soldaten auf Inge warfen, wurden Tim zu eindeutig. Inges Russisch schien immer fließender zu werden, trotzdem gab es ab und zu kleine Missverständnisse. Dann erhob sich jedes Mal röhrendes Gelächter. Inge schien die wachsende Zudringlichkeit der Soldaten nicht zu bemerken, vielleicht genoss sie es auch, im Mittelpunkt zu stehen. Dass ihr das laute Gerede und das Rauchen unzähliger Zigaretten nichts ausmachte, wunderte Tim. Bei anderen Gelegenheiten hatte sie sich stets über zu viel Rauch beklagt. Er sah auf die Uhr. Es war spät geworden. Fast vier Uhr nachmittags, und sie hatten noch einige Stunden Fahrt vor sich. Er hielt Stefan, der von den vier Bulgaren der ruhigste war, seine Uhr hin. Stefan nickte.

»Wir müssen uns leider auf den Weg machen«, verkündete Tim, in der Hoffnung, dass Inge diesen Satz ins Russische übersetzen würde, aber sie schien nichts Dergleichen zu tun. Die angeregte Unterhaltung ging weiter. Jetzt ärgerte er sich wirklich über Inge. Kam ihr denn nicht in den Sinn, dass diese Leute, mit denen sie hier saß, Wein trank und flirtete, deren Zigarettengestank sie einatmete, als sei es ozonreiche Bergluft, sie ohne zu zögern abknallen würden, wenn sie sie zu Fuß oder schwimmend in ihrer Sperrzone erwischten?

Noch einmal sagte er: »Wir müssen leider gehen.«

Als wieder nichts geschah, stand er einfach auf, nickte Stefan zu und ergriff Inges Arm. Einen Augenblick lang stand die Situation auf der Kippe. Alle schwiegen, Inge entzog ihm ihren Arm. Um die Lage etwas zu entschärfen, sagte Tim laut: »Mnògo wi blagodarjà« und zeigte noch einmal auf das Zifferblatt seiner Uhr. Stefan winkte den Wirt herbei und bezahlte den Wein. Dann erhoben sich auch die anderen. Stanislav zuerst, dann Inge und danach die beiden Soldaten, die sich Bemerkungen zuraunten, über die sie dann in haltloses Gelächter ausbrachen. Vor der Kneipe verabschiedeten sie sich von den Soldaten und von Stanislav, dem Tim auf Stefans diskrete Aufforderung ein paar Zehn-Leva-Scheine in die Tasche steckte. Dann gingen die drei zurück zu der Anlegestelle unterhalb des steilen Ufers, das die nach Nordwesten weisende Bucht begrenzte. Wieder mussten sie ein paar Schritte barfuß durchs Wasser waten, dann stieg Stefan ins Boot und half zunächst Inge und dann Tim beim Einsteigen. Er ließ den Motor an, zog die Anker ein, wendete und fuhr in einem großen Bogen aus der kleinen, etwas finsteren Bucht von Achtopol hinaus aufs offene Meer. Es wurde eine etwas wortkarge Heimreise. Inge hatte offenbar genug geredet, Stefan wollte nach Hause, und Tim haderte im Stillen mit Inge, die so gar keinen Schwung, keine Entschlossenheit erkennen ließ. Sie tat fast so, als würde er ihre wohlverdienten Ferien im sozialistischen Milieu durch die Planung und womöglich durch die Umsetzung eines Fluchtabenteuers stören. So jedenfalls empfand er ihren unterschwelligen Pessimismus, der zu Tage trat, sobald ein Zeichen am Horizont erschien, das ihr Vorhaben zu bedrohen schien. Dieser tote Delphin. Ein dummer Zufall. Wie konnte man das als ein böses Omen ansehen? Und das Aufheben, das sie vom Erscheinen Blumentritts machte. Vermutlich würde sie ihm als Nächstes die Scheinwerfer vorhalten, die zwischen Achtopol und Sinemoretz allnächtlich ihre Lichtbahnen über das Schwarze Meer schwenkten.

Keiner sprach viel auf dieser Fahrt nach Sosopol. Zwischendurch setzte Tim sich zu Stefan, um ihn nach dem Namen eines Küstenortes zu fragen, den sie gerade passierten und um ihn am Steuer abzulösen, wenn er sich ein paar Augenblicke lang entspannen wollte.

Trotz der kleinen Verstimmung, die es zuletzt zwischen Inge und ihm gegeben hatte, war er nicht unzufrieden. Es war ein schöner Tag gewesen und auch ein nützlicher Tag. Er hatte viel über die Küste und über den militärischen Sperrbezirk erfahren.

Zunächst die Bucht von Achtopol. Sie wirkte etwas abweisend, war aber vermutlich ein idealer Ort, an dem man in der Dämmerung unbemerkt ins Wasser gleiten und fortschwimmen konnte. Zweitens: Die Scheinwerfer würden sie zwingen, weit hinauszuschwimmen, aber das hatte er ohnehin geplant. Indirekt hatte er von den Soldaten erfahren, dass man einzelne Schwimmer selbst durch die Kombination von Scheinwerfern und Ferngläsern kaum entdecken würde. Der Beobachtungsapparat war ganz auf kleine Boote eingestellt. Wenn sie sich geschickt verhielten, würden die Bulgaren sie mit ihren Scheinwerfern nicht erfassen. Drittens: Sie schienen ihre Boote nur dann zu benutzen, wenn sie etwas Verdächtiges bemerkten. Wenn sie von Achtopol aus in die Türkei gelangen wollten, müssten sie zunächst nach Ost-Südost schwimmen, um sich schnell von der Küste zu entfernen. Hinter Sinemoretz würden sie dann etwa neun Stunden lang in südöstlicher Richtung schwimmen und dann die gedachte Linie kreuzen, die bulgarische und türkische Küstengewässer voneinander trennte. Von dort würden sie dann aus internationalem Gewässer in die Dreimeilenzone der Türkei schwimmen und fünf bis zehn Kilometer südlich der Grenze an Land gehen. Die zu bewältigende Strecke würde unter diesen Voraussetzungen ungefähr dreißig Kilometer betragen, was insgesamt eine Schwimmzeit von etwa fünfzehn Stunden bedeuten könnte. Die körperliche Form für eine solche Leistung hatten sie beide. Das Vorhaben hatte zumindest in Tims Vorstellung klare Konturen angenommen, und das verschaffte ihm eine grimmige Genugtuung. Erst jetzt wurde ihm klar, dass er Freude daran haben würde, Menschen und Systeme, die er verachtete, zu täuschen und zu schädigen. Ein paar Probeausflüge von Sosopol oder Kavazite aus wären dennoch sinnvoll, dachte er, einfach, um noch technische Probleme zu entdecken, die Inge und ihn bei einer längeren Schwimmdauer in Schwierigkeiten bringen könnten. Es könnten lächerliche Dinge sein, die ein solches Vorhaben gefährdeten. Tim dachte an Inges inzwischen fast wieder verheilte Ferse.

Aber während er diesen Gedanken nachhing – Stefan hatte inzwischen die Bucht von Sosopol erreicht und steuerte seinem Anlegeplatz zu –, überfiel ihn eine gewisse Verbitterung. Er zerbrach sich den Kopf, dachte nach, plante, versuchte Risiken zu erkennen und auszuschalten, – und Inge verhielt sich zunehmend passiv!

Es war bereits dunkel, als sie Stefans Liegeplatz im kleinen Hafen von Sosopol erreichten. Tim und Inge stiegen aus. Stefan meinte, sie sollten allein nach Hause gehen, er habe noch zu tun.

Sie schwiegen sich an, während sie durch die schmalen Gassen dem Haus zustrebten. Stanka wartete mit dem Abendessen auf sie, aber Inge entschuldigte sich. Sie sei sehr müde. Später, als Tim nach dem üblichen Abendbrot aus Salat und gegrilltem Fisch und nach einigen Gläsern Wein in ihr Zimmer kam, schlief sie bereits.

Er war enttäuscht, sie nicht mehr wach anzutreffen und gab sich keine Mühe, besonders leise zu sein. Im Gegenteil: Er ließ sich auf seine Seite des Bettes fallen und hoffte, Inge würde aufwachen. Aber nichts geschah. Sie schlief weiter wie ein Kind. Dann eben nicht, dachte er und schlief ebenfalls ein.

Durch die hellen Vorhänge drang bereits Tageslicht. Sein Schlaf war leichter geworden, und irgendetwas kitzelte ihn an der Nase. Ein Insekt? Er drehte sich auf die andere Seite, um weiterzuschlafen, aber das Kitzeln kam wieder. Es roch gut. Ein gut riechendes Insekt? Widerwillig öffnete er ein Auge, dann das zweite. Kein Insekt, eine Blüte mit einem Stil, daran hing eine Hand, ein Unterarm, eine Schulter, ein lächelndes Gesicht – Inge. Sie hatte ihn geweckt, immerhin mit einer Lavendelblüte, wie er langsam erkannte. Die Ereignisse von gestern traten wieder in sein Bewusstsein. Sie hatten es versäumt, miteinander ins Reine zu kommen. Jetzt holten sie die fällige Versöhnung auf eine Weise nach, die Tim minutenlang alles außer Inge vergessen ließ. Danach aber, während sie sich wuschen, anzogen und für den Tag rüsteten, wurde dieses wohlige Vergessen, das sie soeben durchlebt hatten, der Ausgangspunkt für neue, eindeutig zielgerichtete Überlegungen. Tim wollte sicher sein, dass sich so glückliche Augenblicke wiederholen könnten, unbegrenzt oft. Waren sie nicht wie kleine Erlösungen von der Mühsal des Daseins?

»Wir müssen die Zeit gut nutzen«, eröffnete er Inge, als sie beim Frühstück saßen: Tee, Brot, Ziegenkäse und Honig. Als sie ihn anschaute und dabei immer noch verträumt lächelte, wurde er deutlicher. »Ich habe einen Plan entwickelt, Inge. Bisher habe ich nur in Andeutungen darüber gesprochen.«

»Ja?« Sie schaute ihn an, ein wenig besorgt mit geweiteten Augen.

»Mir ist schon vor Wochen klar gewesen, dass die Geschichte mit dem Pass nicht funktionieren würde. Es gab eine einzige Frau in meiner Umgebung, die dir ihren Ausweis gern geliehen hätte, aber ihr seid euch nun wirklich nicht ähnlich. Mit diesem Ausweis hätte ich selbst einen Tagesausflug von Burgas nach Istanbul nicht riskieren können. Danach blieb nur eine Möglichkeit.« Er schwieg.

»Schwimmen?«, fragte Inge leise, und es klang nicht besonders unternehmungslustig.

»Ich habe mir genau überlegt, wie alles ablaufen soll. Aber wir müssen noch ein wenig probieren. Am besten von Sosopol aus oder nördlich davon.«

Sie nickte. Aber auf ihr Gesicht fiel ein Schatten. Sie zweifelte. Oder wollte sie nicht? Er wartete auf eine zusammenhängende Äußerung. Aber Inge blieb stumm, als warte sie ihrerseits auf weitere Erklärungen.

»Wir sind so nah dran«, drängte er. »Wenn wir jetzt den letzten Schritt nicht tun, wäre alles für die Katz.«

»Nein, nicht umsonst.«

»Warum nicht?«

»Vielleicht haben wir etwas vergessen, vielleicht wäre es gut, noch mehr Zeit zu haben, um alles zu planen. Ein Jahr, vielleicht auch weniger.« Sie sah ihn an und streckte ihm ihre Hand über den Tisch entgegen. Tim nahm ihre Hand, aber in der Erwiderung ihrer Geste lag auch schon die Grenze seines Entgegenkommens.

»In einem Jahr kann viel passieren, vielleicht können wir uns im nächsten Jahr hier nicht mehr so relativ frei bewegen.« Er erinnerte sie an Blumentritt. Das könnte doch der Beginn einer viel schärferen Überwachung sein. Auch an Rehberger erinnerte er Inge. In einem ihrer letzten Gespräche hatte Rehberger ihm von ehemaligen Mitarbeitern erzählt, die Republikflucht begangen hatten. »Wenn das zunimmt, wird es noch schwieriger, als es heute schon ist«, hatte Rehberger ihm gesagt und dabei sorgenvoll aus dem Fenster geschaut. »Wir werden unsere Grenzen noch schärfer kontrollieren müssen.«

Tim hatte abgewiegelt, aber Rehberger hatte insistiert. »Anders wird es nicht gehen, auch hier im Institut nicht.«

»So bekümmert und zugleich so entschlossen habe ich Rehberger noch nie erlebt.«

Inge zog ihre Hand zurück, um Honig auf ein Stück Brot zu träufeln. »Ich kenne die Leute aus dem Institut, die abgehauen sind.«

Sie schob den vorbereiteten Bissen in den Mund. »Die waren kein großer Verlust für ihn. Da hat Rehberger übertrieben.« Sie leckte ihren Mittelfinger ab, an dem Honig klebte. »Es könnte auch leichter werden. Wenn Blumentritt merkt, dass wir hier wirklich nur gemeinsame Ferien verbringen, gibt er vielleicht Entwarnung – oder so was Ähnliches.«

Sie wollte warten, wurde ihm klar an diesem Morgen, der so schön begonnen hatte. Nicht, weil die Chancen im nächsten Jahr besser sein würden, sondern weil sie grundsätzlich Angst hatte, dass etwas schief gehen könnte. Weil ihr das Risiko zu hoch war, oder weil sie sich von dem Leben, das sie bisher geführt hatte, nicht trennen konnte.

»Die Zeit vergeht so schnell«, sagte Inge.

»Eben.« In seiner Zustimmung lag auch Widerspruch.

Dabei blieb es zunächst. Inge brach sich noch ein Stück Brot ab, strich etwas Ziegenkäse darauf und beträufelte das Ganze wieder mit Honig. Diesen Vorgang wiederholte sie noch etliche Male.

»Schmeckt vorzüglich«, sagte sie, als sie seinen zweifelnden Blick bemerkte. Dann fragte sie: »Was machen wir denn heute?«

Und als Tim schwieg, schlug sie vor, mit dem Bus nach Burgas zum Einkaufen zu fahren oder nach Pomorie, um ein thrakisches Kuppelgrab anzuschauen.

»Pomorie«, entschied er, aber er gab sich noch nicht geschlagen. »Pomorie heute, aber morgen Probeschwimmen.« Inge wollte zu Stanka, um sich nach den Abfahrtszeiten des Busses nach Burgas und Pomorie zu erkundigen. Auf das Probeschwimmen ging sie nicht ein.

Am nächsten Tag saßen sie wieder an derselben Stelle. Stanka werkelte in der Küche. Stefan hatte das Haus verlassen. Vermutlich arbeitete er auf seiner Gemüseplantage. Wieder bestrich Inge das knusprige Brot aus Stankas Backofen mit Ziegenkäse und beträufelte jeden Bissen mit Honig, bevor sie ihn in den Mund schob.

»Und heute?«, fragte sie zwischendurch, »wollen wir nach Nessebar?«

Gestern nach ihrem Besuch des Kuppelgrabes in Pomorie hatten sie überlegt, ob die Zeit noch zu einem Abstecher nach Nessebar reichen würde. Nein, hatte Inge gemeint, dieser Ort sei so reich an alten Kirchen und an sehenswerten Fresken, dass sie sich einen ganzen Tag dafür nehmen sollten.

»Und was wird aus unserem Trainingsschwimmen?« Jetzt hatte Tim wirklich den Eindruck, dass Inge alles tun würde, um seine Absicht, noch vor dem Ende ihrer Ferien in die Türkei zu schwimmen, zu hintertreiben. Aber wozu hatte sie dann ein halbes Jahr lang trainiert? Was taten wir hier in dieser Einsamkeit? Ja, es war schön hier. Menschenleer, ursprünglich. Aber hatten sie nur deshalb diese langen, beschwerlichen Reisen auf sich genommen?

»Jetzt sei bitte ehrlich mit mir, Inge.« Sie lächelte, aber als er sie inständig ansah und noch einmal »bitte« sagte, wurde sie ernst.

»Wir führen hier so einen stillen Kampf miteinander. Ich will die Gelegenheit nutzen, um dich aus der DDR herauszubringen, und du willst Ferien machen und die Tage genießen. Ich verstehe dich. Aber beides geht nicht. Wir haben nur noch wenige Tage, und die brauchen wir, um zu üben. Du willst die Sache verschieben und vielleicht ganz aufgeben, wenn die Umstände sich noch verschlechtern sollten – womit zu rechnen ist.« Sein Herzschlag hatte sich spürbar beschleunigt. Er wusste, dass er einen Punkt erreicht hatte, an dem sich ihre Wege trennen könnten, wenn er nicht achtgab.

Sein letztes Gespräch mit Verena schoss ihm durch den Kopf. Diese Entweder-oder-Stimmung, in der er das Haus der Wielanders zum letzten Mal betreten hatte. Auch Verena war ihm ausgewichen. Mit einem Mal sah er sich durch das winterliche Ziegelhausen rennen, als wollte er die Jahre hinter sich lassen, die er vergeudet hatte, nur weil er sich nicht losreißen konnte. Ein Gedanke flog ihn an. Ist das am Ende mein Schicksal, immer hinter den Jahren herzurennen, hinter den verpassten Gelegenheiten und nichts Wichtiges im Leben entschlossen zu ergreifen und festzuhalten? Er spürte bei diesem Gedanken einen Anflug von Panik. Aber dann sprach er doch ruhig weiter.

»Wenn das so ist, dann sag es mir in Gottes Namen. Lass mich nicht im Ungewissen. Diese Flucht, die wir uns vorgenommen haben, ist ein Unternehmen, das uns einiges abverlangen wird. Nicht nur Kraft und Ausdauer, auch Kaltblütigkeit, Reaktionsvermögen, überhaupt ...« Tim suchte nach einem passenden Wort: »Kreativität.« Er gab sich Mühe, gelassen und freundlich zu sprechen, aber dennoch eindringlich zu sein. Er wusste, dass Inge auf Vorhaltungen heftig reagieren konnte, und das wollte er vermeiden.

»Inge, gestern nach Pomorie, heute nach Nessebar, übermorgen ein bisschen das Strandleben genießen – das reicht nicht!«

Er schwieg. Mehr hatte er jetzt auch nicht zu sagen. Sollte er ihr seinen eigenen Einsatz vorhalten? Die mühselige Anfertigung der Anzüge zusammen mit Erich Bruns oder diese anstrengende und seinen eigenen Absichten zuwiderlaufende Zusammenarbeit mit Rehberger und seinen Vasallen? Er wollte Inge erobern, nicht nur ihren Körper, nein, er musste auch ihre Seele gewinnen, und dafür war er bereit, jeden Einsatz zu wagen, immer noch.

Inge hatte gut zugehört. Sie beendete ihr Frühstück und schob den Teller zur Seite. Dabei hielt sie ihren Kopf gesenkt. Als sie ihn schließlich ansah, hatte sie Tränen in den Augen.

»Du meinst es sehr ernst, nicht?«, fragte sie leise.

»Ja, Inge. Ich meine es sehr ernst. Sonst wäre ich nicht hier.«

Sie nickte stumm und streckte ihm beide Hände über den Tisch entgegen. Tim nahm sie und barg sie in seinen eigenen Händen.

»Aber Tim, du musst lieb zu mir sein. Ich habe nämlich Angst vor dem langen Schwimmen, wir werden so allein sein da draußen auf dem Meer – noch dazu, wenn es dunkel ist. Es ist so ... so elementar.«

»Du musst keine Angst haben.« Er streichelte ihre Hände. »Wir werden eine Leine zwischen uns haben«, er lächelte. »Du kannst mir gar nicht entkommen. Unsere Anzüge sind einmalig auf der Welt. Unikate. Wir müssen sie nur noch ein wenig ausprobieren, um ganz vertraut damit zu sein. Ich bin bei dir, Inge, das Meer wird freundlich zu dir sein, und die Sterne werden uns den Weg zeigen.«

Sie lächelte immer noch unter Tränen. Wie schön sie war. Wieder spürte er, wie sehr er sie liebte. Er schwor sich, alle nur erdenkliche Umsicht walten zu lassen.

»Ich habe auch Angst vor Blumentritt«, sagte Inge. »Er spioniert überall herum.«

»Er weiß nichts über unsere Pläne.«

»Außerdem habe ich Angst um meine Familie, stell dir vor, was passieren könnte.«

»Ich weiß.« Natürlich konnte die Stasi ihre Familie schikanieren. »Aber vielleicht werden sie sich zurückhalten. Diese Flucht wird ihnen zeigen, dass sie verwundbar sind. Ihre Macht hat Grenzen.« Er hatte diesen Gedanken erst einmal erwogen, gestern auf der Rückfahrt in Stefans Boot, als er plötzlich wusste, dass er Freude daran haben würde, der Stupidität und Anmaßung eines totalitären Systems mit dem eigenen Willen und dem eigenen Können zu begegnen. Jetzt erschien dieser Gedanke ihm auf einmal sehr plausibel. »Wenn es sich herumspräche, wie wir getürmt sind, wäre das unangenehm für einige Leute. Sie müssten befürchten, dass andere auf die gleiche Weise entkommen könnten. Vielleicht ist es für sie besser, wenn sie diese Sache gar nicht hochspielten?«

Inge dachte nach. »Vielleicht«, stimmte sie zu.

»Überflüssige Begegnungen mit Blumentritt sollten wir vermeiden, wo es geht. Du solltest aber so tun, als würdest du am 19. September mit der ganzen Korona wieder zurück in die DDR fahren. Daran darf niemand zweifeln.«

»Und wie soll alles ablaufen?«, fragte Inge immer noch mit verzagter Stimme.

»Wir bereiten hier alles vor. Bei Stanka und Stefan, die Anzüge, Proviant, Wasser, Fernglas, Seil, Flossen, Masken – eben alles. Auch das Zelt. Wir sagen Stefan, dass wir unten bei Achtopol zelten wollen und per Anhalter oder mit dem Bus in einigen Tagen wieder zurückkehren würden. Dann am 18. bringst du deinen kleinen Koffer aus Sosopol ins Lager, möglichst unbemerkt. Dann packst du deine Sachen. Es muss nach Abreise aussehen. Achte darauf, dass Moritz Blumentritt diesen Teil mitbekommt. Nachmittags komme ich mit unseren wichtigen Sachen vorbei. Ich werde ein Taxi mieten. Ich hoffe Nikola zu finden, den Typen, der mich vom Flughafen Burgas nach Sosopol gebracht hat. Landeinwärts vom Campingplatz steigst du dazu, und wir fahren nach Achtopol. Dort peilen wir die Lage. Vermutlich können wir uns in der Nähe der unbewohnten Halbinsel absetzen lassen. Wenn die Luft rein ist, ziehen wir uns um und gehen bei einbrechender Dunkelheit hinunter zum Wasser. Flossen an, Brille aufgesetzt, Seil angelegt und los!«

»Und die Scheinwerfer?«

»Für die sind wir als Köpfe, noch dazu als schwarze Köpfe, im Wasser nicht erkennbar.«

»Du orientierst dich an den Sternen?«

»Ja. Ich habe damals am Hellsee schon angedeutet, wie wichtig sie sind.«

»Aber wir haben keinen Kompass.«

»Doch, aber der nützt uns auf See wenig.«

»Bist du sicher?«

»Sonst würde ich mich nicht auf dieses Unternehmen einlassen. Außerdem: Das Wetter wird gut sein. Der Kompass ist nur für die Orientierung an Land.«

»Ich werde Stefan nach dem Wetterbericht fragen. Er hört abends immer Radio.«

»Wir haben abnehmenden Mond, der Himmel wird dunkel sein. Dunkel und klar. Den Polarstern finden wir sofort. Wir haben also den Norden als Kurskonstante. Danach suchen wir uns einen Stern, der dann, wenn wir losschwimmen, im Südosten steht. In einer Stunde wandert dieser Stern um fünfzehn Grad nach Osten, in zwei Stunden sind es dreißig Grad. Wir müssen unseren Kurs entsprechend anpassen. Außerdem: Nord und Süd bleiben konstant. Die Lichter von Achtopol werden wir auch noch eine Weile sehen, ebenso die Scheinwerfer. Der südlichste von ihnen steht schon im Sperrbezirk. Etwas mehr als zehn Kilometer weiter südlich beginnt bereits die Türkei.« Er stand auf. »Komm mit, Inge, ich zeig es dir auf unserer Seekarte.«

»Hol sie doch.«

»Nicht hier, Stanka könnte uns sehen.«

In ihrem Zimmer breitete er die Karte auf dem Bett aus. »Wenn wir zwei Kilometer in der Stunde schwimmen, das haben wir neulich spielend geschafft, dann werden wir zwei Stunden nach unserem Start Sinemoretz passieren. Danach müssen wir achtzehn Kilometer nach Südosten schwimmen, also etwa neun Stunden. Wir sind dann außerhalb der Dreimeilenzone – etwa zehn Kilometer, also fünf Seemeilen weit von der Küste weg. Danach schwimmen wir west-südwestlich auf die türkische Küste zu, etwa zehn Kilometer, alles zusammen maximal zweiunddreißig Kilometer, vermutlich etwas weniger. Also sechzehn Stunden, je nach Windrichtung vielleicht ein oder zwei Stunden länger.«

»Und wenn das Wetter schlecht ist?«
»Es wird nicht schlecht sein. Alle sagen, diese Wetterlage sei sehr stabil.«
»Aber wenn Wolken aufziehen?«
»Bevor wir nach Achtopol fahren, erkundigen wir uns noch einmal.«
Inge studierte die Karte jetzt sehr genau, sie verfolgte den Kurs, den Tim ihr auf der Karte beschrieb und suchte nach weiteren Markierungspunkten an der Küste. »Wir müssen absolut«, sie holte tief Luft, »zweihundert Prozent sicher sein, dass wir in der Türkei sind, wenn wir an Land gehen. Dieser Fluss hier ...«
»Das ist der Rezovskà Fluss mit dem Ort Rezovo. Das ist die Grenze.«
»Erkennen wir den vom Wasser aus?«
»Sicher. Aber ich will weiter nach Süden. Wenn wir südlich von uns an der Küste Flugverkehr bemerken, sind wir richtig. Dieser Flughafen hier, Igenada Burnu, ist etwa zwölf Kilometer von der Grenze entfernt. Wir können also einige Kilometer nördlich davon an Land gehen und sind immer noch sicher.«
Jetzt hatte Inge den Plan verstanden.
»Da ist auch ein Ort in der Nähe«, sagte Tim: »Begendik. Die Leute dort werden uns sicher helfen.«

9

An diesem und den folgenden Tagen schwammen sie regelmäßig einige Stunden. Sie ließen ihre Kleider an irgendeiner einsamen Stelle des Strandes unmittelbar südlich von Sosopol liegen, meistens in einer von Gebüsch umstandenen Sandkuhle, stiegen in ihre Schaumneoprenanzüge und schwammen einige Kilometer hinaus aufs Meer, um dann zu ihrem Ausgangspunkt zurückzukehren. In Sosopol gab es eine kleine Tauchschule. Manchmal gingen sie dort hin, liehen sich Bleiketten als Ballast und ließen sich in einem Boot zu einer der kleinen Sosopol vorgelagerten Inseln fahren, um dort zu tauchen. Sauerstoffflaschen gab es nicht, also blieben die Tauchgänge sehr kurz. Einmal benutzten sie auch die kleine Plattform am Fuß der Treppe nahe dem Haus der Dimitrovs als Startplatz für einen längeren Schwimmausflug. Tim legte großen Wert darauf, dass diese Ausflüge ins Meer nach außen hin spielerisch wirkten. Keinesfalls durften sie damit den Eindruck erwecken, dass hier ein großes Unternehmen vorbereitet wurde. Wenn sie sich am Strand aufhielten und dabei in Sichtweite anderer Menschen gerieten, benahmen sie sich wie alle anderen Touristen. Sie lasen, Inge suchte nach Muscheln, sie warfen einen Ball oder eine Frisbee-Scheibe hin und her. Nie dauerten ihre Ausflüge länger als vier oder fünf Stunden. Sie wollten ihre Kräfte ja schonen und lediglich technische Mängel an ihrer Ausrüstung entdecken und nach Möglichkeit beheben. Das Scheuern der Neoprenanzüge an bestimmten Hautstellen, zum Beispiel an den Kniekehlen, ließ sich am sichersten durch eng anliegende Unterwäsche oder durch Manschetten verhindern. Beides hatte Tim mit nach Bulgarien gebracht. Einige Male übten sie das Schwimmen mit der gesamten Nutzlast, die sie für den etwa fünfzehnstündigen Weg brauchen würden: Trinkwasser, Proviant, Verbandszeug, Taschenlampen – und ermittelten den Druck in den Luftkammern ihrer Anzüge, der unter diesen Umständen den optimalen Auftrieb ergab. Schließlich übten sie auch das Schwimmen mit einem dreißig Meter langen, dünnen Nylonseil, mit dem sie untereinander Verbindung halten wollten. Sie wurden immer sicherer, auch Inges Zweifel schienen sich allmählich zu legen. An die Stelle der Zweifel und der ungerichteten Ängste aber traten, je näher der Tag des Aufbruchs rückte, eine langsam wachsende Anspannung und eine Konzentration auf das bevorstehende Vorhaben, die alle anderen Eindrücke und Wahrnehmungen in den Hintergrund drängten. Manchmal lag Tim nachts wach und spürte nach kurzer Zeit, dass auch Inge nicht schlafen konnte.

»Was ist?«, fragte sie ihn einmal leise. »Machst du dir Sorgen?«

»Keine Sorgen«, raunte er zurück. »Ich überlege nur, ob wir auch wirklich nichts vergessen haben, verstehst du? Es ist nicht Angst, es ist wie vor einer Prüfung.«

In der Dunkelheit berührte er mit dem Zeigefinger seine Stirn. »Da oben denkt es einfach weiter, auch wenn ich nicht will.«

»Lass uns alles vergessen«, sagte Inge und zog ihn zu sich herüber. Sie lag nackt unter dem Laken, das sie als Decke benutzte und fühlte sich wunderbar an: glatt, warm und zärtlich. Sie lagen beieinander, überließen sich ganz den Empfindungen und Erregungen, die sich aus der Berührung ihrer Körper ergaben – und wirklich: Es half. Sie liebten sich und schliefen danach beide ein.

Stefan hatte Tim dabei geholfen, Nikola Petkov wiederzufinden. Er kam eines Abends, es war der 14. oder 15. September, und fragte, was er für den deutschen Gast tun könne. Inge befand sich zu diesem Zeitpunkt im Ferienlager. Aber mit Hilfe von Stefan gelang es Tim, Nikola seinen Plan zu erläutern. Sie würden ein oder zwei Nächte in der Nähe von Achtopol zelten, um in der Gegend zu tauchen. Für die Rückfahrt würden sie einen Militärlaster anhalten, der die Strecke befuhr. Wenn alle Stricke rissen, gäbe es in Achtopol ja einen Linienbus und vielleicht auch ein Telefon, von dem aus sie ihn, Nikola, anrufen und den Rücktransport vereinbaren könnten. Nikola war sofort bereit, sie am Nachmittag des 18. September nach Achtopol zu fahren.

»Ist er zuverlässig?«, fragte Tim Stefan, nachdem Nikola sie wieder verlassen hatte.

»Nikola sagt ja – bedeutet ja«, ließ er Tim wissen. Damit musste er sich zufrieden geben. An den verbleibenden Tagen achtete Tim darauf, dass alles, was sie für ihr Vorhaben brauchten, griffbereit lag und zusammen mit dem Zelt und den Schlafsäcken, die eigentlich nur der Tarnung dienten, in wenigen Minuten zu Bündeln verschnürt werden konnte. Außerdem mussten sie zu zweit in der Lage sein, ihre schwere Ausrüstung über kurze Strecken zu transportieren, nachdem Nikola sie an der Halbinsel abgesetzt hatte. Den kleineren ihrer beiden Koffer, in dem sich ein paar abgetragene Kleidungsstücke befanden und dem sie mit Hilfe einiger kleiner Sandsäcke das nötige Gewicht verliehen, würde Inge nachmittags in das Ferienlager schaffen. Damit würde sie zum Ausdruck bringen, dass sie gemeinsam mit den im Ferienlager von Kavazite untergebrachten DDR-Bürgern am 19. September die Heimreise antreten würde.

Der 18. September, es war ein Mittwoch, begann genauso strahlend und frisch wie alle Tage zuvor. Auch sonst verlief zunächst alles wie gewohnt: Stefan fuhr früh zu seinen Netzen, brachte seinen Fang ein und fuhr, nachdem er die Fische im Hafen verkauft oder Stanka für die eigene Küche übergeben hatte, mit dem Fahrrad zu seiner Gemüseplantage. Stanka machte sich im Haus zu schaffen und ging irgendwann einmal einkaufen. Diesen Gang durch Sosopol benutzte sie regelmäßig, um mit Bekannten zu schwatzen, Neuigkeiten zu erfahren und selbst von sich und Stefan zu erzählen. Sicher sprach sie auch über ihre Gäste? Die konnten nur hoffen, dass dabei alles harmlos blieb und dass Stankas Berichte über ihre Schwimmausflüge nicht in die falschen Ohren gerieten. Sie benutzten Stankas Abwesenheit, um die Gepäckstücke, die sie am Nachmittag mit sich führen würden, fertig zu packen. Dabei vermieden sie jeden Anschein, der nach bevorstehender Abreise aussah. Sie wollten die gewohnte Unordnung hinterlassen. Die Freizeitkleidung musste zum Teil im Schrank liegen oder hängen, einige Hemden oder Blusen sollten auf dem Bett oder auf den Stühlen ausgebreitet sein. Auch die Bücher, die sie gerade lasen, lagen aufgeschlagen herum. Auf dem kleinen Tisch stand wie immer einer von Stankas Tellern mit frischen Früchten. Schuhe und Sandalen, die sie nicht unbedingt benötigten, würden so herumstehen, als erwarteten die Gäste, sie demnächst wieder zu tragen.

Nachdem sie ihre Abreise so vorbereitet hatten, gingen Inge und Tim noch ein paar Schritte durch Sosopol. Ob sie jemals wieder herkommen würden, wollte Inge wissen.

»Würdest du denn gern?«, fragte er.

»Nein.« Die Antwort kam ein wenig zu schnell. Sie blieben stehen. Von ihrem Standort aus hatten sie einen schönen Blick über die Dächer der Stadt hinaus aufs Meer.

»Wenn viel Zeit vergangen ist, wenn wir ohne Furcht und unbeschwert hierher reisen können, wenn die Welt eine andere geworden ist, dann vielleicht.«

»Also nächstes Jahr«, versuchte Tim zu scherzen, aber Inge ging darauf nicht ein.

»Also, wenn wir alt und grau sind – oder vielleicht nie«, sagte sie. Eine gewisse Schwermut hatte sie ergriffen. Tim spürte es schon seit Tagen, hielt sich aber an die Vorstellung, dass ihre Stimmung umschlagen würde, sobald sie den gefährlichen Teil ihrer Reise hinter sich hätten. Auf ihrem Rundgang besuchten sie auch die kleine Plattform am Fuß der Treppe, die von der Altstadt zum Meer hinunterführte. Auch dieser Ort erschien Tim sonderbar verändert. Sie hatten mit allen Orten, die während der letzten Wochen zu ihrem Leben gehörten, abgeschlossen. Er hatte das Gefühl, als seien sie jetzt durch eine unsichtbare Wand von ihnen getrennt, als gehörten sie einer anderen Zeit an. Und Inge? Er zog es vor, ihr seine Empfindungen jetzt nicht mitzuteilen. Später, dachte er, wenn sie in Ruhe zurückschauen könnten.

Die nächsten Stunden verbrachten sie im Haus und versuchten, sich so normal wie möglich zu benehmen. Inge saß im Hof auf der Frühstücksbank und versuchte, ein Buch zu lesen. Tim lag rücklings auf dem großen Bett, hatte die Hände unter dem Kopf gefaltet und starrte an die Decke. Stanka war wieder im Haus. Sie rumorte und klapperte in der Küche wie immer. Dann hörte Tim ihre Stimme und gleich darauf die von Inge. Bald darauf erschien Inge in ihrem Zimmer: »Willst du was essen? Stanka fragt, ob sie uns etwas machen soll.«

Er hatte überhaupt keinen Hunger. »Willst du?«

Inge schüttelte den Kopf. Aber sie hatten kaum gefrühstückt, und vor ihnen lag eine lange Nacht.

»Wir sollten etwas essen«, entschied Tim und stand auf. »Erstens, weil wir etwas im Bauch haben müssen und zweitens, weil es auffällt, wenn wir plötzlich anfangen zu fasten.«

»Aber ich kann nicht, ich fühle mich wie zugeschnürt.«

»Was willst du sonst tun? Komm, wir setzen uns nach draußen und bitten Stanka um die übliche Mahlzeit. Früchte, Brot, Salat, ein Stück Fisch. Das schaffst du schon.«

Sie gingen hinaus, setzten sich an den Esstisch und ließen sich von Stanka bedienen wie an vielen Tagen zuvor. Selbst Wein ließen sie sich servieren, nippten aber nur daran. Sie dehnten die Mahlzeit aus, aßen wenig, tranken noch weniger und waren auch recht schweigsam. Bis Stanka kam und ihnen mitteilte, Nikola stünde draußen, um sie abzuholen.

»Bring ihn rein«, sagte Tim, obwohl ihm nicht nach Small Talk mit Nikola und Stanka zu Mute war. Inge verstand und übersetzte. Stanka rief einmal laut: »Nikola«, und wenige Sekunden später stand der kleine säbelbeinige Mann an ihrem Tisch, schenkte Inge, die er ja noch nicht kannte, sein schönstes zahnloses Lächeln, ergriff ihre ausgestreckte Hand mit seinen beiden Händen und tat so, als wollte er ihr den Arm ausreißen. Dazu murmelte er etwas Unverständliches. Inge schien ihn dennoch zu verstehen und zeigte auf ihr Zimmer. Nikola kannte sich offenbar aus, denn er verschwand und kam gleich darauf mit Inges Koffer und einem ihrer Bündel wieder. Tim ging ins Zimmer, um den Rest zu holen. Nikola kam ihm entgegen, um auch dieses Gepäck in seinem klapprigen Wartburg unterzubringen. Beiläufig verabschiedeten sie sich von Stanka. »Bis übermorgen«, sagte Inge, »allerspätestens bis Samstag«, fügte er hinzu, und Inge übersetzte. Tim fiel es schwer, Stanka und Stefan, die so großzügige und taktvolle Gastgeber waren, hinters Licht zu führen. In ihrem Zimmer hatte er einen an die beiden adressierten Briefumschlag zurückgelassen, der etwa die doppelte Summe an Geld enthielt, die sie ihnen noch schuldeten. Sie würden den Umschlag finden und öffnen, wenn sie merkten, dass Inge und Tim nicht zurückkehrten. Zumindest als Zechpreller sollten sie ihre Gäste nicht in Erinnerung behalten.

Mit Nikola hatte Tim einen Fahrpreis von fünfzig DM für die Fahrt nach Achtopol vereinbart. Die Aussicht auf diese Summe hatte Nikola offenbar animiert – jedenfalls schwadronierte er die ganze Zeit. Leider verstand Tim ihn nicht, und selbst Inge hatte Mühe mit der Verständigung. Immerhin begriff er, dass sie im Ferienlager noch etwas abzugeben hätten.

»Dobre«, sagte er immer wieder und wäre am liebsten mit seinem Taxi mitten ins Camp hineingefahren. Auf keinen Fall wollte er Inge den Koffer allein tragen lassen. Sie konnten ihn dazu überreden, sein Auto hinter einer Baumgruppe so abzustellen, dass es vom Ferienlager aus nicht zu sehen war. Tim blieb im Wagen, während das ungleiche Paar, der kleine verhutzelte Taxifahrer und die blonde stattliche Inge, den Koffer zwischen sich tragend, dem Campingplatz zustrebten. Nikola war dort wohl kaum bekannt. Er würde keinen Verdacht erregen. Trotzdem, während Tim auf dem durchgesessenen Rücksitz des Wartburgs ungeduldig wartete, wurde ihm klar, dass bis zum Abend noch einiges schief laufen könnte. Eine Polizeistreife zum Beispiel, die ihn allein in Nikolas' Auto antreffen würde und sich für das Gepäck interessierte, könnte ihnen einen dicken Strich durch ihre Rechnung machen. Oder Moritz Blumentritt, wenn er wirklich darauf aus war, hinter Inge her zu spionieren. Die Bucht von Achtopol wäre vielleicht heute nicht so menschenleer wie bei ihrem Besuch mit Stefan. Erst jetzt begriff Tim, dass er zwar einen guten Plan entwickelt, für eventuelle Zwischenfälle aber kaum Alternativen ausgedacht hatte. Dabei stand doch so viel auf dem Spiel. Alles stand auf dem Spiel, sagte er sich. Der Gedanke beunruhigte ihn so sehr, dass er ausstieg und zwischen den Stämmen der Bäume hindurch, die das Auto gegen die Straße abschirmten, Ausschau hielt. Warum kamen sie nicht? Eine halbe Stunde war vergangen, seit sie sich auf den kurzen Weg gemacht hatten. Er ging einige Male zwischen dem Auto und seinem Ausguck hin und her – mit steigender Unruhe. Sollte er selbst nach dem Rechten sehen? Endlich – da erschienen sie, aber sie waren zu dritt. Tim zog sich wieder ins Gebüsch zurück, um nicht gesehen zu werden. Wer war die dritte Person? Er erkannte einen stämmigen mittelgroßen Mann in Hemd und kurzen Hosen. Mitte vierzig mochte er sein. Ein paar Mal zeigte Inge in Richtung auf ihr versteckt geparktes Auto. Dann blieben sie stehen, mitten auf der Straße, auf der um diese Zeit keine Autos fuhren. Sie waren etwa vierzig Meter von Tim entfernt. Nikola löste sich plötzlich von den beiden anderen und kam auf ihn zu. Der stämmige Mann wollte ihm folgen, aber Inge fasste mit der linken Hand seinen rechten Unterarm, sagte etwas und ergriff seine rechte Hand. Der Mann schien einverstanden zu sein. Jedenfalls blieb er stehen, sah Inge an, nickte und hob, als sie Nikola folgte, seinen rechten Arm, um ihr nachzuwinken. Dann, als Inge und Nikola am Auto angekommen waren, ging er langsam zum Eingang des Campingplatzes zurück.

»Wer war das?«, fragte Tim, als sie wieder im Wagen saßen.
»Na, wer schon, Blumentritt natürlich.«
»Was hat er gewollt?«
»Das Auto sehen und beobachten, wo es hinfährt.«
»Los, sag Nikola, er soll umdrehen und in Richtung Sosopol am Eingang zum Campingplatz vorbeifahren. Danach wenden wir und fahren wieder nach Süden.«

Nikola, der nichts ahnte, wunderte sich. »Achtopol«, sagte er einige

Male und wies mit der Hand nach Süden. Inge erklärte ihm, dass sie noch einmal ein Stück zurückfahren müssten. Schließlich kapierte Nikola. Er startete den Wagen und fuhr am Camp vorbei nach Norden. Tim bückte sich tief unter die Unterkante der rückwärtigen Fenster, sodass ihn von der Seite, zumal aus einiger Entfernung, niemand sehen konnte. Er hörte, wie Inge ›auf Wiedersehen‹ rief und mit der Hand gegen die Scheibe des Beifahrersitzes klopfte.

»Natürlich stand er da und glotzte«, sagte sie, nachdem sie den Eingang passiert hatten.

»Jedenfalls hat er mich nicht bemerkt.«

»Hoffentlich nicht.«

»Was hast du ihm gesagt?«

»Dass ich noch auf einen Sprung nach Sosopol will. Zum Einkaufen. Und dass ich mich von meinen Freunden verabschieden will.«

»Und? Hat er dir geglaubt?«

»Er hat jedenfalls so getan. Offenbar hatte ihm Martha die Geschichte von meinen Freunden in Sosopol auch schon berichtet.«

»Dann stimmen die Aussagen wenigstens überein.«

Aber Inge machte sich immer noch Sorgen. »Du kennst diesen Mann nicht, du hast überhaupt keine Ahnung!« Vor Erregung sprach sie so laut, dass Nikola zusammenzuckte.

Jetzt ruhig bleiben, befahl sich Tim. Um Gottes Willen jetzt keinen blödsinnigen Streit anfangen. Er wechselte das Thema. Es klang fast beiläufig.

»Frag Nikola, ob es eine kleine Straße gibt, auf der wir ungesehen wieder am Campingplatz vorbeifahren können.«

Inge versuchte es, hatte aber keinen Erfolg mit ihrer Frage. Nikola warf einige Male in verneinender Gebärde den Kopf in den Nacken.

»Auto kaputt«, ließ er seine Passagiere wissen. Tim verstand: Die Parallelstraße musste sehr schlecht sein, und Nikola hatte Angst um die Federn und Achsen seines alterschwachen Wartburgs.

»Wenn er langsam fährt ..., wir haben Zeit«, raunte er Inge zu und versprach, das Entgelt für die Fahrt zu erhöhen. Inge, die vorn neben Nikola saß, sprach mit ihm, und auf einmal ging es. Er bog nach links ab, folgte einem holprigen Kiesweg, der sich bald gabelte und nahm den nach Süden verlaufenden Weg. Es war wirklich nur ein Weg, derselbe übrigens, den sie vor etwa zehn Tagen genommen hatten, um ungesehen am Camping-Platz vorbei zum Strand zu gelangen. Jetzt in Nikolas Auto kamen sie auch nicht viel schneller voran als damals. Nach einer Stunde aber fand Nikola wieder Anschluss an die Uferstraße. Sie hatten das Ferienlager umfahren, und von nun an verlief ihre Fahrt relativ zügig. Die Sonne stand schon tief, als sie sich Achtopol näherten. Sie baten Nikola, langsam zu fahren. Der Ort erschloss sich von der Straße her ganz anders, als wenn man sich vom Wasser her näherte. Tim lag daran, den Ort rechts liegen zu lassen und erst ein paar hundert Meter südlich von der kleinen Halbinsel stehen zu bleiben. Sobald sie diesen Punkt erreicht hatten, bat er Nikola, an den Straßenrand zu fahren, um sie beide aussteigen zu lassen. Auf der Halbinsel befand sich niemand, soweit sie von ihrem Haltepunkt sehen konnten. Ein wenig näher könnte Nikola sie noch an die Landbrücke heranfahren, entschied Tim. Während Nikola sein Auto wendete und näher an die nun rechts von ihnen liegende Landbrücke heranrollte, empfand Tim mit einem Mal die ganze Schwere ihrer Lage. Er hatte plötzlich Angst, aber davon durfte niemand etwas merken, weder Nikola noch Inge. So schwatzte er ununterbrochen mit Nikola, obwohl er wusste, dass der ihn nicht verstand und sehr wohl wahrnahm, dass Inge aufgehört hatte, seinen Redefluss ins Russische zu übersetzen. Sie waren angekommen. Tim stieg aus, tat so, als freue er sich auf die Nacht im Zelt, scherzte mit Nikola, als er ihm sein Fahrgeld überreichte: »Du machst uns arm, Nikola.« Dann, nachdem ihr Chauffeur das Gepäck ausgeladen und sein Auto gewendet hatte, standen Inge und er noch lange auf der Straße, um ihm nachzuwinken. Tim verspürte mit einem Mal das dringende Bedürfnis, sich irgendwo hinzulegen, um zur Ruhe zu kommen, aber das ging jetzt nicht. Sie mussten hinüber auf die Halbinsel. Der Weg dorthin führte durch niedriges Gebüsch, vorbei an einigen höher gewachsenen Sträuchern, die ein wenig Schutz vor Beobachtung boten.

»Gleich haben wir's«, redete er sich zu, während sie die schweren Bündel über die Landbrücke schleppten. Er tat so, als seien diese kleinen Bemerkungen für Inge bestimmt. »Nur noch ein paar Meter«, oder »es sieht gut aus, auf der Insel scheint niemand zu sein.« In Wirklichkeit aber musste er in diesen Augenblicken alle Kraft aufbieten, um nicht in Panik zu geraten.

Und Inge? Sie stapfte ein paar Schritte hinter ihm her, sagte kein Wort und schien auch nichts wahrzunehmen, jedenfalls kam sie ihm merkwürdig verlangsamt und abgeschirmt vor.

Sie standen jetzt in der Nähe eines der beiden längst verlassenen Gebäude, die daran erinnerten, dass das inzwischen alte, verfallene Achtopol einmal hier auf dieser Halbinsel gelegen hatte.

»Warte hier«, sagte er und ging hinüber zu dem flachen barackenähnlichen Haus, um zu prüfen, ob jemand da sei. Er fand niemanden. Die Halbinsel schien überhaupt menschenleer zu sein.

»Gehen wir hinüber zur Böschung.«

Sie fanden eine Stelle im abschüssigen Gelände der Böschung, von der sie die Halbinsel noch gut überblicken konnten.

»Hier«, entschied er.

Zwischen ihrem Standort und dem Dorf standen einige hohe Büsche, die zum Dorf hin einen vollkommenen Sichtschutz boten. Aber es musste schnell gehen. Die Lage konnte sich ändern, wenn jemand vom Ort auf die Halbinsel käme.

»Das Zelt?«, fragte Inge und fing an, das Bündel, in dem sich ihr Zelt und die Schlafsäcke befanden, aufzuschnüren. Der untere Rand der Sonne hatte jetzt einen kleinen, westlich von Achtopol gelegenen Höhenzug erreicht. Wenn sie hinter der Anhöhe verschwunden wäre, würde es schnell dunkel werden.

»Wir verlieren nur Zeit damit«, gab er zur Antwort. »Steigen wir lieber in die Anzüge.«

»Aber wenn uns jemand sieht?«

»Ich bin nicht einmal sicher, ob wir hier zelten dürfen. Es genügt, dass wir das Zelt dabei haben. Los, die Ausrüstung.«

Tim machte sich an die Arbeit, während Inge die Anzüge und das, was er dem Bündel entnahm, sorgfältig auslegte, damit sie auch nichts vergessen würden: Proviant, Papiere, Medikamente, Wasser, die Taschenlampen, Verbandszeug, den Kompass, das Nylonseil und Schuhe aus dünnem Segeltuch, in denen sie an Land gehen konnten.

In wenigen Minuten lag die Ausrüstung, das Werkzeug für ihre Wanderung durch das Schwarze Meer, sorgfältig ausgebreitet auf einer großen, flachen Steinplatte. Die anthrazitfarbenen Anzüge und alles Zubehör, das sie benötigten, um zusammenzubleiben und dennoch frei zu sein, wurden in diesem Augenblick ganz gegenwärtig. Diese Gegenstände lockten nicht, sie drängten sich auf wie unabdingbare Notwendigkeiten. Gegenseitig halfen sie sich in die Anzüge. Zunächst überwachte Tim Inges Einkleidung, dann überwachte sie alle seine Handgriffe und kontrollierte die Reißverschlüsse. Noch einmal zogen sie ihre Schuhe an. Die brauchten sie, um die Böschung hinunterzuklettern, dorthin, wo vor zehn Tagen ihr Boot vor Anker gelegen hatte. Sie griffen nach den Schwimmflossen und den Masken, Tim nahm das Seil. Die Dämmerung legte sich nun dichter über die Halbinsel. Aber wenn sie sich gegenüberstanden, so wie jetzt, konnten sie ihre Gesichter noch klar erkennen. Fast war es ein feierlicher Augenblick. Sie waren im Begriff, ihr Leben zu wagen füreinander, gegen eine Welt, die glaubte, Macht über sie zu haben.

»Näher werden wir uns nie sein«, sagte Tim. Seine Stimme klang heiser, er hatte so viel auf dem Herzen. Was vor einem Jahr als Traum von Freiheit und Gemeinsamkeit begonnen hatte, war nun plötzlich eine Gemeinschaft auf Leben und Tod. Ihm fiel nur dieser eine Satz ein. Inge sagte nichts. Sie sah ihn nur an, aus etwas geweiteten Augen, als begriffe sie erst jetzt, wer da vor ihr stand. Das alles dauerte nur einige Sekunden, dann waren sie auf dem Weg hinunter zum Wasser. Im Dämmerlicht mussten sie darauf achten, nicht zu stolpern. Unten wechselten sie die Schuhe gegen die Flossen. Die Schuhe standen am Ufer wie unwiderlegbare Zeichen dafür, dass ihr Weg hier endete.

»Wirf sie ins Meer«, sagte Inge.

Er tat es. Sie befeuchteten die Masken und prüften ihren Sitz. Dann legten sie das Seil an, glitten ins Wasser und schwammen hinaus, um die Halbinsel zu umrunden und danach in südöstlicher Richtung weiterzuschwimmen.

Ein schrilles Klingeln unterbrach die nachmittägliche Stille im Ferienlager von Kavazite. Es waren die heißesten Stunden des Tages. Sofern sie sich nicht am nahen Strand aufhielten, hatten sich die Gäste in die kleinen Bungalows zurückgezogen oder sie lagen in den Hängematten, die sie zwischen den Stämmen vereinzelt stehender kleiner Bäume aufgespannt hatten. Um diese Zeit hörte man nur das Summen der Insekten, von Ferne vielleicht das Rauschen des Meeres oder den Sommerwind, der im Dünengras ein helles singendes Geräusch erzeugte. Und jetzt eben das schrille Klingeln des einzigen Telefons weit und breit. Es stand in einem flachen Gebäude, in dem sich ein Restaurant, eine Küche und das Büro des Lagerleiters befanden. Ivan Levski hatte die Fenster zu seinem Büro weit aufgesperrt, damit das Klingeln des Telefons gehört würde, während er im Restaurant des Lagers sein Mittagessen einnahm.

»Geht jemand ran?«, rief eine Frauenstimme. Sie kam aus einer der Hängematten.

Vorerst geschah nichts. Es klingelte weiter, schrill und misstönend. Also wälzte sich die Frau, die gerufen hatte, aus ihrer Hängematte und ging selbst zum Telefon. Das Klingeln hörte auf, die Stimme der Frau war zu hören, die auf Deutsch mit einer Person am anderen Ende der Leitung sprach.

Dann hob die Frau den Hörer in die Luft, hielt ihn an ihrem gestreckten Arm aus einem der offen stehenden Fenster, als wolle sie ihn versteigern und rief laut: »Blume« und noch einmal »Blume!« Nach einer Minute öffnete sich die Tür eines benachbarten Bungalows. Ein untersetzter Mann in Shorts und Sandalen trat ins Freie und bewegte sich zunächst gemächlich zum Büro des Lagerleiters. Als die Frau noch einmal »Blume« rief, diesmal mit einem ärgerlichen Unterton, und hinzufügte »Berlin am Apparat«, beschleunigte der untersetzte Mann seine Gangart erheblich. In wenigen Sekunden hielt er den Telefonhörer in der Hand, während die Frau zurück zu ihrer Hängematte schlurfte.

Der Mann meldete sich und schwieg dann, als nähme er eine wichtige Nachricht entgegen.

»Heute?«, fragte er schließlich und fügte noch hinzu: »Die ist noch mal nach Sosopol gefahren zum Einkaufen, hat sie gesagt. Ihre Koffer hat sie schon gepackt.«

Aber diese Einwände schienen nicht beachtet zu werden, denn nach einer Minute, in der »Blume« nur geschwiegen hatte, hörte Martha Kluschke in ihrer Hängematte ihn laut und deutlich sagen: »Wird gemacht, Genosse. Ich kümmere mich darum. Selbstverständlich. Sofort.« Nach einer neuerlichen Pause hörte die Frau nur noch das Wort: »Grenzschutz« und einen Satz wie: »Verstehe. Zur Sicherheit verständigen.«

Dann trat der mit »Blume« angesprochene Mann aus dem Bungalow und rief: »Martha, ick bin jetzt 'ne Weile weg. Dringender Auftrag.«

Einige Stunden nach diesem Gespräch hielt ein kleines grünes Auto, ein Trabant, auf der Uferstraße von Achtopol, in dem nur ein einzelner Mann saß. Die Sonne war bereits hinter der Bergkette im Westen verschwunden. Der Mann vermutete, dass es nun recht schnell dunkel werden würde. Er stieg aus und lief einige Male auf der Uferstraße hin und her, schaute dabei aber ständig hinüber zu der kleinen, Achtopol vorgelagerten Halbinsel. Schließlich entdeckte er den Trampelpfad, der vom südlichen Ende des Dorfes über eine Landbrücke hinüber zu der Halbinsel führte. Er beeilte sich, dorthin zu kommen, achtete nicht auf

Unebenheiten im Boden und stürzte. Der Sturz tat weh. Er hatte sich das rechte Knie aufgeschlagen. Fluchend erhob sich der Mann, verband die stark blutende Wunde notdürftig mit einem Taschentuch und humpelte weiter. Es dauerte fast eine halbe Stunde, bis er an den steil ins Meer abstürzenden Klippen am Rand der Halbinsel stand und nach Osten auf das Meer hinausschaute. Mit bloßem Auge überblickte er die riesige, heute etwas unruhige Meeresoberfläche, die sich vor ihm ausbreitete. Schwierig, in dieser Weite einzelne Menschen auszumachen, dachte er, nicht nur schwierig, sondern fast unmöglich, es sei denn, die Schwimmer befänden sich noch nahe an der Küste. Er griff nach seinem Fernglas. Jetzt konnte er einzelne Meeresausschnitte näher zu sich heranholen. Innerhalb dieser Felder, die er überblickte, sah er eine Unzahl von kleinen schwarzen Wellen, die sich erhoben, zueinander drängten und wieder verschwanden. Wie sollte er da einen menschlichen Kopf, einen Arm oder gar einen ganzen Körper entdecken? Es war auch schon ziemlich dunkel. Er stand und schaute, mit und ohne Glas. Da draußen irgendwo mussten sie sein, wenn der Anrufer aus Berlin recht hatte mit seinem Verdacht. Unglaublich – vielleicht nur einige hundert Meter von den Schwimmern entfernt am Ufer zu stehen und sie nicht sehen zu können. Es war hoffnungslos. Trotzdem würde man ihm Vorwürfe machen. Er fühlte sich hilflos, und die Kritik, die er zu erwarten hatte, erfüllte ihn schon im Voraus mit ängstlicher Spannung und mit Wut. Aber was konnte er tun? Den Grenzschutz benachrichtigen. Wie hieß der Mann? Stanislav Rilski? Den musste er jetzt noch finden. Inzwischen war es so dunkel geworden, dass er nicht mehr sah, wo er hintrat. Weiter im Süden flammten plötzlich Scheinwerfer auf, deren Lichtbahnen die unruhige Meeresfläche absuchten.

Die werden auch kein Glück haben, dachte der Mann, der Mühe hatte, den Weg zurückzufinden. Erst nach einer Stunde stand er wieder bei seinem Trabant. Fast ebenso lange brauchte er, bis er diesen Rilski in Achtopol gefunden hatte. Und dann der merkwürdige Blick und das unterschwellig arrogante Lächeln, mit dem Rilski ihn musterte, nachdem er ihm die Namen der gesuchten Personen genannt und ihn in seinem holprigen Russisch gebeten hatte, die bulgarischen Grenzposten zu verständigen. Nein, diese Namen seien ihm unbekannt. Aber ja, er würde die Genossen verständigen, jetzt gleich würde er ins Sperrgebiet fahren und alles Nötige in die Wege leiten, versicherte Rilski.

Die Telefonnummer des Ferienlagers in Kavazite möge der Genosse ihm doch bitte aufschreiben, für den Fall, dass die Grenzer etwas in Erfahrung brächten.

»Blume« fühlte sich miserabel. Er hatte versagt. Man würde ihn das spüren lassen. Wie Rilski denn die Chancen einschätze, die Flüchtigen noch vor der türkischen Grenze zu erwischen?

»Dobre«, sagte Rilski, zeigte wieder sein unangenehmes Lächeln und wandte sich ab, um in seinen Kleinlaster zu steigen. »Dobre.«

10

Als sie die Halbinsel schon hinter sich gelassen hatten, sah Tim noch einmal zurück zu der steilen Küste von Achtopol. Oben, da, wo die Felsen steil zum Wasser abfielen, sah er jemanden stehen und aufs Meer hinausschauen. Gegen den immer noch relativ hellen Abendhimmel hob sich die Gestalt ab wie ein kleiner Scherenschnitt. Ob die Gestalt auch sie gesehen hatte? War es ein zufälliges Zusammentreffen, oder hatte dieser Mann etwas mit ihnen zu tun? Um einen Mann musste es sich handeln. Die breiten Schultern, die Art, wie er die Hände über die Augen legte. Plötzlich durchfuhr Tim die Einsicht, dass der Mann mit einem Fernglas auf das Meer hinausstarrte. Deshalb die Bewegung der Hände! Inge hatte offenbar nichts bemerkt. Sie schwamm etwa zehn Meter hinter ihm auf dem Rücken und benutzte nur ihre Schwimmflossen als Antrieb. Die Wasseroberfläche war hier draußen schon etwas unruhiger als in der Bucht. Das Meer musste von da oben als dunkle unruhige Fläche zu sehen sein – auch durch ein Fernglas wären sie nicht leicht zu entdecken. Ruhig weiterschwimmen, dachte Tim, und möglichst schnell Abstand zur Küste gewinnen. Die einsame Figur hoch oben auf der Halbinsel hatte ihn beunruhigt. Er dachte an ihren Besuch bei den Grenzsoldaten, an Stanislav Rilski. »Guter Mann – Kommunist«, hörte er Stefan sagen.

Plötzlich flammte am Ufer ein grelles Licht auf. Der Scheinwerfer von Sinemoretz warf eine Lichtbahn, die viele hundert Meter aufs Wasser hinausreichte. Noch befand sich dieser erleuchtete Streifen südlich von ihnen, aber er würde sie erfassen – in weniger als einer Minute, rechnete sich Tim aus. Er schwamm nahe an Inge heran und forderte sie auf, ihr Gesicht nach Osten zu wenden, sobald der Strahl des Scheinwerfers sie erreichte. Sie verstand sofort, und als das Licht sie erfasste und das Wasser ringsum erleuchtete, drehten sie sich beide nach Osten. Für einen Beobachter würden sich ihre grau-schwarzen Kappen kaum von den kleinen Wellen unterscheiden, die sich als unregelmäßiges Muster über die Meeresfläche ausbreiteten. Die Lichtbahn zog über sie hinweg, kam noch einmal zurück, dann war alles wieder dunkel wie zuvor.

Dennoch: Während sie weiterschwammen, fragte Tim sich, ob ihre Flucht nicht aufgeflogen sei. Vielleicht hatte Blumentritt die Grenzpolizei alarmiert? Hatte er ihn gesehen, als sie am Eingang des Campingplatzes vorbeifuhren? Vielleicht hatte Stefan den Brief mit dem Geld vorzeitig gefunden und im Lager nachgefragt, ob seine Gäste dort seien? Vielleicht würde die Grenzpolizei sie mit einem ihrer Boote suchen?

Weiter im Süden flammten noch weitere Scheinwerfer auf, aber sie waren zu weit entfernt, um die Schwimmer zu gefährden.

Wieder schwamm Tim nahe an Inge heran, um etwas zu sagen. Inge hielt ihren Kopf nahe an seinen Mund. »Etwas weiter östlich«, sagte er, »so kommen wir am schnellsten von der Küste weg.«

Er schwamm nun wieder auf dem Rücken, sah hinauf zu seinen Sternbildern und schlug einen ost-südöstlichen Kurs ein, der sie in etwa drei Stunden aus den bulgarischen Hoheitsgewässern in internationales Gewässer führen würde. Sie hätten dann einen Abstand von fünf bis sechs Kilometern zur Küste, dort würden sie die Bulgaren nicht mehr suchen, hoffte er, und Inge schien seine Überlegungen verstanden zu haben, denn sie stellte keine Fragen. Sie schwammen nun etwas schneller, benutzten in Rückenlage Arme und Beine, aber dafür würden sie später langsamer schwimmen. Sie kamen gut voran. Die bulgarische Küstenlinie war nicht mehr zu erkennen, und die Scheinwerfer, die zwischen Sinemoretz und der Grenze immer wieder aufflammten, störten sie nicht mehr. Im Gegenteil: Sie boten ihnen eine zusätzliche Orientierungshilfe.

Die Meeresoberfläche veränderte sich ebenfalls: Statt der kleinen unberechenbaren Wellen, die ihnen in die Gesichter und gegen die Masken schlugen, wurden sie nun in vielleicht drei Kilometer Entfernung von der Küste von einer sanften, in langen flachen Wellen von Nordost nach Südwest ziehenden Dünung getragen. Es schwamm sich angenehmer in diesen sanften Wellen, die sie in regelmäßigen Abständen ein kleines Stück näher an die Sterne hoben und sie dann wieder in flache Täler sinken ließen.

Tim war inzwischen ganz ruhig geworden. Er sah auf die Uhr. Zehn Uhr dreißig. Sie waren fast genau drei Stunden unterwegs. Es war Zeit, den Kurs stärker auf Süden zu drehen und etwa neun Stunden lang genau nach Südosten zu schwimmen. Dann sollten sie etwa auf der Höhe von Rezovo sein und müssten anschließend einen südlichen Kurs einschlagen.

Waren sie nicht frei hier draußen zwischen Himmel und Meer, allen von Menschen ausgeübten Zwängen enthoben? Sie schwammen im Gleichtakt, ruhiger als zuvor, weil sie glaubten, dass sie hier draußen niemand mehr suchen würde.
Ein energischer Zug an der Leine, die ihn mit Inge verband, riss Tim aus seinem Wohlbefinden. Er sah auf. Inge war dicht an ihn herangeschwommen und bewegte sich nicht von der Stelle. Eines der schwachen Lichter im Westen, die ihnen die Lage der bulgarischen Küste anzeigten, hatte sich vergrößert und wurde schnell noch größer. Ein Boot, ein sehr schnelles Boot, schoss es ihm durch den Kopf. Mein Gott, was tun? Wenn die Grenzwächter sie am Ende doch finden und aus dem Wasser ziehen würden? Das Licht bewegte sich direkt auf sie zu. Es kann nicht sein, sie können uns nicht gesehen haben, es ist ein Zufall, redete Tim sich ein und zog Inge noch näher an sich. Aber ob Zufall oder nicht, das Boot kam näher, es hielt direkten Kurs auf sie. Jetzt hörten sie den Motor nicht nur unter Wasser, sondern auch, wenn sie die Köpfe an die Luft streckten. »Köpfe runter«, rief er Inge ins Ohr. »Zusammen.« Das Boot mochte noch dreißig oder vierzig Meter von ihnen entfernt sein und hielt immer noch auf sie zu. Oder doch nicht ganz? Tim gab Inge einen Schubs. Instinktiv versuchten sie wegzutauchen wie Synchronschwimmer, aber der Auftrieb ihrer Anzüge ließ ein solches Manöver nicht zu. Fast gleichzeitig begriffen sie, dass es am besten wäre, sich nicht durch heftige Bewegungen zu verraten und ausgestreckt, die Köpfe nach unten geneigt, im Wasser zu liegen. Das Singen des hochtourigen Motors kam näher, wurde unerträglich laut, so, als gäbe es in dieser Einöde kein anderes Geräusch als dieses hohe Singen, kein Rauschen, kein Plätschern, kein Glucksen, nur dieses ohrenzerreißende Singen. Dann wurde es schnell schwächer. Das Ganze dauerte nur einige Sekunden, und als sie aufsahen und nach Luft schnappten, hatte sich das Boot bereits wieder entfernt, nach Osten. Das hieß, es würde noch einmal zurückkommen? Sie hielten sich an den Händen und starrten dem Boot nach, das jetzt eine große Kurve nach Süden fuhr und dann wieder auf westlichen Kurs ging. Würde es noch einmal nahe an sie heranfahren? Tim spürte, wie Inge sich neben ihm anspannte, wie der Druck ihrer Hand zunahm, aber dann konnten sie aufatmen. Das Boot fuhr im Abstand von vierzig Metern an ihnen vorbei – nahe genug, dass sie am erleuchteten Bug große Buchstaben und einzelne Ziffern erkennen konnten. Dann, so

plötzlich wie er gekommen war, verflog der böse Spuk. Erst jetzt merkte Tim, dass sein Herz wie verrückt schlug. Außerdem fühlte er sich total erschöpft, als sei er nicht drei oder vier Stunden, sondern zehnmal solange geschwommen. Inge musste es genauso gehen. Er fuhr mit der rechten Hand über ihren Neoprenanzug. Es sollte ein beruhigendes Streicheln sein, aber würde sie es überhaupt spüren? Etwa eine Viertelstunde lang überließen sich die beiden dem sanften Auf und Ab der Meeresdünung. Allerdings sah Tim immer wieder nach Westen, um ein sich erneut näherndes Boot frühzeitig zu erkennen. Auch Inge schickte aus ihrer Ruhelage immer wieder Blicke in die westliche Richtung.

»Entspannen«, sagte er, »es ist vorüber. Wir haben gewonnen.«

Inge hörte ihn nicht, aber sie verhielt sich genau wie er. Zwischen ihnen herrschte in diesen Minuten eine instinktive Übereinstimmung. Die langen Wellen hoben sie nach oben und ließen sie sanft wieder in gläserne Täler gleiten. Nach ein paar Minuten ging es ihnen besser. Sie tranken von ihrem spärlichen Wasservorrat, aßen einen Schokoriegel, der etwas Koffein enthielt, und überließen sich noch ein wenig dem beruhigenden Gewoge der Dünung.

»Weiter nach Südosten«, sagte er.

Langsam nahmen sie ihren Rhythmus wieder auf. Die Himmelsuhr hatte sich inzwischen gedreht. Sie schwammen konzentriert, aber nicht besonders schnell. Nach etwas mehr als einer Stunde – fünf Stunden hatten sie inzwischen im Wasser verbracht – bemerkten sie ein Licht, das sich von Süden näherte. Inge erstarrte, als Tim sie auf das sich langsam nähernde Licht aufmerksam machte, aber er beruhigte sie. »Das ist internationaler Schiffsverkehr. Die haben nichts mit uns zu tun.« Und wirklich: Nach einer halben Stunde passierte sie ein Frachter auf dem Weg nach Norden. Der Dampfer fuhr in einem Abstand von etwa hundert Metern an ihnen vorbei. Einzelheiten konnten sie nicht erkennen, aber dass es sich um einen Frachter handelte, erkannten sie an den gestapelten Containern. Von der Küste war zu diesem Zeitpunkt nichts mehr zu sehen. Weit im Südosten erschien ein weiteres Licht – ein anderes Schiff, das ebenfalls einen nördlichen Kurs verfolgte.

Vermutlich waren sie bereits außerhalb der bulgarischen Hoheitsgewässer. Ihre Position konnten sie aufgrund der eingeschlagenen Richtungen, der Dauer, für die sie einen bestimmten Kurs geschwommen waren, und ihrer durchschnittlichen Geschwindigkeit von zwei Kilometern pro Stunde nur schätzen: Sie musste nach Tims Überlegung etwa sechs Kilometer nördlich von Rezovo und knapp außerhalb der bulgarischen Dreimeilenzone liegen. In weiteren drei Stunden wären sie auf der Höhe von Rezovo, dann wäre es Zeit, auf einen südlichen Kurs einzuschwenken. Er sah auf die Uhr. Ein Uhr dreißig morgens. Ab vier Uhr dreißig würden sie strikt nach Süden und etwa ab sieben Uhr nach Südwesten und dann nach Westen schwimmen, der türkischen Küste entgegen.

Tim schwamm auf dem Rücken, Inge folgte ihm im Abstand von etwa zwanzig Metern an der Leine, die sie inzwischen etwas gekürzt hatten. Der Kurs ließ sich leicht einhalten: Sie mussten nur den Polarstern im Norden und die ihn umgebenden Sternbilder im Auge behalten. Müde war Tim nicht, er genoss die Freiheit, das Meer, die Sterne, das Bewusstsein, mit Inge in dieser schimmernden und rauschenden Nacht allein unterwegs zu sein und dabei die wachsende Gewissheit zu empfinden, dass sie es schaffen würden, dass sie das Spiel, in dem sie alles gewagt hatten, gewinnen würden.

Inge zog an ihrem Seilende, und Tim wartete auf sie. »Da oben«, sie zeigte nach Westen, wo sich ein heller Punkt über den nördlichen Himmel nach Osten bewegte. »Ein Satellit«, sagten sie beide fast gleichzeitig und nahmen dieses Ereignis, das sich noch einmal wiederholte, als ein weiteres freundliches Zeichen, das ihnen den Erfolg ihres Wagnisses anzeigte. Sie schwammen weiter – zufrieden? Heiter? Dankbar? Nie vorher und nie mehr danach hatte Tim Freiheit als ein so beglückendes Körpergefühl erlebt wie in jenen Stunden, die an ihnen vorbeizogen wie Göttergeschenke.

Wie konnte er nur so glücklich sein? Sie waren doch von Gefahren umgeben. Seeungeheuer gibt es zwar nicht im Schwarzen Meer, keine Haifische oder Riesenkraken. Aber sie befanden sich auf dem offenen Meer. Eine unerwartete Übelkeit, ein Muskelkrampf, eine plötzliche Kreislaufschwäche – alle diese Ereignisse hätten sie in Schwierigkeiten bringen, vielleicht sogar ihr Ende bedeuten können. Aber sie dachten nicht an Zwischenfälle. Das Meer trug sie ja und schaukelte sie sanft auf und ab, es sprach zu ihnen durch sein Glucksen und Plätschern, durch ein leichtes Rauschen, das entstand, wenn eine größere Welle schnell an ihnen vorüberzog wie ein eiliger Bote, der eine Nachricht zu überbringen hat. Es war ein bewegtes, aber kein zorniges Meer. Der Himmel zeigte ihnen seine vertrauten Bilder. Stimmen und Bilder, die auf ihre Sinne einwirkten und ihnen in einer archaischen Sprache mitteilten, dass sie geborgen seien. Einmal schwamm Inge nahe an Tim heran. »Keine Angst mehr«, sagte sie, »es ist *unser* Meer und *unser* Himmel.«

Inge hat recht, dachte Tim. Während er weiterschwamm, empfand er eine urtümliche Dankbarkeit gegenüber dem Meer, das sie trug über die Tiefen hinweg, in denen es die Überreste derjenigen aufbewahrte, die nicht so glücklich gewesen waren wie Inge und er. Was hatte ihm einer seiner amerikanischen Freunde einmal erklärt? Das heutige Schwarze Meer sei durch den Bruch einer Landenge, die dieses Gewässer vom Mittelmeer getrennt hatte, entstanden. Das alte Schwarze Meer, das erst in etwa hundert Metern Tiefe beginnt, sei noch immer extrem sauerstoffarm, reich an Schwefelwasserstoff und fast ohne Leben. Was in diese Tiefe sinkt, behält seine Gestalt, es zerfällt nicht, und die Archäologen hofften, so hatte ihm sein Freund Bob Barney angekündigt, bedeutende Funde auf dem Boden dieses Meeres zu machen, wenn sie einmal mit geeigneten kleinen Tauchkapseln in die Tiefen des Schwarzen Meeres vordringen könnten. Vielleicht lägen in den untergegangenen Galeeren nicht nur Amphoren mit Wein und andere Güter einer längst versunkenen Zeit, vielleicht ruhten dort auch noch die Menschen, die diese Galeeren einmal über dieses Meer gesteuert oder gerudert hatten. Ein Meer, das die Toten über Jahrtausende bewahrt, das die Geschichte eines Teils der Menschheit in sich trug, würde ihnen den kurzen Weg an ein nicht mehr fernes Ufer erlauben.

Dem Himmel dankte Tim, der ihm den Weg zu diesem Ufer zeigte, und er dankte der Nacht, die Inge und ihn verborgen und geborgen hatte, als ihre Feinde auf der Suche nach ihnen waren. Und dennoch: Wäre er auch so ruhig, wenn er ganz allein in dieser Einöde dahinschwimmen würde ohne Inge, ohne ein anderes menschliches Wesen? Nicht nur das Meer trug ihn, auch die Liebe zu Inge und die Sehnsucht nach dem Leben, das er mit ihr zusammen führen wollte. Dieses gemeinsame Leben, war das nicht das Ufer, dem sie zustrebten?

Und wo befand sich Inge mit ihren Gedanken in diesen Stunden, in denen sie am Seil hinter Tim herschwamm? Der Schritt, vor dem sie sich insgeheim so gefürchtet hatte, war getan. Mit jedem Beinschlag, mit jedem Auf und Ab ihrer Flossen und mit jedem Atemzug entfernte sie sich ein Stück aus ihrem früheren Leben. Die Zukunft? Die Zukunft war Tim, der durch ein recht dünnes Seil mit ihr verbunden vor ihr herschwamm. Sie konnte jetzt nicht mit ihm reden, aber sie nahm sich vor, ihm zu erzählen, dass sie sich als kleines Mädchen vor dem Wasser gefürchtet hatte, dass sie erst spät unter der geduldigen Anleitung ihres Vaters schwimmen gelernt hatte. Die Brüder? Die hatten kein Verständnis für ihre Ängste. Sie hatten sie durch ihre Grobheiten bei gemeinsamen Ausflügen an die Ostsee oder an einen der märkischen Seen eher noch mehr verängstigt. Und jetzt? Jetzt solltet ihr mich sehen, Helmuth, von dem ich nicht einmal genau weiß, wo er ist, und Werner, der als Soldat die Grenzen überwachen und beschützen soll, die ihre Welt umgeben hatten und die sie jetzt in einem fast symbolischen Akt überwand.

Ich schwimme mich frei, sagte sie sich und erinnerte sich dabei an ihren »Freischwimmer«, den sie unter Zittern und Bangen schließlich als Zehnjährige absolviert hatte. Im Strandbad Rangsdorf. Die Brüder durften nicht dabei sein, die Schwestern hatten an diesem Tag andere Pläne gehabt, nur der Vater, zu dem sie alles Vertrauen der Welt hatte, sollte bei ihr sein. Er durfte, während sie an den Holzstegen entlangschwamm, oben drauf entlangspazieren und ihr auf seine eigene Art Mut machen. »Du schwimmst so schnell, dass ich gar nicht hinterherkomme. Du willst mich wohl müde machen, was, damit ich mit dir nachher irgendwo einkehre, weil ich mich unbedingt ausruhen muss? Wenn ich gewusst hätte, wie gut du schwimmst, wäre ich zu Hause geblieben.« Sein sanftes Parlando hatte sie begleitet in dieser hastig und kurzatmig durchruderten Viertelstunde, die schließlich mit einem Pfiff des Bademeisters und mit einer Umarmung ihres Vaters geendet hatte, der sie mit einem Handtuch in Empfang genommen und abgerubbelt hatte. »Na endlich, ich dachte, das nimmt überhaupt kein Ende.« An ihn dachte sie am häufigsten in dieser Nacht, nicht an die ebenfalls geliebte, aber ihr in ihrer Umtriebigkeit nicht so verwandte Mutter, auch nicht an Antje und Bärbel, nicht an die Brüder und nur einmal an Tinus, der sie so enttäuscht und der mit seinem Verhalten eigentlich alles ausgelöst hatte. Oder nicht? Maß sie ihm da zu viel Bedeutung bei?

Jetzt ließ sie sich von Tim übers Schwarze Meer führen. Davon können wir später unseren Familien und Kindern erzählen, dachte Inge. Die bevorzugte Einschlafgeschichte.

»Bitte, nur noch eine Geschichte!«
»Also welche?«
»Wie ihr übers Schwarze Meer geschwommen seid.«

Würde das einmal kommen? War das ein kleiner Vorschuss auf die Zukunft? Was würde das für eine Zeit sein, diese Zukunft, in der sie ihren Kindern Geschichten erzählte?

Das eintönige Paddeln mit den Beinen, die gelegentlichen, mehr der Steuerung als der Fortbewegung dienenden Armbewegungen, kamen ihr vor wie die Tätigkeit einer Uhr. Die Zeit verstrich, und sie konnte der Zeit ihre Gedanken mit auf den Weg geben. Nach den Sternen sah sie nur gelegentlich, das tat ja Tim. Wie sehr ich ihm vertraue, dachte Inge. Wie unwirklich das alles war. Was hätte ich gesagt, wenn mir irgendjemand vor ein paar Wochen vorausgesagt hätte, dass ich diese Nacht durchschwimmen würde und dass wir beide allein sein würden, allein zwischen Himmel und Meer, allein in diesem riesigen, bestirnten Raum, unterwegs in die Freiheit. Aber was war das: die Freiheit? Vielleicht wäre sie auch im Westen enttäuscht von dem, was Menschen Freiheit nennen. War Freiheit nicht das, was sie jetzt in diesen Stunden erlebten? Dieses Wogen und Rauschen, das Atmen des Meeres, das Kreisen der Sterne, das Schlagen ihrer Herzen?

Dass auch diese Nacht, die so bedrohlich begonnen und die beiden Schwimmer dann so sanft und zeitvergessen in ihren Bann gezogen hatte, ein Ende haben würde, wurde ihnen deutlich, als Tim am Osthimmel einen zarten Rosastreifen entdeckte: Homers »rosenfingrige Morgenröte«. Er sah auf die Uhr. Fast sechs Uhr morgens. Sie waren weit genug nach Süden geschwommen, um Bulgarien mit an Sicherheit grenzender Wahrscheinlichkeit hinter sich gelassen zu haben. Inge schwamm zu Tim heran, sie lüpften die Masken, um sich einmal ungeschützt in die Augen zu sehen.

»Müde?«, fragte er.

»Überhaupt nicht.«

»Der neue Tag«, Tim zeigte nach Osten, wo die ersten goldenen Lichtbündel durch den Horizont brachen.

Ein strahlend heller Tag war heraufgezogen, als sie nach einer weiteren Stunde ihren Kurs abermals änderten.

»Nach Westen«, sagte Tim und fügte hinzu: »Nur noch zwei Stunden, vielleicht weniger.«

Dann schwammen sie auf die türkische Küste zu, die sie zunächst noch nicht sehen konnten. Die Sonne hob sich jetzt aus dem Meer, die kleinen Wassertropfen an den Gesichtsmasken brachen ihre Strahlen und blendeten sie zuweilen.

Mit dem Tageslicht trat die konkrete Welt wieder in Inges Bewusstsein. Bald würden sie das Ufer eines fremden Landes betreten. Wie würde man sie dort aufnehmen? Und wie ginge es von dort weiter? Würde man die bundesdeutschen Behörden schnell informieren, und würden die für eine schnelle Reise nach Westdeutschland sorgen? Und wann würde sie wieder zu ihren Eltern reisen dürfen? Irgendwann gäbe es sicher eine Amnestie für Flüchtlinge, aber das könnte lange dauern, und viel konnte inzwischen geschehen. In diesem Sinn hatte Tim es so viel leichter. Er würde in sein gewohntes Leben zurückkehren, zu den Menschen, die er mochte und die zu ihm gehörten. Sie hatte jetzt nur ihn, sie vertraute ihm, er hatte in allem Wort gehalten – und hatte er nicht immer recht gehabt? Aber auch Glück, musste sie einschränken. Das Suchboot der Grenztruppen war ja nicht allzu weit an ihnen vorbeigefahren. Sie musste jetzt einen Weg in Tims Leben finden und sich darin einrichten. Sie freute sich darauf, sie liebte ihn ja, aber ein wenig Bangigkeit empfand sie doch, jetzt im anbrechenden Tag.

Sie mussten nun aufpassen, um den richtigen Kurs einzuhalten. Im Zweifelsfall hielt Tim sich nicht nur nach Westen, sondern auch noch ein wenig nach Süden: »Zur Sicherheit«, sagte er, als Inge sich über seine Kurskorrekturen wunderte.

Dann sahen sie Land, zunächst nur einen dunklen Strich, dann einen blau-grünen Streifen, in dem einzelne helle Abschnitte aufleuchteten. Noch eine Stunde dauerte es von diesem Augenblick an, bis sie Einzelheiten erkennen konnten. Was Tim sah, stimmte mit seinen Annahmen überein. Einige Kilometer weit im Nordwesten lag Rezovo, darunter die begrünte Flussmündung des Rezovo Flusses. Unmittelbar nördlich davon leuchtete ein großes weißes Gebäude, vermutlich die letzte Militärstation der Bulgaren vor ihrer Grenze. Im Süden, nah an der Küste, sahen sie im Morgendunst die fernen Konturen von unterschiedlich großen Schiffen, die vor der türkischen Küste zu ankern schienen. Auch Flugzeuge stiegen dort im Süden auf und landeten wieder. Vor ihnen aber in zwei bis drei Kilometern Entfernung und schätzungsweise zehn Kilometer südlich vom Rezovo Fluss, glänzte ein langer weißer Strand. Dort wollten sie an Land gehen. Als sie näher kamen, bemerkten sie einen etliche Meter hohen Felsblock, der den langen Strand in zwei Teile zu trennen schien. Es dauerte länger, als sie erwartet hatten, bis sie in flaches Wasser kamen und mit ihren Flossen Sand aufwirbelten. Die See war an dieser Stelle sehr ruhig.

Nur gelegentlich hob sich eine träge Welle aus der glatten Oberfläche und lief mit leisem Klatschen auf den Sandstrand. Sie setzten sich ins seichte Wasser, streiften die Flossen ab, nahmen die Masken von den Gesichtern und blieben einige Minuten nebeneinander liegen.

»Unheimlich still ist es hier«, sagte Inge und wirklich: Die plötzliche Abwesenheit der Wassergeräusche vermittelte den Eindruck einer großen Stille. Langsam richteten sie sich auf. Tim sah auf die Uhr. Halbzehn Uhr vormittags, sie waren vierzehn Stunden geschwommen, um diesen menschenleeren Strand zu erreichen. Als sie noch etwas taumelig aus dem Wasser stiegen, erhob sich ein großer weißer Pelikan, der auf dem Felsen gehockt hatte, und flog davon, nach Norden, dorthin, woher sie gekommen waren.

»Bist du sicher, dass wir in der Türkei sind?«, fragte Inge.

»Ganz sicher.«

Da tat sie einen tiefen Seufzer und umarmte ihn. »Tim, ohne dich stünde ich jetzt nicht hier.« Dann rannte sie los, als wenn sie ihre Gefühle in einem Sturm von Bewegung äußern müsste. Er lachte, es sah komisch aus, da ihr Schwimmanzug sie bei ihren Sprüngen und Spurts behinderte. »Fester Boden«, rief Inge und stapfte mit den Füßen über den weißen Sand. Dann halfen sie sich gegenseitig aus den Anzügen, um der Sonne Gelegenheit zu geben, die Unterwäsche zu trocknen, die sie unter den Anzügen trugen. Inge wanderte über den Strand, um für jeden von ihnen ein Andenken zu finden. Sie kam mit einem gelben, vom Meer glatt polierten Stein und einer rosa Muschel zurück.

»Schau, wie schön«, sagte sie und legte den durchwärmten Stein in Tims Hand. »Der wird dich immer an diesen Augenblick erinnern.«

Beide spürten sie plötzlich Müdigkeit. Eine Stunde Schlaf würde ihnen gut tun. Am landseitigen Ende des Strandes stand eine große Schwarzföhre, die einen angenehmen Schatten warf. Nachdem sie alles Zubehör aus ihren Taschen entfernt hatten, legten sie sich auf ihre Anzüge und schliefen ein, in der festen Absicht, nach einer Stunde wieder aufzustehen.

11

Aus der geplanten Stunde wurden fast zwei Stunden. Die Sonne stand schon fast im Scheitelpunkt ihrer Bahn, als Tim wach wurde. Inge schlief immer noch, aber er musste sie wecken. Er fühlte sich frisch. Die nasse Wäsche an ihren Körpern war trocken geworden, auch aus den Neoprenanzügen, die sie zum Trocknen gewendet hatten, war viel Feuchtigkeit verdampft. Noch einmal schlüpften sie in die Schwimmanzüge. Dann verstauten sie alles Zubehör in einem Nylonsack, den Tim als faustgroßes Paket mit sich geführt hatte. Ihre Hauben, die Flossen und Masken mit nicht benutztem Proviant, Messern, Taschenlampen, alles, was sie mit sich gebracht hatten, passte hinein. Mit dem Nylonseil verschnürten sie den Sack zu einem Bündel, das Tim auf einer Schulter trug, und wandten sich zum Gehen. Vom Strand führte eine mit Buschwerk bestandene Böschung einige Meter in die Höhe auf einen schmalen Trampelpfad. Hier begann der Wald. Hohe Bäume, Kiefern, Föhren, vereinzelte Fichten oder Tannen und hohe Laubbäume, Buchen und Eichen umstanden sie.

»Das Land«, sagte Tim und atmete die würzige Luft tief ein, »das Land hat uns wieder.«

»Wie am Veleka Fluss«, sagte Inge, und wirklich, der Eindruck war ähnlich.

Nach ein paar Metern stießen sie auf einen breiteren Weg, der weiter landeinwärts parallel zur Küste verlief.

»Wohin?«, fragte Inge. Sie wollte nach Süden, weiter weg von der Grenze zu Bulgarien, aber Tim vermutete in der Nähe der Grenze einen Militärstützpunkt und schlug deshalb vor, nach Norden zu gehen. Sie beratschlagten noch, als sie plötzlich zwei bärtige Männer mit einem Hund bemerkten. Die Männer sahen ziemlich abgerissen aus, sie musterten die beiden Gestalten sorgfältig, einer von ihnen nahm den Hund, einen Jagdsetter, der sie beschnuppern wollte, fester an die Leine. Die sonderbare Kleidung der Fremden musste die Neugier der Männer erregt haben, dennoch schickten sie sich an, weiterzugehen.

»Merhaba«, grüßten Inge und Tim vernehmlich und fragten auf

Deutsch, wo es hier zum nächsten Dorf ginge. Die Männer verstanden nichts, aber als Tim aufs Meer hinauszeigte, dann auf Inge und sich selbst, blieben sie stehen. Der Hund durfte sie jetzt beschnuppern und ließ sich streicheln. Einer der Männer öffnete seinen Rucksack und zog einen Kanten Brot hervor, den er in zwei Teile brach und ihnen reichte. Sie bedankten sich und fingen an zu essen. Die Gier, mit der sie das Brot herunterschlangen, musste den Männern wohl andeuten, dass diese Fremden besondere Menschen seien, deren Woher und Wohin durch die Polizei und vielleicht sogar durch das Militär zu klären wäre. Einer der beiden, der Ältere, sagte etwas, während sie ihr Brot aßen, und deutete nach Norden. Der andere fand einen dicken Ast, schnitt ihn zu einem Stab zurecht und steckte ihn durch die Riemen ihres Bündels, sodass Inge und Tim ihr Gepäck jetzt gemeinsam tragen konnten. Wieder sagte der Ältere etwas und setzte sich in Bewegung. Dreimal erhob er eine Hand mit fünf gespreizten Fingern. Hieß das fünfzehn Minuten? Sie ergriffen ihr Bündel und folgten dem Älteren, der auch den Hund führte. Der jüngere Mann bildete zunächst das Schlusslicht, löste aber nach wenigen Minuten Inge beim Tragen ab, wofür sie sich mit einem für Tims Geschmack zu freundlichen Lächeln bedankte.

Diese ersten kleinen Ereignisse, die sich um sie herum zutrugen, nachdem sie an Land gegangen waren, schienen überhaupt keiner Logik zu folgen. Sie kamen und gingen, leise und scheinbar zusammenhanglos wie Begebenheiten in einem Märchen. Ob es ein freundliches oder ein böses Märchen werden würde, wussten die Neuankömmlinge nicht. Sie dachten auch kaum darüber nach, sondern nahmen hin, was geschah. Nach ein paar hundert Metern kamen sie zu einem Brunnen, der von einem Soldaten in türkischer Uniform bewacht wurde. Neben dem Brunnen stand ein Mast, an dem die türkische Fahne hing. Ab und zu, wenn ein kleiner Windstoß das Tuch zur Entfaltung brachte, sah man den Sichelmond und daneben den Stern auf rotem Grund.

Tim warf Inge einen schnellen Blick zu. Jetzt hatten sie endlich den Beweis dafür, dass sie sich in der Türkei befanden und nicht in Bulgarien oder in irgendeinem Niemandsland. Die Fahne neben dem Brunnen ließ ja wohl keinen anderen Schluss zu. Sie blieben stehen. Der Hundeführer sagte etwas, woraufhin der Soldat mit einem Eimer Wasser aus dem Brunnen schöpfte und den Fremden aus einem Glas zu trinken anbot. Das Wasser war frisch und köstlich, und sie bedankten sich auf

Deutsch für diese Erfrischung. Dann gingen sie weiter. Der Soldat, der ein Sturmgewehr bei sich trug, schloss sich ihnen an. Nach ein paar Minuten tauchten zwischen den Baumstämmen einige unterschiedlich große, aus Holz gefertigte Häuser auf. Sie wirkten völlig schmucklos und ähnelten Baracken eher als Wohnhäusern. Aber offenbar war dies kein Militärstützpunkt, sondern ein kleines Dorf. Ihre Begleiter führten sie in einen nach allen Seiten offenen Anbau, der zu einer solchen Baracke gehörte. Dort saßen viele alte Männer, mindestens zwanzig an der Zahl, an Tischen, die aus einem fest in die Erde gerammten Pfahl und einer aufgenagelten, meist runden Holzplatte bestanden. Sie tranken Tee aus kleinen Gläsern, machten Platz für die Fremden, als ihr Hundeführer sie vorgestellt hatte. Als wen oder was hat er uns vorgestellt, fragte sich Tim. Als Strauchdiebe? Vermeintliche Verbrecher? Leute von einem anderen Planeten? Jemand schaffte zusätzliche Gläser herbei, und sie wurden ohne Umschweife in die Gemeinde der Teetrinker aufgenommen. »Spassibo«, entfuhr es Inge, als sie von ihrem süßen Tee gekostet hatte, und dann meldete sich einer der Alten zu Wort, ein Weißbärtiger mit kurz geschnittenem, ebenfalls weißem Haar, der plötzlich von Bulgarien sprach. Inge antwortete auf Russisch, langsam und bedächtig, als lege sie Wert darauf, dass ihr neuer Gesprächspartner alles verstand, was sie sagen wollte. Sie sprach einige Minuten lang. Dann übersetzte der Weißhaarige ins Türkische, und als er damit fertig war, erhob sich ein lebhaftes Raunen, das schnell in unkontrolliertes Geschnatter überging. Der Soldat, der am Brunnen gestanden hatte, erhob sich und ging zu einem anderen Gebäude, das ein wenig größer war als die anderen, aber genauso trostlos wirkte. Die alten Männer redeten durcheinander, als könnten sie kaum glauben, was ihr Freund ihnen übersetzt hatte. Einer rief: »Smert kommunisma«, was so viel heißen sollte wie ›Tod dem Kommunismus‹, wie Inge behauptete. Noch ein zweites Glas Tee mussten sie trinken, dann durften sie weiterziehen. Die alten Männer machten nicht die geringsten Anstalten, sie zu begleiten. Im Gegenteil: Bei ihrem Aufbruch nahmen die Gesichter der Alten wieder den leeren Ausdruck an, der Tim schon beim Betreten der Teehalle aufgefallen war. Vielleicht warteten sie darauf, dass sich ein neues wichtiges Ereignis zutragen würde.

Als sie sich dem Haus näherten, in dem der Soldat verschwunden war, fanden sie sich plötzlich von Scharen von Kindern, Jungen und Mädchen, zwischen sechs und zwölf Jahren umringt. Die Kinder waren alle barfüßig und sahen schmutzig und ärmlich aus. Unter den Lumpen, die sie trugen und dem Schmutz, der an ihnen klebte, schienen sie jedoch munter und gesund zu sein. Sie starrten die beiden Fremdlinge an wie Weltwunder, betasteten die Schwimmanzüge, die sie noch immer trugen, zeigten auf Inges blonden Schopf und schrieen und johlten so durcheinander, dass Tim die Hände gegen die Ohren presste. Der Soldat wehrte die Meute ab, indem er zornige Rufe ausstieß und sein Gewehr anlegte, als wollte er auf jemanden schießen. Die Kinder blieben unbeeindruckt und lärmten weiter. Immerhin konnte er verhindern, dass sie den Neuankömmlingen in das Gebäude folgten, bei dem es sich wohl um eine Art Rathaus handelte. Die beiden wurden in einen großen ebenerdigen Raum geführt, in dem ein langer Tisch stand. Hinter dem Tisch saß ein beleibter Mann, in dem Tim den Bürgermeister vermutete, denn er war es, der das Wort führte. Neben dem vermeintlichen Bürgermeister saßen zwei weitere Dorfschulzen, vielleicht war der längere, mit einer randlosen Brille ausgestattete Mann auch der Dorfschullehrer. An den Fenstern drängten sich die Kinder, steckten ihnen die Zunge heraus, schnitten Grimassen und krakeelten, was das Zeug hielt. Zwischendurch rannte der Soldat nach draußen, dann stoben die Kinder quiekend und lachend auseinander, saßen aber, sobald er ins Haus zurückgekehrt war, wieder an den Fenstern, zeternd wie erregte Affen.

»Vielleicht kann man sie hiermit beruhigen«, sagte Inge und schob dem Soldaten zwei Riegel Schokolade zu, die sie ihrem Bündel entnommen hatte. Der machte ein erstauntes Gesicht. Tim legte noch zwei Riegel aus seinen eigenen Vorräten dazu, und der dicke Bürgermeister befahl dem Soldaten etwas. Der verschwand. Offenbar hatte ihm der Bürgermeister empfohlen, die Verteilung der Schokolade in gehöriger Entfernung von der Bürgermeisterei vorzunehmen und den Vorrat in genügend kleine Portionen aufzuteilen. Jedenfalls herrschte von diesem Augenblick an Ruhe.

Der Bürgermeister sprach dann längere Zeit in einem ernsten, wenn nicht sogar feierlichen Tonfall. Sie verstanden nichts. Erst, als ihnen der Bebrillte ein Dokument über den Tisch schob, wurde ihnen klar, was vor sich ging. Das Papier war in kyrillischen Buchstaben abgefasst. »Bulgarisch«, raunte Inge ihrem Gefährten zu und ergänzte gleich darauf: »Eine Art Asylbewerbung.«

»Please«, sagte der Bebrillte jetzt, in dem gut gemeinten Versuch, den Fremden weiter zu helfen, und schob einen Stift über den Tisch, den sie zur Unterschrift benutzen sollten. So etwas Ähnliches wie Asylbewerber waren sie ja jetzt, wenn hoffentlich auch nur für kurze Zeit, dachte Tim und unterschrieb. Inge tat das Gleiche. Nach diesem Verwaltungsakt lockerte sich die Atmosphäre merklich. Die beiden Asylanten wurden in einen Nebenraum geführt, in dem sie zusammen mit den Honoratioren des Dorfes um einen Tisch saßen und eine Gemüsesuppe löffelten, die eine beleibte Frau aus der Küche hereingetragen hatte. Die Türken unterhielten sich lebhaft untereinander. Inge und Tim versuchten, die Übersicht zu behalten.

»Offenbar kommen häufig Bulgaren als Flüchtlinge – deshalb diese Formulare«, vermutete Inge.

»Aber wir sind Deutsche«, sagte Tim.

»Später«, meinte Inge. »Sie holen einen Dolmetscher.«

Zwei junge türkische Offiziere betraten den Raum. Bei ihrem Erscheinen nahm der Soldat Haltung an, der Bürgermeister und seine Helfer standen auf und verbeugten sich. Offenbar erwarteten die Offiziere von den vermeintlichen Flüchtlingen ein ähnlich ehrerbietiges Verhalten. Diese fühlten sich jedoch durch die Schwimmanzüge ein wenig fehl am Platze, begnügten sich also damit, sich um einige Zentimeter von ihren Stühlen zu erheben und den angebotenen Gruß zu erwidern: »Merhaba.« Einer der beiden Offiziere sprach sogar etwas Englisch. Er erwähnte ein Camp, in das man Inge und Tim bringen würde, redete von »Security« und von »Interrogation« und forderte sie zum Schluss seiner nur zur Hälfte verstandenen Ansprache auf, ihnen zu folgen. Ihr Eigentum würde vorerst beschlagnahmt. Mit Eigentum meinte er wohl die mitgebrachten Papiere und alle die Gegenstände, die sie am Strand in ihr Bündel gepackt hatten. Sie mussten in einem Jeep Platz nehmen und wurden angewiesen, nur geradeaus zu sehen. Offenbar führte der Weg durch ein militärisches Sperrgebiet. »›Restricted military area‹ hat er gesagt?«, fragte Inge.

Tim nickte. So hatte er es verstanden. Er war inzwischen müde. Inge schien es genauso zu gehen. Sie saßen hinten im Jeep nebeneinander und nickten immer wieder ein, um bei einem Schlagloch oder einer Bodenwelle wieder wachgerüttelt zu werden. Ja, sie schauten nur geradeaus, wenn sie überhaupt die Augen öffneten. Trotzdem konnten sie den Anblick von Militärautos mit türkischen und amerikanischen Hoheitszeichen nicht ganz vermeiden. Hier tat sich offenbar etwas.

Vielleicht ein Truppenmanöver von Nato-Verbündeten an der bulgarischen Grenze? Die Schiffe fielen Tim ein, die sie im Süden von ihrer Landungsstelle im Morgendunst gesehen hatten. Sie schienen dort vor Anker zu liegen. Das passte alles zusammen. Der ganze Aufwand, der mit ihnen getrieben wurde, konnte etwas mit diesem Manöver zu tun haben, wenn es sich denn um eines handelte.

Mit einem Ruck hielt der Jeep vor einer Hütte im Wald. »Aussteigen«, befahlen die Offiziere.

»Wash up«, sagte der Jüngere, und als sie nicht gleich verstanden, führte er sie in die Hütte, in der sich ein Duschraum befand, und empfahl ihnen zu duschen. »Then sleep«, sagte er und öffnete eine Tür, die in ein völlig abgedunkeltes Zimmer führte. Von der Decke baumelte eine schwache Glühbirne, und auf der Erde lagen ein paar Wolldecken, die aussahen, als hätte sie gerade jemand achtlos beiseite geworfen.

»Sie werden bewacht«, sagte der junge Offizier. Er zeigte auf einen Posten, der eine automatische Waffe vor der Brust trug. »No escape – you will be shot!« Dann verschwand er.

Das Wasser aus der Dusche war weder warm noch kalt, anstelle von Seife hing eine Flasche an der Wand, die eine bräunliche Schmiere enthielt. Das Zeug roch nach einem Desinfektionsmittel und schäumte leicht, wenn man es in Wasser auflöste. Sogar ein paar graue Handtücher hingen an der Wand. Tim benutzte die Gelegenheit, auch ihre Schwimmanzüge, die immer noch etwas nach verwestem Urin rochen, von innen zu säubern, dann stiegen sie wieder in ihre Unterwäsche. Als Tim die Tür nach draußen öffnete, um die Anzüge auf eine Wäscheleine zu hängen, die er bei der Ankunft dort gesehen hatte, riss der Posten seine Maschinenpistole hoch und lud geräuschvoll durch.

»Stop!« schrie er und fügte noch etwas hinzu. Vermutlich die Drohung, Tim zu erschießen. Der zeigte abwechselnd auf die Neoprenanzüge und die Wäscheleine, aber der Posten wollte sich auf nichts einlassen. »Stop!« schrie er noch einmal und spannte den Zeigefinger am Abzug. Dann eben nicht, dachte Tim, nahm die Anzüge und legte sie in ihrem Schlafraum zum Trocknen aus. Sie hüllten sich in die Decken und schliefen fast augenblicklich ein.

Wie lange sie geschlafen hatten, konnten sie erst später abschätzen, es hätte eine Stunde sein können, vielleicht auch mehr. Jedenfalls stand plötzlich wieder der hysterische Posten vor ihrer Tür und stieß einen ohrenbetäubenden Pfiff aus. Sie schreckten hoch. Tim spürte, wie sein Herz klopfte, und sah Inge hochtaumeln – schreckensbleich und geistesabwesend. Sie wird ohnmächtig, dachte er und versuchte sie zu stützen, aber er täuschte sich: Inge kam allein auf die Beine und lächelte sogar. Plötzlich standen die beiden Offiziere wieder vor ihnen.

»Go to different place«, sagte der Jüngere, der ein wenig Englisch sprach. »Military barracks examination«, fügte er hinzu.

Sie griffen ihre Schwimmanzüge und folgten den beiden Offizieren zu ihrem Jeep, der vor ihrer Hütte stand, flankiert von je zwei Posten, die mit ihren automatischen Waffen auf ihre Gefangenen zielten.

»Don't look sideways«, befahl der Jüngere, während sein Kollege das Auto mit halsbrecherischer Geschwindigkeit über holprige Waldwege fuhr. Die Fahrt endete nach zwanzig Minuten vor einem lang gestreckten Gebäude, das von hohen, mit Stacheldrahtrollen bewehrten Mauern umgeben war.

»Here better«, behauptete der junge Türke, als sie im Hof ausgestiegen waren. Vor dem Eingang des Gebäudes standen Posten, die salutierten, als die Offiziere sie hineinführten. In einer Art Kleiderkammer mussten sie ihre Neoprenanzüge abgeben. Inge bekam als Bekleidung einen Schlafanzug, Tim spendierte der Soldat an der Kleiderausgabe ein paar zu weite Uniformhosen, dazu einen alten Fahrradschlauch als Gürtel, ein Hemd ohne Kragen. Beide erhielten ein Paar Sandalen, deren abgerissene Riemen mit Sicherheitsnadeln fixiert waren.

»Swimming suits are confiscated«, sagte der jüngere Offizier.

Dann führte er sie in ein ebenerdiges Zimmer, in dem zwei Bündel mit Decken auf dem Fußboden lagen. »Now sleep«, sagte er, zeigte ihnen die Toilette, die aus einem Abtritt und einem Loch bestand, und empfahl sich, nicht ohne den erneuten Hinweis, dass sie unter Bewachung stünden. Tim war zu müde, um zu protestieren.

»Aber morgen«, sagte er zu Inge, die sich neben ihm in die Decken rollte, »morgen werde ich versuchen, diesen Affenärschen klar zu machen, wer wir sind.«

Sie war müde, dennoch schlief sie nicht gleich ein, sondern klagte über die grobe und feindselige Behandlung. »Ich hatte es mir anders vorgestellt«, flüsterte sie vor sich hin, aber als Tim ihr erklären wollte, dass sie in ein Manövergebiet hineingeschwommen seien und die Türken sie möglicherweise der Spionage verdächtigten, da schlief Inge schon.

Auch er schlief rasch ein. Im Schlaf kehrte er zurück in die Weite des Meeres, das sie durchschwommen hatten, und zu den Bildern, die ihnen erschienen waren. In seinen Träumen spürte er noch einmal das sanfte Auf und Ab der Dünung, sah den langsam kreisenden Sternenhimmel, die Bündel von Sonnenstrahlen, die den Horizont durchbrachen und den weiten weißen Strand mit dem großen Felsen, von dem ein weißer Pelikan aufstieg und davonflog, dorthin, woher sie gekommen waren. Er war noch nicht in der Stimmung, die misstrauische und wichtigtuerische Behandlung durch das türkische Militär zu bewerten. Dazu war es zu früh. Jetzt, während er schlief und gelegentlich wieder an die Oberfläche des Wachseins zurückkehrte, erfüllte ihn eine tiefe Genugtuung über das Gelingen seiner Pläne. In diese innere Ruhe brachen irgendwann laute polternde Geräusche und barsche Rufe in einer fremden Sprache.

Erst allmählich begriff Tim, wo er war und was diese Geräusche zu bedeuten hatten. Mit Mühe erhob er sich, taumelte einen Augenblick verschlafen in der dunklen Kammer herum und fand schließlich die Strippe, mit der er das trübe Licht anknipsen konnte. Jetzt war auch Inge wach. Sie schenkte ihm ein flüchtiges Lächeln, dann schlüpften sie in die Klamotten, die man ihnen am Abend in der Kleiderkammer ausgehändigt hatte. Eine Waschgelegenheit gab es nicht, einen Kamm besaßen sie auch nicht mehr. Sie sahen aus wie Strauchdiebe. Jemand riss die Tür zum Gang auf und ließ sie hinaustreten. Da standen wieder die beiden Soldaten von gestern und ein dritter, offenbar höher gestellter Offizier. Für einen Türken war er hoch gewachsen, ein Meter achtzig vielleicht. Im Gegensatz zu seinen Kollegen trug er keinen Bart. Das dunkle, aber nicht ganz schwarze Haar war sorgfältig gescheitelt. Er sah eher aus wie ein Amerikaner als wie ein Türke, und obwohl er eine türkische Uniform trug, wunderte Tim sich nicht, dass der Mann in gut verständlichem Englisch zu ihnen sprach.

»Sie gehen jetzt zum Frühstück und werden anschließend zum Verhör gebracht«, ließ er sie wissen.

War es der Zorn über die unfreundliche Behandlung durch das türkische Militär oder die Sorge um Inge, die einen miserablen ersten Eindruck von der sogenannten freien Welt erhalten hatte, oder war es die durch den ungestörten Schlaf zurückkehrte Energie, Tim konnte es später nicht mehr sagen. Jedenfalls baute er sich in seiner zu weiten, mit einem Fahrradschlauch festgehaltenen Uniformhose vor diesem

Mann auf, nahm sein bestes Englisch zusammen und fragte den Offizier, ob hier nicht ein Irrtum vorliegen könne. Er sei Bürger der mit der Türkei befreundeten und verbündeten Bundesrepublik Deutschland und überdies nicht irgendwer, sondern ein Mitglied der Universität Heidelberg.

»Wir haben viele Studenten aus Ihrem Land. Ich verstehe ja, dass unser plötzliches Erscheinen Sie überrascht hat, aber wir sind Ihre Freunde, die Hilfe suchen. Ich habe dieser jungen Frau aus Ost-Berlin, die im Übrigen auch eine Ärztin ist, zur Flucht aus der DDR verholfen, und ich bestehe darauf, mit der diplomatischen Vertretung meines Landes in Istanbul in Verbindung zu treten.«

Der Offizier war über Tims gerade noch beherrschten Zornesausbruch so verblüfft, dass er ihn mit keinem Wort unterbrach. Seine beiden Subalternen von gestern wussten auch nicht, wie sie reagieren sollten. Sie schielten abwechselnd zu ihrem Vorgesetzten und zu Tim. Der nutzte die Pause für weitere Attacken, protestierte gegen die unwürdige Behandlung einer Asylantin und eines Fluchthelfers und versprach, über die deutsche Botschaft die Regierung in Bonn zu verständigen. Der Offizier hatte sich inzwischen gefasst. Vielleicht hielt er das Ganze für Theater.

»Sie sind Deutscher, ja?«, fragte er, nachdem Tim geendet hatte.

»Sie haben doch meinen Pass gesehen, da steht doch alles drin.« Die Antwort klang patzig und herausfordernd.

»Na, dann können wir uns ja in Ihrer Sprache unterhalten. Wozu strenge ich mich eigentlich so an?«

»Für was haben Sie uns denn bisher gehalten?«

Jetzt bekam der Mann einen unangenehmen Gesichtsausdruck. Die Mundwinkel wanderten leicht nach unten, die Augenschlitze verengten sich. »Für Spione vielleicht? Für Agenten aus dem Land, aus dem Sie angeblich geflohen sind?«

»Das wird sich doch klären lassen«, insistierte Tim, »aber wenn Ihre Annahme falsch ist – und sie ist falsch –, dann kann das peinlich für Sie werden.«

Der Mann antwortete nicht, sondern gab einem Untergebenen einen Wink. Zu den beiden sagte er: »Dort hinein« und zeigte auf eine in der Nähe befindliche Tür. Sie betraten den Raum. In der Mitte befand sich ein Tisch, auf dem alles stand, was zu einem türkischen Frühstück gehörte: Tee, frisches Brot, Honig, schwarze Oliven, Früchte,

Ziegenkäse. Sogar eine Schüssel mit dampfender heißer Suppe stand auf dem Tisch. »Mercimek çorbasi«, sagte der Oberst, »Linsensuppe auf Deutsch?«

Man hatte Stühle für sie beide an den Tisch gerückt und einen dritten Stuhl, auf dem Oberst Kemal Evren, als der sich der Offizier vorstellte, sitzen wollte.

»Ich hoffe, Sie werden sich besser fühlen, wenn Sie gefrühstückt haben.« Der Oberst grinste.

Tim murmelte eine Entschuldigung, so leise, dass sie niemand verstand.

»Wenn Sie sich ein wenig frisch machen wollen, nebenan«, sagte der Oberst. Dort befand sich, wie zuerst Inge und dann er selbst feststellen konnte, ein Badezimmer, das ein wenig altmodisch wirkte, aber alles enthielt, was sie in diesem Augenblick benötigten. Der Oberst schenkte ihnen Tee ein, forderte sie auf, etwas zu essen, der Tag würde möglicherweise noch einmal lang und anstrengend werden.

Tims Zorn war verraucht. Inge erwachte aus ihrer Abwehrstarre, in der sie sich noch beim Aufstehen befunden hatte. Endlich hatten sie jemanden, dem sie ihre Geschichte erzählen konnten, noch dazu in ihrer eigenen Sprache, auch nicht geordnet und chronologisch, sondern bunt durcheinander, wie ihre Erlebnisse sich in ihren Köpfen abbildeten. Oberst Evren hörte aufmerksam zu, während seine Schützlinge sprachen und zwischendurch kauten. Spione sehen anders aus, mochte er gedacht haben. Ihr Durcheinandergerede und die Tatsache, dass jeder von ihnen in ganz eigenen Worten dieselbe Geschichte erzählte, in der es keine Widersprüche gab, überzeugten ihn vielleicht. Ein Stück weit wenigstens, denn immer, wenn Tim auf das bulgarische Patrouillenboot zu sprechen kam und auf die Astronavigation, mit der er den Kurs bestimmt und eingehalten hatte, schien Evren zu zweifeln. Etwa eine Stunde dauerte dieses Frühstück. Dann hob der Oberst die Hände. Seine Gäste verstummten.

»Sie haben uns ein Problem geschaffen«, sagte er dann und sah aus, als suche er nach einem anderen Wort. »Problem ist vielleicht zu stark, aber eine Verlegenheit, eine Peinlichkeit sozusagen.«

»Warum?« Inges Frage klang beunruhigt.

»Hier läuft zurzeit ein Manöver, eine Übung der Nato, an der türkische und amerikanische Einheiten teilnehmen. Die Aufgabe meines Kommandanten und seines Stabes«, er lächelte, »auch meine Aufgabe, besteht im Küstenschutz. Draußen in der Bucht liegen amerikanische Kriegsschiffe – und plötzlich tauchen zwei Gestalten bei uns auf, die Kampfschwimmer sein könnten – nach ihrer Ausrüstung und ihrem Aussehen – und niemand, kein Türke, kein Amerikaner, hat Wind von der Sache bekommen. Die Spione oder Kampfschwimmer sagen, sie hätten nach der Landung am Strand geschlafen und seien dann ganz gemütlich ins Landesinnere spaziert, wo ein Grenzsoldat ihnen einen Trunk Wasser zur Begrüßung gereicht und ein Bürgermeister dann schließlich das Militär verständigt habe.« Er sah sie der Reihe nach an.

»Auch wenn das alles stimmt, was Sie sagen, es bleibt unangenehm – peinlich. Unsere Leute haben geschlafen.«

»Gott sei Dank sind wir keine Spione«, sagte Inge. »Wir sind Freunde«, ergänzte Tim, um seine Scharte von vorhin auszuwetzen.

»Überzeugen Sie General Halil Hinalçik, der muss die Sache verantworten.«

Damit erhob sich Oberst Evren, fragte sie, ob sie noch einmal das Badezimmer benutzen wollten und setzte sie, nachdem sie das getan hatten, in Bewegung. »Der General erwartet uns in seinem Kartenzimmer.«

Das Kartenzimmer war ein langer Raum im obersten Stockwerk. Als sie dort eintraten, hatten sich bereits mehrere Offiziere um einen langen Tisch versammelt. In der Mitte des Tisches saß, an seiner prächtigen Uniform erkennbar, der General, der um viele Jahre älter zu sein schien als seine Untergebenen. Vor ihm standen mehrere Telefone. General Hinalçik machte auf Tim einen unsicheren Eindruck. Wie alle anderen sah er die Neuankömmlinge an, lenkte seinen Blick aber in dem Augenblick, in dem Tim seinen Blick erwiderte, in eine andere Richtung. Niemand stand auf, um sie zu begrüßen. Offenbar wussten die türkischen Militärs noch immer nicht, wie sie diese beiden jungen Leute einstufen sollten. Oberst Evren stellte sie vor, jedenfalls deutete Tim seine auf Türkisch gesprochenen Worte als Einführung, denn er nannte dabei ihre Namen. Dann durften sie sich setzen. Der General sagte etwas, und ein junger Dolmetscher übersetzte seine Worte ins Englische.

»Stehen Sie auf, Mister Brandis«, sagte der Dolmetscher. Dann sprach der General weiter, ohne Tim ein einziges Mal anzusehen. Zunächst musste er Angaben zu seiner Person machen. Ein Offizier, der in seinem Pass blätterte, nickte hin und wieder bestätigend. Dann wollte der General wissen, wie er dazu gekommen sei, illegal in die Türkei einzudringen. Er hätte doch mit seinem deutschen Pass ganz legal einreisen dürfen.

Tim erklärte, berichtete von seinem Verhältnis zu Inge, von seinem Wunsch, sie aus der DDR herauszubringen, von ihren lange gehegten Fluchtplänen und deren Verwirklichung. Danach musste er an eine große aufgehängte Karte treten, die das Grenzgebiet zwischen Bulgarien und der Türkei darstellte, und unter Zuhilfenahme eines Zeigestockes ihren Weg über das Schwarze Meer beschreiben. Nichts blieb unerwähnt. Tim erzählte von Moritz Blumentritt, von der einsamen Gestalt an der Steilküste von Achtopol, er erwähnte die schrecklichen Augenblicke, in denen sie sich tot stellten, um das ganz in ihrer Nähe vorbeipreschende bulgarische Patrouillenboot zu vermeiden, er erwähnte den Frachter, der sie auf dem Weg in nördlicher Richtung passiert hatte, das zweite Schiff, den Satelliten, die Wolkenbildung am westlichen Horizont und den strahlenden Sonnenaufgang, der für sie das Signal gewesen sei, nun nach Westen zu schwimmen. Dann fragten ihn einzelne Offiziere nach den Schwimmanzügen. Tim berichtete, dass er einem Schwimmklub angehöre und dass er bei der Konstruktion der Anzüge Hilfe gehabt hätte. Nichts blieb unerwähnt. Auf alle Fragen hatte er eine, wie ihm vorkam, plausible Antwort.

Dann meldete sich ein Mann in amerikanischer Uniform zu Wort. Er war Tim schon früher aufgefallen, weil er trotz seiner dunklen Haare anders aussah als die türkischen Offiziere und weil er zwischendurch ungeniert gähnte, ohne dabei eine Hand vor den Mund zu nehmen. Sein Gesicht wirkte eher rundlich und unbedeutend und hob sich deutlich von den hageren Gesichtszügen der Türken ab. Auch sprach er ohne Übergang Deutsch mit Tim.

»Sie haben sich da eine schöne, rührende Geschichte ausgedacht. Aber ich habe Grund anzunehmen, dass daran kein wahres Wort ist. Ihre Anzüge und einzelne Gegenstände in Ihrer Ausrüstung erzählen mir etwas ganz anderes. Sie sind Spione des ostdeutschen Geheimdienstes, die den Auftrag hatten, militärische Einzelheiten über dieses Manöver auszukundschaften und nach Berlin zu melden: Anzahl und Typ der vor der Küste liegenden Schiffe, Typ der Panzer und Militärfahrzeuge, ungefähre Anzahl der beteiligten Truppen. Vor allem aber sollten Sie herausfinden, ob Kampfschwimmer in der Lage sein würden, unseren

Beobachtern zu entgehen und Ziele im Wasser und auf dem Lande anzugreifen.« Er lehnte sich zurück und grinste, wobei er ein tadelloses Gebiss entblößte, »und das ist Ihnen ja auch gelungen. Wenn Sie jetzt noch Kontakt mit Ihren Auftraggebern herstellten, und vielleicht haben Sie das bereits getan, müssten die mit Ihnen zufrieden sein.«

Tim wusste, dass dieser Kerl bluffte und ihn aus dem Konzept bringen wollte. Außerdem erzürnte ihn die Tatsache, dass der Typ nicht fragte oder versuchte, etwas herauszufinden, sondern einfach etwas unterstellte. Also fixierte er ihn und sagte langsam und laut, dass es alle hören konnten: »Bullshit.« Der Dolmetscher übersetzte. Offenbar fand er für dieses amerikanische Wort keinen passenden türkischen Ausdruck, denn er schien etwas erklären zu wollen und erwähnte das Wort »Bullshit« noch einige Male. Am Tisch erhob sich vereinzeltes Gelächter. Der General machte eine ärgerlich wegwischende Bewegung, worauf das Lachen schlagartig verstummte. Er entließ Tim, ohne ihn eines Blickes zu würdigen. Immerhin durfte er sich wieder setzen.

Dann wiederholten sie das Theater noch einmal, diesmal mit Inge als der Hauptdarstellerin. Inge sprach ausschließlich Deutsch, was ihrer Aussage in Tims Ohren etwas quälend Anrührendes gab. Sie bestätigte alle seine Aussagen, aber sie berichtete auch von ihrem Zwiespalt, von ihrem Wunsch, alles zu vergessen, die Kleinlichkeit, die Unfreiheit, die Zwänge der DDR, und einfach nur Ferien zu genießen – und von seinem Drängen, die Gelegenheit zu nutzen und das Abenteuer jetzt zu wagen. Sie sprach von ihrer Angst und von der Hoffnung, jenseits der bulgarischen Grenze die Freiheit zu finden, von der sie vielleicht eine etwas naive Vorstellung gehabt habe. Freiheit und Mitgefühl. Und nun sei sie wieder gefangen und würde behandelt wie eine Kriminelle. Sie sprach leise und war an einigen Stellen den Tränen nahe. Ein wenig enttäuscht sei sie, sagte Inge zum Abschluss, aber auch dankbar, dass sie das Abenteuer überlebt hätten.

Ihre Aussage, fand Tim, war viel wirksamer als seine eigene. Er merkte das an der Reaktion der um den Tisch versammelten türkischen Offiziere, die plötzlich ganz still dasaßen, noch mehr aber daran, dass der alte, durch ihr Erscheinen verunsicherte General sie schließlich ansah – freundlich, wie ihm schien, dass er die ganze Geschichte noch einmal zusammenfasste, wie ihnen der Dolmetscher später mitteilte, und dann mit einem Aufatmen das Verhör beendete.

Oberst Evren stand plötzlich neben den beiden »Kampfschwimmern« und kündigte an, sie zum Mittagessen zu begleiten, das für sie in demselben Raum vorbereitet sei, in dem sie bereits gefrühstückt hatten. Als sie zu dritt um den runden Tisch saßen, meinte Evren, sie hätten dem General durch ihre Aussage einen Stein vom Herzen genommen. Von seiner Seite hätten sie wohl keine Schwierigkeiten mehr zu erwarten. Sie saßen vor ihren Tellern und stocherten etwas ratlos in einem Eintopf aus Hammelfleisch, Kartoffeln und Auberginen herum.

»Wer sonst könnte uns denn noch Schwierigkeiten machen?«

Evren wollte zunächst nicht antworten, aber dann sagte er: »Die Amerikaner, die brauchen immer ein wenig länger als die anderen. Den Mann von der CIA werden Sie wohl noch einige Male wiedersehen.«

Tim blieb der Bissen im Halse stecken. Inge starrte den Oberst entgeistert an.

»Nehmen Sie's mit Humor. Es wird nicht mehr lange dauern«, versuchte Evren seine Schützlinge zu beruhigen. Dann verließ er sie, kam aber nach einer guten halben Stunde noch einmal zurück und setzte sich zu ihnen. »Wir sind fertig mit Ihnen«, sagte er. »Wir glauben Ihnen. Sie werden heute noch ins Polizeipräsidium nach Kirklareli überstellt. Von dort aus wird man die deutschen Behörden verständigen.

»Und der CIA-Mann?«, fragten sie beide fast gleichzeitig.

Evren zuckte die Achseln. »Vielleicht hat er noch Fragen«, sagte er. Als er ihre Unsicherheit spürte, richtete er sich auf und sagte energisch: »Aber schließlich sind wir hier in der Türkei.«

Dann bedeutete ihnen der Oberst, dass ein Wagen vor der Tür stehe, der sie zur Polizei bringen werde.

»Ihr persönliches Eigentum wird Ihnen dort zurückgegeben«, sagte er im Hinausgehen. Er gab ihnen die Hand und fragte: »Wie sagt man auf Deutsch? Nichts für ungut?«

»Richtig.« Die Antwort kam fast wie aus einem Munde. Oberst Evren blieb stehen, bis sie beide auf dem Rücksitz eines Jeeps Platz genommen hatten. »Güle güle, auf Wiedersehen«, rief er, und sie winkten ihm noch einmal.

Die Fahrt von der Kaserne bis nach Kirklareli dauerte gut zwei Stunden und führte Tim und Inge durch bewaldete, zum Teil aber auch verkarstete Hügel gut hundert Kilometer landeinwärts. Die Hoffnung, dass man sie von nun an nicht mehr als Gefangene behandeln werde, wurde allerdings enttäuscht. Zwar bot man ihnen in einem villenähnlichen Gebäude, das als »Müdürlügü Kirklareli«, also als die Bürgermeisterei von Kirklareli, bezeichnet war, ein großes Zimmer an, zu dem auch ein Bad gehörte. Die Beamten sprachen auch davon, dass Diener für sie sorgen würden, vergaßen allerdings hinzuzufügen, dass es sich bei den »Dienern« um Polizisten handelte, die ständig scharf geladene Waffen bei sich trugen und den Flüchtlingen zu verstehen gaben, dass sie außerhalb ihres Zimmers, in dem zwei Stühle, zwei abgeschabte Sessel und ein Tisch standen, nichts zu suchen hätten. Immerhin gaben sich die Polizisten den Anschein, um das Wohl der Internierten besorgt zu sein, denn sie servierten ihnen Mahlzeiten und versorgten sie mit Stapeln alter deutscher Illustrierter. Mit einem Augenzwinkern überreichte ihnen spät am Nachmittag ein Polizist auch noch ein Schild, auf dem auf Türkisch so etwas wie »Bitte nicht stören« vermerkt war, damit die Diener sie nicht in ungelegenen Momenten überraschten. Inge und Tim machten sich einen Spaß daraus, das Schild oft stundenlang an der Tür hängen zu lassen, was einen ihrer Bewacher einmal zu der holprigen Bemerkung veranlasste: »Mann sehr stark.«

Zwischendurch besuchte sie der CIA-Beamte, den sie bereits kannten. Er stellte ihnen immer wieder die gleichen Fragen und hoffte wohl, dass sie sich irgendwann widersprechen würden. Vielleicht kam er auch Inges wegen, die immer so sanft und geduldig auf seine Fragen antwortete und sich sogar dazu bewegen ließ, von ihrem Leben in der DDR und von ihrer Familie zu erzählen. Der CIA-Mann hörte dann auch aufmerksam zu, sodass sie den Eindruck gewannen, er glaube ihnen jetzt wirklich. Gegen Ende seiner Besuche aber ließ er regelmäßig eine ironische Bemerkung fallen wie: »Schöne Geschichte, die Sie da erzählt haben, aber vielleicht nicht schön genug.«

Tim fing an, den Kerl zu hassen. Nachdem ihr Aufenthalt in Kirklareli schon fast eine Woche gedauert hatte, bat er einen der »Diener«, ihn zu seinem Vorgesetzten zu führen. Während er mit seinem Bewacher langsam die Treppen zu dem oberen Stockwerk emporstieg, in dem das Büro des Polizeichefs sich befand, steigerte Tim sich in die Vorstellung hinein, dass dieser »CIA-Ganove«, wie er ihn insgeheim nannte, hinter der Verzögerung stecke. Dieser Gedanke brachte ihn schließlich so in Wut, dass er, ohne anzuklopfen, in das Zimmer des Polizeichefs eintrat. Dort saß ein ältlicher, untersetzter kleiner Mann, der auf sein plötzliches Erscheinen hin erschrocken aus seinem Schreibtischsessel auffuhr und ihn aus großen braunen Augen anstarrte.

»Ich verlange, dem deutschen Generalkonsulat in Istanbul überstellt zu werden«, schrie Tim. Der kleine Mann schien kein Wort zu verstehen. Er hob abwehrend die Hände. Tim griff nach dem Telefonhörer auf dem Schreibtisch des verschreckten Männleins und forderte den Beamten auf, ihm die Nummer des deutschen Generalkonsulats mitzuteilen.

»Deutsch!«, rief er, »German, you understand?«

Nein, er verstand nicht.

»Yarin, yarin«, antwortete der Kleine. Das hieß morgen.

»Heute!«, brüllte Tim, »bugün!«

Der Diener, der Tim zum Büro des Polizeichefs geführt hatte, war durch die Tür getreten, als er die laute Stimme gehört hatte, zog sich aber auf einen Wink des Inspektors sofort wieder zurück. Jetzt ließ der kleine Mann den aufgebrachten Tim einfach stehen und fing an zu telefonieren. Er führte mehrere Gespräche und richtete zwischendurch nur kurz das Wort an Tim. »Lütfen, yarin« oder »ögheden evvel«. Ja, es täte ihm leid. Schließlich, nach mehreren Gesprächen, legte er den Hörer auf und sagte: »Bakkar misiniz, excuse me« und dann noch einige Male »yarin.«

Natürlich konnte Tim nicht beurteilen, ob dieser ältliche und altmodische Pascha, der in seiner Erinnerung immer einen roten Fez als Kopfbedeckung trug, ihm Theater vorspielte oder ob er wirklich etwas unternommen hatte. Immerhin hatte er sein Anliegen klar gemacht. Er verließ das Büro des Inspektors, fand Inge weinend in ihrem Zimmer und versuchte sie zu trösten. Zur Sicherheit hängte er das Schild mit der Aufschrift »Bitte nicht stören« an die Tür und entfernte es erst am nächsten Morgen wieder.

Dieser neue Tag begann mit einigen ungewöhnlichen Aktivitäten, die in ihnen die Hoffnung weckten, dass in der Tat etwas in Gang gekommen sei. Nachdem man ihnen zum Frühstück den üblichen Wassergrieß serviert hatte, wurden sie in ein Büro geführt, in dem ein schnauzbärtiger Beamter ihre Fingerabdrücke abnahm. Anschließend wurden sie fotografiert und zwar von der Seite und von vorn. Danach untersuchte sie eine türkische Ärztin, die Deutsch sprach und sich für jeden der beiden fast eine Stunde Zeit nahm. Die Frau mochte etwa fünfzig Jahre alt sein. Sie erzählte Tim, dass sie vor dreißig Jahren einige Semester in Berlin studiert habe, dann aber in die Türkei zurückgekehrt sei, weil sie Jüdin sei und die Behörden ihr Visum nicht haben verlängern wollen.

»Warum tun Sie das?«, fragte er sie, nachdem sie ihm nach der klinischen Untersuchung auch noch Blut abgenommen hatte. Sie wusste es nicht.

»Vielleicht, damit Sie später keine Ansprüche an unsere Regierung stellen?«

»Wann kommen wir hier raus?«

»Wenn Ihre Befunde in Ordnung sind, können Sie gehen.«

Die Logik dieser Untersuchung war ihm nicht klar. Erst hielten die Türken sie tagelang fest, und zum Schluss, nachdem das Militär entschieden hatte, dass sie keine Spione seien, fingen sie an, die Nicht-Spione polizeidienstlich und medizinisch zu erfassen.

»Warum haben Sie es denn so eilig?«, fragte die Ärztin.

»Wir sitzen seit über einer Woche hier fest und hatten keine Möglichkeit, unsere Angehörigen zu verständigen. Langsam geht uns das auf die Nerven.«

»So?«, fragte sie schnippisch und fügte hinzu: »Wenn das alles ist, was Ihnen Sorgen macht! Anderen ist es in Ihrem Land doch viel schlimmer ergangen?«

War das eine Frage? Verlangte sie, dass er sie nach Einzelheiten fragte? Sollte er hier irgendein Schuldbekenntnis ablegen?

»Auf Wiedersehen«, sagte er und verzichtete auf weitere Äußerungen.

»Jetzt müssen sie im Institut gemerkt haben, dass ich geflohen bin«, sagte Inge, als sie am Nachmittag wieder in ihrem Zimmer saßen. Und als Tim sie fragend ansah: »Sie haben bestimmt zu Hause angerufen und erfahren, dass ich nicht krank im Bett liege oder so etwas.«

»Wenn wir wenigstens den Kontakt mit einer deutschen Behörde hätten.«

Die Vorstellung, dass Inges Familie und in der Zwischenzeit vielleicht auch seine Eltern sich Sorgen machen mussten, vielleicht Angst hatten, und dass sie sich nicht rühren konnten, ließ auch ihm keine Ruhe. »Wir könnten ebenso gut tot sein und irgendwo im Schwarzen Meer treiben«, wollte er sagen, kam aber nicht mehr dazu. Es klopfte, und als sie »herein« riefen, steckte einer der Polizisten den Kopf durch die Tür.

»Mister Brandis to the Head Office?« Es klang wie eine Frage.

Tim stand auf. »Komm mit«, sagte er zu Inge.

Der Wärter widersprach nicht, sondern führte sie beide die Treppen hinauf vor das Zimmer, in dem Tim dem Chef der Einrichtung gestern eine Szene gemacht hatte. Er klopfte, sie traten ein. Mustafa Inönü, so hieß der Inspektor, stand mitten im Zimmer, hatte die Arme ausgebreitet, als wolle er sie umarmen und strahlte über sein ganzes Gesicht. Zum ersten Mal bemerkte Tim die vielen Goldzähne im Gebiss des Inspektors, die seinem Lächeln etwas Schamloses und Talmihaftes gaben.

»Herr Tim Brandis und Frau Inge Bauer sind frei!«, rief er ihnen laut und pathetisch auf Deutsch entgegen, als verkünde er ein Ereignis von weltgeschichtlicher Bedeutung. Dann fragte er Tim, ob er mit dem deutschen Generalkonsulat in Istanbul telefonieren wolle. Während er die Nummer wählte, kündigte er an, dass es heute zu spät für einen Transport nach Istanbul sei, aber dass sie morgen früh um acht Uhr in Begleitung eines seiner Beamten abreisen würden. Er reichte Tim den Hörer. Am anderen Ende erklang eine muntere weibliche Stimme mit rheinischem Akzent, und dann meldete sich der Konsul höchstpersönlich und erkundigte sich besorgt nach dem Befinden seiner Landsleute.

»Halten Sie es dort noch eine Nacht aus?«, fragte er und setzte gleich hinzu, dass er die Botschaft in Ankara und das zuständige Ministerium in Bonn verständigt habe. Selbstverständlich hätte das schon viel früher geschehen müssen. »Darüber reden wir, wenn Sie hier sind. Jedenfalls sind Sie jetzt erfasst, und wir lassen Sie nicht mehr aus den Augen.« Der Konsul hielt es wohl nicht für angebracht, sich am Telefon über die türkischen Instanzen zu beklagen, die ihre Landung an der Küste bei Begendik so lange verheimlicht hatten.

»Auf morgen«, sagte er und bat, noch einmal mit dem Herrn Inönü verbunden zu werden. Dieser verhielt sich am Telefon geradezu unterwürfig. Er verbeugte sich mehrfach und schien alle Vorschläge und Wünsche, die vom anderen Ende der Leitung kamen, als Weisungen entgegenzunehmen. Den Besuchern war es peinlich, den obersten Polizeibeamten der Kreisstadt Kirklareli plötzlich seiner Amtswürde entkleidet zu sehen. Es war, als stünde dieser ältliche Mann mit seinem Embonpoint und dem Fez, den Tim ihm andichtete, nackt vor ihnen. Tim nickte Inge zu. Sie verstand, und sie verdrückten sich, ohne noch einmal das Wort an den Polizeichef zu richten.

»Der hat Ähnlichkeit mit dem General Hinalçik«, sagte Inge, als sie die Treppe hinuntergingen.

»Du meinst, er ist genau so ein Schleimscheißer?«
»Das will ich nicht sagen.« Inge musste trotzdem lachen. »Ich meine nur, sie sind herablassend und arrogant, solange sie jemanden nicht einordnen können, aber sie haben Angst vor ihren jeweiligen Vorgesetzten.«
»Dann war mein Auftritt bei dem Zwerg gestern genau das Richtige.« Tim lachte zufrieden. »Wer so auftritt, hat der gedacht, der muss einflussreiche Freunde haben.«

Der letzte Abend, den sie in polizeilichem Gewahrsam verbringen mussten, verlief so ganz anders als die Abende zuvor. Plötzlich waren sie rehabilitiert. Ihre Unschuld galt jetzt wohl als erwiesen, sie waren weder Kampfschwimmer, die sich in ein Nato-Manöver hineingeschmuggelt hatten, noch Spione, auch keine gewöhnlichen Kriminellen. Sie waren plötzlich Gäste. Die Polizisten, die ihnen fast eine Woche lang als »Diener« zur Verfügung gestanden hatten, verwandelten sich plötzlich in liebenswürdige Gastgeber. Ihrem Äußeren nach handelte es sich bei ihnen allen um schlecht bezahlte Beamte. Trotzdem sammelten sie für die »Gäste« und erstanden an einem nahe gelegenen Kiosk für sie ein Abendessen, das sie ihnen anschließend mit großem Aplomb servierten. Sogar einige Flaschen Bier brachten sie an, und als die Gäste sich nach so ungewohnten Genüssen in den Betten, die sie aus zusammengestellten Sesseln und Stühlen improvisiert hatten, zur Ruhe legten, breitete einer von ihnen eine Decke über jeden von ihnen aus, damit sie auch ja nicht frören.

Am nächsten Morgen stand eine Limousine mit einem Diplomatenkennzeichen vor der Tür. Das Generalkonsulat hatte sie geschickt. Bevor Inge und Tim einstiegen, wurden ihnen alle Gegenstände, die man ihnen nach ihrer Landung abgenommen hatte, wieder ausgehändigt. Ihre Anzüge, die Taschenlampen, eine wasserdichte Uhr, ein Kompass, das Seil – alles war wieder da. Nur die Fahrtenmesser müssten einbehalten werden, ließ ihnen Mustafa Inönü mitteilen, die seien in der Türkei verboten. Als das Auto, ein alter, aber gepflegter Chrysler, anrollte, um sie und einen bewaffneten Begleiter, der für ihre Sicherheit zu sorgen hatte, nach Istanbul zu bringen, stand die Belegschaft der Polizeistation von Kirklareli auf der Treppe und winkte ihnen nach – den Spionen, den Kampfschwimmern, den illegalen Eindringlingen, den Gästen. Und die erwiderten den Gruß, ein wenig zaghaft zunächst, aber je weiter sie sich von dem Gebäude entfernten, umso entschiedener.

12

Das Flugzeug hatte seine Reiseflughöhe erreicht. Sie saßen auf der rechten Seite in Flugrichtung, Inge am Fenster, Tim auf dem Sitz daneben. Der Gangsitz war frei geblieben. Steckte eine Absicht dahinter? fragte er sich. Wollte man ihrem Wunsch nach Abschirmung entgegenkommen? Eben hatte der Pilot den Kurs der Maschine beschrieben. Von Istanbul aus waren sie in nordöstlicher Richtung gestartet, hatten die Stadt mit ihren Kuppeln und Minaretten in der Ferne liegen sehen, und waren nun dabei, auf einen nordwestlichen Kurs einzuschwenken. Belgrad, Sofia, Wien, Frankfurt am Main, diese Städte markierten die Richtung und das Ziel ihrer Reise. Rechts von ihnen lag die sich im Dunst abzeichnende Küstenlinie, nicht mehr ganz nah.

»Dahinten«, sagte Inge versonnen und zeigte nach Nordosten: »Da sind wir an Land gegangen, vor zweieinhalb Wochen.« Wie fern das jetzt lag und gleichzeitig wie heimatlich nahe. »Näher werden wir uns nie mehr sein.« Sie zitierte die Worte, die gefallen waren, als sie sich auf der Halbinsel von Achtopol gegenüber gestanden hatten, unmittelbar vor dem Beginn ihres Unternehmens. Da unten hat sich unser Schicksal entschieden, dachte Tim und wusste gleichzeitig, dass sie noch weitere Hürden überwinden müssten.

Kurt Sommerfeld, der deutsche Konsul in Istanbul, hatte sie freundlich aufgenommen. Als sie in ihren improvisierten Klamotten in sein Büro traten, Inge in ihrem Schlafanzug, Tim in der viel zu weiten Hose mit dem alten Fahrradschlauch als Gürtel, beide in schon mehrfach geflickten Sandalen, deren gerissene Riemen mit Sicherheitsnadeln zusammengehalten wurden, musterte er sie lange mit einem Gesichtsausdruck, der sich zwischen Belustigung, Bewunderung und Entschlossenheit bewegte. Aber zunächst fiel ihm keine andere Begrüßung ein als die Frage: »Haben Sie Gepäck?«

Ja, das hatten sie, die Bündel mit den Schwimmanzügen und all dem Zubehör, das sie mit sich geschleppt hatten. Aber bevor Tim ihm seine Frage beantworten konnte, lachte Sommerfeld selbst über die groteske Situation und die konventionelle Frage, die ihr nicht unbedingt gerecht wurde. Ihre kurze Bekanntschaft begann mit einem anhaltenden Gelächter zu dritt. Dann brachte ein Angestellter des Konsulats »das Gepäck«, die unordentlich und doch bedacht zusammengeschnürten Bündel, herein. Sommerfeld bot ihnen Stühle an, setzte sich ebenfalls und hätte fast noch einmal angefangen zu lachen.

»Große Dinge haben eben auch ihre komische Seite«, sagte er, »aber nun im Ernst: Wir müssen Ihnen was zum Anziehen besorgen, und das muss jemand für Sie tun. So können Sie in kein Geschäft gehen.«

Dann griff er zum Telefon, und wenige Minuten später standen zwei junge Türken im Zimmer, eine Frau Latife, die etwa Inges Größe hatte, und ein junger Mann, Mehmet, von dem Sommerfeld behauptete, er habe Tims Figur. Sommerfeld setzte den beiden auseinander, dass »seine Freunde hier«, die beiden zerlumpten Gestalten, als Flüchtlinge aus der DDR über Bulgarien nach Istanbul gekommen seien und für ihren Aufenthalt und die Weiterreise neue Kleider brauchten. Er sprach Türkisch mit deutschen Einsprengseln, die Latife und Mehmet offenbar gut verstanden, denn nachdem ihnen Sommerfeld die näheren Umstände der Flucht erklärt hatte, erkundigten sich die beiden in recht flüssigem Deutsch bei Inge und Tim nach ihren Vorstellungen und Wünschen. Neue Kleider also, Hose und Jacke und ein paar Hemden für ihn und zwei Sommerkleider mit allem Zubehör für Inge. Unterwäsche für beide. Dazu Schuhe und Socken – Sommerfeld streifte die geflickten Sandalen an den Füßen seiner Gäste mit einem Blick, in dem ein unterdrücktes Lachen aufzuckte – »auch für beide.«

Sommerfeld war Geschäftsmann – man merkte es an der Schnelligkeit, an der Geradlinigkeit, mit der er die allernotwendigsten Dinge für sie besorgte. Inge bekam ein vorläufiges Ausweispapier, mit dem sie in die Bundesrepublik einreisen durfte. »Was ich Ihnen nicht ersparen kann, Frau Bauer«, sagte er und wartete darauf, dass Inge sich erkundigte, »was denn?«

»Das Notaufnahmelager, in Ihrem Fall Gießen, da müssen einfach alle durch.« Inge sah Sommerfeld aus großen Augen an. »Wir waren doch gerade in einem Lager – in zwei Lagern, wenn man es genau nimmt.«

Sommerfeld versuchte ihr den Sinn dieser Maßnahme zu erklären. Er versuchte, beruhigend zu klingen. »Es ist zu Ihrem Vorteil, Inge.«

Wenn man an die sechzig ist und dabei so gut aussieht wie Sommerfeld, hoch gewachsen, leicht gebräunt und mit einem dichten grauen

Haarschopf ausgestattet, dann kann man sich diesen väterlichen Ton erlauben, dachte Tim.

»Wenn Sie einen guten Grund für Ihre Flucht glaubhaft machen können, und das können Sie, dann hilft Ihnen der Staat. Es gibt Beihilfen, Lastenausgleich, Ihr Anspruch auf Rente wird bestätigt. Das lohnt sich.«

Er brachte es fertig, Inges Ängste zu besänftigen. »Jetzt freuen Sie sich«, rief er, »gegen das, was Sie schon geleistet haben, sind alle diese Dinge Kleinigkeiten.«

Ob sie mit ihren Angehörigen telefonieren wollten, fragte Sommerfeld. Während Mehmet und Latife die einschlägigen Geschäfte am Taximplatz durchstreiften, um für die »Flüchtlinge« einzukaufen, könnten sie doch telefonieren. Tim nahm das Angebot sofort an, obwohl er nicht wusste, ob seine Eltern ihn schon vermisst hatten. Inge aber war sich nicht sicher. »Vielleicht wird unser Telefon abgehört.« Sommerfeld leuchtete das nicht ein. »Ihre Familie macht sich Sorgen. Sie hätten längst wieder zu Hause sein sollen.« Inge willigte schließlich ein. Sie ließ sich in ein separates Zimmer führen. Die Telefonistin stellte die Verbindung für sie her.

Das Schwerste sei es gewesen, berichtete sie später, die ängstliche Stimme ihrer Mutter am Telefon zu hören und sich dabei so kurz fassen zu müssen. »Mir geht's gut, wirklich, ich bin putzmunter und melde mich bald wieder.« Dass sie Einzelheiten am Telefon nicht schildern könne und jetzt das Gespräch lieber beende, während sie den dringenden Wunsch ihrer Mutter, mehr zu erfahren, fast körperlich spürte, das sei fast eine Qual gewesen. Immerhin, ihre Eltern wüssten jetzt, dass sie am Leben sei und sich bald wieder melden würde.

Sie durften in den Gästezimmern des Generalkonsulats übernachten. Auf ihre Flugbuchung mussten sie einige Tage warten. Schließlich bekamen sie Flugkarten für Montag, den 7. Oktober. Sie hatten also noch zwei ganze Tage, um sich Istanbul anzusehen.

»Was machen wir mit den alten Kleidern?«, fragte Inge, bevor sie gewaschen und passabel gekleidet ihre Stadttour antreten wollten.

»Was für Kleider?«, fragte Sommerfeld etwas zerstreut.

»Sie meint unsere Lumpen.«

»Ach die.« Sommerfeld vermutete hinter Inges Frage den Wunsch, die »Lumpen«, als die Tim sie bezeichnet hatte, als Andenken aufzubewahren. Er wurde verlegen. »Ich weiß nicht«, meinte er.

Tim lachte. »Aber ich weiß.«
»Ja?«
»Verbrennen.«
Jetzt lachte Sommerfeld wieder wie bei ihrem Empfang, und Inge sagte, es habe sich wohl um ein Missverständnis gehandelt. Natürlich sollte man den »Krempel« entsorgen.
Allein wollte Sommerfeld sie nicht durch die Stadt ziehen lassen. Tim verstand, dass dies nichts mit der Sicherheit in Istanbul, sondern mit ihrer persönlichen Situation zu tun habe. »Er ist eben ein Profi«, erklärte er Inge, als sie in Begleitung von Mehmet Kemal, dem jungen Mann, der ihm seine neuen Kleider besorgt hatte, loszogen. Mehmet fungierte auch als ihr Übersetzer.
Sie wanderten durch die Innenstadt, durchstreiften die Bazare und bestaunten die Moscheen: die Hagia Sophia, die Suleiman Moschee, die Sultan Achmed Moschee oder Blaue Moschee, wie sie auch genannt wurde. Alle diese Orte und Gebäude lagen recht nahe beieinander. In die Blaue Moschee gingen sie erst am Nachmittag des zweiten Tages, nachdem sie stundenlang durch die Stadt gelaufen waren. Sie hielten sich ganz am Rande des riesigen Innenraumes, um die Gläubigen, die hierher kamen, um zu beten, nicht zu stören. Der weite, mit blauen Kacheln ausgestattete Raum, der durch seine vielen, nach Südosten oder Südwesten gerichteten Fenster das Marmara Meer zu sich hereinholte, das Meer und das gleißende Licht, das auf dem Wasser lag, nahm sie auf und hüllte sie ein in Schönheit und Stille. Ab und zu flog eine Taube mit klatschendem Flügelschlag durch den riesigen Raum. Die Stimmen der wenigen im Gebet Versunkenen drangen an ihr Ohr, aber nichts, keine Stimme, kein Flügelschlag, konnte der Ruhe etwas anhaben, die sich in dem riesigen blauen Gewölbe ausgebreitet hatte wie ein schwebender Verweis auf Anfang und Ende aller Dinge.
»Dass wir so weit geschwommen sind«, sagte Inge, als sie die Blaue Moschee verlassen hatten und vom Garten der Moschee noch einmal auf das Marmara Meer zurücksahen. Sie spazierten hinüber in den nahen Gülhane Park, gingen aber nicht mehr in den Topkapi Palast, sondern genossen noch einmal den Blick auf den Bosporus, das Goldene Horn und, wenn sie sich umdrehten, auf die drei großen Moscheen, die sie in diesen Tagen alle besucht hatten. »So weit geschwommen«, hatte Inge gesagt. Meinte sie die andere fremde Welt, die ihnen hier an dieser Stelle im Gülhane Park begegnete?

»In Sosopol waren wir noch in Europa, auch noch in Achtopol, hier nicht mehr.«

»Aber Asien fängt erst da drüben an, in Üsküdar.«

Sie war nicht einverstanden. »Asien oder nicht Asien«, insistierte sie. »Europa ist es jedenfalls nicht mehr.«

Sie hatte das Gesicht zum Fenster gewandt und sah auf lose gefügte Wolkenbänke, Schönwetterwolken, die den Blick auf die unter ihnen vorbeiziehenden Landschaften freigaben und dann wieder für kurze Zeit versperrten. Manchmal sah sie einen Augenblick lang geradeaus und zeigte ihm ihr Profil. Er kannte diesen Ausdruck von Nachdenklichkeit und Verstocktheit, der auf ihren Zügen lag. Sie sorgte sich um ihre Familie. Vielleicht überlegte sie, ob es richtig gewesen war, seinem Drängen nachzugeben und die Brücken zu ihrem früheren Leben abzubrechen. Einige Male hatte sie ihn nach dem Notaufnahmelager in Gießen gefragt. Auch das schien ihr Sorgen zu machen.

»Ich bleibe bei dir«, hatte er sie beruhigt. »Die ersten Tage lasse ich dich nicht allein, ich quartiere mich irgendwo ein, damit wir uns sehen können.«

Inge hatte zu allem geschwiegen und ihn nur angelächelt, lieb, aber auch schmerzlich, so, als täte ihr irgendetwas weh.

»Wann musst du wieder arbeiten?«, fragte sie jetzt, als hätte sie seine Gedanken gelesen.

»In drei Tagen«, Tim überlegte. »Donnerstag ist der erste volle Arbeitstag, und am Wochenende habe ich Bereitschaftsdienst.«

»Bis Montag?«

»Bis Montagmittag.«

»Und dann? Kommst du?«

»Oder du kommst zu mir. Du musst wahrscheinlich nicht die ganze Zeit im Lager bleiben.«

»Du meinst, ich kann ...«

»Ja. Du könntest nach Heidelberg kommen und bei mir wohnen und wieder in Gießen sein, wenn sie dich dort brauchen.«

Inge schien erfreut zu sein. Aber es war eine kleine Freude inmitten einer großen Besorgnis, ein Funke, der schnell wieder verlöschen konnte. Und wusste Tim überhaupt, ob solche Ausflüge von Lagerinsassen möglich wären?

»Wir werden uns erkundigen, wenn wir in Gießen sind«, sagte er, aber damit beunruhigte er Inge neuerlich. Je näher sie ihrem Ziel kamen, desto niedergeschlagener wirkte sie. Was half nur dagegen? Er legte seinen Arm um ihre Schultern und drückte sie an sich. »Sobald du alle Formalitäten erledigt hast, ziehst du zu mir«, sagte er und versprach, sich sofort nach einer größeren Wohnung umzusehen. Dann würden sie nach Hamburg fahren und seine Eltern besuchen. »Die ahnen zwar, dass es dich gibt, aber wissen tun sie es nicht. Ich wollte unser Projekt nicht verraten. Aber jetzt ...« Er drückte sie erneut an sich, schnupperte an ihrem Haar und flüsterte ihr ins Ohr: »Jetzt kommt unsere Zeit, Inge, unser neues Leben.« Er spürte ihre Beklemmung und versuchte, dagegen anzureden und sie für das zu begeistern, was sie nun zusammen unternehmen könnten.

»Während du deine Einreiseformalitäten erledigst, frage ich schon mal herum, wo du arbeiten könntest.« Wieder malte er ein Bild, das etwas rosiger geriet, als es der Wirklichkeit entsprach. »Die Universitätsinstitute, Max Planck, das Krebsforschungszentrum, Merck in Darmstadt, die BASF in Ludwigshafen. Und du mit deiner Ausbildung. Das würde ja nicht mit rechten Dingen zugehen. So viel Neues«, flüsterte er, »so viel Neues und Schönes.«

Sie sah ihn plötzlich an – mit feuchten Augen und einem Ausdruck von gewollter Tapferkeit. »Danke«, sagte sie leise, als hätte sie seine Absicht durchschaut, glaubte aber nicht, dass es so einfach werden würde.

Von Zeit zu Zeit waren sie durch Turbulenzen geflogen. Auch jetzt gab es einige harte Schläge und dazwischen kleinere Abwärtsbewegungen.

»Diese Schüttelei«, Inge fischte ein Taschentuch aus einer Handtasche, die Latife für sie besorgt hatte, und presste es gegen den Mund. Vielleicht war es gar nicht die Angst vor dem Notaufnahmelager, die ihr zusetzte, vielleicht waren es diese häufigen Turbulenzen, die ihr Angst machten und ihr Übelkeit verursachten? Der Kapitän meldete sich, bat die Passagiere, sich anzuschnallen und stellte in Aussicht, dass es bis zur Landung in Frankfurt am Main unruhig bleiben würde.

»Es ist erst mein zweiter Flug«, sagte Inge, als müsse sie sich für ihre Angst und für die aufkommende Übelkeit entschuldigen. Sie konnte so rührend sein. Die Szene am Strand von Kavazite fiel ihm ein, als sie mit einer wund gescheuerten Ferse davonschlappte, um den Spaten wieder ins Lager zu bringen, mit dem sie den Delphin begraben hatten. Sie hatten nie über Flugreisen gesprochen.

»Wann bist zum ersten Mal geflogen?«
»Ist schon lange her. Mit meinem Vater – von Schönefeld aus nach Warschau. Er war zu einem Vortrag eingeladen und durfte mich mitnehmen.« Sie schwieg. »Damals hat es nicht so geschaukelt«, murmelte sie wieder in diesem entschuldigenden Tonfall und griff nach der Tüte in der Tasche ihres Vordersitzes. Tim konnte ihr nicht helfen, aber eine Stewardess brachte ihr eine Serviette, als sie sich übergeben hatte. Sie wischte sich den Mund ab und lehnte sich in ihrem Sitz zurück. Blass und mit Schweiß auf der Stirn verfiel sie in einen Halbschlaf.

Die Maschine begann ihren Sinkflug. Sie näherten sich dem Rhein-Main-Flughafen. Inge schaute nicht wie beim Start zum Fenster hinaus. Bleich und mit geschlossenen Augen blieb sie sitzen, so weit zurückgelehnt, wie es der Sitz zuließ. Auch als die Passagiere aufgefordert wurden, die Rückenlehnen senkrecht zu stellen, was die Stewardess für Inge besorgte, hielt sie die Augen geschlossen. Selbst nah am Boden war es noch relativ windig. Der Pilot setzte die Maschine sehr entschieden auf die Landebahn, noch einmal gab es einen kräftigen Ruck. Inge zuckte zusammen, aber dann schlug sie die Augen auf und versuchte zu lächeln. »Willkommen in Frankfurt«, klang es aus dem Bordlautsprecher. Willkommen im Westen, dachte Tim, willkommen in einem neuen, freien, ungebundenen Leben. Er legte seine Hand auf Inges linke Hand, mit der sie sich immer noch in die Armstütze ihres Sitzes krallte. Auf ihrem Gesicht konnte er keine Anzeichen von Freude erkennen. Müde sah sie aus, erschöpft und unsicher, wie es weitergehen würde. Hier in der Nähe hatten sie sich kennengelernt, schoss es ihm durch den Kopf, und im Geiste sah er Inge vor sich in ihrem erdbeerfarbenen Kostüm und mit dem grünen Halsschmuck, so, wie sie damals beim Internisten-Kongress vorgetragen hatte. Wie freudig erregt sie ihm dabei vorgekommen war. Er streichelte ihre Hand. Alles wird gut, sollte das heißen, und sie reagierte, indem sie ihre Hand umdrehte und nach seiner Hand griff. »So schön warm und trocken«, sagte sie.

Sie warteten im Flugzeug, bis alle Mitreisenden ausgestiegen waren. Sicherheitshalber hatte die Stewardess einen Rollstuhl bestellt. Aber als die Maschine sich geleert hatte und es an ihnen war auszusteigen, erwies sich diese Hilfe als überflüssig. Inge ging noch ein wenig langsam, aber ihre Lebensgeister kehrten zurück. Ihr Gepäck. Sommerfeld hatte ihnen noch zwei Koffer besorgt, in denen sie ihre Schwimmanzüge und alles Zubehör untergebracht hatten. Und dann mussten sie zur Passkontrolle.

Inge legte ihren behelfsmäßigen Ausweis vor und wurde mit freundlichem Kopfnicken durchgewinkt. »Das war alles?«, fragte sie, als sie vor der Ankunftshalle auf der Straße standen und die gelben Taxis vorfuhren, um die Passagiere aufzunehmen und weiterzubefördern.

»Ein Fließband«, sagte Inge, aber diesmal schwang ein wenig Anerkennung in ihrer Stimme. »Jetzt könnten wir doch eigentlich zu dir nach Heidelberg fahren.«

Ja, wir könnten, aber wäre es nicht korrekter, gleich nach Gießen zu fahren? Wir sollten das hinter uns bringen, dachte Tim.

»Heidelberg läuft ja nicht weg. Wir könnten es machen, aber dann gäbe es vielleicht dumme Fragen, vielleicht auch Verzögerungen.«

Inge schwieg. Tim wertete ihr Schweigen als Zustimmung, aber auf ihrem Gesicht erschien wieder der Ausdruck von Niedergeschlagenheit, den er im Flugzeug an ihr bemerkt hatte.

Er winkte ein Taxi herbei. Diese Reiserei würde seine letzten DM-Scheine, die er in dem wasserdichten Fach seines Schwimmanzuges über das Schwarze Meer befördert hatte, auffressen, aber das war jetzt nicht wichtig. Er musste Inge heil über die Runden bringen, musste so lange bei ihr bleiben, bis er sich ein Bild von den Verhältnissen im Lager gemacht und bis er den zuständigen Leuten dort ihre Geschichte erzählt hatte.

Sie saßen im Zug nach Gießen, und je näher sie ihrem Ziel kamen, desto mehr verdüsterte sich Inges Stimmung. Insgeheim machte Tim sich Vorwürfe. Vielleicht hätte er sie doch erst einmal mit nach Heidelberg nehmen sollen. Das Lager selbst, ein Kunterbunt aus Baracken und aus schnell errichteten Wohnungsbauten, die wie billige Mietskasernen aussahen, war nicht dazu angetan, ihre Stimmung zu heben.

»Meisenbornweg«, hatte er dem Taxifahrer gesagt, »ist Ihnen das ein Begriff?«

Verächtlich durch die Nase geschnaubt hatte der Mann und ihn dann gefragt: »Ist das Ihr Ernst, dass Sie des ned wisse?«

Sie wollten ins Durchgangslager, dahin, wo eben nur Flüchtlinge hinwollten, Leute, die es irgendwie fertig gebracht hatten, denen da drüben zu entkommen, um hier auf Kosten der Westdeutschen besser und bequemer zu leben, als es ihnen drüben im Osten möglich war. Opportunisten, Faulpelze und Kriminelle die meisten. So etwa sieht es bei dem aus, dachte Tim. Auf seine Fähigkeit zum Gedankenlesen hatte er sich nie viel eingebildet, aber was im Kopf dieses Mannes vorging, das hätte er wörtlich zitieren können. Dieser dicke, etwa fünfzigjährige Kerl mit seinen dünnen blonden Haaren und dem groben Gesicht, der unangenehm nach Schweiß roch und der mit seinem Schweiß auch schlechte Laune auszuschwitzen schien, tat auf der kurzen Fahrt alles, um die Fahrgäste seine Missbilligung spüren zu lassen. Er fuhr zu schnell, bremste zu heftig, nahm die Kurven, als bestritte er ein Rennen, und half ihnen nicht beim Aussteigen. Als Tim seine Rechnung auf den Pfennig genau beglich, traf ihn ein weiterer verächtlicher Blick, der ihm bedeuten sollte, dass er von ihnen auch nichts anderes erwartet hätte.

Hatten sie nicht im Stillen geglaubt, dass die Landung in Frankfurt ihnen das Tor zu einem neuen Leben aufstoßen würde? Leuchteten die Bilder, die ihren Weg begleitet hatten, nicht immer noch in ihren Gehirnen? Der steile Felsen von Achtopol, die Lichter der hinter ihnen verschwindenden Küste, das eine Licht, das plötzlich näher kam und sich als Patrouillenboot entpuppte, das sie suchte? Und dann die prächtige Sternennacht, das große gleichgültige Meer, die Empfindung von Freiheit? Selbst die Türken, die sie so wichtig genommen hatten und die ganz sicher sein wollten, dass sie keine bösen Absichten gegen sie und ihr Land hegten, hatten ihre Gedanken und Gefühle herausgefordert. Und jetzt? Geschäftigkeit, Übellaunigkeit, Geringschätzung.

Als sie durch ein Tor in das umzäunte Gelände des Lagers traten, lasen sie in den Gesichtern der Pförtner, die sie zur Anmeldung schickten, die gelangweilte Routine. Solche wie euch gibt's zu Tausenden, teilten ihnen diese Gesichter mit, bildet euch ja nichts ein, hier geht alles der Reihe nach. Seid froh, dass wir uns überhaupt mit euch abgeben.

Zum Glück war das Lager nicht überfüllt. Der Strom der Flüchtlinge war zwar nicht versiegt, aber viele Betten standen leer. Inge bekam gleich in der Anmeldung, zu der Tim sie begleitete, einen Zettel, auf dem alle Stationen genannt waren, die sie während der nächsten Tage zu durchlaufen haben würde.

»Wie lange dauert denn so etwas?«, fragte Tim die Beamtin, eine noch junge und zur Abwechslung einmal freundliche, pummelige Blondine mit wässrigen blauen Augen und blonden Ringellöckchen.

»Eigentlich kann man das in drei bis vier Tagen erledigen«, meinte Frau Weibel, »aber in manchen Fällen werden Sie noch um Auskünfte gebeten. Alles freiwillig«, setzte sie gleich hinzu, »und außerdem: Es soll nur helfen, den Menschen von drüben das Leben zu erleichtern. Dafür sollte man schon einen extra Tag aufwenden oder auch zwei.«

Tim fiel der CIA-Agent ein, der sie in Kirklareli belästigt hatte. Würde das hier so weitergehen?
Er bat um eine Unterredung mit dem Leiter des Lagers. »Ich habe einige wichtige Informationen für ihn, für ... wie heißt er noch?«
»Alfred Dürr?«
»Ja, genau«, log er. »Wäre es möglich, Herrn Dürr zu sprechen?«
»Heute nicht, aber morgen müsste er wieder im Haus sein.« Frau Weibel telefonierte mit dem Büro von Herrn Dürr und konnte Tim anschließend Hoffnung machen, dass er ihn morgen erreichen würde.
»So um zehn Uhr?«
Frau Weibel schien Gefallen an dem Paar zu finden. »Ich habe noch eine kleine Wohnung mit zwei Betten, die im Augenblick nicht belegt ist. Wollen Sie dort bleiben?«, fragte sie. Inge stimmte sofort zu und blieb auch dabei, als Frau Weibel ihr mitteilte, dass sie die Wohnung ab nächster Woche möglicherweise mit jemandem teilen müsse. Während Inge und Tim sich leise unterhielten, hatte die Aufnahmeleiterin Inges Personalien in ihre Kartei aufgenommen. Jetzt gab sie ihr den Schlüssel zu der kleinen Wohnung im Nachbarhaus, in der Inge die nächsten Tage zubringen sollte. Ob sie bis zu ihrer Entlassung ständig hier sein müsse? fragte Inge mit fast unterwürfig klingender Bescheidenheit. Frau Weibel konnte ihre gönnerhafte Seite zeigen und gleichzeitig darauf hinweisen, dass gewisse Regeln einzuhalten seien, »im Interesse eines geordneten Ablaufs«, sagte sie und »damit Verzögerungen bei der Bearbeitung vermieden werden.« Aber natürlich dürfe sie das Lager verlassen, zum Beispiel zwischen zwei Terminen. Passierscheine würden an der Pforte ausgestellt. »Den brauchen Sie«, sagte Frau Weibel und streifte Tim mit einem raschen Blick. »Ohne Passierschein kommt hier niemand raus oder rein.«
»Ich bin ohne einen reingekommen.«
»So? Das geht aber nicht.« Frau Weibel ärgerte sich, sie blieb aber freundlich. »Dann muss der Herr Dürr wohl wieder einmal nach dem Rechten sehen.«
Und jetzt wollte sie Inge ihre neue Unterkunft zeigen. Als Tim den Koffer nahm, winkte sie ab. »Ich glaube, es ist besser, wenn Sie sich hier verabschieden. Frau Bauer kann heute noch einiges erledigen. Sie werden jetzt eigentlich nicht mehr gebraucht«, fügte sie mit einem etwas forciert klingenden Lachen hinzu.
Es war ein furchtbarer Augenblick. Tim hätte ihn vermeiden müssen.

Wochenlang waren Inge und er unzertrennlich gewesen. Wenn er abends einschlief, lag sie neben ihm und wenn er wach wurde, war sie die Erste, die er wahrnahm und die mit ihm sprach. Sie waren nebeneinander hergeschwommen, sie hatten im Schatten der Schwarzföhre am türkischen Ufer und später auf den improvisierten Nachtlagern in der Türkei nebeneinander gelegen und sich mit ihren Seelen aneinander festgehalten. »Näher werden wir uns nie mehr sein.« Dieser Satz aus Achtopol fiel ihm wieder ein. Durch die graue Alltäglichkeit hindurch empfand er plötzlich, wie sehr Inge zu ihm gehörte, wie fest sie zusammengewachsen waren, und jetzt, nach diesen aufregenden, hoch gestimmten Tagen, nach dieser einmaligen Zeit, die sie nie vergessen könnten, sollte er sich von Inge in einer deutschen Amtsstube verabschieden in Gegenwart dieser unbedarften und ahnungslosen Frau Weibel? Wie konnte das sein, wie konnte er das geschehen lassen? Und Inge? Sie musste es genauso empfinden, härter als er vielleicht, denn er konnte ja gehen, sich frei bewegen, während sie die »Freiheit des Westens« erst einmal als eine Kette von kleinen Gefangenschaften erleben musste.

»Nein, das geht nicht«, sagte er und wollte darauf bestehen, dass Inge auf einige Stunden mit ihm ginge. Aber sie unterbrach ihn. »Doch, doch, Tim, das geht schon, du kommst doch morgen wieder.«

Sie legte ihre Hand auf seinen Unterarm. »Ich komm schon zurecht«, sagte sie, aber während sie beruhigend mit ihm sprach, lag in ihren Augen die gleiche tiefe Niedergeschlagenheit, die er in letzter Zeit des Öfteren an ihr bemerkt hatte. Tim stand wie gelähmt, zu keiner Gegenwehr mehr im Stande.

»Wenn du meinst.« Er küsste sie auf die Wange, gab Frau Weibel die Hand und wusste dabei, dass irgendetwas im Begriff war, schief zu laufen. »Morgen um zehn Uhr«, sagte Frau Weibel, und Tim warf noch einen sehnsüchtigen Blick zu Inge, bevor er den Raum verließ.

Er rannte aus dem Haus, in dem die Aufnahme stattfand, hinüber zum Ausgang, und wäre durch das Tor auf die Straße hinausgelaufen, hätte ihn nicht der Pförtner daran erinnert, dass seine Koffer noch bei ihm stünden. Der Pförtner war sogar bereit, ihm ein Taxi zu rufen. Irgendwie schien er zu spüren, dass dieser Besucher nicht ganz bei sich war.

Tim fand ein preiswertes Hotel im Universitätsviertel, saß dort den ganzen Abend herum, aß nichts, trank ein paar Biere und schlief schlecht. Aus einem der unteren Räume drang bis in die späte Nacht Lärm zu ihm herauf. Stimmengewirr, laute Zurufe, nicht mehr ganz nüchterner Gesang. Man hatte die Hotelgäste bereits beim Einchecken um Verständnis gebeten: Eine Studentenverbindung feierte heute einen Abend mit ihren Alten Herren. Wie fremd mir das alles ist, dachte Tim, der auf dem Rücken liegend die Decke seines Zimmers anstarrte. Lichtjahre ist das von mir entfernt.

Immerhin hatte er für den nächsten Tag ein Ziel. Er musste Herrn Dürr klarmachen, dass Inge eine Bleibe hatte, dass sie heiraten würden und dass sie in Kürze, das heißt innerhalb weniger Wochen, eine Stelle antreten könne. Unter diesen Umständen, so glaubte er, müsste sich ihr »Aufnahmeverfahren« in ganz kurzer Zeit abwickeln lassen.

Am nächsten Morgen stand er wieder am Tor des Notaufnahmelagers. Diesmal bekam er einen Passierschein, auf dem der Zeitpunkt seines Eintritts und der Zweck seines Besuches vermerkt waren. Auch für den Zeitpunkt, an dem er das Lager verlassen würde, war eine Eintragung vorgesehen. »Gespräch mit Herrn Dürr«, schrieb der Pförtner auf den Zettel und schickte ihn ins Obergeschoss des Gebäudes, in dem sich auch die Aufnahme befand.

Alfred Dürr, der von seinem Besuch wusste und ihn freundlich, wenn auch reserviert empfing, war ein untersetzter Mann mittleren Alters, dessen blonde Haare sich bereits gelichtet hatten. Er begrüßte Tim, bot ihm einen Stuhl in seinem mit billigen hellen Möbeln eingerichteten Büro an und betrachtete ihn, nachdem er sich hinter seinen Schreibtisch gesetzt hatte, aufmerksam, aber ohne besonderes Interesse. Tim stellte sich vor und erzählte dann in aller Kürze von seiner Bekanntschaft mit Inge, seinen beruflichen Beziehungen zu Rehberger und dessen Institut, den lange gehegten Fluchtplänen und deren schließlicher Verwirklichung. Herr Dürr unterbrach ihn nicht ein einziges Mal. Er saß fast reglos hinter seinem Schreibtisch und schwieg, nachdem er geendet hatte, was Tim dazu veranlasste, noch ein paar Worte über Inges berufliche Qualifikationen hinzuzufügen. Er könne sich dafür verbürgen, das Frau Bauer im Umkreis von Heidelberg eine gute Stelle finden würde, »wenn das für die Überlegungen der zuständigen Leute in Ihrem Amt eine Rolle spielt.«

Auch jetzt rührte sich Herr Dürr nicht gleich. Den Hinweis auf Inges Fähigkeiten quittierte er nur mit einem Kopfnicken. »Das ist schon in Ordnung«, sagte er.

»Was uns ein wenig Sorge macht, ist die Art und Weise, auf die Frau Bauer zu uns gekommen ist.« Auf seinem massiven Gesicht erschien die Andeutung eines Lächelns. »Dafür interessieren sich die Geheimdienste.«

»Aber die haben uns doch schon verhört«, hielt Tim ihm entgegen.

»Hier sind wir in Deutschland. Da gelten vielleicht andere Regeln als in der Türkei«, sagte Dürr mit ausdruckslosem Gesicht, aber nicht unfreundlich. Als Tim nichts erwiderte, räusperte er sich kurz. »Die Sache ist kompliziert. Die Amerikaner wollten sicher sein, dass Sie nicht im Auftrag des Ostens in die Türkei geschwommen sind. Der Bundesnachrichtendienst ist interessiert daran, dass über die Flucht möglichst wenig an die Öffentlichkeit kommt. In diesem Punkt haben die Nachrichtendienste der DDR und unsere Leute gleiche Interessen. Die Ostblockleute gieren natürlich danach, alle technischen Einzelheiten zu kennen, die Sie zu diesem Husarenstück befähigt haben.«

»Husarenstück«, hatte er gesagt. Aus dem Munde eines Mannes, der sich nur in lakonischen Sätzen ausdrückte, hieß das schon etwas.

»Wenn es sich machen lässt, wird die DDR die Sache vertuschen. Wenn das aber nicht funktionieren sollte, dann könnte es unangenehm werden.«

»Für wen?«

Herr Dürr betrachtete ihn fast mitleidig. »Für Inge Bauers Familie, für Frau Bauer selbst und vielleicht auch für Sie.«

Tim verstand nicht gleich, aber damit hatte Dürr wohl gerechnet. Er sah einen Augenblick zum Fenster hinaus und wandte sich mit stoischer Miene wieder zu ihm zurück.

»Wenn die Geschichte sich nicht verheimlichen lässt, offenbart sie eine peinliche Lücke im Sicherheitssystem der DDR. So etwas darf es nicht geben – also gibt es das auch nicht. Frau Bauer ist nicht geflohen, sie ist getäuscht und entführt worden, durch einen geübten und raffinierten Menschenschmuggler, der für seine Leistungen hoch bezahlt wird und nicht zögern würde, dem Arbeiter- und Bauernstaat weiteren Schaden zuzufügen.« Wieder legte Dürr eine Pause ein, dann sagte er fast widerwillig: »Wenn dieser Fall einträte, wären Sie nach den Gesetzen der DDR ein gefährlicher Straftäter, der sich in diesem Staat nicht mehr blicken lassen dürfte. Aber nicht nur das. Sie wären möglicherweise auch hier gefährdet.«

»Das glaube ich nicht.«

»Wir wollen den Teufel nicht an die Wand malen.« Dürr nahm eine grüne Akte, die vor ihm auf dem Tisch lag, in die Hand, hob sie einige

Zentimeter in die Höhe und ließ sie wieder fallen. »Da steht schon einiges über Sie drin. Können wir Sie in Heidelberg erreichen?«, fragte er unvermittelt.

»Natürlich, ja.« Warum, wollte er noch fragen, aber Dürr gab ihm die Antwort schon von allein. »Nur für alle Fälle. Wie gesagt, die Nachrichtendienste könnten noch Fragen haben.«

»Das macht mir keine Sorgen.«

»Und was macht Ihnen Sorgen?« Wieder zeigte sich auf Dürrs lakonischem Gesicht die Andeutung eines Lächelns.

»Inge.«

Dürr nickte und starrte einen Augenblick lang auf seine Schreibtischplatte. »Sie ist bei uns in guten Händen. Ein paar Tage braucht sie ohnehin, um alles zu erledigen. Bis Mitte nächster Woche, schätze ich. Bis dahin wissen wir etwas mehr. Wenn sie ein wenig länger hier bleiben müsste als gewöhnlich, dann nur zu ihrer eigenen Sicherheit. Sie können natürlich jederzeit zu ihr.«

»Und sie? Kann sie hier raus?«

Dürr nickte. »Tagsüber, in Begleitung einer vertrauenswürdigen Person – also mit Ihnen zum Beispiel oder mit einem Mitglied Ihrer Familie. Natürlich. Jederzeit.« Noch einmal erschien in seinen Augen die Spur eines Lächelns. »Dies ist ja kein Gefängnis. Wir wollen ja Menschen aufnehmen.«

Tim gefiel dieser ruhige untersetzte Mann, der kaum Gemütsregungen zeigte, aber durch das, was er sagte und durch die Art, wie er es sagte, den Eindruck von Zuverlässigkeit erweckte.

»Bleiben wir in Verbindung?«, fragte er ihn. Dürr nickte, zog einen Zettel aus einem Kasten und schrieb etwas darauf. »Meine direkte Nummer hier im Haus. Im Übrigen: Frau Wilms«, er zeigte auf die Tür zu seinem Vorzimmer, »weiß immer, wo ich bin, also schreibe ich Ihnen auch ihre Nummer auf und mein Telefon zu Hause.« Er betrachtete den Zettel. »Das sollte genügen«, sagte er und reichte ihn Tim über den Tisch. Der stand auf und wollte das Papier in seine Brieftasche stecken. »Lernen Sie die Nummern auswendig«, empfahl Dürr, »dann vernichten Sie den Zettel.«

»Das mache ich. Kann ich Frau Bauer noch sehen?«

»Frau Wilms«, antwortete Dürr und führte ihn zu seiner Sekretärin, einer kleinen Person von südländischem Aussehen, die ihm innerhalb von einer Minute sagen konnte, dass Inge gerade mit einer medizinischen Untersuchung fertig geworden sei und direkt zur Pforte käme.

Die Mitteilungen von Alfred Dürr hatten Tim einerseits beunruhigt. Er verstand plötzlich die Komplikationen, die sich aus ihrer ungewöhnlichen Flucht für Inge ergeben könnten. Andererseits hatte ihn die unaufgeregte, fast stoische Art von Dürr positiv beeindruckt. Man konnte ihm glauben, dass er den Menschen, die sich hier aufhielten und auf der Suche nach einem neuen Leben waren, wirklich helfen wollte. Gewiss würde er auf Inge ein besonderes Auge haben und würde sie beide über die weiteren Entwicklungen auf dem Laufenden halten. Er stürmte die Treppen hinunter, um Inge wiederzusehen und um ihr Mut zu machen. Als er aus der Tür des Hauses trat, lief sie ihm fast in die Arme. Sie trug dasselbe geblümte Sommerkleid, das sie gestern angehabt hatte, dazu eine weiße Strickjacke, die ihr irgendjemand geliehen haben musste. Sie waren ja in wenigen Stunden aus der Wärme in das herbstlich-kühle deutsche Klima gekommen.

Sie fielen sich in die Arme und hielten sich ein paar Sekunden lang fest umschlungen. Wie zwei Kinder, dachte er, die sich im Getümmel verloren und dann plötzlich wiedergefunden haben.

»Wo können wir hingehen?«, fragte er Inge.

»Raus hier. Ich habe erst um ein Uhr wieder einen Termin.«

»Du brauchst einen Mantel, es ist kühl.« Sie gingen zur Pforte. Inge zeigte ihren vorläufigen Reisepass sowie den Lagerausweis und bekam einen Passierschein. Tim gab seinen Passierschein ab. Es war ja nicht so weit zum Bahnhof und in die Innenstadt. Sie fanden ein Café, und Inge erzählte von ihren ersten Eindrücken. In ihrer Miniwohnung sei sie noch allein, geschlafen habe sie gut, die ärztliche Untersuchung sei nicht so angenehm gewesen.

»Wieso?«

»Ach, lassen wir das.«

Aber er bohrte weiter. Hatte Dürr ihm nicht seine Telefonnummern gegeben und erkennen lassen, dass er an Inges Wohlergehen interessiert sei?

»Die scheinen sich vorwiegend für das Sexualleben der Frauen zu interessieren, die hier durchs Lager kommen.«

Der Gedanke, dass irgendein Grobian Inge taktlose Fragen gestellt hatte, brachte ihn auf. »Wie heißt der Kerl? Dem werde ich die Leviten lesen.«

Inge winkte ab. »Es ist die Aufregung nicht wert«, sagte sie. »In ein paar Tagen bin ich hier wieder raus.« Heute Nachmittag, berichtete sie, werde jemand vom Bundesnachrichtendienst mit ihr sprechen. Tim erzählte ihr von seiner Unterhaltung mit Herrn Dürr, erwähnte aber nur, dass man kein Interesse daran habe, ihre Flucht bekannt werden zu lassen. »Das würde die Stasi nur in Verlegenheit bringen.« Mehr sagte er nicht, um Inge, die sich ohnehin Sorgen um ihre Familie machte, nicht weiter zu beunruhigen. »Dieser Alfred Dürr übrigens scheint mir ein sehr zuverlässiger und kompetenter Mann zu sein, er hat sich wirklich genau überlegt, welche Folgen aus unserer Aktion entstehen könnten, und er wird sich um dich kümmern.«

Sie lächelte etwas ungläubig. »Warum darf ich mich nicht selbst um mich kümmern? Ich könnte jetzt in deiner Wohnung sitzen und Bewerbungen schreiben. Nächste Woche könnten die rausgehen. Du könntest anrufen und mich anmelden, wie wir das vorhatten.«

»So werden wir es ja auch machen. Ich verspreche dir, ich fange sofort damit an, sobald ich in Heidelberg bin.« Er griff nach Inges Hand. »Dies sind notwendige Formalitäten. Du bekommst Geld vom Staat, deine Rentenansprüche müssen angemeldet werden, was rede ich, das weißt du doch selbst, Sommerfeld hat dir das ja alles erzählt.«

Das verstünde sie auch, sie sei ja nicht blöd. »Aber muss ich dazu in diesem Lager hocken und mir jedes Mal einen Passierschein geben lassen, wenn ich draußen einen Kaffee trinken oder eine Zeitung kaufen will?«

Oder einen Mantel, fiel ihm ein. »Du musst dich hier wärmer anziehen, es ist immerhin Oktober.« Sie gingen in eines der lokalen Kaufhäuser, fuhren mit der Rolltreppe in ein höher gelegenes Stockwerk. »Damenoberbekleidung«, las Inge und staunte wohl doch ein wenig über die Fülle des nicht einmal besonders geschmackvollen Angebots. Wiesbaden fiel ihm ein, Inges Erstaunen über die gefüllten Parkplätze, die gut angezogenen Menschen. Ein Abglanz der kindlichen Begeisterung von damals erschien auf ihrem Gesicht. Aber es war wirklich nur ein Abglanz – der Widerschein von damals. Sein Geld reichte nur noch für die Fahrt nach Heidelberg, aber er hatte noch ein paar Schecks bei sich. Mit einem von denen erstanden sie einen gefütterten Burberrymantel.

»Kriegst du wieder«, sagte Inge, nachdem sie den Mantel anprobiert und für gut befunden hatte.

»Ich will dich wiederhaben, nicht das Geld für den Mantel – den schenk ich dir.«

Dann mussten sie sich trennen. Er wollte nach Heidelberg, Inge musste zurück ins Lager.

»Ich rufe ich an«, versprach er, aber wie sollte das funktionieren?
»Ich habe kein Telefon in meiner Bude.«
»Ruf mich von außerhalb an. Von einem Münztelefon. Hier.« Tim drückte ihr einen Fünfzig-DM-Schein in die Hand und wusste nicht, ob er noch genügend Geld für die Fahrt nach Heidelberg hätte. Aber zur Not würde er auch im Zug mit einem Scheck bezahlen oder seine Situation erklären.

»Bis Freitagabend, ich will sehen, dass ich früh wegkomme.«
»Um zehn muss ich wieder im Lager sein.«
»Dann komme ich eben schon um fünf.«

Sie stand vor ihm in ihrem neuen Mantel und hatte den Kragen hochgeschlagen. Es stand ihr gut, das neue Stück, es passte gut zu ihrer braunen Haut, zu dem blonden Schopf und zu den großen, grünlich schimmernden Augen. Wie viele von solchen kleinen Abschieden würde es noch geben in ihrem Leben? Würden sie ihm alle so schwer fallen?

»Ich besorge dir eine Stelle«, versprach er, um etwas Zuversichtliches zu sagen und um seiner Liebsten, die ihm vorkam wie ein allein gelassenes Kind, Mut zu machen. Oder bildete er sich das nur ein? War er selbst hilflos und projizierte seine Gefühle auf Inge? Sie schloss die Augen und schürzte die Lippen ein wenig zu einem schnellen Abschiedskuss. Er drückte sie noch einmal an sich und spürte den warmen Druck ihrer Lippen, die noch nach dem Espresso schmeckten, den sie eben getrunken hatte. Dann ging er zum Bahnhof und sah sie in ihrem hellen Mantel zwischen den Passanten verschwinden.

Auf der Fahrt nach Heidelberg versuchte er eine Zeitung zu lesen, um zu erfahren, was sich während ihrer Abwesenheit in Deutschland zugetragen hatte. Bundestagswahlen im nächsten Jahr. Spekulationen über ein sozial-liberales Bündnis. Würde Brandt dann Bundeskanzler? Er konnte sich einfach nicht konzentrieren, so sehr er die Veränderungen begrüßte, die sich jetzt in Deutschland anbahnten. Aber er hatte andere Sorgen. Warum zerbrach er sich den Kopf und worüber? Dürr, Alfred Dürr, der Mann war kein Anfänger. Er kannte sich aus im Gestrüpp der deutsch-deutschen Beziehungen. Die westlichen Geheimdienste gingen ständig im Lager ein und aus, um Neues zu erfahren, Schwachstellen ausfindig zu machen. Und umgekehrt? Wäre so ein Lager nicht auch ein Betätigungsfeld für die Stasi, für Markus Wolf und seine Leute? Sein Unbehagen wuchs, als er sich Heidelberg näherte. Am liebsten hätte er Alfred Dürr heute noch angerufen. Er griff nach seiner Brieftasche. Ja, der Zettel war noch da. Er fing an, die Nummern auswendig zu lernen, wie ihm Dürr empfohlen hatte, und kam damit gut voran. Diese Tätigkeit hatte etwas Beruhigendes. Außerdem: Dürr würde schon aufpassen. Seinen Namen hatte er auf dem Zettel gar nicht vermerkt. Nicht einmal die Initialen. Nur die Nummern standen da. Als der Zug in Heidelberg einfuhr, kannte Tim die Nummern auswendig. Trotzdem behielt er den Zettel.

Es war später Nachmittag, als er aus dem Bahnhofsgebäude trat. Um diese Zeit strömten viele Menschen zu den Zügen, auf dem Platz vor dem Bahnhof herrschte ein ziemliches Gedränge. Für ein Taxi nach Ziegelhausen reichte sein Geld nicht mehr. Wozu auch? Er konnte den Bus nehmen. Er würde nichts versäumen, wenn er erst später nach Hause käme. Dort wartete ja niemand.

Er sah aus dem Bus auf die vorbeiziehenden Häuserzeilen. Passten sie überhaupt noch zusammen? Diese Stadt in ihrem Alltagsgetriebe, der Langeweile der täglichen Verrichtungen, ihrer scheinbaren Perspektivelosigkeit und er, Tim Brandis? Heidelberg war unverändert. Was sollte sich auch hier verändern in fünf Wochen? Und er? Ich bin ein anderer geworden, dachte er und war sich da ganz sicher. Der Gedanke an morgen, an seinen ersten Tag in der Klinik, löste Unbehagen aus. Schöller und seine lächerlichen Konflikte mit dem SDS, dieser Universitätsmief. Deutschland – eine Verkrampfung. Während der Bus am Neckar entlangfuhr, die Brücke überquerte und dann wieder, dem Verlauf des Flusses folgend, Ziegelhausen zustrebte, dachte er an Tom Ashley. Ob der sich inzwischen gemeldet hätte? Inge heiraten, sie zunächst noch hier unterbringen in der Kinderklinik oder im DKFZ, meinetwegen auch in Mannheim, und dann nach New York gehen. Mit Inge natürlich, dort heimisch werden. Diese Gedanken beruhigten ihn. Etwas von der Spannung, die er auf dem Weg nach Heidelberg empfunden hatte, wich. Er musste Pläne schmieden, die gemeinsame Zukunft in die Hand nehmen.

»Na, auch mal wieder im Lande?« Schöller hatte Tim während der Morgenbesprechung gesehen, erinnerte sich vielleicht, dass er eigentlich schon am Dienstag erwartet worden war und dass er sich von Istanbul aus telefonisch entschuldigt hatte. Die Arme vor der Brust verschränkt, ein schmallippiges Lächeln im Gesicht, die Augen ein wenig angestrengt auf seine Mitarbeiter gerichtet, so sah er aus, wenn irgendetwas schief gelaufen war. Eine Institutsbesetzung? Ärger mit dem Rektor? Nein, schlimmer, weil grundsätzlich bedeutender. Die politischen Kräfteverschiebungen in Bonn. Eine halbe Stunde Politik, misstrauische Blicke auf die Assistenten, denen man eine aktive Mitwirkung an diesem Debakel zutraute, eifriges Nicken von Professor Hildebrand, der sich nicht scheute, dem Chef auch in außermedizinischen Angelegenheiten auf weithin sichtbare Weise zuzustimmen. Schließlich wurden die akuten Fälle besprochen, dann war Schluss. Tim wollte auf seine Station, aber Schöller rief ihn zu sich, gab ihm die Hand. »Wieder heil«, sagte er, als Tim in Erinnerung an die Blessur, die Schöller sich vor seinen Ferien zugezogen hatte, einen Augenblick lang zögerte.

»Wie war's?«, fragte er, als sie gemeinsam seinem Sekretariat zustrebten. Tim wusste nicht, wie er die Frage verstehen sollte und gab ein paar allgemeine Auskünfte über die jugoslawische Adriaküste.

»Aber Sie haben doch aus Istanbul angerufen«, erwiderte Schöller, »aus dem Generalkonsulat.«

»Das war nur ein Abstecher, aber er hat sich gelohnt.« Sie waren an der Tür angekommen, auf der »Klinikdirektion« stand. Schöller zögerte einen Augenblick, trat aber nicht ein, sondern zog seinen Assistenten mit sich fort in ein leer stehendes Krankenzimmer. Dort ging er ans Fenster und schaute hinunter auf den Hof und hinüber zum Neckar, der nahe am Klinkgelände vorbeifloss.

»Hatten Sie Erfolg?«

»Ja. Aber ...«

Aber wie wissen Sie davon, wollte Tim fragen. Schöller unterbrach ihn: »Die Welt ist klein. Man hört so einiges. Ihre Freundschaft mit Inge Bauer haben Sie ja selbst schon erwähnt.« Er pausierte: »Ist sie hier?«

»In Gießen.«

»Im Lager?«

»Ja.«

»Sie sollten sie da bald wieder rausholen und hierher bringen.«
Wie kam er dazu, so etwas vorzuschlagen. Was wusste Schöller – und woher? Und was sollte diese Geheimnistuerei? Warum standen sie hier in einem unbesetzten Krankenzimmer, statt in seinem Büro? Jetzt geriet Tim in Unruhe. Schöller spürte das. »Ich weiß keine Einzelheiten, will ich auch gar nicht wissen. Ich dachte nur, ich könnte vielleicht helfen.«

»Wir suchen eine Stelle für Inge«, sagte Tim. »Sobald sie eine Zusage hat, kann ich sie mit nach Heidelberg nehmen.«

»Schreiben Sie mir eine Din-A4 Seite mit ihren Daten. Das Übliche: vor allem Ausbildung, akademische Laufbahn, wissenschaftliche Interessen. Es muss nicht vollständig sein. Ich will sehen, was ich tun kann.« Tim versprach es. Dann trennten sie sich. Schöller verschwand in seinem Büro und Tim ging auf seine Station und begrüßte dort die Schwestern und den jüngeren Kollegen, der ihm als Stellvertreter zugeteilt worden war, und bat, schon mit der Visite anzufangen.

»Ich habe noch einen dringenden Brief zu schreiben, geht schnell«, beruhigte er die enttäuschten Schwestern, die es liebten, wenn ein aus dem Urlaub Heimgekehrter zunächst einmal ausführlich von seinen Ferienerlebnissen berichtete. »Ich erzähle später«, versprach er und setzte sich im Arztzimmer an seine Schreibmaschine.

Kurzer Lebenslauf von Dr. med. Inge Bauer, wohnhaft ... ja, da musste er wohl die Pankower Adresse hinschreiben, oder? Er entschied sich für seine Adresse in Ziegelhausen. Familie? Geschwister? Warum nicht? Erwähnen sollte er ihre Familie, vor allem ihren Vater, auch, was er von Inges Ausbildung wusste. Auch gab er an, dass sie bis vor einigen Wochen eine Stelle als Assistentin im Institut für Biochemie der Humboldt-Universität Berlin bekleidet hatte. Das Thema ihrer Doktorarbeit kannte er, ihre wissenschaftlichen Interessen ebenso. Nachdem er alles, was er wusste, aufgeschrieben hatte, steckte er das Blatt in einen Briefumschlag, den er mit Schöllers Namen und dem Vermerk »persönlich« versah. Dann rannte er die Treppen hinauf und bat Schöllers Sekretärin, den Brief auf dessen Schreibtisch zu legen. Sie versprach es, sah ihn dabei aber prüfend an und fragte: »Sie wollen doch nicht etwa kündigen?« Tim beruhigte sie. »Nein, eher das Gegenteil.« Dann entzog er sich weiteren Nachfragen durch einen Hinweis auf die dringend vorzunehmende Visite auf seiner Station.

Durch die lange Abwesenheit von seinem Arbeitsplatz war einiges liegen geblieben. Also blieb er an diesem Tag länger als gewöhnlich. Außerdem hatte er vor, morgen am Freitag vor dem langen Wochenenddienst schon um drei Uhr Schluss zu machen, um noch zeitig nach Gießen zu kommen. Gerade hatte er seinen Kittel in den Schrank gehängt, da klingelte das Telefon. Es war Schöller. Ob Tim noch einen Moment Zeit hätte. Er sei in seinem Büro. Als er eintrat, räumte Schöller gerade seinen Schreibtisch auf. »Gute Nachrichten«, empfing er seinen Mitarbeiter. »Die Kinderklinik sucht eine neue Assistentin für die onkologische Abteilung, und im Krebsforschungszentrum ist auch eine Stelle offen. Ich war so frei und habe den Chefs die Daten von Frau Bauer durchgegeben, ihnen auch die näheren Umstände ein wenig erläutert.«

Tim nickte zustimmend, hoffte aber, dass Schöller nicht zu viel geredet hatte.

»Der Kinderarzt Herr von Klitzing, Sie kennen ihn, ist auch ein persönlicher Freund.« Jetzt grinste Schöller komplizenhaft und reichte ihm einen Briefbogen. Tim nahm das Papier und las. Es handelte sich um eine kurze, aber in sehr freundlichem, fast herzlichen Ton gehaltene Mitteilung, dass von Klitzing sich freuen würde, wenn Frau Doktor Bauer sich um die offene Stelle in der onkologischen Abteilung der Kinderklinik bewerben würde. Angesichts ihrer ausgezeichneten Referenzen und ihrer vorzüglichen Ausbildung hätte sie die besten Chancen, diese Stelle zu bekommen. Ihr Einverständnis voraussetzend und in der Erwartung, bald von ihr zu hören, würde er diese Stelle bis Mitte November nicht anderweitig vergeben. Dann kamen noch ein paar technische Einzelheiten über Bezahlung, Ferien, Dienste, das Übliche eben.

Schöller hatte ihn beim Lesen beobachtet. Tim ließ den Brief sinken und wollte zu einer längeren Dankesrede ansetzen, aber er unterbrach ihn. »Na, Tim, hat der olle Schöller mal schnell jeschaltet?« Seit seiner Tätigkeit in Berlin liebte Schöller es, sich in dem Idiom dieser Stadt auszudrücken. Aber er hatte wirklich schnell reagiert. Jetzt musste Tim ihm doch danken, natürlich auch in Inges Namen.

»Rufen Sie Eberhard von Klitzing an und sagen Sie ihm ein paar nette Worte. Unter uns: Die Stelle ist schon seit Monaten frei. Er findet nicht die passende Frau.« Ja, eine Frau sollte es sein wegen der Kinder auf der Krebsstation. Aber eine gute Wissenschaftlerin und Ärztin müsste sie eben auch sein. Er zog einen Umschlag aus der Schublade seines Schreibtisches und reichte ihn Tim. »Tun Sie's da rein.« Als er den Brief in seiner Brusttasche verstaute, grinste Schöller. »Er handelt also nicht nur aus Hilfsbereitschaft, sondern auch im eigenen Interesse. Aber der Brief müsste helfen, um Frau Bauer schnell durch dieses Verfahren zu schleusen.«

»Das freut mich. Dass Sie sich so verwenden, so entschieden und so schnell, dafür ...«

Schöller winkte ab. »Habe ich gern getan.« Er sah ihm in die Augen und spielte jetzt wirklich kein Theater, das merkte Tim.

»Sie haben doch was gewusst?«

Schöller lächelte nur.

»Es könnte wichtig sein zu wissen, wie das gelaufen ist.«

Jetzt setzte Schöller sich und gab Tim einen Wink, den Platz neben seinem Schreibtisch einzunehmen. »Herr Bauer, der Vater von Inge, rief mich an. Warten Sie, das muss so um den 25. September herum gewesen sein. Wir kennen uns ja aus der Leopoldina. Außerdem weiß er, dass Sie bei mir Assistent sind. Zunächst hatte er es wohl bei Ihnen versucht, Sie waren nicht erreichbar. Kunststück. Und dann rief er hier an und erzählte mir vom Bulgarienaufenthalt seiner Tochter und dass sie davon gesprochen habe, Sie da unten zu treffen. Na und dann, zehn Tage später, meldeten Sie sich aus Istanbul aus dem deutschen Generalkonsulat. Da konnte ich mir zusammenreimen, dass Sie Ihre Inge irgendwie über die bulgarisch-türkische Grenze gebracht hatten. Außerdem kenne ich den Sommerfeld, der war mal Patient bei mir. Den habe ich dann später angerufen und gehört, dass Sie bereits beide auf dem Weg nach Deutschland seien. Mehr hat er mir nicht verraten.«

Schöller stand plötzlich auf. »Den Rest erzählen Sie mir mal, wenn Gras über die Sache gewachsen ist.« Damit war Tim entlassen. Der Brief aus der Kinderklinik steckte in seiner Brusttasche. Er war in freudiger Stimmung. So, wie lange nicht. Inge, dachte er. Wenn sie nicht bei ihm war, sprach er in seiner Vorstellung mit ihr. Du wirst dich freuen. Vielleicht sollten wir doch noch hier bleiben, hier in Heidelberg.

Im Neckar spiegelten sich die Brückenlichter. Die Fassaden der Altstadt schimmerten im Licht der Schaufenster und Laternen.

Wir finden eine schöne Wohnung, vielleicht sogar ein Haus. Wir schaffen das, Inge. Fast haben wir es ja schon geschafft.

13

Mit dem Auto brauchte er am Freitagnachmittag nur eineinhalb Stunden bis nach Gießen. Um Punkt fünf Uhr stand er an der Pforte des Notaufnahmelagers am Meisenbornweg. Inge wurde angerufen, kam auch in wenigen Minuten zum Eingang, erhielt ihren Passierschein und saß Minuten später bei ihm im Auto. Sie atmete tief ein und aus, als sie sich in die Lederpolster sinken ließ. Fast klang es wie ein Seufzer. Tim beugte sich zu ihr hinüber und umarmte sie. Sie hatte ihm gefehlt in den achtundvierzig Stunden, die er ohne sie gewesen war. Aber er sagte ihr nichts davon. Er wollte ihr ja Mut machen. Plötzlich hatte sie Tränen in den Augen.

»Was ist?«

»Der Geruch hier im Auto. Nach Leder, ein bisschen nach Benzin und nach dir. Es ist wie früher, als du zu Besuch nach Pankow kamst.« Sie fuhr mit einer Hand über die Holzpaneele und über das Sitzleder. »Fast ist es ein Zuhause, dieses Auto. Wir haben ja nichts anderes mehr.«

»Aber Inge. Das stimmt doch nicht. Wir haben meine Wohnung, und bald werden wir etwas Neues gefunden haben.«

Eigentlich hatte er ihr den Brief aus der Kinderklinik erst später zeigen wollen, wenn sie irgendwo gemütlich beim Abendessen saßen. Aber die Niedergeschlagenheit, die er schon in der Türkei an ihr beobachtet hatte, machte ihr wohl immer noch zu schaffen.

»Du, ich habe einen Brief für dich. Sie bieten dir eine Stelle an – in der Kinderklinik. Hier, ein Brief des Chefs.« Tim zog das Kuvert aus der Brusttasche und gab ihr den Umschlag.

»So schnell?«

»Ich habe Schöller von dir erzählt und ihm so eine Art Steckbrief von dir entworfen. Er wollte so etwas haben, damit von vorneherein klar ist, um wen es sich handelt. Und von Klitzing, der Professor für Kinderheilkunde, hat gleich reagiert.«

Inge überflog den Brief. Ihr Gesicht rötete sich ein wenig. Es bestand kein Zweifel daran, dass sie sich freute. »Sobald du hier rausgehst, besuchst du ihn«, schlug er vor.

»So schnell«, sagte Inge noch einmal und schüttelte ungläubig den Kopf. »Was hast du Schöller denn erzählt, dass er sich so für uns einsetzt?« Tim sagte ihr, was er von seinem Chef gehört hatte, auch, dass ihr Vater bei Schöller angerufen hatte, um nach ihm zu fragen. »Als ich dann selbst aus Istanbul telefonierte, um mich für meine verspätete Rückkehr aus den Ferien zu entschuldigen, hatte er schon eine Ahnung. Die Welt ist ein Dorf«, fügte er hinzu.

Inge wusste nicht, worauf er hinauswollte. »Er kennt Sommerfeld und erfuhr dann von ihm, dass wir beide bereits auf dem Weg nach Frankfurt waren.«

»Aber die Einzelheiten weiß er nicht?« Inge schien beunruhigt darüber zu sein, dass außer ihnen beiden, außer den Türken und Sommerfeld, denen sie ihre Geschichte erzählt hatten, noch andere Menschen von ihrer Flucht erfahren haben könnten.

»Ich habe ihm nichts erzählt. Und Sommerfeld wohl auch nicht. Nein, sicher nicht, sonst hätte Schöller nicht betont, dass er keine Einzelheiten wisse.«

Inge wollte plötzlich wegfahren. »Irgendwohin, wo uns niemand kennt.« Sie schien es eilig zu haben. »Warum bleibst du nicht über Nacht. Gehen wir in ein Hotel. Um zehn fährst du mich zurück ins Lager.«

Sie fanden ein Hotel mitten in der Stadt. Er buchte ein Doppelzimmer, und anstatt zu essen, zogen sie die Vorhänge zu, hängten ein »Bitte nicht stören«-Schild draußen an die Tür und stillten ihren Hunger aufeinander. Inge liebte ihn mit einer Hingabe, die er noch nie an ihr erlebt hatte. Es war, als wollte sie ihn mit ihrem Körper und mit allen ihren Sinnen in sich aufnehmen und verstehen. Seine eigene ruhigere Stimmung war auf diesen Ansturm zunächst gar nicht vorbereitet, aber er ließ sich hineinziehen in den Strudel von Gefühlen und Erregungen, der von Inge ausging. In sehr flüchtiger Weise begriff er, dass sie ihm etwas sagen wollte, das sie nicht in Worte fassen konnte. Sie nahm ihn in sich auf, aber sie schien ihm auch zeigen zu wollen, wer sie sei. Ein flüchtiger Gedanke wie »dies ist eine nicht mehr zu steigernde Lust, eine Umarmung, für die es keine Fortsetzung gibt«, wetterleuchtete durch sein Bewusstsein, aber es gab sie doch, diese Steigerung, immer wieder an diesem späten Nachmittag und frühen Abend. War er glücklich, nachdem dieser Sturm sich ausgetobt hatte und sie erschöpft beieinander lagen? Schlich sich da nicht eine Furcht in die körperliche Entspannung, die Furcht vor einem Zugriff, dem er nicht gewachsen sein würde? Inge war so anschmiegsam und zärtlich. Sie sagte ihm vieles in der Stunde, die ihnen noch blieb, bis er sie in ihre Unterkunft zurückbringen musste. Noch lange, fast ein Leben lang, meinte er später, hatte er ihre sanfte, leise Stimme im Ohr, die so innig klang und so fürsorglich. Er hätte eigentlich spüren müssen, dass sie ihm etwas mit auf den Weg geben wollte. Beide waren sie traurig, als sie das Hotelzimmer verließen. Er hielt ein kleines Stück vor dem Lagereingang, weil er nicht wollte, dass sie jemand aus dem Lager sehen sollte. Inge war jetzt wieder ganz gesammelt. Sie würde ihm Bescheid geben, wenn sie Zeit hätte, Montag oder Dienstag, vermutete sie. Dann nahm sie seinen Kopf in ihre beiden Hände und sah ihm in die Augen, als suche sie da etwas. Aber dann lächelte sie, so, als sei diese Suche auf eine verzeihliche Weise umsonst gewesen, und gab ihm einen flüchtigen Kuss auf den Mund. »Vergiss mich nicht, Tim.« Und dann war sie draußen auf der Straße und strebte mit raschen Schritten dem Eingang zum Lager zu. Tim dachte, sie würde sich noch einmal umdrehen und winken, aber sie zögerte keinen Augenblick. Er fuhr zurück zum Hotel und beschloss, seine Rechnung zu begleichen und noch in der Nacht nach Heidelberg zurückzufahren.

Auf dem Heimweg gingen ihm einzelne Szenen und Gesprächsfetzen immer wieder durch den Sinn. Er war plötzlich wacher und empfänglicher für das, was sie soeben gemeinsam erlebt hatten. Inge hatte sich verändert in den letzten Tagen. Irgendetwas musste geschehen sein, was sie nicht oder noch nicht sagen wollte. Am liebsten wäre er zurückgefahren und hätte unter irgendeinem Vorwand versucht, sie noch einmal zu sprechen. Aber dann rief er sich zur Ordnung. Es gab doch keinen Grund zur Beunruhigung. Nicht einen einzigen. Im Gegenteil: Unter der Obhut von Alfred Dürr war sie gut aufgehoben. Für ein paar Tage noch. Inzwischen hatten sie die Weichen in Heidelberg schon für ihre Ankunft gestellt. Du bist überreizt, sagte er sich und nahm sich vor, am Montag mit Dürr zu telefonieren und ihn zu fragen, ob aus seiner Sicht etwas dagegenspräche, Inge in der nächsten Woche ziehen zu lassen. Wenn bis dahin nicht alle Formalitäten der Aufnahme erledigt seien, könne man das ja auch von Heidelberg aus tun. Dieser Dürr würde das einsehen. Wie so oft in zwiespältigen Situationen behielt seine Zuversicht die Oberhand. In dieser Hinsicht habe ich einiges von meinem Vater mitbekommen, dachte er. Der blieb eigentlich auch immer optimistisch. Er freute sich plötzlich darauf, Inge seiner Familie vorzustellen. Das würde bald stattfinden, in der nächsten Woche vielleicht schon oder in der Woche danach.

14

Der Wochenenddienst hatte es in sich. Tim hatte an beiden Tagen alle Hände voll zu tun. Auch nachts riss ihn der schrille Klingelton seines Diensttelefons einige Male aus dem Schlaf, und wenn dann die lakonische Stimme eines Pförtners das Wort »Notaufnahme« aussprach, manchmal mit einem Zusatz wie »Verdacht auf Myokardinfarkt« oder »Schlaganfall«, zuweilen aber auch ohne derartige Hinweise, dann war ihm, als bräche die ganze Brutalität und Grausamkeit des Lebens über ihn herein, und er brauchte ein paar Augenblicke, um seine Benommenheit abzustreifen, in seine Kleider zu schlüpfen und in die Aufnahmestation zu laufen. Dort standen die Pfleger und Ärzte des Notfallwagens, oft waren auch die Medizinalassistenten, theoretisch voll ausgebildete, aber noch nicht approbierte Jungärzte, zur Stelle und hatten erste Informationen über den eingelieferten Kranken gesammelt, die ihm dann einer oder eine von ihnen in knapper Form präsentierte. Wenn er zwei- oder dreimal aus dem Schlaf gerissen worden war, konnte er ohnehin nicht mehr einschlafen. Er setzte sich dann ins Arztzimmer und diktierte Briefe oder Entlassungsberichte.

In der Nacht zum Montag wurde eine bekannte Schauspielerin aus Berlin eingeliefert, die ein Gastspiel in Heidelberg gegeben hatte und danach an einem zunächst unstillbaren Brechdurchfall erkrankt war. Ihr Begleiter, ein gut aussehender junger Mann, über dessen Verhältnis zu der Fünfzigjährigen kaum Zweifel bestehen konnten, dramatisierte die Situation, sprach von »Lebensgefahr« und insistierte, dass Professor Schöller selbst zu erscheinen habe und sofort gerufen werden müsse. Tims Einwände, dass er und seine Kollegen mit der Situation auch ohne Professor Schöller gut zurechtkämen, dass die Behandlung einfach und dass die Patientin schon jetzt außer Gefahr sei und vermutlich übermorgen, spätestens in ein paar Tagen, das Krankenhaus wieder verlassen könne, ließ er nicht gelten. Tim hängte sich ans Telefon und rief Schöller an. Der schien sich über den Anruf nicht besonders zu freuen. Aber nachdem sein Assistent ihm die Situation geschildert hatte, versprach er, in etwa einer Stunde in der Klinik zu sein.

»Lassen Sie mich mal selbst mit dem Gigolo sprechen.« An der Schnelligkeit, mit welcher der als Gigolo bezeichnete Mann seinen hochfahrenden Ton am Telefon mäßigte, merkte Tim, dass Schöller es vermocht hatte, die Situation bereits fernmündlich auf ihre reale Bedeutung zurückzuführen. Als der Professor eine Stunde später auf die Privatstation kam, lag Frau Gabriele Schlüter bereits in einem Einzelzimmer, bekam Infusionen und nahm schon wieder Anteil an ihrer Umgebung. Sie sprach jetzt für sich selbst und verwies damit den aufgeregten jungen Mann in die ihm zustehende Nebenrolle.

»Nötig wäre das nicht gewesen«, kommentierte Schöller, nachdem er die Patientin untersucht und die bereits eingeleitete Behandlung bestätigt hatte. Tim begleitete ihn zurück zum Portal der Klinik. »Aber vielleicht war es ganz gut so«, meinte Schöller, »die Frau Schlüter spielt übrigens auch in Ost-Berlin, im Brecht Ensemble, wenn ich mich nicht irre.«

Jetzt erinnerte sich Tim, dass er diese Schauspielerin bereits einmal gesehen hatte. Damals im Theater am Schiffbauer Damm in »Galileo Galilei«. Natürlich fiel ihm dabei auch Inge ein, und übermüdet und angestrengt wie er war, machte er sich jetzt Sorgen um sie.

»Fahren Sie morgen nach Gießen?«, fragte ihn Schöller.

»Ich wollte zunächst mal anrufen.«

Schöller nickte.

»Was diese Frau Schlüter angeht: Vielleicht bitten Sie Herrn Deppert noch zu einem Konsilium, nur damit wir medikamentös alles richtig machen.« Dann stieg er in seinen gelben Mercedes und fuhr nach Hause.

Tims Nachtruhe aber war dahin. Noch einmal durchlebte er die gemeinsamen Stunden am Freitagabend. »Vergiss mich nicht«, hatte Inge gesagt, als sie sich verabschiedeten. Es hatte beiläufig geklungen, aber die Worte bekamen jetzt auf dem Hintergrund der fast verzweifelten Leidenschaft, mit der sie ihn Stunden zuvor umarmt hatte, eine neue Bedeutung. Wie hatte er das übersehen können? Jetzt waren es nicht nur die vielen Unterbrechungen seines Schlafes durch das Diensttelefon, die ihn nicht mehr zur Ruhe kommen ließen – jetzt war es die Sorge um Inge. Er musste hinfahren. Anrufen genügte nicht. Vielleicht würde er Klaus Deppert gleich morgen früh erreichen, sonst würde er sich auf den Weg machen und ihn von unterwegs anrufen. Immer wieder plagte ihn die Angst, dass irgendetwas mit Inge nicht in Ordnung sein könnte. Immerhin hatte er jetzt seine Gedanken geordnet und konnte die Zeit bis zum Tagesbeginn in einer Art Halbschlaf verbringen.

Überraschenderweise erreichte er Klaus am Montagfrüh schon vor acht Uhr in seinem Büro. Er schilderte ihm den Fall von Frau Schlüter und erwähnte auch, dass ihn dringende Umstände zwängen, heute Vormittag kurz zu verreisen. Ob er die Patientin allein ansehen könne?

»Das ist mir unangenehm, ich bin doch hier nur beratend tätig. Kannst du nicht wenigstens eine Stunde bleiben?«, fragte er Tim am Telefon. »Ich komme gleich, und in längstens einer Stunde bin ich wieder aus dem Haus.«

Also wartete er. Klaus Deppert war wirklich innerhalb einer halben Stunde am Bett der Schauspielerin, ließ sich von ihr den Beginn und den Verlauf ihrer Erkrankung und von seinem Freund Tim die Befunde und die eingeleitete Therapie schildern, stellte dann ein paar Fragen und sah, während er mit der Patientin sprach, die bisher eingetroffenen Laborbefunde durch. An den eingeleiteten Maßnahmen hatte er nichts auszusetzen, jedoch empfahl er, da die Patientin noch fieberte, die Verabreichung eines Antibiotikums und bat Tim, ihm die bakteriologischen Befunde mitzuteilen, sobald sie eingetroffen seien. Dann beruhigte er Frau Schlüter, versicherte ihr, dass sie bei Doktor Brandis in guten Händen sei und ließ durchblicken, dass er sie einige Male im Berliner Ensemble gesehen habe und sich freue, sie einmal persönlich zu treffen, wenn auch unter Umständen, die für sie nicht so angenehm seien. Gabriele Schlüter lächelte zufrieden über Depperts Komplimente. Dann fragte sie Tim, ob sie in der nächsten Woche an einer Aufführung im Berliner Schiller-Theater teilnehmen könne, sie habe die weibliche Hauptrolle in »Wie es euch gefällt« und sei schwer zu ersetzen.

»Bis dahin sollten Sie wieder auf dem Posten sein«, sagte Tim, schränkte aber ein, dass sie ja Professor Schöllers Patientin sei und mit ihm über das weitere Vorgehen sprechen solle.

Deppert grinste belustigt, als amüsierte ihn die Tatsache, dass Gabriele Schlüter im Westen wie im Osten Berlins auftrat.

»Ich pendele zwischen diesen beiden Häusern hin und her«, sagte Frau Schlüter mit leicht bekümmerter Miene, als müsse sie eine Antwort auf Depperts Grinsen geben. Der nickte. »Für die ganz wichtigen Leute ist auch diese Grenze durchlässig«, sagte er und streifte seinen Kollegen dabei mit einem Zustimmung heischenden Blick.

»Als ich anfing Theater zu spielen, gab's keine Grenze in Deutschland«, erwiderte Gabriele, »und ich habe mich nie damit abgefunden. Niemand hätte sich je damit abfinden dürfen«, setzte sie mit leisem Trotz hinzu.

In diesem Augenblick trat Schöller ins Zimmer. Tim berichtete ihm über den Verlauf seit heute Nacht, erwähnte, dass die Patientin noch leicht fieberte und dass Deppert ein bestimmtes Antibiotikum empfohlen hatte. Dies schien ihm der geeignete Augenblick, sich zu verabschieden. Er sagte Schöller, dass er noch einmal wegmüsse. Der nickte, offenbar hatte er verstanden, warum und wohin.

Als Tim auf die Station kam, um dort ein paar Hinweise für die Zeit seiner Abwesenheit zu hinterlassen, lief ihm die Stationsschwester entgegen. Schwester Lotte. Eine ältere und untersetzte Frau mit einem Vertrauen erweckenden Busen, die auch vierundzwanzig Jahre nach Kriegsende immer noch den breiten Dialekt ihrer ostpreußischen Heimat sprach. »Ein Telefonanruf für Sie, Herr Doktor, jemand aus Gießen, bei uns im Schwesternzimmer.«

Inge, dachte er und hoffte, dass sie gute Nachrichten für ihn hätte. Aber es war nicht Inge. Er hörte eine männliche Stimme, die er kannte. »Alfred Dürr«, sagte die Stimme und fügte gleich hinzu: »Wir suchen Frau Bauer. Der Bundesnachrichtendienst wollte ihr noch ein paar Fragen stellen, aber sie ist nicht im Lager. Ist sie bei Ihnen?«

Tim war entgeistert. Die Unruhe, die er letzte Nacht empfunden hatte, kehrte zurück, aber nicht als Unruhe, sondern als lähmendes Entsetzen. »Nein«, rief er, und es musste panisch geklungen haben, denn am anderen Ende der Leitung schlug Dürr sofort einen beruhigenden Ton an. »Jetzt regen Sie sich nicht gleich auf«, sagte er, »das kann sich alles noch als harmlos entpuppen.«

Tim glaubte es nicht. Er hatte sich um Inge gesorgt und war jetzt, wo offenbar etwas schief gelaufen war, doch fassungslos. Wo sollte sie denn sein? Ohne Passierschein kam sie doch gar nicht aus dem Lager, und hatte Dürr ihm nicht zugesichert, dass man auf Inge ein besonderes Auge haben würde?

»Am Samstag hatte sie Besuch«, sagte Dürr, »ich habe hier die Liste der Besucher. Ein Herr Klement aus Berlin, aus West-Berlin, bekam einen Passierschein, um sie zu besuchen. Er blieb nicht lange: Um sechzehn Uhr dreißig kam er und kurz vor achtzehn Uhr ist er wieder gegangen.«

»Wie hieß dieser Mann mit Vornamen?«, fragte Tim.
»V. steht hier. Volker Klement.«
»Aber sie selbst ist ja im Lager geblieben?«
»Ja, ja. Aber am Sonntag hat Frau Bauer das Lager in Begleitung dieses Herrn Klement verlassen und ist, wenn nicht ein Fehler passiert ist, nicht wieder dorthin zurückgekehrt.« Tim spürte, wie seine Angst um Inge in Zorn umschlug. »Wie kann denn so etwas passieren? Was soll denn das heißen: ›Wenn nicht ein Fehler passiert ist‹?«
»Sie könnte unbemerkt wieder ins Lager gekomen sein und sich jetzt bei irgendeiner Prüfung oder Befragung aufhalten. Ich muss das überprüfen.«
»Sofort!«, schrie Tim ins Telefon.
Volker Klement. Er überlegte fieberhaft. Wer sollte das sein? Der Name war nie gefallen. Im Institut war er nie einem Klement begegnet. Ein Deckname? Hatte sich da einer mit einem falschen Pass ins Lager geschlichen?
»Ich komme selbst«, rief er ins Telefon, aber dann sah er ein, dass damit nicht viel gewonnen wäre. Entweder hielt Inge sich irgendwo im Lager auf und die Sache fände eine harmlose Erklärung, Dürr würde das schnell herausfinden und ihn benachrichtigen. Oder? Oder sie war verschwunden, weg. Aber wo? In diesem Fall wäre es besser, er bliebe zunächst hier und führe erst nach Gießen, wenn er dort von Nutzen sein könnte. Aber hier sitzen und warten – wie sollte er das aushalten? V. Klement. Volker Klement. Deppert fiel ihm ein. Er musste noch im Haus sein. Er rannte nach oben auf die Privatstation. Schöller hatte gerade mit seiner Visite begonnen, aber wo war Klaus?
»Eben gegangen«, raunte ihm einer der Privatassistenten zu. Schöller gestaltete seine Privatvisiten als heilige Handlungen. Alles musste ruhig, würdevoll und gesittet ablaufen. Erst hinterher begriff Tim, dass sein Einbruch in diese Welt, in der Schöller sich seinen gut zahlenden »Privaten« als priesterlicher Wundertäter verkaufte, den Chef irritiert haben musste, aber das war ihm jetzt egal. Er rannte die Treppe hinunter zum Hinterausgang, um nach Depperts Auto Ausschau zu halten. Da stand er noch, der alte silbergraue K7 aus Wolfsburg, auf den Klaus so große Stücke hielt. Aber wo war der Besitzer? Vielleicht drüben im Laborbau. Dort hatten die wissenschaftlich arbeitenden Mitglieder der Medizinischen Klinik ihre Labors. Tim lief hinüber, und da stand er am Eingang, im Begriff, sich von Winfried Weller zu verabschieden.

Er näherte sich den beiden. Als Klaus ihn bemerkte, kam er ihm ein paar Schritte entgegen. Er musste ihm seine Verstörung angemerkt haben, denn er verkniff sich sein ironisches Lächeln und fragte nur: »Ist was nicht in Ordnung?«

»Kennst du einen Volker Klement?« Tims Stimme klang heiser, sodass er sich räuspern musste. »Jemand aus Berlin, aus Buch vielleicht oder aus dem Institut von Rehberger?«

»Warum fragst du?«

»Erkläre ich dir später, aber es ist wichtig. Er hat Inge Bauer besucht, die ich nach Gießen gebracht habe.«

»Ich verstehe nicht ...«

»Sie ist weg, verschwunden, und jemand, der sich Volker Klement nannte, hat sie im Lager besucht. Verstehst du? Vielleicht besteht da ein Zusammenhang.«

Deppert starrte ihn an, als sei er verrückt geworden. »Aber Tim, wie soll ich wissen, wer Volker Klement ist. Nein, ich kenne niemanden, der so heißt.«

»Und dein Bruder? Kannst du den nicht fragen? Dieser Klement muss jemand sein, den Inge kennt.«

»Tim, mein Bruder«, er verbesserte sich, »mein Halbbruder und ich – wir sind nicht so gut aufeinander zu sprechen.«

»Aber er könnte wissen, wer Volker Klement ist?«

»Das einzige Band zwischen Valentin und mir ist unsere gemeinsame Mutter. Sonst?« Er hob die Schultern und ließ sie wieder fallen. »Wenn wir uns treffen, wie vor einigen Wochen, da war er mit einer Regierungsdelegation in Mannheim bei einer Pharmafirma, reden wir kaum miteinander. Und wenn – dann kurz, konventionell. Du verstehst, was ich meine.«

Natürlich wollte Tim wissen, was Depperts Bruder hier treibe, wenn er im Westen sei. Er sei doch Mitglied eines Universitätsinstituts der DDR.

»Für einige Leute hat die Grenze keine Bedeutung. Nimm eure Patientin, diese Gabriele Schlüter. Letzte Woche war sie in Ost-Berlin, heute liegt sie in Heidelberg in der Klinik und in der nächsten Woche spielt sie ihre Shakespeare Rolle am Schiller-Theater in West-Berlin. Mein Bruder ist eben auch so einer. Was der hier tut, weiß ich nicht.«

Tim wurde ungeduldig. »Du musst doch wenigstens eine Ahnung haben, Klaus. Ich frage dich nicht zum Spaß. Wir vermissen eine junge Frau, die vor ein paar Tagen im Notaufnahmelager in Gießen erschienen ist. Dein Bruder kennt sie, muss sie kennen, vielleicht arbeiteten sie sogar in demselben Institut. Kannst du ihn nicht fragen?«

»Das stellst du dir so einfach vor.«

»Aber es ist wichtig.«

Deppert wandte sich ab und stieg in sein Auto. »Fahr nach Gießen, Tim. Finde erst mal heraus, was passiert ist, ob diese junge Frau wirklich verschwunden ist – und wenn ja, unter welchen Umständen.«

Er hatte diese Worte mehr zu seinem Auto als zu Tim gesprochen. Jetzt saß er hinter dem Lenkrad, hielt aber die Tür noch offen. »Wenn ich dir helfen kann, werde ich das tun. Glaub mir. Jetzt kümmere dich und halte mich auf dem Laufenden.« Damit schlug er die Tür zu, fuhr in hohem Tempo rückwärts, um zu wenden, und verließ das Gelände der Inneren Klinik.

Wieder kam ihm Schwester Lotte entgegen, als Tim in sein Arztzimmer wollte.

»Sie möchten Herrn Dürr anrufen«, rief sie und hielt ihm einen Zettel mit einer Telefonnummer entgegen. Im Arztzimmer stürzte er sofort ans Telefon und wählte die Nummer von Dürr.

»Frau Bauer ist tatsächlich verschwunden. Wir haben ihr Zimmer durchsucht. Sie hat einen Brief an Sie hinterlassen. Kommen Sie am besten sofort. Ich denke, wir müssen die Polizei einschalten.«

»Ich komme«, rief Tim und, seine halsbrecherische Fahrt nach Gießen vorwegnehmend, »bis gleich!«

15

Zwei Stunden lang hoffte Tim, dass alles auf einem Irrtum beruhte. Vielleicht steckte Inge ja doch irgendwo im Lager. Konnte es nicht sein, dass die Kommunikation zwischen den verschiedenen Ämtern im Lager mangelhaft war? Wäre es möglich, dass Inge das Lager aus einer Trotzreaktion heraus verlassen und irgendwo in der Stadt übernachtet hatte? Während er so schnell fuhr, wie es der Verkehr auf der Autobahn irgend zuließ, versuchte er, sich in Inge hineinzuversetzen. Sie hatte seinem Drängen, diese ersten Ferien, die sie gemeinsam in Bulgarien verbracht hatten, zur Flucht zu nutzen, nur zögernd nachgegeben. Warum? Hatte sie einfach Angst gehabt, oder war sie davon überzeugt, dass der richtige Augenblick für einen solchen Schritt noch nicht gekommen war? Er dachte an ihre Gespräche im Haus von Stefan und Stanka, an seine Angst, dass es bald noch schwerer werden würde, den Klauen des Staatssicherheitsdienstes zu entkommen. Er hatte gedrängt – sie hatte nachgegeben. Alles war so gut abgelaufen. Obwohl sie, davon war er jetzt überzeugt, beobachtet worden waren. Vielleicht hatte Blumentritt auf dem Felsen von Achtopol gestanden, vielleicht war er der Mann gewesen, der in der Abenddämmerung das Meer beobachtet hatte. Dem bulgarischen Patrouillenboot waren sie entkommen und danach? Das Erlebnis von Freiheit: Zwei kleine Menschen draußen im Meer, das Seil zwischen ihnen, die sanfte Dünung, die sie trug, und die Sterne, die ihnen den Weg wiesen. Den Weg in die Freiheit, den Weg zu einem gemeinsamen Leben, den Weg zu sich selbst, zu ihren Sehnsüchten, Wünschen und zu einem Miteinander, das erst mit ihrem Tod enden konnte. Und danach? Kleine Gefangenschaften. Freiheit? Nicht einmal in den Köpfen. Der einzige Ruhepunkt in dieser Zeit waren die Tage in Istanbul gewesen.

Ich weiß ja nicht, sagte sich Tim, was Inge im Lager erlebt hat, mit wem sie gesprochen hat. Verändert war sie ihm erschienen am Freitag vor seinem Wochenenddienst, so, als hätte sie unter einer enormen Spannung gestanden. »Vergiss mich nicht!« Was sollte das heißen?

War das ein Abschiedswort gewesen? Lieber Gott, lass Inge irgendwo auftauchen, betete er laut vor sich hin. Er rechnete sich zu jenen Menschen, die nur dann oder erst dann beten, wenn sie wirklich in Not sind, und der drohende Verlust der Frau, auf die er alle seine Erwartungen und Vorstellungen, seine ganze Existenz gerichtet hatte, erschien ihm in diesem Augeblick als die tiefste Not, in der er sich jemals befunden hatte. Konnte er in diesem Zustand überhaupt Auto fahren? Noch dazu in diesem Tempo? Offenbar funktionierten die Sinne, die dazu nötig waren, unabhängig von dem Aufruhr in seinem Inneren, denn er erreichte Gießen in Rekordzeit, fuhr direkt ins Lager, der Pförtner ließ ihn ein, gab ihm den verdammten Passierschein und schickte ihn auf einen Parkplatz gleich neben dem Aufnahmegebäude. Er stürzte aus dem Auto, rannte die Treppen hoch, klopfte kurz bei Alfred Dürr an und betrat, ohne auf eine Antwort zu warten, noch immer atemlos dessen Zimmer. Dürr war allein. Als er Tim sah, stand er auf und gab ihm die Hand. »Das war wirklich schnell«, sagte er leise, »über die Maßen schnell.«

Tim sah den Lagerleiter an wie ein Verdurstender, der um Wasser bettelt. Dürr schwieg verlegen, dann schüttelte er den Kopf und sagte, ohne eine Frage abzuwarten: »Nein, keine Änderung der Lage, Herr Doktor Brandis, leider.«

»Und die Polizei?«

»Ist verständigt.«

»Überhaupt nichts Neues und gar keinen Anhaltspunkt?«

»Wir haben auf Sie gewartet. Vielleicht enthält der Brief, den sie Ihnen geschrieben hat, irgendeinen Hinweis.«

»Sie hätten ihn öffnen können.«

Dürr nickte. »Ja, schon«, sagte er nun wieder bedächtig, »aber es ist vielleicht ein persönlicher Brief, und Sie sind ja nun ohnehin hier.« Er reichte ihm den Brief. »Ich lasse Sie einen Augenblick allein, bin nebenan im Sekretariat«, sagte er und verließ den Raum.

Da stand sein Name: Herrn Dr. Brandis und der Zusatz »persönlich« in Inges immer etwas kindlich wirkender Kullerschrift. Der Anblick schnürte ihm fast das Herz ab, aber er öffnete den Brief und fing an zu lesen. Das Datum: Freitag, der 11. Oktober 1968. Vermutlich hatte sie ihm geschrieben, nachdem sie diese unvergesslichen Stunden miteinander verbracht hatten.

Mein lieber, lieber Tim,

ich muss Dir Kummer machen. Ja, Tim, Du musst jetzt tapfer sein. Vielleicht hast Du den Abschied gespürt, den ich eben von Dir genommen habe. Nehmen musste, mein Lieber. Ich hatte viele Gespräche seit Mittwoch. Einige, die sich auf meine Aufnahme in die BRD bezogen – so, wie uns Sommerfeld das in Istanbul erklärt hat. Daneben aber kamen einige Leute zu mir, die alles über unsere Flucht wissen wollten, angefangen von unseren ersten Plänen, der Konstruktion unserer Schwimmanzüge, bis hin zu der Flucht selbst. Es waren merkwürdig gesichtslose Menschen, die mir diese Fragen stellten, einige von ihnen schienen immer noch zu glauben, dass wir mit dem Staatssicherheitsdienst der DDR zusammengearbeitet haben, um etwas auszuspionieren. Andere fragten nach Grenzbefestigungen in Bulgarien und der Bewachung der Grenze zwischen Bulgarien und der Türkei. Immer die gleichen Fragen, als hätten diese Gesichtslosen, die sich nie richtig vorstellten, beim ersten Mal nicht zugehört oder glaubten mir nicht. Du kannst sicher verstehen, dass ich diese »Verhöre« nach unseren Erfahrungen in der Türkei deprimierend fand. Sollte das die Freiheit sein, die ich mir versprochen hatte – für uns beide? Dann kam einer, den ich kannte. Er hat sich heute bei mir gemeldet, und er wird wiederkommen. Ich kenne ihn, er ist ein Kollege. Mehr darf ich nicht sagen. Du wirst ohnehin bald wissen, um wen es sich handelt. Er war der Einzige, der wissen wollte, warum ich mich auf diese »Aktion« eingelassen hatte. Als ich ihm darauf antwortete: Zuerst seiest Du der Grund gewesen, wir gehörten zusammen und wollten auch zusammenbleiben, schien er Verständnis zu haben. Als ich darüber hinaus die Unfreiheit erwähnte, die in der DDR herrschte, die Enge, den Meinungszwang, die Bevormundung ..., was schreibe ich, Du kennst das ja. Also, als ich von diesen Dingen sprach, fragte er mich: »Was Sie erwähnen, sind doch die Folgen einer Belagerung. Gewisse Kreise in der BRD zwingen uns doch zu dieser Art von Abschottung. Wir wissen alle, dass damit auch Härten verbunden sind.«

Ich war einigermaßen überrascht, dass er keinen Versuch machte, die Dinge schön zu reden, sondern sie als Nachteile hinstellte, die wir für eine gewisse Zeit gemeinsam zu ertragen hätten. Und dann fragte er: »Und was sollen die Daheimgebliebenen sagen? Wer soll Ihren Eltern und Ihren Geschwistern helfen, wenn unser Staat sie nun ver-

dächtigt, Ihre Flucht begünstigt zu haben?« Ich sei ja nicht die Erste in unserer Familie, die unseren Staat verraten habe. Das ging natürlich gegen Helmuth. Meine Familie hätte jetzt strenge Maßnahmen zu erwarten. Er erwähnte meinen Vater, den besonders häufig, aber auch meine Brüder und deren Familien. Immer wieder fragte er mich: »Wäre das denn nicht auch anders gegangen? Hätten Sie Ihr Problem nicht vertrauensvoll mit Ihrem Chef oder mit dem Genossen Kowalski besprechen können? Warum haben Sie von diesen Möglichkeiten keinen Gebrauch gemacht? Jetzt müssen die anderen, die Zurückbleibenden, ausbaden, was Sie ihnen eingebrockt haben.«

Es war klar, dass dieses Gespräch nicht allein von meinem Besucher ausging. Von allen, die etwas über unsere Flucht in Erfahrung bringen wollten, war er übrigens der Einzige, der sich für mein persönliches Schicksal zu interessieren schien. Er deutete an, dass man mir meinen Fehler nachsehen würde, angesichts meiner Beziehung zu Dir, wenn ich »schleunigst« und unauffällig wieder dahin zurückkehrte, wo ich hingehörte. In diesem Fall würde man auch von Maßnahmen gegen meine Familie noch einmal absehen.

Und was meine fernere Zukunft anginge: Auch darüber könne man wohl eines Tages reden, wenn Gras über die Sache gewachsen sei. An diese Worte habe ich gedacht, als ich Dich bat: »Vergiss mich nicht.«

Dieses Gespräch enthielt ein Friedensangebot. Das glaube ich jedenfalls. Ein Angebot, das auch das einschließt, was ich am meisten ersehne: Ein Leben mit Dir. Ich muss es annehmen. Ich könnte mir sonst nie verzeihen, meine Eltern und Geschwister im Stich gelassen zu haben. Wenn mich unser Staat vor die Wahl gestellt hätte: Ihr Mann oder Ihre Familie, dann hätte ich Dich gewählt, ich habe es ja auch schon getan, als ich Dir ins Schwarze Meer gefolgt bin, vor dem ich Angst hatte. Du wusstest es. Wenn aber die Möglichkeit besteht, meine Familie zu schützen und Dich nicht zu verlieren, dann ... Du weißt schon. Es ist ein schwerer Weg für uns beide. Meine Gedanken werden Dich überall hin begleiten. Vergiss mich nicht.
Deine Inge
P.S. Ich werde Dir wieder schreiben. Ach, Tim, es fällt mir so schwer!

Inges Worte waren in ihn eingedrungen wie Wasser in ein leck geschlagenes Schiff. Untergehen. Schlafen, nicht mehr auf der Welt sein, das waren die ersten Gedanken, die in ihm aufstiegen. In Dürrs Büro war es totenstill, nur aus dem Nachbarraum drangen hin und wieder gedämpfte Stimmen. War nun alles zu Ende? Alles, wofür er gelebt hatte, seit er Inge zum ersten Mal traf? Dies war so viel bitterer, so unendlich viel schwerer als sein zorniger Abschied von Verena. Inge zu verlieren: Der Gedanke lastete auf Tim wie das Gewicht von vielen ungelebten Jahren.

Alfred Dürr riss ihn aus seinen Gedanken. Er war leise wieder in sein Büro getreten, hatte wohl gesehen, dass sein Besucher nicht las, sondern regungslos vor sich hinstarrte und ging nun wortlos wieder an seinen Platz hinter dem Schreibtisch zurück.

»Es ist ein Abschiedsbrief«, sagte Tim leise. Er fühlte einfach nicht die Kraft, Dürr den Inhalt des Briefes auseinanderzusetzen. Sollte er ihn selbst lesen. Die Polizei würde das Papier ohnehin als Beweismittel betrachten. Er reichte ihm den Brief und bat Dürr lediglich, eine Kopie davon anzufertigen und ihm das Original zurückzugeben. Ein paar Minuten lang, während Dürr las und Tim aufstand und aus dem Fenster starrte, war es wieder so still. Dann hörte er Dürrs Stimme. »Ja, so arbeiten diese Leute von der Stasi.« Er räusperte sich, und Tim drehte sich vom Fenster weg und setzte sich wieder auf seinen Stuhl.

»Die Frage in solchen Fällen ist immer: Was steckt dahinter?«

Er sah aus, als überlegte er, wie viel Wahrheit er Tim zumuten könne. »Ich frage mich«, sagte er vorsichtig, »ist dieser Brief wirklich von Inge Bauer?«

Tim verstand ihn nicht gleich. »Es ist ihre Handschrift«, erwiderte er, »auch ihre Ausdrucksweise.«

Aber Dürr schien an der Echtheit des Briefes zu zweifeln. »Schauen Sie, Herr Doktor. In dem Brief ist kaum ein kritisches Wort enthalten, das Frau Bauer gegen die DDR vorbringt, Unfreiheit, Meinungszwang, Bevormundung, diese Klagen werden gleich wieder relativiert. Kein Wort über Gefängnisse, Todesschüsse, Folter, Terror. Die Leute vom Bundesnachrichtendienst treten als lästige Frager auf – ›Verhöre‹ nennt sie diese Gespräche.«

Dürr schüttelte den Kopf. »Glauben Sie mir, ich habe viele solcher Unterhaltungen mit angehört. Im Allgemeinen wird sehr höflich um Auskünfte gebeten, die unserer Regierung helfen, die andere Seite besser zu kennen und sie wegen ihrer ständigen Menschenrechtsverletzungen unter Druck zu setzen. Und dieser ›Besucher‹. Der strenge, aber gerechte Abgesandte ›unseres Staates‹, der mit Straferlass lockt und so tut, als hätte man für die persönlichen Wünsche einer jungen Frau durchaus Verständnis. ›Wäre das denn nicht auch anders gegangen?‹, hat dieser Besucher immer wieder gefragt, als gäbe es in der DDR irgendeine Freizügigkeit, als ginge es nur darum, den Behörden plausible Wünsche begreiflich zu machen. Das ist doch der blanke Hohn. Auch wenn Ihr Fräulein Bauer naiv ist, für so naiv möchte ich sie nicht halten. Ein Friedensangebot hätte der Besucher ihr gemacht.«

Dürr schob den Brief von sich weg und lehnte sich auf seinem Stuhl zurück. »Also eine freie, spontane Äußerung ist das meines Erachtens nicht. Der Brief ist für Sie bestimmt, aber er enthält auch die propagandistische Bemäntelung einer Erpressung.« Er sah Tim an. »So sehe ich das.«

Ja, so sah er das. Irgendwie klangen Dürrs Worte vernünftig, aber was halfen Tim seine Erklärungen? Inge war weg.

»Ist sie entführt worden?«

»Dafür spricht nichts. Sie ist gegangen, allerdings unter dem Eindruck einer massiven Drohung und des vagen Versprechens, dass man sie eines Tages ziehen lassen würde.«

»Aber wie kommt sie überhaupt nach drüben? Sie hat doch nur einen vorläufigen Pass?«

»In Begleitung ihres Besuchers?« Die Frage klang fast mitleidig.

»Und nun?«

»Wir werden versuchen, den Fall aufzuklären. Mit Hilfe der Polizei und des BND. Darf ich den Brief behalten?«

»Die Kopie«, insistierte Tim. Dürr lief mit dem Brief hinüber zu seiner Sekretärin und kam gleich darauf mit einer Kopie zurück. »Lassen Sie mir das Original, und nehmen Sie die Kopie.«

Tim zögerte: »Es ist das Letzte, was ich von ihr habe.«

»Sie bekommen es zurück«, versprach Dürr.

Tim gab ihm das Original und faltete die Kopie zusammen, um sie einzustecken.

»Der BND wird das Papier untersuchen, auch den Stift, mit dem dieser Text geschrieben wurde. Ich werde Sie auf dem Laufenden halten.«

»Soll ich in der Nähe bleiben?«

»Fahren Sie nach Hause«, riet Dürr. »Sie können uns hier nicht helfen.«

»Nein.«

Sie gingen zur Tür. Dürr blieb auf einmal stehen. »Es tut mir leid für Sie.«

Dann war Tim wieder ganz allein. Das Einzige, was er hatte, war die Kopie von Inges Brief, die in seiner Jackentasche steckte. Ein unter Aufsicht geschriebener Brief, hatte Dürr gesagt. Unter Zwang? Aber da standen doch diese ganz persönlichen Worte: »Vergiss mich nicht«, »ach Tim, es fällt mir so schwer«. Er zog den Brief aus der Tasche, blieb auf der Treppe stehen und überflog ihn noch einmal. Und dieser Satz »... was ich am meisten ersehne: Ein Leben mit Dir.« Die Worte verschwammen vor seinen Augen. Nein, diese Sätze waren echt. Sie liebte ihn so, wie er sie liebte. Genauso? Hat nicht jeder Mensch seine eigene Art zu lieben? Hängt die nicht ab von seiner Veranlagung, aber auch von seiner Herkunft, von seinem Lebensweg? Die Trauer und die Zuneigung, die aus Inges Brief zu ihm sprachen, waren echt. Wer weiß, was dieser Besucher, dieser Klement, wenn er wirklich so hieß, Inge gesagt, womit er ihr gedroht hatte und in welcher Form. Eine Erpressung und warum? Vielleicht könnten diese Leute vom BND wenigstens darüber etwas in Erfahrung bringen. Er steckte den Brief wieder ein, ging nach unten und trat vors Haus. Es war kühl geworden. Kühl und trüb. Erst jetzt merkte er, wie müde er war. Wie müde und wie verzweifelt. Er stieg in sein Auto und blieb zunächst sitzen. Regungslos. Es fiel ihm schwer, diesen Ort zu verlassen, weil er auf so enge und schließlich unglückliche Weise mit Inge verbunden war. Für das, was Inge und er gemeinsam erlebt hatten, war dieses Lager der Gegenort zu der Bucht, in der sie die bulgarische Küste verlassen hatten, um in die Freiheit zu schwimmen. »So nahe werden wir uns nie wieder sein.« Dies war die Endstation.

Und jetzt? Wieder fern? Getrennt durch Mauer und Stacheldraht, strenger als je zuvor? »So fern waren wir uns noch nie.«

Ein trockenes Schluchzen erschütterte seinen Körper, und dann weinte Tim Brandis so, wie er seit seiner Kindheit nicht mehr geweint hatte. Hatte ihn jemand in seinem Elend gesehen? Als er nach einer Viertelstunde wieder zu sich kam, wusste er es nicht. Es war ihm auch egal.

Er griff nach seinem Zündschlüssel und startete seinen Wagen. Was sollte er hier? Wenn die BND-Leute ihn brauchten, sollten sie nach Heidelberg kommen. Er fuhr zum Ausgang des Lagers und gab seinen Passierschein zurück. Dann machte er sich auf den Weg nach Heidelberg. Diesmal ließ er sich Zeit.

Die nächsten Tage verbrachte Tim in einer Art Trancezustand. Er funktionierte noch, tat alles, was er seit Jahren getan hatte, saß morgens bei den Klinikbesprechungen im Hörsaal, hörte zu, was Schöller zu sagen hatte und vergaß es gleich wieder. Berichte über Patienten, die aufgenommen worden waren, nahm er zur Kenntnis, er untersuchte Kranke, die ihm zugewiesen wurden, absolvierte seine Visiten, traf Anordnungen, schrieb Arztbriefe und sehnte sich nach dem Ende eines jeden Tages, nach den wenigen Stunden, die er für sich hatte, in denen er mit niemandem sprechen musste, und nach den Nächten, nach der Dunkelheit, die ihn einhüllte. Wenn er des Nachts wach lag, wünschte er sich, dass es nie wieder hell würde, dass sein Leben sich in Ruhe und Dunkelheit auflösen könnte bis hin zu endgültigem und völligem Vergessen.

Aber er konnte nicht verhindern, dass es immer wieder Tag wurde. Natürlich versuchte er zwischendurch, etwas zu erfahren. Er rief die Nummer von Inges Eltern in Pankow an, kam aber nicht durch. Nie hörte er etwas anderes als ein Besetztzeichen. Klaus Deppert versuchte er zu erreichen. Von ihm erhoffte er sich Hilfe bei der Aufklärung von Inges Verschwinden, denn Klaus kannte doch die DDR, hatte sicher immer noch Verbindungen zu Kliniken und Instituten. Aber der war plötzlich verschwunden, und von seinem Chef, Professor Klein, konnte Tim nur erfahren, dass er in den Ferien sei und dass er ihn erst am 10. November zurückerwarte. Zweimal erreichte er Dürr und bekam auf seine Fragen nur die lakonische Antwort, dass der Fall jetzt ganz in den Händen des Bundesnachrichtendienstes liege und dass die Beamten dieses Dienstes Verbindung mit ihm aufnehmen würden, sobald sie etwas in Erfahrung gebracht hätten oder eine Aussage von ihm benötigten.

»Sie sind ja nicht mit ihr verwandt«, sagte Dürr bei seinem zweiten Anruf, »wenn Sie der Ehemann wären, hätten die sich vielleicht schon eher bei Ihnen gemeldet.«

Wen sollte er anrufen? Wen konnte er fragen? Natürlich versuchte Tim auch Rehberger zu erreichen. Das klappte nicht. Die Telefonistin versprach einige Male, dem Professor Bescheid zu sagen, aber dabei blieb es. Rehberger rief nie zurück. Nicht anders ging es ihm mit Valentin Kramer, den er unter dem Vorwand anrief, ein paar technische Fragen an ihn zu haben. Nachdem er es einige Male versucht hatte, ließ ihm Kramer ausrichten, er möge seine Anrufe bitte unterlassen.

»Herr Doktor Kramer lässt Ihnen mitteilen, dass er nichts mit Ihnen zu besprechen habe.«

Was immer Tim versuchte, um irgendetwas über Inge zu erfahren, misslang. Es war, als hätte jemand Inge Bauer mit allen Wurzeln, die sie in seinem Leben geschlagen hatte, spurlos daraus entfernt. Der einzige irdische Beweis für das, was sie zusammen unternommen und erlebt hatten, waren die Schwimmanzüge, die er gleich mit nach Heidelberg genommen hatte und die er von Zeit zu Zeit in die Hand nahm, um nicht an sich selbst irre zu werden.

Natürlich musste er Schöller unterrichten. Der hatte sich ja für Inge eingesetzt. Von Klitzing wunderte sich wahrscheinlich, warum er nach Schöllers eiliger Intervention nie wieder etwas von Inge oder über sie gehört hatte.

»Sie ist weg«, sagte er Schöller einige Tage nach Inges Verschwinden. Er musste diese Tage verstreichen lassen, ehe er etwas mitteilte, weil er im Stillen immer noch die wahnwitzige Hoffnung hegte, dass sich etwas klären würde und Inge vielleicht doch noch zurückkäme. Tim konnte ihr Verschwinden einfach nicht hinnehmen, jedenfalls nicht zu Anfang. Genauso wenig, wie man den Tod eines lieben Menschen gleich ganz hinnimmt. Eine Zeit lang tut man immer noch so, als gäbe es sie oder ihn noch, und das Leben ginge weiter wie gewohnt.

Schöller presste die Lippen aufeinander und bekam seinen schmallippigen bösen Mund. »Wie ist das passiert?«, fragte er Tim und zog ihn mit sich in sein Büro ganz am Ende der Zimmerflucht, in der er Gäste oder Mitarbeiter empfing, praktizierte oder arbeitete. Er schloss alle Türen, die nach draußen führten, als müsse er sicher sein, dass niemand sie hören würde. Tim war zu diesem Zeitpunkt schon so verzweifelt, dass er seinem Chef alles erzählte. Er sprach sogar von der Leere, die ihn jetzt umgab und von der Unheimlichkeit, die darin lag, dass alle Spuren eines Menschenlebens plötzlich wie ausgelöscht erschienen und er schreien und rufen könne, so viel er wolle und doch nie eine Antwort bekomme.

»Es ist hart für Sie«, sagte Schöller ganz überflüssigerweise. Dann hielt er einen seiner Monologe. »Verbrecher«, sagte Schöller, als habe er es immer gewusst. »Kriminelle, die nur weich werden, wenn man sie als solche behandelt. Leider fehlen unseren Leuten dazu der Mut und die Härte.« Jedes Nachgeben gegenüber diesen Leuten würden sie eines Tages teuer bezahlen müssen. »Sie sehen es doch: Besetzung der

Tschechoslowakei, Breschnew-Doktrin, haben Sie gehört, was mit den Demonstranten in Ost-Berlin passiert ist?«

»Nein«, musste Tim gestehen. Er hatte in den letzten Tagen außer seinem eigenen Unglück kaum noch etwas anderes wahrgenommen. Er kannte Schöllers Tiraden aus den morgendlichen Besprechungen. Sie waren verständlich, aber sie halfen ihm nicht. Immerhin: Schöller versprach, sich umzuhören. Damit weckte er bei Tim schon eher Hoffnungen, denn Schöller hatte gute Verbindungen überall hin, auch in den Ostblock.

»Im Moment versucht der BND, den Hergang aufzuklären«, sagte Tim. Von diesem Verein hielt Schöller nicht viel. Das seien doch Waisenknaben verglichen mit der Stasi.

»Sagen Sie Professor von Klitzing Bescheid?«, bat er. Schöller versprach es. »Ich werde sonst zu niemandem darüber sprechen«, sicherte er seinem Assistenten zu. »Eberhard von Klitzing, dem kann ich die Geschichte ja nicht ganz verschweigen.«

16

Viele Tage vergingen. Inzwischen war es November geworden, und Tim hatte weder von Inge noch über sie das Geringste erfahren. Klaus Deppert hatte sich nicht gemeldet, ebenso wenig wie Alfred Dürr oder der BND. Er fühlte sich auf fast unheimliche Weise isoliert. Die Reise zu seinen Eltern an einem Wochenende im November stellte einen Versuch dar, diese Mauer von Schweigen, die ihn seit Inges Verschwinden umgab, zu durchbrechen. Er war nun auch bereit, sich zu öffnen und von Inge und von ihrer gemeinsamen Flucht zu erzählen und den Rat der Eltern, besonders den seines Vaters, anzuhören. Warum? Vielleicht versprach er sich davon etwas Linderung, ein paar leidlich gut durchschlafene Nächte und eine zumindest längerfristige Perspektive. Wie kann das denn weitergehen? fragte er sich immer wieder selbst, und diese Frage wollte er auch seinem Vater stellen, dem Geschäftsmann, der über die immer tiefer werdenden Gräben hinweg Verbindungen nach drüben hatte, die er vielleicht nutzen konnte, um irgendeine Nachricht, irgendein Lebenszeichen zu erhalten.

Diesmal wollte Tim auf sein Auto verzichten und das Flugzeug benutzen, um nach Hamburg zu kommen. Am Tag vor seiner Abreise erhielt er in der Klinik einen Anruf von Alfred Dürr. Ein Herr vom BND wolle ihn sprechen, ob er Zeit für ihn habe. »Jetzt?«, fragte Tim, und in diesem einen Wort musste so viel Hoffnung gelegen haben, dass Dürr es für ratsam hielt, seine Erwartungen zu dämpfen.

»Er will Ihnen einen Zwischenbericht geben«, sagte er, »völlig geklärt ist die Sache immer noch nicht.«

»Und wann?«

»Heute, spät am Nachmittag? Herr Wessel wird Sie in der Klinik abholen, so gegen siebzehn Uhr?«

»Wie sieht er aus?«, fragte Tim, weil er diesen Mann bereits an der Klinikpforte abfangen wollte.

»Er ist noch jung, dreißig Jahre vielleicht, blondes, glattes Haar, athletisch gebaut, etwa so groß wie Sie, trägt einen Mantel aus grauem Gabardine. Sie werden keine Schwierigkeiten haben.«

Nein, die hatte er nicht. Fünf Minuten vor fünf stand er neben der Anmeldung und wartete. Schöller kam vorbei und grüßte, fragte ihn, ob er ihn irgendwohin mitnehmen könne. In dem Augenblick, als Tim ihm sagte, dass er einen Gast erwarte, sprang ein sportlicher junger Mann über die Stufen in die Eingangshalle und steuerte zielstrebig auf die Anmeldung zu. »Das ist er«, entschuldigte sich Tim. Schöller blieb noch einen Moment stehen, um Wessel in Augenschein zu nehmen. Als Tim sah, dass der Pförtner telefonierte, ließ er Schöller stehen, »vielen Dank für das Angebot«, und ging zum Schalter, um Wessel zu begrüßen.

»Sie sind Herr Brandis?«

Als er bejahte, nickte Wessel und schlug vor, in den »Europäischen Hof« zu fahren. Dort könne man ungestört reden.

Auf dem Weg zu seinem Auto fragte ihn Wessel nach seinem Pass oder irgendeiner gültigen Identifikation. Er kenne ihn ja nicht und würde seine Neuigkeiten gern Tim Brandis selbst übermitteln und nicht irgendeinem Doppelgänger. Der verstand ihn nicht ganz. »Ist Routine«, erklärte Wessel und stieg in seinen Opel Rekord. Im Auto zeigte Tim ihm seinen Führerschein. Wessel warf einen kurzen Blick darauf und startete den Wagen. Im Hotel suchte er einen entlegenen Tisch in der Lounge und wartete den Kellner ab, um Mineralwasser und Kaffee zu bestellen. Erst, als der Kellner sie bedient hatte, kam er zur Sache.

Er fragte Tim, wann er Inge zum letzten Mal gesehen habe.

»Freitag, den 11. Oktober, gegen zehn Uhr abends.«

»Es gab da eine Unklarheit«, erklärte Wessel. »Frau Bauer hat erst am Sonnabend Besuch erhalten von einem Volker Klement. Derselbe Mann hat sie dann am Sonntag abgeholt, und von diesem ›Ausflug‹ ist sie nie zurückgekehrt. Den Brief an Sie hat Sie Ihnen nach ihren eigenen Angaben noch am Freitag geschrieben.«

»Ja?« Tim wusste nicht, worauf er hinaus wollte.

»Der Brief ist unter Aufsicht geschrieben worden«, sagte Wessel, »kann also frühestens am Sonnabend verfasst worden sein.«

»Vielleicht war dieser Klement schon am Freitag im Lager?«

»Nein.« Wessel war da ganz sicher. »Allerdings ...«

»Ja?«

»Sie bekam am Freitag um halb drei Uhr einen Anruf von eben jenem Herrn Klement, der sich als Bekannter von Frau Bauer ausgab. Leider haben wir diesen Anruf nicht abgehört.«

»Wissen Sie denn, wer dieser Herr Volker Klement ist?«

Wessel nickte. »Der steht schon seit einiger Zeit unter Beobachtung. Eine Zeit lang galt er als Informant der Stasi, als ein relativ unbedeutender noch dazu. Er wohnte in West-Berlin, arbeitete aber im Osten, an der Humboldt-Universität. Erst jetzt ist uns klar geworden, dass Klement mehr war als nur ein Informant. Den Mietvertrag für seine Wohnung in Zehlendorf hat er pünktlich gekündigt. Das ist niemandem aufgefallen. Er galt eben als relativ unbedeutend. Aber er war für die Rückführung von Frau Bauer in die DDR verantwortlich. Daran besteht kein Zweifel.«

»Inge muss dem Pförtner gesagt haben, dass sie den Mann kennt?«

Er erinnerte sich an eine Stelle in Inges Brief. ›Dann kam einer, den ich kannte.‹

»Das hat sie.« Wessel hatte den Pförtner befragt, der an jenem Freitag Dienst hatte. »Aber am Freitag hat der nur telefoniert. Vermutlich hat er bei diesem Telefonat seine Absichten bereits verraten. Frau Bauer stand also bereits unter Druck, als sie sich mit Ihnen traf. Ich nehme an, sie hat Ihnen auch am Freitag geschrieben.«

»Aber?«

»Aber den Originalbrief hat sie vernichtet, musste ihn vernichten, als Volker Klement am nächsten Tag zu ihr kam. Dann hat sie einen zweiten Brief verfasst, der Teile ihres ersten Briefes enthielt, aber die Erpressung, der sie ausgesetzt war, bemäntelt. Dabei hat ihr Klement geholfen.«

»Und von dem ersten Brief gibt es keine Spuren?« Wessel verneinte.

»Ein Anfänger ist der Herr Klement nicht.«

»Und wann ist Inge wieder in die DDR gefahren?«

»Am Sonntag, den 13. Oktober, nachmittags um sechzehn Uhr hat sie den Kontrollpunkt unserer Grenzpolizei passiert – zusammen mit Volker Klement und mit gültigen Papieren. Unsere Grenzpolizei vergewissert sich in vielen Fällen, ob Reisende in die DDR alles bei sich haben: gültige Pässe und ein gültiges Visum. In diesem Fall haben sie das getan, sonst wüssten wir nichts davon. Natürlich haben wir auch das Kennzeichen des Fahrzeugs, in dem die beiden saßen.«

Jetzt wusste Tim, dass Inge wirklich weg war – wieder durch eine Grenze von ihm getrennt, die von Tag zu Tag an Bedrohlichkeit gewann. Die Mitteilung von Knut Wessel hatte die letzten irrationalen Hoffnungsreste weggeschwemmt. Er konnte im Augenblick nichts sagen und kämpfte um seine Fassung. Wessel überspielte Tims Erschütterung, indem er für sich selbst und damit auch für sein Gegenüber die noch offenen Fragen rekapitulierte.

»Wir wissen noch nicht, was sich nach Inge Bauers Rückkehr in die DDR abspielte. Im Institut für Biochemie ist sie noch nicht wieder gesehen worden, aber das muss nicht heißen, dass sie dort nicht mehr arbeitet. Wir haben auch keine Informationen über ihre Familie. Wir wissen nichts von irgendwelchen Schikanen oder Repressionen, aber wir haben auch keinen Hinweis darauf, dass man die Familie nun in Ruhe lässt, wie es in Inge Bauers Brief angedeutet wurde.«

Tim hatte sich nun soweit wieder in der Gewalt, um Wessel zu fragen: »Und dieser Volker Klement? Haben Sie über den etwas rausbekommen? Immerhin kennt Inge ihn doch.«

»Vermutlich handelt es sich um ein Mitglied der Universität, der unter dem Decknamen Volker Klement arbeitet. Wahrscheinlich hat er noch weitere Namen, die er verwendet, wenn er im Westen unterwegs ist. Wir haben einen Verdacht, aber der ist nicht gut begründet. Als Volker Klement wird er sicher nicht wieder auftauchen.«

»Und ich? Kann ich versuchen, in die DDR einzureisen und nach Inge zu suchen?«

»Wenn Sie sich vor einem Gericht der DDR wegen Menschenschmuggels verantworten wollen?« Wessel grinste, wurde aber gleich wieder ernst. »Auf keinen Fall. Die DDR ist für Sie tabu. Dort sind Sie ein gesuchter Verbrecher. Auch Reisen nach Berlin sollten Sie nur noch im Flugzeug unternehmen.«

Viel war es wirklich nicht, was der BND ihm mitteilen konnte. Dürr hatte schon recht. Ein Zwischenbericht. Und darin befand sich nichts, was ihm Hoffnung machen konnte.

»Ja, das ist dann wohl alles?«

»Für den Augenblick schon. Wenn wir etwas Neues erfahren, werde ich Sie verständigen. Lassen Sie«, sagte er, als Tim den Kellner herbeiwinken wollte, »das ist meine Sache, Sie können ruhig gehen.«

Seine Eltern holen ihn am Flughafen in Fuhlsbüttel ab. An den sorgenvollen Blicken seiner Mutter merkte Tim, dass der Kummer der letzten Wochen ihn auch äußerlich verändert haben musste. »Schmal bist du geworden.« Normalerweise waren ihm derartige elterliche Beobachtungen und Bemerkungen lästig, aber in seinem jetzigen Zustand war er bereit, an ein viel früheres Stadium seines Lebens anzuknüpfen und sich umsorgen zu lassen. Natürlich musste er seinen Eltern erzählen, was passiert war. Er tat das ausführlich, sobald sie zu Hause waren, angefangen von seiner ersten Begegnung mit Inge bis zu ihrem Verschwinden aus dem Notaufnahmelager in Gießen.

Dass er nach Verena wieder »jemanden hatte«, wie sein Vater es ausdrückte, hatten die Eltern vermutet, auch, dass diese Frau in der DDR wohnte. Das hatten sie, so sagte ihm sein Vater, aus seinem Verhalten und den häufigen Besuchen in Ost-Berlin, von denen er erzählt hatte, geschlossen.

»Wir wollten dich nicht direkt danach fragen. Deine Frage damals, ob ich oder andere im Ost-West-Geschäft tätige Leute auch Personen freikaufen können, die in den Westen wollten, um dort jemanden zu heiraten – das war ja nicht so schwer zu interpretieren.«

»Aber wir wussten natürlich keine Einzelheiten«, warf seine Mutter ein.

»Jetzt wisst ihr's.«

Der alte Brandis schien beeindruckt von der Art und Weise, wie die beiden geflohen waren. »Alle Achtung«, sagte er gelegentlich, wenn die Sprache wieder auf Einzelheiten ihrer Unternehmung kam. Er hatte seinem Sohn so etwas wohl nicht zugetraut, jedenfalls spürte Tim die väterliche Anerkennung immer wieder, während die Reaktionen seiner Mutter sich aus den Sorgen ergaben, die sie sich nachträglich um ihren Sohn machte und die sie damit kompensierte, dass sie sich mehr als notwendig um sein leibliches Wohl kümmerte. So sehr Tim sich unter normalen Umständen gegen diese Art von Vereinnahmung gewehrt hätte, so widerspruchslos ließ er jetzt alles über sich ergehen. In seinem alten Zimmer in Blankenese fühlte er sich geborgen. Stundenweise gelang es ihm sogar, Gedanken an seine Zukunft zu verbannen. In den Augenblicken aber, in denen ihm das nicht gelang, überfielen ihn Angst und Verzagtheit. Er war nur für ein Wochenende gekommen und dachte mit Grauen an seine Rückkehr nach Heidelberg. Am liebsten hätte er sich für unbestimmte Zeit im Haus der Eltern verkrochen.

»Du hast gehofft, dass ich etwas für euch beide tun kann?«, fragte ihn sein Vater auf einem Spaziergang, den sie am Sonntagvormittag zu zweit unternahmen.

Natürlich hatte Tim das gehofft, aber es handelte sich um eine vage Hoffnung, deren Erfüllung, wenn es denn überhaupt eine geben könnte, in großer zeitlicher Ferne lag.

»Schon«, sagte er. »Das kannst du dir ja denken. Aber im Augenblick wäre ich schon froh, wenn ich wüsste, wie es Inge zurzeit geht. Was ist mit ihr geschehen, nachdem sie wieder zurückgekehrt ist? Freiwillig, wie es ohne Zweifel heißen wird – offiziell, meine ich.«

Der Alte stimmte zu. »Ja, so wird man es wohl darstellen. Anders geht es ja auch nicht.« Dann blieb er auf einem Kiesweg nahe am Elbufer stehen. Die hohen Bäume ringsum hatten ihre Blätter zum großen Teil verloren, es hatte geregnet, sodass die Wiesen und Wege mit nassem braunen Laub bedeckt waren.

»Im Augenblick ist es schwer«, sagte er. »Es läuft fast nichts. Aber ich kann versuchen, etwas herauszukriegen über Inge und über ihre Familie. Das will ich gern tun.« Sie gingen weiter. »Wenn du zu Weihnachten kommst, weiß ich vielleicht schon etwas. Du kommst doch?«

»Ja, ich werde kommen. Natürlich, wenn ich nicht zum Dienst eingeteilt werde.«

Die feuchte Luft und das strenge Aroma der modernden Blätter erinnerten daran, dass es nicht mehr allzu lange sein würde bis Weihnachten.

»Siehst du langfristig überhaupt eine Chance?«

»Fragt sich, was langfristig bedeutet, drei Jahre, fünf Jahre oder zehn Jahre? Ja, in solchen Zeitrahmen sehe ich schon eine Chance, aber eben nur eine Chance, keine Gewissheit.«

»Ich verstehe.«

Sie gingen zurück. Seine Mutter wartete mit dem Mittagessen auf die beiden Männer. Am Nachmittag ging seine Maschine nach Frankfurt. Dort stand sein Auto. Ob er wollte oder nicht: Er musste sich losreißen von seiner Kindheitsoase. »Es war schön«, sagte er zum Abschied.

»Mein Junge.« Mutter Brandis umarmte ihren Sohn und zerdrückte ein paar Tränen. Bei seinem Vater klang es sachlicher: »Komm wieder, Junge, wenn dir das Dach auf den Kopf fällt. Hier kannst du immer ausruhen.«

Diesmal nahm er ein Taxi zum Flughafen. Seine Eltern standen auf den Stufen ihres Hauses und winkten, als das Taxi losfuhr. Müdürüglü Kirkareli, dachte Tim.

Zu Hause fand er einen Brief der Columbia Medical School vor. Der dicke Briefumschlag enthielt ein formelles Angebot, die von Tom Ashley bereits geschilderte Stelle zu übernehmen. Der Dekan hatte einen persönlich gehaltenen Begleitbrief dazu geschrieben, in dem Tim eingeladen wurde, zu Gesprächen nach New York zu kommen. Ein zweiter, viel dünnerer Briefumschlag enthielt einige handschriftliche Zeilen von Tom. Er sei ein wenig besorgt darüber, dass Tim sich noch nicht gemeldet habe. »Did everything work out as planned? Call me.« Dann seine private Telefonnummer und ein Gruß, auch von Heidi.

Was Tim vor Wochen noch in Champagnerlaune versetzt hätte, ließ ihn im Augenblick völlig kalt. Er konnte jetzt nicht auch noch einen Ozean zwischen sich und Inge legen. Aber er war auch nicht im Stande, dieses Angebot abzulehnen. Eigentlich konnte er gar nichts mehr außer seinen Pflichten nachzukommen, die sich aus der Einlieferung immer neuer Patienten ergaben. Er war noch fähig, Aufgaben durchzuführen, die ihm von anderen gestellt wurden. Alles musste möglichst strukturiert sein, sich im Rahmen einer schon hundertmal bewältigten Routine bewegen – dann ging es. Im Labor brachte er in dieser Zeit überhaupt nichts zu Stande. Seine Doktoranden und Assistentinnen steuerten sich selbst, sie »flogen mit Autopilot«, nannte er das. Es war nicht unbedingt zu ihrem eigenen Vorteil. Der Brief aus New York blieb also liegen – eine Woche, zwei Wochen, den ganzen November lang. Dann raffte Tim sich immerhin dazu auf, Ashley anzurufen und ihm alles zu erzählen, ihm auch seine derzeitige Situation und Unentschlossenheit zu schildern. Ashley war nicht erbaut. Tim tat ihm leid, aber was wurde aus dem Angebot? Sollte man nun einfach den zweiten Kandidaten nehmen, der auf der Wunschliste der Fakultät stünde? »Wir geben dir ein paar Wochen«, sagte Tom. »Bis Weihnachten auf jeden Fall. Vielleicht hat sich was ergeben bis dahin.«

Was sollte sich ergeben? Floskeln, freundliche Sprüche, dachte Tim und fuhr darin fort, sich gehen zu lassen. Ein Stück Holz, das einen Fluss hinuntertreibt.

Ashley mochte wohl gespürt haben, dass seine Bemühungen nichts fruchten würden, denn ein paar Abende später rief seine Frau Heidi Tim an und redete ihm ins Gewissen: »Du tust niemandem einen Gefallen, wenn du dich um nichts mehr kümmerst, am allerwenigsten dir selbst.«

»Und Inge?«, fragte er. »Bin ich es ihr nicht schuldig, wenigstens in ihrer Nähe zu bleiben? Wenn wir schon getrennt sein müssen?«

»Nein«, sagte Heidi, »du bist ihr etwas anderes schuldig.«

»Und das wäre?«, fragte er lustlos. Am liebsten hätte er das Gespräch beendet. Diese Lebenshilfen frei nach Dale Carnegie gingen ihm auf die Nerven.

»Du bist ihr schuldig, dass du dich wieder aufrappelst und weitermachst. Vielleicht kommt sie bald frei. Vielleicht auch erst in ein paar Jahren: Was soll sie dann mit einem Seelenkrüppel anfangen, der resigniert in irgendeiner Ecke hockt und mit seinem Leben abgeschlossen hat. Mach weiter, Tim. Investiere in dein Leben und hoffe, dass es doch einmal euer Leben wird.«

»Ich will's mir überlegen.«

»Versprich mir, dass du dir Mühe gibst.«

»Ich verspreche es.«

»Du wirst dich bald melden?«

Er versprach alles, nur um dieses Gespräch zu beenden, aber Heidis Vorhaltungen hinterließen in seinem Unterbewusstsein doch einige Spuren, die nicht sofort wirksam wurden, aber immerhin mehr ausrichteten als alles, was er bis dahin von wohlmeinenden Freunden und Kollegen gehört hatte. »Mach weiter, investiere in dein Leben.« Dieser Satz blieb hängen und drängte sich immer wieder unter andere Gedanken. Er fing an zu verstehen, dass er irgendwann in nicht allzu ferner Zukunft wieder anfangen müsse zu leben. Jetzt noch nicht, aber bald. Und natürlich half ihm bei dieser Einsicht die Vorstellung, dass er sich um Inges willen aufraffen müsse. Für die geringe, aber reale Möglichkeit, dass das, was sie in ihrem Brief angedeutet hatte, tatsächlich einmal einträte.

Die Tage zwischen Weihnachten und Neujahr wollte Tim noch einmal dazu benutzen, Abstand zu gewinnen, so, wie an dem nun schon wieder einige Zeit zurückliegenden Wochenende Anfang November. Trotzdem graute ihm vor dem Fest, denn wenn er an das letzte Weihnachten zurückdachte, an die Aufbruchstimmung, in der er sich damals befunden hatte, dann schien es ihm, als sei er inzwischen nicht ein Jahr, sondern zehn oder noch mehr Jahre älter geworden. Immer wieder beschlich ihn die Idee, gescheitert zu sein. Dieses kommende Fest hatte er zusammen mit seiner Familie verbringen wollen, aber mit Inge als neuem Familienmitglied. In erster Linie waren es Gefühle der Trauer und des Verlustes, die ihm zu schaffen machten. Je mehr Zeit verstrich, desto stärker trat ein Sentiment der Demütigung hinzu, in das sich immer dann, wenn ein Mann von einer Frau abgewiesen oder allein gelassen wird, ein Element der Lächerlichkeit mischt. Tim fühlte sich als einer, den das Schicksal zum Hahnrei gemacht hatte. Und wie jeder Gedemütigte, glaubte er, dass man ihm seine Niederlage sofort ansehen müsse, dass sein Schicksal sich ihm sozusagen ins Gesicht geschrieben habe. Seine Eltern würden sie bemerken, hatten sie bereits vor Wochen bemerkt, damals aber noch unter der frischen Firnis der Trauer. Tess, die schon einige Männer in die Wüste geschickt hatte, würde die Spuren der Niederlage nicht übersehen können, sie hatte auf diesem Gebiet Erfahrung. Tim hoffte, sie würde zu diesem Weihnachten nicht in Blankenese erscheinen.

Erst viel später begriff er, was damals nur vage in kurzen Augenblicken in ihm aufdämmerte: Er fing an, sein Unglück als etwas zu begreifen, das ihm angetan worden war. Er hatte um sein Glück gekämpft, hatte einen hohen Einsatz gewagt und hatte verloren. Ein hinterhältiges, neidisches Schicksal hatte ihn um den Lohn seiner Arbeit betrogen. Indem Tim sein Elend einem personalisierten Schicksal zuschrieb, konnte er anfangen, sich dagegen zu wehren, Trotz zu empfinden und sich im Stillen vorzunehmen, diese Niederlage nicht zu akzeptieren.

Von einer solchen Haltung war Tim allerdings noch weit entfernt, als er am 24. Dezember in Blankenese eintraf. Tess würde nicht kommen, sie habe in diesem Jahr andere Pläne, hörte er von seinem Vater, der ihn vom Flughafen abholte. »Ist auch vielleicht besser so, dieses Mal wenigstens«, bemerkte er, als sie zusammen dem Ausgang des Flughafengebäudes zustrebten. Später, sie saßen bereits im Auto, deutete der Alte an, dass er zwar einiges in Erfahrung gebracht habe, dass jedoch nichts von dem, was man ihm zugetragen habe, als ganz sicher gelten könnte.

»Mein Wissen stammt aus einer einzigen Quelle«, sagte er, während er seinen Wagen durch den weihnachtlichen Verkehr steuerte. Trotz dieser Einschränkung brannte Tim darauf, mehr zu hören. Aber erst, als sie die Stadt hinter sich gelassen hatten, war sein Vater bereit, sich ausführlicher zu äußern.

»Gehen wir ein Stück durch den Park?«, fragte er seinen Sohn, als sie sich bereits auf der Elbchaussee befanden. »Vielleicht ist es besser, ich erzähle dir die Geschichte an einem neutralen Ort, hier zum Beispiel.«

Er wartete die Antwort nicht ab, sondern nahm die Abzweigung nach Kleinflottbeck und hielt in einer stillen Straße in unmittelbarer

Nähe des Jenischparks. Tim ahnte nichts Gutes: Wenn sein Vater ihm etwas Erfreuliches mitzuteilen hätte, würde er nicht diese Umstände machen. Etwas Ermutigendes hätte er ihm entweder schon in Fuhlsbüttel oder zu Hause berichtet. Wer war seine Gewährsperson? In welchem Verhältnis stand sie zu Inge? Tim fragte ihn.

»In gar keiner. Ich kann dir den Namen nicht nennen. Nur so viel: Er ist ein hoher Beamter im Erziehungswesen, und er hat gute Beziehungen zu vielen Hochschullehrern – auch zu Rehberger.« Sein Vater ging neben ihm her, hatte den Mantelkragen hochgeschlagen und die Hände in den Taschen seines Wintermantels vergraben. Der graue Himmel, die kahlen Bäume und Sträucher, das stumpfe, in sich gekehrte Grün der Rasenflächen boten die passende Kulisse für schlechte Nachrichten. Die Luft war kalt genug, um den Atem der Spaziergänger als kleine Nebelwölkchen sichtbar werden zu lassen.

»Was hat er dir mitgeteilt?«, wollte Tim wissen.

Sein Vater ging langsamer als er und blieb gelegentlich stehen. Tim musste sich ihm anpassen.

»Die offizielle Version, die im Institut bekannt gegeben wurde, geht etwa so«, sagte er und sah seinen Sohn von der Seite an. »Nach ihrer Rückkehr wurde Inge Bauer von Rehberger klargemacht, dass sie ihre Handlungen vor ihren Kollegen im Institut, den Gewerkschaftsfunktionären und den Vertretern der Partei erklären müsse.« Der Alte legte eine Stehpause ein. »So eine Art Betriebsversammlung, in der Inge ›Selbstkritik‹ üben musste. Was sie dabei im Einzelnen gesagt hat, wusste mein Kontaktmann auch nicht, aber es muss einigermaßen glaubhaft geklungen haben. Sie habe aus persönlichen Gründen nach Heidelberg ziehen wollen und sei der Meinung gewesen, dass ihr das von ihrer Regierung nie erlaubt worden wäre. Außerdem habe dieses Schwimmabenteuer auch eine sportliche Seite gehabt – und dazu sei sie von ihrem Freund regelrecht verführt worden. Erst, als sie in der Türkei und später in der BRD von einem Verhör zum anderen geschleppt worden sei, habe sie begriffen, dass sie einen Fehler begangen habe. Das Ausmaß ihres Fehltrittes sei ihr erst im Durchgangslager in Gießen bewusst geworden, indem ein Genosse, den sie von früher her kannte, sie aufgesucht und an ihr Gewissen appelliert habe. Das durch diesen Genossen übermittelte Angebot, wieder in die DDR zurückzukehren und ihren Fehler einzugestehen, habe sie sofort angenommen.«

Sie setzten sich wieder in Bewegung.

»Na, und dann, nach diesem Geständnis sozusagen, haben die Institutsangehörigen beraten, was zu tun sei.«
»Und?« Diesmal war Tim es, der stehen blieb.
»Ja, also genau weiß ich natürlich nicht, wer was gesagt hat und wie argumentiert wurde.« Sein Vater holte tief Luft. »Aber sie ist nicht mehr am Institut«, sagte er dann. »Offenbar war sie als Assistentin an einem Universitätsinstitut nicht mehr tragbar. Andererseits: Von strafrechtlichen Folgen ist sie wohl verschont geblieben. Auch Repressalien gegen die Familie hat es offenbar nicht gegeben.«
Sie gingen zum Auto zurück. »Man hat sie wohl aufs Land geschickt – in eine Poliklinik in einem ärztlich schlecht versorgten Landstrich, oben in Mecklenburg, soviel ich weiß. Auf Bewährung.«
»Wie geht so etwas aus, ich meine, hat sie eine Chance, da rauszukommen, wenn sie sich bewährt?«
»Ich weiß es nicht, da ist alles offen«, sagte sein Vater und suchte nach seinem Autoschlüssel. »Aber du darfst dich nicht wundern, wenn sie dir nicht schreibt. Kontakt mit ihrem Entführer, überhaupt mit Leuten aus dem Westen ist ihr untersagt.«
Sie stiegen ins Auto. Bevor sie sich auf den von hier aus kurzen Weg nach Blankenese machten, erinnerte ihn sein Vater daran, dass diese Nachrichten noch von niemandem bestätigt worden seien. »Und dieses Kommunikationsverbot, das kenne ich von anderen Fällen. Das beruht nicht auf einem Gesetz. Das ist einfach eine Schikane. So etwas kann sich auch wieder ändern – je nach Großwetterlage.«
Offenbar wollte er dem Jungen zum Abschied seines Berichtes noch ein wenig Mut machen.

17

Tim Brandis blieb über Silvester in Blankenese und kam langsam zu der Einsicht, dass er das Angebot von Tom Ashley aus New York annehmen sollte. Das hieß nicht, dass er sich von Inge lösen wollte, aber er fing an, in ein neues Verhältnis zu ihr zu treten. Die wirkliche Inge lebte unerreichbar für ihn einige hundert Kilometer von ihm entfernt, aber die von ihr abgeleitete Vorstellung wurde zu einer ständigen Begleiterin. Als Vorstellung rief er sie an, wenn er sich eine Meinung bildete oder eine Entscheidung traf, wenn er ein Gesicht schön oder hässlich, einen Menschen liebenswert oder unsympathisch fand, wenn er ein Bild betrachtete oder Musik hörte, wenn er sich selbst und damit auch ihr eine wissenschaftliche Frage auseinandersetzte. Diese vorgestellte abstrakte Person Inge wurde zu einem Bestandteil und also auch zu einem Regulativ seines Alltags. Manchmal empfand Tim, dass sie übereinstimmten, zum Beispiel, wenn er ihr von der Stelle in New York erzählte oder – einige Monate später – mit ihr über die Wahl Gustav Heinemanns zum Bundespräsidenten sprach. Ob diese Wahl nicht schon der Vorbote weitergehender Veränderungen in Deutschland sein würde? In solchen Augenblicken fühlte er sich fast so sicher und innerlich angenommen, als hätten sie diese Dinge wirklich gemeinsam erlebt. Aber es gab auch Augenblicke der Unsicherheit, die daraus entstanden, dass Tim Inges innerste Überzeugung zu vielen Fragen nicht kannte und seine Inge-Vorstellung demnach auch nicht mit den Eigenschaften und Argumenten ausstatten konnte, die sie benötigt hätte, um seine eigenen Überzeugungen und Zweifel zu bestätigen oder infrage zu stellen.

Immerhin lernte er langsam, mit der imaginären Inge umzugehen und sie dabei in der gleichen Weise zu akzeptieren, wie ein Versehrter eine Prothese benutzt, die er anstelle eines verloren Armes oder Beines in Gebrauch nimmt – zuerst zögernd, allmählich aber mit immer größerer Fertigkeit.

Erst viel später, das Jahr 1969 feierte bereits seinen »Jahrhundertsommer«, wurde ihm deutlich, dass seine neue Einstellung zu Inge nur ein Provisorium sein könnte. Ähnliche Reaktionen hatte er bei den

Angehörigen seiner Patienten erlebt, die es zunächst nicht hinnehmen konnten, dass ihre Tochter, ihr Sohn, ihre Mutter oder ihr Vater gestorben waren und nie mehr wiederkommen würden. Auch sie hatten sich, wie Tim immer wieder beobachtet hatte und nun, nach seinem eigenen Verlust, mit einem gewissen Unbehagen feststellte, an selbst geschaffene Vorstellungen geklammert. Natürlich bildeten Erinnerungen den Kern aller dieser Vorstellungen. Aber unter dem Einfluss der um ihren Verlust Trauernden nahmen diese Erinnerungen oft Eigenschaften an, die der verstorbenen Person gar nicht mehr entsprachen. So, wenn ein junger Witwer, dessen verstorbene Frau Tim behandelt hatte, ihm bei einer zufälligen Begegnung gestand, dass seine Frau ja immer noch da sei – Gott sei Dank – und dass er täglich mit ihr spräche und alles entschiede, auch Dinge, die die Kinder beträfen. Von denen allerdings, zwei hübschen und fröhlichen Mädchen im Alter von zehn und zwölf Jahren, wusste Tim, dass sie mit den ständigen Anrufungen der verstorbenen Mutter gar nicht einverstanden waren und es viel lieber gehabt hätten, wenn nach der Katastrophe des Verlustes etwas Neues begonnen hätte. Ihre Mutter hatte Angst vor Hunden gehabt, und diese von ihrem Vater zu einem Fetisch erhobene Abneigung hinderte ihn daran, seinen heranwachsenden Töchtern den Wunsch nach einem vierbeinigen Spielgefährten zu erfüllen.

War die Inge, mit der er sich unterhielt, die er täglich mit seinen Gedanken suchte, denn noch der reale Mensch Inge? Hatte sie sich nicht allmählich in ein Konstrukt verwandelt, in eine abstrakte Person, die mehr mit ihm und seinen Bedürfnissen zu tun hatte als mit der Wirklichkeit? Die Rückkehr in die DDR, ihre »Bestrafung« und die darauf folgende Isolation mussten sie verändert haben. Tim fing also an zu zweifeln. Je häufiger er seine Arbeit in Heidelberg unterbrach, um für ein paar Tage nach New York zu fliegen, zuerst zu Verhandlungen und dann zu konkreten Vorbereitungen auf seine neue Tätigkeit, die am 1. September 1969 beginnen sollte, desto stärker wurden seine Zweifel.

Er hatte seine Pläne, an die Columbia Universität zu wechseln, in Heidelberg bekannt gemacht. Schöller hatte zwiespältig auf seinen Entschluss reagiert und schien alles mit seinem persönlichen Verlust zu erklären. Für kurze Zeit versuchte er sogar, ihn umzustimmen: »Tim, die Amerikaner kochen doch auch nur mit Wasser. Was wollen Sie da? Sie haben doch hier alle Möglichkeiten.«

Aber diese Einwände kannte Tim. Als Schöller sie erhob, war es überdies schon zu spät. Außerdem: »Da, wo ich hingehe, kocht das Wasser bei hundert Grad Celsius. Man kocht eben und rührt nicht in einer lauwarmen Brühe herum«, hatte er geantwortet und Schöller damit wohl gekränkt, denn der brachte das Thema nie wieder zur Sprache.

Im Juni, es war ein heißer Tag, bekam er noch einmal einen Anruf von Knut Wessel. Es habe länger gedauert, entschuldigte Wessel sich, aber er wolle den Fall jetzt zum Abschluss bringen. Einiges sei noch hinzugekommen.

Diesmal trafen sie sich am frühen Nachmittag in einem Gartenrestaurant nahe am Neckar. Trotz der Hitze ging Tim zu Fuß zu dem vereinbarten Treffpunkt. Er hoffte, etwas Gutes von Wessel zu hören. Aber was? Dass man Inge ausreisen lassen würde? Sein Herz schlug schneller bei diesem Gedanken, aber das war wohl nur ein Traum. Dass man sie aus ihrer Einöde entlassen hätte und sie nun wieder in Berlin arbeiten dürfte? Dass sie einander wieder schreiben konnten? Vielleicht würde eine Amnestie für Flüchtlinge erlassen? Die hatte es immer wieder einmal gegeben. Zuletzt 1964. Was sonst? Veränderungen in Inges Leben? Nach der Selbstkritik nun die Wiedereingliederung?

Tim war in Schweiß gebadet, als er das Restaurant erreichte, und daran waren seine Ängste und Erwartungen mindestens ebenso schuld wie die Hitze, die an diesem Tag herrschte. Wessel saß allein unter einem großen gelben Sonnenschirm, etwas abseits vom Pulk der Nachmittagsgäste. Tim trat zu ihm und entschuldigte sich für sein Aussehen. Wessel stand auf, begrüßte ihn und schien nicht zu verstehen, warum Tim sich entschuldigte. »Bitte«, er zeigte auf einen der freien Gartenstühle und fragte: »Was zu trinken?«

Tim fing an, sein Gesicht und seinen Nacken mit einem Taschentuch abzutrocknen. Verstohlen fuhr er damit auch unter sein Hemd. Wessel schien das alles nicht zu bemerken, für ihn sah er offenbar ganz normal aus.

»Was gibt's Neues?«, fragte Tim schließlich mit klopfendem Herzen.

Wessel nickte. »Wir haben jetzt endlich ein klareres Bild vom Hergang der ganzen Sache.«

Tim wartete.

»Valentin Kramer ist Ihnen bekannt?«

»Ja, wir haben für kurze Zeit zusammengearbeitet.«

Er erinnerte Wessel an seine Zusammenarbeit mit Rehberger, die er angestrebt hatte, um Inge häufig zu sehen, und an die Rolle, die Kramer dabei gespielt hatte. Die Einzelheiten interessierten Wessel nicht.

»Dieser Valentin Kramer ist ein alter Freund von Inge Bauer, wussten Sie das nicht?«

»Von Inge? Seit wann?«

»Die beiden müssen einmal eng liiert gewesen sein. Wie eng, ist schwer zu entscheiden.« Wessel grinste. »Ist auch nicht unbedingt Aufgabe des BND, das herauszufinden.«

Warum hatte er nie davon erfahren, fragte Tim sich. Weder von Inge noch von ihrer Familie?

»Warum die Liaison gelöst wurde, ist nicht klar, vermutlich wegen der Flucht des ältesten Sohnes Helmuth in den Westen. Darüber gab es wohl Meinungsverschiedenheiten mit der Familie und besonders mit Inge. Kramer ist zumindest nach außen auf Distanz gegangen.«

»Was heißt ›nach außen‹?«

»Kramer hat die Familie auch nach seiner Trennung von Inge nie ganz im Stich gelassen. Er hatte Einfluss, und er war klug genug, um zu verstehen, dass die Vorwürfe, die gegen den alten Bauer erhoben worden waren, jeder Grundlage entbehrten. Inges Vater und Valentin Kramer mochten sich, und das hielt auch, nachdem die Beziehung zu Inge auseinander gegangen war.«

Tim dachte an seinen Vater und an dessen Hinweis, dass er für seine Nachrichten nur eine einzige Quelle gehabt und dies als Schwäche gewertet habe.

»Wie sicher sind diese Informationen?«

Wessel sah ihn prüfend an. »Sehr sicher. Zwei voneinander unabhängige Quellen.«

»Und warum ist das jetzt noch wichtig?« Die Tatsache, dass Inge vor ihm andere Männer gekannt hatte, interessierte Tim jetzt nur am Rande.

»Valentin Kramer ist identisch mit Volker Klement, und Volker Klement war oder besser ist ein sehr wichtiger Mitarbeiter der Stasi. Das haben wir inzwischen kapiert.«

»Und warum nicht schon früher?«

Wessel lächelte etwas gezwungen. »Er ist nie auffällig geworden. Außerdem hatte er sich sehr gut getarnt.«

»Wie?«

»Er führte auch im Osten eine Existenz unter dem Namen Volker Klement. Als Volker Klement war er Kustos in einer großen Bibliothek. Dort trat er aber praktisch nie in Erscheinung, er wurde nur in der Liste der Angestellten geführt.«

»Und wurde bezahlt?«

»Und wurde bezahlt«, bestätigte Wessel, »vermutlich durch den Staatssicherheitsdienst.«

Tim musste verwirrt dreingeschaut haben, denn Wessel beugte sich nach vorn und fixierte ihn: »Verstehen Sie? Klement war Klement – im Westen wie im Osten. Gleichzeitig war er aber auch unter dem Namen Kramer aktiv – im Institut für Biochemie an der Humboldt-Universität.«

»Ich verstehe.« Tim sprach betont langsam, als dächte er nach. »Und weil diese Bereiche – ich meine, der Kramer-Bereich einerseits und der Klement-Bereich andererseits, nie in Berührung miteinander kamen ...«

»Ist das niemandem aufgefallen«, ergänzte Wessel.

Dann hatte sich Inge in Gießen von einem ehemaligen Freund, der ihrer Familie immer noch wohl gesonnen war, zur Rückkehr bewegen lassen. Damit wurden die Ereignisse, die Tim damals an den Rand der Verzweiflung getrieben hatten, etwas verständlicher. Dennoch: Das »Vergiss mich nicht« klang noch immer in ihm nach. Immerhin verstand er jetzt ihre Reaktionen in Bulgarien besser: Ihre Angst vor Blumentritt fiel ihm ein. Der stammte ja auch aus dem Institut und hatte sicher einen direkten Draht zu Kramer gehabt.

»Und was wird aus Inge?«

»Das kann ich Ihnen beim besten Willen nicht sagen. Sie arbeitet in einer Poliklinik in Waren, oben in Mecklenburg, ganz hübsche Gegend, aber einsam. Valentin Kramer besucht sie hin und wieder – in offizieller Funktion, sozusagen als ihr Mentor, der ihre Bewährung überwachen soll: Was daraus wird, wissen die Götter.«

Das war es, dachte Tim, das sind, wie unsere Freunde im Osten sagen, »die Fakten«.

»Sie sprechen gegen mich«, Tim sagte laut vor sich hin, was er eigentlich nur denken wollte.

»Was?«

»Die Tatsachen«, sagte Tim. »Nach Lage der Dinge ist da kein Platz mehr für mich, wird da nie ein Platz für mich sein.«

Wessel schwieg.

»Ihr ehemaliger Freund, dem sie zurück in die DDR gefolgt ist, überwacht sozusagen ihren Besserungsprozess«, erwiderte Tim. »Das meine ich. Wie soll da irgendwann noch Platz für mich sein?«

»Es ist schwer für Sie.« Wessel hatte genauso wenig Talent im Umgang mit solchen Situationen wie Schöller.

»War er nur ihr Freund oder ihr Geliebter?«, fragte Tim, ohne auf diese Frage eine Antwort zu erwarten. Aber Wessel hatte wohl selbst darüber nachgedacht. »Das kommt darauf an, wen sie fragen«, antwortete er. »Ich sagte Ihnen ja, wir hatten zwei Quellen für das, was ich Ihnen heute erzählt habe.« Er zögerte. »Die eine Quelle, ein Mann, behauptet, es habe sich nur um eine enge Freundschaft gehandelt. Vielleicht mit dem Wunsch von Kramers Seite, dass eines Tages mehr daraus würde.«

»Und die andere?«

»Die andere Quelle war eine Frau. Übrigens eine, mit der Kramer auch einmal ein Verhältnis hatte – und vielleicht immer noch hat. Wer weiß ...«

»Und was sagt diese Quelle?«

»Sie behauptet, das sei eine regelrechte Affäre gewesen – mit allem Drum und Dran.«

»Ich glaube, ich weiß, wer Ihre Quellen sind«, sagte Tim, aber Wessel ließ sich nicht provozieren. »Genug jetzt, ich habe Ihnen mehr gesagt, als nötig gewesen wäre. Fürs Erste ist es genug.«

Ja, es war genug. Tim hatte Wessel gar nicht provozieren wollen. Er glaubte wirklich zu wissen, wer seine Quellen gewesen sein könnten und sah nun keinen Platz mehr für sich.

»Also?« Er stand auf. »Danke, Herr Wessel, das war wichtig für mich.«

»Ich höre, Sie gehen in die Staaten?«, fragte Wessel.

»Ja, Anfang September.«

»Für lange?«

»Vielleicht für immer. Wer weiß?«

»Wollen Sie mir Ihre Adresse geben, falls wir noch andere wichtige Dinge herausfinden?«

Tim machte ein skeptisches Gesicht. Trotzdem nahm Wessel einen Schreibblock und einen Stift aus seiner Jackentasche.

»Schaden kann es ja nicht.«

»Nein, schaden kann es nicht.«

Tim setzte sich noch einmal und schrieb seine neuen Koordinaten, die ab 1. September gelten würden, auf Wessels Notizblock. »Hier.« Wessel riss das beschriebene Blatt ab und steckte es irgendwohin. Stift und Block verschwanden wieder in seiner Jackentasche.

Wahrscheinlich wird er den Zettel verlieren, dachte Tim, nachdem er ihm die Hand gedrückt und sich abgewandt hatte, um zurück in die Klinik zu gehen.

18

Schöller wollte ihn nicht so einfach ziehen lassen. »Wir haben doch gut zusammengearbeitet«, begründete er seinen Wunsch nach einer kleinen Abschiedsparty. »Und außerdem möchten wir ja, dass Sie wiederkommen, nachdem Sie sich drüben einen Namen gemacht haben.«

Sie gingen, als er Tim das sagte, die breite Treppe hinauf, die vom unteren Stockwerk der Klinik – dort lag auch der Hörsaal – zu seinem Sekretariat und zur Privatstation führte. »Noch etwas, Tim. Die Kollegen wissen inzwischen natürlich etwas von Ihrem Sommerabenteuer. Keine Einzelheiten, aber die Flucht übers Meer von Bulgarien in die Türkei, das haben die mitbekommen. So etwas spricht sich eben herum.«

Tim machte eine abwehrende Handbewegung: »Aber davon will ich nichts hören.«

»Werden Sie auch nicht«, versprach Schöller. »Aber mit dieser Sache haben Sie sich besondere Sympathien erworben, und die möchten Ihnen Ihre Kollegen gern zeigen.« Er schüttelte den Kopf. »Nein, keine Sorge, gesprochen wird nicht darüber.«

Sie waren am Eingang zur Privatstation angekommen. »Eine kleine Überraschung haben sie sich ausgedacht«, Schöller lächelte wie ein Fußballer, der von einem spielentscheidenden Tor in letzter Minute berichtet. Tim ahnte nichts Gutes, aber er wollte seinen Kollegen und seinem Chef nicht den Spaß verderben, und so willigte er ein, indem er nichts mehr sagte, außer »auf Wiedersehen«, und auf seine Station zurückging.

Die Abschiedsfeier fand in Schöllers Haus und Garten statt, oben am Philosophenweg. Es begann wie ein ganz normales Sommerfest mit einem Buffet, das im Haus angerichtet war, Lampions, die im Garten hingen und die Terrasse einrahmten. Schöller hatte alle Oberärzte und Assistenten mit ihren Frauen eingeladen und Tim Brandis zu Ehren auch dessen Doktoranden und Assistentinnen gebeten, allen voran Sabine Grohnert, die sich für diesen Abend wohl vorgenommen hatte, dem scheidenden Tim näher zu kommen. Da er demnächst nicht mehr ihr Chef sein würde, fühlte sie sich nun frei, ihm ihre Zuneigung offener zu zeigen als bisher. Draußen auf der Gartenterrasse wurde getanzt. Sabine trug ein Sommerkleid aus einem durchsichtigen geblümten Stoff, das ihre Figur und vor allem ihr wohlgeformtes Mieder fast zu deutlich zur Geltung brachte. Sie richtete es so ein, dass sie zwischen den einzelnen Tänzen immer wieder in Tims Nähe geriet. Die Strategie verfing. Sie war an diesem Abend die mit Abstand hübscheste Frau, und Tim tanzte weit häufiger mit ihr, als mit irgendeiner anderen. Der Wein, den sie zwischendurch tranken, beseitigte die anfängliche Förmlichkeit und Steife, die solchen Abenden im Hause eines Klinikchefs oder Professors zunächst immer anhaften. Sabine schmiegte sich bei den langsameren Stücken wie bei »Yesterday« so eng an Tim, dass er daran dachte, diese intime Nähe zu seiner hübschen und angenehm duftenden Assistentin nach dem Sommerfest noch fortzusetzen. Bei sich zu Hause oder bei ihr?

Dann hielt Schöller, umstanden von seinen Gästen draußen auf der Terrasse eine mit Komplimenten gespickte Abschiedsrede. Er bediente sich der üblichen Redensarten: »Wissenschaftlich hoch begabt«, »scharfer Intellekt«, »Mediziner aus Leidenschaft«. Ungeduld und ein unruhiges Temperament sagte er Tim ebenfalls nach und geriet mit dieser Bemerkung schon etwas näher an die Vorstellungen, die der Gefeierte von sich selbst hatte. »Er hat nicht nur gute Ideen, er kann sie auch verständlich machen«, damit spielte Schöller, der alle diese Allgemeinheiten mit einer für ihn typischen Emphase zum Ausdruck brachte, auf Tims pädagogische Fähigkeiten an. Gegen Ende seiner Rede, in der er immer wieder darauf hinwies, dass er »unserem Land« nicht verloren gehen, sondern »bereichert« und ausgestattet mit dem »nötigen Bekanntheitsgrad« zurückkommen würde, sagte Schöller noch einen Satz, der auf Tim Erlebnisse im vergangenen Sommer anspielte und den seine Gäste besonders aufmerksam anhörten, jedenfalls kam es Tim so vor. Es war jetzt ganz dunkel geworden, Nachtschmetterlinge umschwirrten die Lampions im Garten. Nur vereinzelt drangen aus dem Neckartal Geräusche von vorbeifahrenden Autos zu ihnen herauf. Die Grillen zirpten. Gegen den Hintergrund aus Dunkelheit und Stille klang Schöller zu pathetisch: »Er ist ja noch jung, aber Tim Brandis hat in seinem Leben schon großen Mut und eiserne Entschlossenheit bewiesen. Und was noch wichtiger ist: Er kann Niederlagen einstecken und trotzdem weitermachen, ohne in seinem Beruf Kompromisse einzugehen. Und das, lieber Tim Brandis, bewundern wir an Ihnen.«

Und so weiter, gute Wünsche, Gottes Segen für die Zukunft. Tim spürte Sabines Zustimmung daran, dass sie sich stärker gegen ihn lehnte. Beifall, freundlich, vereinzelt auch etwas gehemmte oder spöttische Blicke. Natürlich musste er kurz antworten. Aber dann bat Schöller noch einmal um Aufmerksamkeit. Man habe Tim zu Ehren eine kleine Pantomime einstudiert, die jetzt hier, auf der Terrasse des Hauses aufgeführt würde. Sie befänden sich zwar nicht mehr im Biedermeier, aber in einem Fall wie dem seinen seien lebende Bilder nicht nur geeignet, Geschehenes zu beschreiben, sondern noch Ungeschehenes herbeizuwünschen.

Im Nu hatten einige der Gäste am Rande der Terrasse zwei Reihen von Klappstühlen aufgestellt. Die Gäste mussten Platz nehmen, im Hause wurden alle Lichter gelöscht. Dann warf ein Bühnenscheinwerfer, der in einem hohen Baum montiert war, einen kreisrunden Lichtfleck auf die Steinterrasse. In dem stand jetzt ein junger Mann in einem Arztmantel. Er hatte sich ein Stethoskop um den Hals gehängt und schaute unschlüssig umher. Offenbar wusste er nicht, wie es mit ihm weitergehen sollte. Gleich darauf erschien ein zweiter Lichtkegel und erfasste eine junge Frau, die an einem kleinen weißen Tisch saß und Reagenzgläser schüttelte. Der junge Mann näherte sich der ebenfalls mit einem weißen Kittel bekleideten Frau – Tim erkannte die etwas zu dünn geratene, sonst aber recht hübsche Frau von Winfried Weller – die beiden gestikulierten, konnten sich aber nicht näher kommen, weil irgendetwas zwischen ihnen stand. Schließlich kamen sie doch zusammen, vollführten Schwimmbewegungen und kehrten eifrig rudernd wieder zurück zum Ausgangspunkt des jungen Mannes. Am anderen Ende der Terrasse schwenkte plötzlich jemand vor einer erleuchteten Pappkulisse mit aufgemalten Wolkenkratzern ein amerikanisches Fähnchen aus Papier. Während der junge Mann fasziniert auf diese Erscheinung starrte, erschien eine dunkel gekleidete Figur mit einer Gesichtsmaske und zerrte die junge Frau wieder zurück zu ihren Reagenzgläsern. Um dorthin zu gelangen, musste die sinistre Figur einen großen Schlüssel aus einer Tasche ihres Umhanges ziehen und damit eine imaginäre Tür öffnen. Dann saß Frau Weller wieder an ihrem Labortisch und schüttelte mit verzagter Miene ihre Röhrchen.

Der junge Arzt wanderte unterdessen zu den Wolkenkratzern, deutete mit Armbewegungen an, dass er sich die Skyline noch größer und prächtiger wünsche und tatsächlich: Als Erfolg seiner Anstrengung erschien hinter der ursprünglichen Kulisse nun ein zweite höhere und schöner bemalte Papptafel. Für seine Mühe wurde der junge Mann mit einem großen goldenen Dollarsymbol belohnt, das ihm der Fahnenschwinger überreichte. Inzwischen waren etliche weiß bekittelte Gestalten auf der Terrasse erschienen, die den jungen Mann mit winkenden Bewegungen an seinen Ausgangsort zurücklockten. Er kam schließlich, zunächst mit kleinen zögerlichen Schritten, sprang dann aber mit einem schwungvollen Satz in die Mitte seiner Anhänger und hob triumphierend das goldene Dollarzeichen in den schwarzblauen Nachthimmel.

Alle wiesen auf die bekümmert dreinschauende blonde Frau an ihrem Labortisch, die jetzt aufstand, um ihren zurückgekehrten Gefährten zu begrüßen. Zunächst allerdings scheiterte dieser Versuch an einem unsichtbaren Zaun. Wieder tauchte die dunkle Gestalt auf, sozusagen als lebendige Ursache dafür, dass die beiden Liebenden getrennt waren. Doch dann hob der junge Arzt dem Schließer sein Dollarzeichen entgegen, und einer seiner Kollegen steckte dem schwarzen Mann eine übergroße Banknote in seinen Mantel. Daraufhin verschwand der Bösewicht, die Bühne erstrahlte in hellem Licht, die lange Getrennten fielen sich in die Arme, und die Jungärzte umstanden die wieder Vereinigten. Einige schwenkten dazu schwarz-rot-goldene Fähnchen.

»Wie schön«, sagte eine weibliche Stimme neben Tim, aber es war nicht Sabine. Gelächter und Beifall brandeten auf, die Musik erklang zum Zeichen, dass das Spiel vorüber sei und nun wieder getanzt werden dürfe.

Tim befand sich in einem Zwiespalt. Einerseits fühlte er sich durch diese Darbietung peinlich berührt, andererseits hatte sie ihm in ihrer unbekümmerten Mischung aus Märchenhaftigkeit und geläufigen Klischees gefallen. Der Witz der Darbietung entsprach allerdings nicht seiner Stimmung, und eine Zeit lang fühlte er sich wie auf dem Präsentierteller. Genau das hatte er doch nicht gewollt. Als ihm Schöller später beim Abschied scherzhaft zuraunte, die Akteure hätten eben auch in die Zukunft geschaut, konnte er nur etwas gequält lächeln.

»Sie werden sehen, Tim. Der Dollar überwindet alle Schranken.«

»Ach wirklich?« Sabine Grohnert nahm seinen Arm und ließ sich zu seinem Auto führen. Aber die Lust auf eine Fortsetzung des Abends in

Sabines Armen war Tim vergangen. Er fuhr sie nach Hause und fragte sie unterwegs, ob sie nicht Lust hätte, ihm irgendwann in die USA zu folgen.

»Ist das Ihr Ernst?« Sie sah ihn aus großen Augen an, fast wäre sie ihm um den Hals gefallen.

Sie waren bei ihrer Wohnung angekommen und stiegen aus. »Natürlich ist das mein Ernst.« Tim erklärte ihr, dass er einige freie Stellen hätte und sich keine bessere Assistentin vorstellen könnte als sie. »Nur die nötigen Arbeitspapiere müssen wir besorgen, das dauert vielleicht ein paar Monate, aber sonst?«

Jetzt fiel sie ihm doch um den Hals. Worauf freute sie sich? Er versprach ihr, sich bald bei ihr zu melden. Sie standen vor ihrer Haustür. Morgen würde sie in die Ferien fahren, und wenn sie zurückkäme, wäre Tim schon in New York. Ein Abschied für Wochen, für Monate? Für immer?

Genau wussten sie es nicht, obwohl er es ernst meinte mit seinem Angebot. Sabine war mit einem Mal sehr gehemmt. Trotzdem legte sie ihre rechte Hand zu einer schnellen und zaghaften Liebkosung an seine Wange. Er nahm sie und führte ihre Handfläche an seinen Mund. »Danke, Sabine, für alles. Bis bald?«

»Bis bald«, flüsterte sie. Sie blieb stehen, während er zu seinem Auto ging, den Wagen wendete und winkte, als er in Richtung Ziegelhausen davonfuhr.

Das Flugzeug befand sich im Landeanflug auf den Kennedy-Flughafen. Tim saß am Fenster und schaute hinunter auf den Atlantik. Ein Spätsommertag. Weit unter sich sah er jetzt immer häufiger Boote, kleine weiße Dreiecke oder Motorboote, die helle, auseinander laufende Spuren in die metallisch-blaue Fläche legten. Das Meer – wieder wanderten seine Gedanken zurück an die Schwarzmeerküste, an den Strand von Kavazite und nach Achtopol. Als er heute Morgen ins Flugzeug gestiegen war, hatte er gehofft, einen Teil seines Kummers und seiner Sehnsucht zurückzulassen. Jetzt, neun Stunden später und fünftausend Kilometer weiter westlich, wusste er, dass es länger dauern würde, viel länger, um seinen Erinnerungen zu entkommen. Würde das überhaupt jemals gelingen? Ginge es nicht um etwas anderes, fragte er sich. Musste er seine Erinnerungen nicht immer wieder neu erschaffen, bis das Bild, das dabei entstünde, sich mit seiner Gegenwart vertrüge?

Als die Maschine gelandet war und Tim seine Zollformalitäten erledigt hatte, schob er seinen Gepäckwagen mit den zwei schweren Koffern hinaus in die Empfangshalle, ein wenig zaghaft und voller Hoffnung, dass Tom und Heidi Ashley da sein würden, um ihn in Empfang zu nehmen. In dem Menschengetümmel sah er kein bekanntes Gesicht, aber er hörte eine weibliche Stimme, die seinen Namen rief. Und dann waren sie plötzlich da. Sie standen vor ihm wie aus der Erde gewachsen und schlossen ihn in die Arme, Tom mit robuster Herzlichkeit, Heidi mit einem Anflug von Besorgnis und mütterlicher Fürsorge.

»Gut, dass du da bist, Junge«, begrüßte ihn Ashley. »Extra deinetwegen haben wir unseren Umzug in die Stadt um eine Woche hinausgeschoben. Gegen ein paar Tage auf Long Island hast du doch nichts einzuwenden?«

»Was heißt ein paar Tage. Kann ich nicht dort bleiben, bis ich eine Wohnung gefunden habe?«

Tom lachte, während er Tims Gepäckwagen vor sich her schob. »Das könnte dir so passen, was? Aber wir haben schon eine Wohnung für dich in Aussicht. Nächste Woche schaust du sie dir an.«

Abends auf der Veranda des Sommerhauses in Southhampton, wusste Tim mit einem Mal, dass er wieder festen Boden unter den Füßen hatte. Tom, Heidi und die Freunde, die sie zum abendlichen Grill eingeladen hatten, lebten ganz in der Gegenwart. Und er? Trotz seiner Müdigkeit erreichte ihn die zupackende und optimistische Ausstrahlung seiner Gastgeber. »Heute schläfst du dich aus und morgen ...«

Ja, morgen und übermorgen, nächste Woche und in der Woche danach ...

Tom hatte den Weg seines Freundes schon abgesteckt: Montag beim Dekan, anschließend die Wohnung anschauen, dann die Labors besichtigen, die Mitarbeiter begrüßen, die er bereits von Heidelberg aus eingestellt hatte.

»Ein Auto brauchst du nicht. Solange wir auf Long Island sind, nimmst du eines von unseren.«

»Investiere in dein Leben«, hatte Heidi ihm empfohlen.

Ein Jahr war das fast schon wieder her. Für kurze Zeit würden ihm die Ashleys dabei helfen.

Die Wohnung, von der Tom gesprochen hatte, lag an der Upper East

Side. Sie befand sich im obersten Stockwerk eines Hochhauses, war ruhig, hell und geräumig und bot ihm sogar einen Blick über den East River. Sie lag günstig zur Medical School, er konnte seinen Arbeitsplatz leicht zu Fuß erreichen. Teuer war sie auch, aber Tim verdiente ja nun mehr, und Ashley rechnete ihm vor, dass er sich die neue Behausung ohne Weiteres leisten könne. Heidi half ihm beim Einrichten der Wohnung und besorgte ihm eine sich illegal in den USA aufhaltende Peruanerin, die einmal in der Woche kam, für ihn einkaufte und mit atemberaubender Langsamkeit sauber machte. Angestellte der Medical School begleiteten ihn auf Behördengängen. Tim machte die angenehme Erfahrung, dass die Erledigung alltäglicher Dinge hier einfacher war als in Heidelberg.

Seine Labors standen bereit, als er kam. Einrichten musste er sie allerdings selbst. Für den Start stellte ihm die Universität etwas Geld zur Verfügung, langfristig aber würde er ohne staatliche oder private Zuwendungen nicht auskommen. Zum Glück wusste er bereits von seinem früheren Aufenthalt her, wie man Anträge an staatliche oder private Geldgeber schreibt, überdies hatte er auch auf diesem Gebiet die Hilfe von Kollegen oder ihren Sekretärinnen. Seine Zuversicht wuchs von Woche zu Woche.

»Sie bauen hier etwas Neues auf«, hatte ihm der Dekan gesagt. »Das braucht etwas Zeit, lernen Sie inzwischen die Fakultät kennen. In einem Jahr sind Sie dann fest verankert.«

Ja, so lange würde es wohl dauern, aber dann stünde er besser da als in Heidelberg. Viel besser.

Er arbeitete mit großem Einsatz und mit Freude an der neuen Situation. Dass er sich dabei völlig verausgabte, merkte er zunächst nur daran, dass er fester schlief als in Heidelberg. Manchmal kam er erst gegen acht oder neun Uhr abends nach Hause, aß etwas und sank ins Bett, um erst nach sieben oder acht Stunden ununterbrochenen Schlafes wieder aufzuwachen.

Ab und zu klingelte das Telefon in seinem Schlaf und erinnerte ihn daran, dass es auch außerhalb seines neuen Lebenskreises Menschen gab, die vielleicht an ihn dachten und wissen wollten, wie es ihm ginge. Oder waren das nur Traumgespinste? An Wochenenden, wenn er Zeit hatte, mit seinen Eltern, mit seiner Schwester Tess oder mit Freunden in Heidelberg zu telefonieren, wies er einige Male darauf hin, dass sie in unterschiedlichen Zeitzonen lebten und dass sie ihn zu nachtschlafender Zeit nur anrufen sollten, wenn sie etwas ganz Wichtiges oder Dringendes mitzuteilen hätten.

»Ach Kind, andere Zeitzone, das klingt so fern, es hört sich fast an wie ›andere Welt‹.« Seiner Mutter war dieser Gedanke unbehaglich.

»Besucht mich doch mal.« Tim versuchte, seinen Eltern die Reize New Yorks in der Weihnachtszeit nahe zu bringen: die mit bunten Lichtern geschmückte Riesentanne am Rockefeller Center, die Konzerte, die weihnachtlichen Revuen in der Radio City Music Hall, die Museen. Aber nichts verfing. Er hatte auch nicht ernsthaft damit gerechnet, dass sich seine Eltern mitten im Winter zu einem solchen Reiseabenteuer überreden lassen würden.

»Komm du lieber zu uns«, schlugen sie vor, aber das ging nicht. Nicht jetzt während der Aufbauzeit.

Irgendwann – es war bereits im neuen Jahr, klingelte dann doch wieder das Telefon mitten in der Nacht. Und dieses Mal quälte er sich aus seinem tiefen Schlaf und griff zum Hörer neben seinem Bett. Er wollte sogar seinen Namen murmeln, aber da hörte er bereits die Stimme seines Vaters, dünn und fern. Zunächst verstand er kaum ein Wort, aber dann sprach die Stimme von einer großen »Überraschung für uns alle«. Er solle sich frei machen, für ein paar Tage wenigstens, und nach Hamburg kommen. »Nach Hamburg«, hörte er die Stimme seiner Mutter im Hintergrund. »Du wirst staunen.«

Er war zu müde, um weiter zu fragen, aber er hegte keinen Zweifel, dass diese Einladung ernst gemeint sei und dass sich etwas Wichtiges dahinter verberge.

Und dann war er plötzlich in seiner Heimatstadt. Der Flughafen wirkte leer, fast verwaist, und niemand war da, um ihn abzuholen.

»Aber das gehört doch zu der Überraschung«, hörte er seine Mutter sagen und wunderte sich nicht mehr, sondern fuhr mit einem Taxi durch Hamburg, hinunter auf die Elbchaussee und hinaus nach Blankenese. Als sie am Jenischpark vorbeifuhren, dachte Tim an seinen Vater, mit dem er vor mehr als einem Jahr hier den denkwürdigen Spaziergang unternommen hatte. »Mein Wissen stammt aus einer einzigen Quelle«, hörte er ihn sagen und betrachtete dabei die kleinen Wolken aus gefrorenem Atem, die aus seinem Mund kamen.

Heute war es nicht so kalt wie damals. Der Himmel war blau, ein paar weiße Wolken zogen darüber hin von Nordwesten nach Südosten. Die Bäume trugen bereits Knospen. Schönes Wetter. Trotzdem war niemand unterwegs – keinen Menschen sah er. Wo waren sie alle? Die Menschen, die Autos?

In Blankenese verfuhr sich sein Fahrer. Tim versuchte, ihm den Weg zu erklären, aber die Straßen, die zu ihrem Haus führten, waren mit roten Einbahnschildern versperrt. Immer wieder Baustellen und gelbe Schilder, die auf Umleitungen verwiesen. Jedes Mal fluchte der Fahrer und versuchte, einen anderen Zugang zu finden. Schließlich gaben sie es auf. Tim bezahlte ihn und stieg aus. »Es sind nur ein paar Schritte zu unserem Haus.« Dann stand er vor der Haustür seiner Eltern und drückte auf die Klingel. Seine Mutter öffnete ihm die Tür und sagte nur: »Na, endlich.« Dann erschien sein Vater. Er trug einen alten Hausmantel, in dem er viel älter wirkte, als Tim ihn in Erinnerung hatte. Er stand vor der Tür des Wohnzimmers, hielt die Klinke in der Hand und lächelte, so, wie er früher gelächelt hatte, wenn Tess und Tim zur Bescherung ins Weihnachtszimmer gerufen wurden oder wenn eines der Kinder Geburtstag hatte. Dann riss er die Tür auf, und Tim erstarrte – vor Überraschung, vor Glück. Da stand sie in einem hellblauen Strickkleid mit langen Ärmeln und einer weißen hochgeschlossenen Bluse, die das ausgesparte Viereck über Hals und Mieder einnahm. Hatte sie je so etwas angehabt? Es stand ihr. Ihre Augen leuchteten, das blonde Haar schimmerte und stand zu dem Himmelblau ihres Kleides in einem fast unwirklichen Kontrast. Seine Arme streckte er ihr entgegen und wollte dabei »Inge« sagen, aber das Wort blieb ihm im Halse stecken. Er sah, dass auch Inge ihre Arme hob, um ihn zu berühren. Plötzlich aber wurden seine Glieder schwer, er konnte keinen Schritt mehr gehen, seine Arme sanken herab, und eine dunkle Wand schob sich zwischen Inge und ihn. Ich muss tot sein, dachte Tim. Wie schade, gerade jetzt.

Als er am anderen Morgen erwachte, war er krank. Er spürte, dass er Fieber hatte, fühlte sich abgeschlagen und litt unter Übelkeit. Schlimmer als diese körperlichen Symptome aber quälte ihn die Vorstellung, seinem Glück ganz nahe gewesen zu sein und es doch wieder verloren zu haben.

Er rief im Labor an und entschuldigte sich für den Tag, aber als sein Kopfweh unerträglich wurde, telefonierte er mit Tom Ashley, der zu ihm ins Haus kam, ihn untersuchte und eine Influenza diagnostizierte.

»Ich meine Influenza und nicht irgendeine Erkältung«, insistierte er, als Tim davon sprach, morgen oder spätestens übermorgen wieder im Labor zu sein.

»Nicht im Labor«, sagte Tom, »in der Klinik und zwar als Patient.« Tim war zu diesem Zeitpunkt alles egal, sollten sie ihn in die Klinik schaffen, vielleicht würde dort sein Traum wiederkommen, und vielleicht würde er sich beim zweiten Mal erfüllen. Er kam auf die Isolierstation der Inneren Abteilung in ein Einzelzimmer und konnte einige Tage lang keinen Besuch empfangen.

Als Heidi nach etwa einer Woche zu ihm gelassen wurde, weil er entfiebert hatte und nun nach Meinung seiner Kollegen nicht mehr ansteckend war, erzählte er ihr von dem Traum und klagte darüber, dass er der Erfüllung seines sehnlichsten Wunsches so nahe gewesen sei.

»Aber Tim, das war doch nur ein Traum«, wandte sie ein und betrachtete ihn mit sorgenvoller Miene. Vielleicht erwog sie in diesem Augenblick die Möglichkeit, dass die Grippe nicht nur seinen Körper angegriffen hatte. Er fühlte sich zu schwach, um ihr zu widersprechen. »Aber das ist doch egal«, sagte er nur und hoffte, dass sein Traum bald wiederkäme.

Aber er kam nicht wieder. Nicht während der Tage, die er noch als Patient in der Klinik verbringen musste und auch nicht danach, als er wieder in seiner Wohnung hauste und jeden Tag in der Klinik oder im Labor arbeitete. Trotzdem blieb der Traum eine Zeit lang in seiner Nähe. Er spürte ihn wie eine Möglichkeit, die Wirklichkeit werden könnte, sobald er einschliefe.

Doch dann kam er immer mehr zu Kräften. Er hatte nicht nur seine Krankheit überwunden, sondern auch die ersten Monate der Eingewöhnung. Neue Menschen waren in seinen Gesichtskreis getreten, Kollegen und ihre Familien, er stellte weitere Mitarbeiter ein, forschte wieder, bekam Stipendien, unterrichtete und fing auch wieder an zu publizieren.

Sabine Grohnert erschien eines Tages wie die Abgesandte einer anderen Welt, aber auch dieser Eindruck hielt nicht lange an. Genau wie Tim selbst veränderte sie sich schnell, wurde innerhalb einiger Wochen zu einer anderen Sabine Grohnert, die ganz gut Englisch sprach, flinker arbeitete und ein wenig wacher und schlagfertiger wirkte. Auch eine Spur oberflächlicher? Nur noch selten sah er sie während einer Arbeitspause auf einem Laborhocker sitzen und ein bisschen verträumt vor sich hin schauen.

Als das Schuljahr 1970 zu Ende gegangen war, flog Tim für eine Woche nach Hamburg zu seinen Eltern. Der alte Brandis ging gern spazieren jetzt bei dem schönen Sommerwetter. Er schätzte es, wenn Tim ihn dabei begleitete. Auf einem dieser Gänge, der sie durch einen lichten, sommerlichen Wald oberhalb des Elbufers führte, erfuhr Tim, dass Inge aus ihrer »Verbannung« erlöst worden war und nun wieder im Institut für Biochemie arbeitete. »Ich sage das mit dem gleichen Vorbehalt wie damals«, schränkte sein Vater ein. »Meine Neuigkeiten stammen von einer einzigen Person.«

»Und warum hat man sie im Institut für Biochemie wieder aufgenommen?«, fragte er seinen Vater, dem es sichtlich unangenehm war, seinem Sohn von neuen Entwicklungen zu berichten, die Inge betrafen. »Oder gab es keinen Grund?«

Der Alte zögerte. »Doch, doch, den gab es schon.«

»Also?«

»Sie hat geheiratet«, lautete die lakonische Erklärung.

Jetzt tat es doch weh. Tim blieb stehen. »Wen?«

»Na, diesen Kramer. Du kennst ihn ja wohl. Valentin heißt er mit Vornamen oder so ähnlich.«

Als Tim wenige Tage später wieder nach New York flog, wusste er, dass sein Traum nicht wiederkommen würde. Gelegentlich dachte er noch an das andere Leben, das der Traum ihm versprochen hatte und nach dem er sich immer noch sehnte, wenn er seine Gedanken nicht zügelte.

Aber das Schicksal wollte es anders. Es zwang sie, Inge und Tim, in getrennte Bahnen, die sie beide nur widerstrebend beschritten und auf denen sie dann doch vorankamen und vieles von dem erfuhren, was ein Menschenleben ausmacht. Aber das sind andere Geschichten, die mit der hier erzählten nichts mehr zu tun haben.

Wenn Tim Brandis an Inge Bauer dachte, dann blieb da immer ein »Wir«, das, wie er fest glaubte, nie aufhörte, ihnen beiden, Inge und ihm selbst, zu gehören über alle Trennungen und Zeitläufte hinweg. Dieses »Wir« blieb lebendig, und Tim fühlte sich berechtigt, es in seinem inneren Vokabular weiter zu benutzen, weil er immer wieder einmal von Inge hörte, indirekt zunächst durch seinen Vater oder später durch Klaus Deppert, der einmal ein Jahr als Gast der Columbia Medical School in seiner Abteilung zubrachte, und noch viel später durch

Briefe, die Inge und Tim sich wieder schrieben, nachdem es keine DDR mehr gab.

Wurde irgendetwas von dem, was sie damals in der Zeit ihrer Liebe erlebten, einzeln oder getrennt, dadurch entwertet, dass ihre Träume nicht den Weg in die Wirklichkeit fanden? Nein, natürlich nicht. Die beiden Jahre, in denen sie zusammengehörten, gemeinsam planten und schließlich ein nicht alltägliches Abenteuer bestanden, blieben unverlierbar. Auch Tamino und Pamina mussten Prüfungen bestehen. Was danach aus ihnen wurde, teilt uns Schikaneders Geschichte nicht mit, und auch Mozarts Musik verlässt uns an dieser Stelle.

Der Traum, den sie gemeinsam geträumt hatten, blieb ihnen. Er verband ihre Leben wie ein Band – unsichtbar, aber auch unzerreißbar.

Und dabei sollte es auch bleiben, fand Tim, als Inge ihm in einem Brief andeutete, dass sie gern noch einmal an den Ort ihres Abenteuers zurückkehren würde. Er war zu dieser Zeit dabei, eine internistische Privatklink aufzubauen, in der Spitzenmedizin zu vernünftigen Preisen angeboten werden sollte. »Ich stecke im Augenblick zu tief in dem Versuch, etwas Zukünftiges zu schaffen, etwas, was es hierzulande noch nicht gegeben hat. Es ist nicht die richtige Zeit für die Beschwörung der Vergangenheit«, schrieb er zurück. »Ein anderes Mal vielleicht.«

19

Inge aber wollte nicht länger warten. Der dreißigste Jahrestag ihres Aufbruchs aus Achtopol näherte sich, der 18. September 1998. Antje hatte Inge angeboten, mit ihr zu fahren, und so machten sich die beiden Schwestern in der ersten Septemberwoche auf den Weg nach Sosopol. Die auf einer Halbinsel gelegene Altstadt hatte sich gegenüber Inges Erinnerungen nicht verändert. Dieselben verwinkelten, kopfsteingepflasterten Straßen, eng beieinander stehende Häuser mit Steinfundamenten und ausladenden hölzernen Überbauten, wie damals. Allerdings waren viele Häuser renoviert worden, die Ziegeldächer leuchteten in hellerem Rot, und vielen Hausfassaden sah man an, dass sie in letzter Zeit erneuert worden waren. Vor dreißig Jahren war Sosopol ein stiller Ort gewesen, jetzt strömten selbst im Spätsommer noch zahlreiche Touristen aus allen Ländern, vor allem aber aus Westeuropa, durch die engen Gassen.

Plötzlich standen Antje und Inge an der Stelle, an der Inge sich selbst und Tim vor dreißig Jahren gefragt hatte, ob sie jemals wieder herkommen würden.

»Möchtest du denn gern?«, hatte Tim gefragt und sich ein brüskes »Nein« als Antwort geholt. Dann hatte sie ihren Blick über die Dächer der Stadt hinaus aufs Meer wandern lassen und ihr »Nein« zurückgenommen. »Wenn die Welt eine andere geworden ist, dann vielleicht.«

Nun, die Welt war anders geworden, das war unübersehbar. Aber auch in dieser veränderten Welt stand noch immer das Haus von Stefan und Stanka, in dem sie einmal gewohnt hatten. Das Haus wirkte kleiner als damals, dabei aber farbiger und schmucker, als Inge es in Erinnerung hatte. Auch die Treppen, die von der Altstadt hinunter zum Meer führten, und die kleine Plattform, von der aus sie oft geschwommen waren, fanden sie bei ihrem Rundgang. Große Veränderungen bemerkte Inge nicht, aber auf den Stufen und unten auf der Plattform saßen viele Touristen und ließen sich von der Sonne bescheinen.

Am Nachmittag fuhren sie hinunter nach Achtopol, vorbei an Kavazite, an den vielen kleinen Hotels, Pensionen, Bootsverleihen und Restaurants, die hier seit der Wende entstanden waren. Weiter im Süden wurde es einsamer, fast alles sah noch so aus wie damals. In Achtopol selbst allerdings gab es ein paar neue kleine Hotels, vermutlich würden bald weitere Häuser gebaut werden. Die Landschaft lud dazu ein.

Inge ließ ihren Wagen an der Dorfstraße stehen. Dann traten die beiden Frauen an die steile Böschung und schauten hinunter in die kleine Bucht, aus der Inge und Tim damals losgeschwommen waren. »Unsere Schuhe«, erinnerte sich Inge. »Die haben wir damals ins Wasser geworfen, um keine unnötigen Spuren zu hinterlassen. Ob sie da unten noch irgendwo vor sich hin«modern?

Die Halbinsel hatte sich nicht verändert. Sie gingen bis zu ihrem äußersten Ende, bis dahin, wo die Uferfelsen steil ins Meer abfielen. Dort fanden sie eine flache Felsplatte, auf der sie nebeneinander sitzen und auf das sich weit dehnende Meer schauen konnten.

»Hier unten«, Inge zeigte auf die vor und unter ihnen liegende Wasserfläche, »sind wir damals lang geschwommen. Fünfhundert Meter von der Küste entfernt vielleicht. Und hier, wo wir jetzt sitzen, stand Moritz Blumentritt und hat Ausschau nach uns gehalten. Gesehen hat er uns nicht, trotz Fernglas. Und dahinten«, Inge zeigte nach Südosten, »da lag unsere Freiheit, da lag das Ufer, an dem unser gemeinsames Leben beginnen sollte.«

Diesen letzten Satz hatte sie sehr leise gesprochen, als rühre sie an eine Wunde, die immer noch schmerzte. Antje, die sonst so Ironische und Schlagfertige, spürte, wie sehr dieser Augenblick ihre jüngere Schwester bewegte. »Was ist eigentlich aus all den Menschen geworden, vor denen ihr euch damals in Acht nehmen musstet: Blumentritt, seine Frau Elena, Kowalski, aber auch Rehberger und die Leute, die eng zu ihm gehörten«, fragte sie Inge.

Die schwieg eine Weile. »Was soll aus denen schon geworden sein, Antje? Das, was aus uns geworden ist: brave Bürger, die ihr Leben irgendwie zubringen und die sich an die neuen Verhältnisse gewöhnt und sich in ihnen eingerichtet haben. Die wenigsten haben sich für oder gegen etwas entschieden, wie Tim damals«, wieder zögerte sie einen Augenblick, »und wie ich in seinem Gefolge.« Sie sahen hinaus auf die stahlblaue Fläche, die sich am Horizont in einer dunklen Linie vom Himmel absetzte.

»Tinus muss in diesem Zusammenhang auch erwähnt werden. Er

war ein Anpasser, arbeitete für die Stasi und glaubte eine Zeit lang, einer guten Sache zu dienen.«

Antje nickte.

»Damals, als er mich zur Rückkehr bewogen hat, glaubte er wohl, etwas Gutes zu tun. Mit Versprechungen, die nie eingehalten wurden und mit Drohungen, die zum Glück auch nicht wahr gemacht wurden. Erst, als er merkte, dass die Stasi nicht nur mich, sondern auch ihn belogen hatte, wurde er ein eigener Mensch. Er besann sich und gab sich mit dem zufrieden, was ihm noch blieb.«

»Und das war?«

»Seine Arbeit im Institut und die paar Freunde, die er noch hatte. Auch unsere Familie.«

»Immerhin hat er dich aus dieser Verbannung herausbekommen«, sagte Antje.

Inge wandte sich ihrer Schwester zu. »Ja, das hat er. Ich durfte wieder im Institut arbeiten. Unsere Heirat war dann irgendwie das Resultat aus all diesen Ereignissen. Und dann wurde er krank. Krank vor Scham, vor Kummer. Vielleicht hätte er gesund werden können, aber er wollte nicht mehr.« Inge lächelte etwas verkrampft gegen die Tränen an, mit denen sie kämpfte. »Aber das weißt du ja alles.«

Sie richtete ihren Blick wieder geradeaus aufs Meer. »Es war unbeschreiblich da draußen, diese rauschende, schimmernde, sanft durchwehte Nacht, die Sternenbilder und das Bewusstsein, endlich frei zu sein, aus eigenem Antrieb frei zu sein – verstehst du?«

»Ich hatte nie den Mut zu so was.«

»Ich eigentlich auch nicht, aber mit Tim habe ich mich getraut. Weißt du«, sagte sie nach einer Pause, »es gibt so unterschiedliche Erlebnisse, einige, die nie alt werden, die zeitlos sind, wie diese Nacht auf dem Meer. Und daneben gab es Ereignisse, die schon im Augenblick ihrer Entstehung so verkorkst waren, dass man Mühe hat, sich an sie zu erinnern. Ich denke manchmal, ich spinne, wenn ich an die DDR-Zeit denke, auch an die Jahre im Institut. Neulich haben sie im Institut Rehbergers fünfundachtzigsten Geburtstag gefeiert. Er ist schon ziemlich klapprig, aber seine Ehemaligen hatten ihn noch einmal ins Institut gebracht, um ihm die Elogen zu halten, die sie für ihn vorbereitet hatten. Und da standen sie dann alle um ihn herum, um den einstigen Herrscher, für den der Sozialismus wichtiger war als seine Familie und auch wichtiger als die Wissenschaft. Alle waren gekommen, seine Schüler, die inzwischen Lehrstühle oder andere wichtige Positionen bekleiden, seine Gehilfen von früher, die Pförtner, die Saaldiener, die technischen Assistenten. Nur einer fehlte: der Sozialismus. Niemand stand da im Namen des Sozialismus und natürlich auch niemand, der ihm im Namen der heutigen Regierung hätte gratulieren können. In den Festreden haben sie ihn dann einfach zu einem mutigen Einzelgänger umfunktioniert, der immer seinen eigenen Weg gegangen sei. Genau das hat er als Professor in der DDR ja nie getan Der begnadete Lehrer wurde hervorgehoben, der scharfsinnige Kritiker, der erfinderische Biochemiker und Arzt. Nur seine politische Rolle wurde mit keinem Wort erwähnt. Und alle die ehemaligen »Ja-Sager«, die Blumentritts, die Kowalskis und wie sie alle hießen, umgaben ihn, als sei nichts gewesen. Sie gratulierten, es ginge ihnen gut, Danke der Nachfrage. Es war furchtbar, Antje. Demokratie und Freiheit als schleichende Gewohnheiten, die man hinnimmt, wenn es denn opportun ist, genauso, wie man vorher den Bolschewismus und davor den Faschismus hingenommen hat.« Sie holte tief Luft. »Es war widerlich, Antje, und gleichzeitig gespenstisch.«

Inge sah ihrer Schwester in das schmale, von dunklen welligen Haaren eingefasste Gesicht. »Dieser Ort hier hat für mich einen unverlierbaren Wert. Komm, gehen wir.«

Sie standen auf und verließen nicht ohne Mühe die immer noch von Unkraut und Unterholz überwucherte Halbinsel.

»Und worin«, fragte Antje, nachdem sie das wildeste Gestrüpp hinter sich gelassen hatten, »worin besteht dieser Wert, den du mit diesem Ort verbindest?«

Inge blieb stehen, als müsse sie genau überlegen, was sie sagen wollte. »Dieser Ort hat mir gezeigt, dass man sich nicht der Gewohnheit überlassen darf. Dass man immer bewusste Entscheidungen treffen muss, für sich und für andere. Recht oder Unrecht, Antje, Freiheit oder Unfreiheit, Wahrheit oder Lüge, wie auch immer die Alternativen heißen mögen.«

Sie gingen jetzt etwas rascher weiter und kamen auf die Dorfstraße. Drüben, auf der anderen Seite, stand der blaue VW Jetta, mit dem sie aus Berlin angereist waren. »Ja, Antje, und diese Einsicht verdanke ich einem einzigen Menschen, dem, der mich vor dreißig Jahren von hier aus an eine fremde Küste geführt hat.«

Sie schloss den Wagen auf und setzte sich hinters Steuer. Antje schlüpfte auf den Beifahrersitz. Inge startete den Wagen. »Er sei im Augenblick ganz damit beschäftigt, etwas Zukünftiges zu schaffen, hat Tim gemeint, als ich ihm von meinem Plan schrieb, hierher zu fahren. Dies sei keine gute Zeit für Vergangenheitsbeschwörungen. Später vielleicht, hat er gemeint.«

»Er hört eben nie auf.«

Inge lächelte. »Nein. Aber ich werde ihm schreiben, wie es war.«

Auf der Straße nach Sosopol lagen jetzt die langen Schatten von hohen Bäumen und Telegrafenmasten. Es hatte lange nicht geregnet. Die Fahrbahn war sehr trocken, und der Wagen zog auf seinem Weg nach Norden eine lange gelbe Staubfahne hinter sich her, die sich nur langsam wieder senkte. Aber als es dämmerte, lagen Halbinsel, Dorf und Straße wieder da wie zuvor. Alles sah wieder aus wie damals vor dreißig Jahren, als Tim Brandis und Inge Bauer von hier aus aufgebrochen waren, um die Freiheit zu finden.